PHILIPPE PERROT

L'EXTINCTION DES ÂMES

Roman

ÉDITIONS MAÏA

Découvrez notre catalogue sur :

https://editions-maia.com

Photographe de couverture :
Catherine Marcelle.

Nos livres sont éthiques et durables : économes en papier et en encre, ils sont conçus et imprimés en France.

ISBN 978-2-38441-361-4
Dépôt légal : décembre 2022

L'Extinction des âmes est une fiction. On ne s'étonnera pas néanmoins d'y rencontrer des personnages présentant quelques traits communs avec des personnes existant ou ayant existé. Plus que d'un futur proche encore indéfini, ce que l'on y raconte relève en effet d'un avenir déjà inscrit dans la trame du présent.

Mais nous, nous autres, qui avons soif de la raison, nous demandons à examiner les événements de notre vie, heure par heure, jour par jour, aussi sévèrement que le processus d'une expérience scientifique ! Nous voulons être nos propres expériences, nous voulons être nos propres cobayes !

Nietzsche, *Le Gai Savoir* § 319

Une branche basse

1

Rémi n'aimait pas ce moment incertain : attaquer une nouvelle journée. Déjà, lorsqu'il était étudiant, chaque réveil était un supplice. Une fois dehors, il se demandait comment faisaient tous ces hommes qu'il croisait dans la rue ou dans le métro pour avoir l'air si convaincu dans leur démarche. Tous donnaient l'impression de savoir ce qu'ils avaient à faire. Lui n'en avait qu'une très vague idée. Et, en les regardant, il se demandait pourquoi le monde ne se refusait qu'à lui.

Seul dans son lit, Rémi avait les yeux ouverts, le regard fixe et sans objet. La lueur du jour entrait timidement dans sa chambre. Il ne pouvait pas ne pas penser à cette nouvelle vie qui commençait.

Tout avait été si rapide et à la fois si prévisible. Pourquoi n'avait-il pas réagi ? D'autant qu'il n'était pas seul dans cette situation. Avec ses collègues, ils auraient pu protester davantage, se mettre en grève plus longuement, tenter de bloquer l'institution. Mais ils n'étaient que des professeurs de philosophie, et il fallait se rendre à l'évidence : des professeurs, qui ne se moquait pas aujourd'hui ? Le gouvernement avait d'autres soucis : les sécheresses estivales à répétition, l'augmentation du nombre de vieillards à l'abandon dans les maisons de retraite, l'immigration incontrôlée, le terrorisme, les femmes seules chargées de famille, les mécontentements des plus démunis et, partout, une violence toujours prête à s'enflammer. Même la ministre de la Culture à qui ils avaient demandé de prendre parti n'avait pas bronché. Par politesse, elle avait reçu quelques représentants de leur discipline pour un entretien de quinze minutes ; après les avoir écoutés, elle leur avait souhaité bon courage. Ils étaient condamnés, elle ne pouvait rien pour eux. C'était une question budgétaire… On avait proposé aux professeurs congédiés de se convertir en personnel administratif ou en personnel de direction. Rémi n'avait pas accepté et avait démissionné. Durant deux ans son traitement lui serait versé. Après, c'était à lui de voir.

Avant de signer sa démission, des pensées inquiètes l'avaient torturé. Il avait longuement hésité. On ne prend pas à la légère une telle décision. Il s'était dit qu'il devait laisser mûrir son choix. Cependant, au fond de lui, il savait qu'il se mentait et cherchait seulement à gagner du temps. Dans ce genre de situation, les heures de réflexion n'apportent pas de clarté nouvelle. Peser le pour et le contre est peine perdue. Chacun est en effet censé savoir que dans la vie, de temps à autre, il y a de grandes marches à franchir, et, qu'au-delà de ces marches, le paysage n'est plus le même. L'essentiel est de se lancer, quitte à fermer les yeux au moins un moment. Et c'est bien ce qu'il avait fait. Un saut dans le vide.

« Pour quelqu'un qui a toujours voulu mener sa barque comme il l'entend, tu n'en mènes pas large… »

Rémi aimait se parler à lui-même. C'est ce qui l'avait sauvé jusqu'à présent. Enfant, il y avait été contraint pour lutter contre un malaise intérieur dont il savait qu'il ne guérirait jamais. Parce qu'ils sont de plain-pied avec le monde, la plupart des hommes n'ont pas besoin d'explications. Mais pour d'autres, c'est beaucoup moins simple. Dès le début, quelque chose n'a pas fonctionné. Ils ne sont jamais en équilibre, ils manquent toujours de tomber. Pour combler ce handicap, ils s'entretiennent avec eux-mêmes. C'est leur manière à eux d'échapper à l'incongruité de ce qui existe et de faire comme s'ils avaient au moins un ami sûr. Rémi avait senti qu'il n'était pas adapté. À tort ou à raison, il en avait conclu que c'était le monde qui ne voulait pas de lui. Il avait construit ses idées sur ce rejet. Aussi n'était-ce pas un hasard si, après le lycée, il avait décidé d'étudier la philosophie et s'était engagé dans une filière vers laquelle, déjà, presque plus personne ne se dirigeait. Philosopher était le moyen qu'il avait trouvé de se tenir à l'écart. Puisque le monde ne voulait pas de lui, eh bien, lui, Rémi Follenfan, avait décidé de traiter le monde comme on regarde la lune : avec curiosité et admiration, mais aussi avec ce que l'on avait appris sur cet astre au cours des âges. Un satellite de la terre qui, de loin, semble vous sourire et qui, de près, s'avère n'être qu'un amas de roches et de poussières, un désert sans oasis, un lieu tout juste bon pour y purger une peine.

Et au fond, ce qui venait d'arriver allait dans le même sens. En démissionnant, Rémi n'avait pas changé de route. Il avait simplement été lui-même. Le sentiment indéfectible qu'il ne serait jamais nulle part à sa place finissait toujours par l'emporter. Protester, réclamer : il ne s'en sentait ni le droit ni l'envie. Autour de lui pourtant, d'autres y excellaient. Ils défilaient et laissaient exploser leur colère presque tous les jours. Que voulaient-ils ? Non pas le monde comme il était, un monde injuste et cruel. Ce qu'ils voulaient, c'était un monde bleu et rose, un monde dont on aurait enfin réussi à extirper tous les piquants, un monde plus lisse, plus doux, presque indolore, un monde de premier communiant à colorier soi-même sur une belle page blanche en vis-à-vis d'un poème édifiant. Ils l'exigeaient de chaque gouvernement qui passait et s'étonnaient de ne pas l'obtenir. Rémi refusait de participer à cette niaiserie.

Un souvenir cuisant lui revenait...

Il avait été élevé par des parents éclairés et soucieux de son avenir. Pour son frère et lui, ils avaient toujours voulu le meilleur. Cette attention lui avait valu le privilège d'accomplir son parcours scolaire dans une école chrétienne où l'on se disputait les places et où on n'hésitait pas à se séparer des éléments perturbateurs ou je-m'en-foutistes. C'est là qu'il avait appris l'essentiel sur ses semblables, les déguisements, l'instinct grégaire, la méchanceté foncière, la perfidie. C'est là aussi qu'il avait fait la connaissance d'un type d'homme tout à fait étrange et en voie de disparition : le prêtre. D'une certaine façon, un être un peu comme lui, décalé et inadapté au monde tel qu'il était.

Cet événement qui lui revenait en mémoire ne s'était pas produit dans l'établissement même. Outre les disciplines enseignées par des laïcs, les enfants des petites classes du collège étaient préparés à leur profession de foi. Les prêtres de l'institution leur parlaient avec beaucoup de candeur de la vie de Jésus, de sa naissance mystérieuse, de sa bonté extraordinaire, de ses miracles et surtout de sa fin tragique avec ces clous énormes plantés dans les mains et dans les pieds. Mais les cours d'instruction religieuse ne suffisaient pas. Avant la cérémonie qui devait marquer l'ascension spirituelle des enfants, les religieux exigeaient que leurs brebis soient éloignées quelques jours de leur famille dans un lieu propice au recueillement. On appelait cette parenthèse « faire une retraite ». Plusieurs cars étaient affrétés, on quittait la ville et, quelques heures plus tard, on se retrouvait en pleine campagne dans les locaux d'une abbaye ou de ce qui lui ressemblait. Là, les collégiens étaient sommés de manifester de l'attention et du sérieux, de montrer qu'ils étaient dignes d'intégrer la communauté des fidèles. Les journées étaient scandées par une alternance de moments graves où chacun devait tourner son âme vers Dieu, et de moments de détente où tous pouvaient redevenir ce qu'ils étaient, des enfants qui ne savaient pas en quoi il fallait croire et qui, pour l'heure, s'en moquaient éperdument. Or, c'est justement à l'occasion d'un moment de détente que l'incident eut lieu.

Les enfants étaient rassemblés dans une grande salle. Le relâchement se traduisait par des bousculades ponctuées de cris et d'éclats de rire. Presque tous s'excitaient, sauf Rémi qui n'avait jamais aimé l'agitation stérile et qui préférait dans ce genre de circonstances attendre sagement dans un coin que les choses se passent. Le chahut battait son plein jusqu'au moment où, par l'une des portes, un prêtre fit son entrée les bras chargés d'une grande corbeille. Les enfants savaient ce qu'elle contenait, car il était environ seize heures. Le prêtre exigea le silence et prévint qu'il ne distribuerait rien dans ce vacarme. Le hasard avait voulu que Rémi se soit trouvé juste à ses côtés. Ainsi placé, il pouvait être le premier servi, mais, à la surprise générale, et alors que ses camarades avaient le regard braqué sur le prêtre et donc indirectement sur lui, il commit le geste le plus inconsidéré et le plus inconvenant qui soit. Dans un mouvement rapide, il avait plongé la main dans la corbeille pour attraper un petit pain. L'opération n'avait pris que quelques secondes, cependant sa sauvagerie et son impolitesse n'avaient échappé à personne. L'après-midi bascula. On aurait cru qu'un crime venait de se produire. Les cris et les éclats de rire firent place à un silence accusateur. Les visages grimaçaient. Focalisés sur le coupable, les regards lâchaient leurs flèches vénéneuses. Immobile, l'objet du délit à la main, Rémi attendit que cesse l'humiliation. Il ne comprenait pas ce qui arrivait et ne se comprenait pas lui-même. Seul le prêtre aurait pu dénouer la situation, mais il avait déjà trop tardé, et le mal était fait. Non pas le mal de l'enfant, un geste incontrôlé et stupide, mais le mal de l'adulte qui, par son propre silence, son sérieux, sa prétention à indiquer l'ordre juste, avait aggravé la bêtise de l'enfant.

« Reprends-toi Rémi ! Secoue-toi ! Si tu te laisses aller, tu vas continuer à vivre, mais tu seras en arrière, un pauvre type, un âne qui ne veut plus avancer, un minable… Les souvenirs vont tomber comme des fruits mûrs, de plus en plus nombreux, ils vont t'ensevelir et tu ne pourras plus t'en dépêtrer. Réagis, bon sang ! Tu n'as pas encore quarante ans ! »

Rémi se redressa et s'adossa contre le mur. Il venait de se traiter de minable, cela l'amusait. Il croisa ses mains derrière sa tête et se mit à contempler sa chambre. À sa droite, le rideau ne retenait plus la lumière du jour, elle filtrait sur les côtés, on pouvait discerner le mobilier. Rien n'avait changé depuis qu'il avait emménagé. En face de lui, son bureau, une simple planche de contreplaqué peinte en noir qui reposait sur deux tréteaux en bois. C'est lui qui s'était donné la peine de poncer et de peindre la planche. Entre le lit et la table, il restait tout juste la place pour une chaise. Ladite chaise n'était pas très élégante, mais il s'était attaché à elle parce qu'en certaines occasions elle s'était montrée bien utile. Recouverte d'un faux cuir de couleur verte, rembourrée sur le dossier et sur le siège, elle était plus solide qu'elle n'en avait l'air. Sur sa gauche et tout le long du mur jusqu'à la porte, s'alignaient des étagères chargées de livres. L'essentiel de son quotidien était là, dans ces pages muettes et pour la plupart oubliées. L'idée qu'il était temps pour lui de s'ouvrir à une nouvelle vie commençait à émerger dans son esprit.

2

Avant de fermer la porte, Rémi vérifia sa montre. Il avait rendez-vous avec son frère à l'École normale supérieure. Ils ne s'étaient pas vus pendant les vacances d'été et Rémi se réjouissait à l'idée de le retrouver. Frédéric était son aîné d'un an, mais paraissait nettement plus âgé. Il dirigeait le laboratoire d'intelligence artificielle de l'École où il avait obtenu de beaux succès avec son équipe. Très régulièrement, les deux frères prenaient le temps, si ce n'est de se voir, au moins de se téléphoner. Leur complicité n'avait jamais failli et s'était seulement un peu distendue avec les années. Elle avait pris naissance autour d'une passion commune que leur avait communiquée leur père : naviguer. Sur un tout petit voilier, ils avaient découvert ces émotions très particulières qui vous saisissent lorsqu'on s'éloigne du monde habité et que l'on entre dans celui des éléments purs, là où les repères humains s'effacent, loin des côtes et de leurs refuges.

Avoir une vie aventureuse, sillonner les océans avait été longtemps le rêve de Rémi. Seul, il ne s'en sentait pas capable. Il aurait fallu que ce soit son frère qui prenne l'initiative et l'entraîne dans cette voie. Plus doué, plus sérieux, plus sûr de lui, tel avait été Frédéric au cours des années décisives de leur adolescence. Dans beaucoup de domaines, il avait été meilleur que son cadet. Rémi aurait pu en prendre ombrage, mais cela n'avait pas été le cas. Leur complicité s'était construite sur cette différence. L'idée saugrenue de la nier, de la dénoncer ou de s'en plaindre ne leur avait jamais traversé l'esprit.

Devenus adultes, il y avait cependant une chose qui irritait Rémi : l'enthousiasme de Frédéric pour les sciences et les techniques et sa trop grande inclination à croire qu'elles étaient en mesure de tout résoudre. Y a-t-il encore une place pour la philosophie dans le monde moderne ? Frédéric aimait faire enrager son frère avec cette question. « Vous, les philosophes, vous êtes des hommes du passé, ajoutait-il. Vous regardez en arrière et vous voulez à tout prix que rien ne change. Vous n'êtes pas de votre temps. Le monde et l'homme dont vous parlez n'existent plus. Comme des gardiens de musée, vous déambulez dans les ruines, vous soufflez sur la poussière et vous vous contentez de palabrer. » En tenant ce genre de propos, Frédéric savait qu'il exagérait, mais aussi qu'il visait juste. Et, d'une certaine façon, la décision ministérielle de limoger les professeurs de philosophie, qui avait été prise l'année passée et qui devenait effective à cette rentrée de septembre, confortait son point de vue. Selon lui, il fallait être résolument moderne, se tourner vers l'avenir, et se concentrer uniquement sur les savoirs susceptibles de produire des effets concrets, autrement dit, les sciences dures.

Rémi descendit les six étages, franchit la porte qui séparait le hall de l'escalier et marqua une pause devant les boîtes aux lettres. Il ne voulait pas s'encombrer du courrier, seulement y jeter un coup d'œil. Une enveloppe bleu azur attira son attention. Il s'apprêtait à s'en saisir quand il entendit le petit bourdonnement électrique annonçant que la porte donnant sur la rue allait s'ouvrir. Une femme d'une soixantaine d'années habillée très élégamment et au regard hautain entra dans le hall.

— Bonjour monsieur Follenfan ! Vous tombez bien, je voulais vous signaler un incident qui vous concerne. Il a beaucoup plu ces derniers jours. Votre voisine de palier, mademoiselle Picketti, m'a parlé d'une trace d'humidité au plafond de sa chambre. Il n'y a pas de dégâts chez vous ?

Lorsqu'elle croisait un résident, madame Triquet trouvait toujours un prétexte pour le retenir. Depuis qu'elle était veuve, elle avait pris à cœur son rôle de présidente du conseil syndical. Sous prétexte de rendre service, elle cherchait à savoir ce qui se passait chez les uns et les autres. Cette attitude contrariait Rémi qui, intrigué par la lettre, se taisait. Madame Triquet reprit :

— C'est important. On ne s'est pas occupé de la toiture depuis longtemps. Je vais demander au syndic de nous envoyer un couvreur…

Rémi lui adressa un sourire de politesse. Elle n'allait pas s'acharner, il n'avait qu'à attendre. Mais il se ravisa. Le mieux était qu'il quitte le hall au plus vite. Il laissa donc là l'enveloppe et se dirigea vers la porte. Dans son dos, comme si elle regrettait de le voir partir, madame Triquet continuait :

— Vous ne travaillez plus... ? J'ai l'impression de vous croiser plus souvent...

— Excusez-moi, je suis pressé, j'ai un rendez-vous.

— Oh, pardon, je suis indiscrète, je vous laisse... mais n'oubliez pas de faire une inspection de vos plafonds.

— Je n'y manquerai pas. Au revoir.

« On ne peut pas être tranquille, se dit Rémi en tirant la lourde porte à lui ; elle va revenir à la charge, il va falloir que j'invente quelque chose. » Cela faisait une quinzaine d'années qu'il habitait là, tout près de la station Picpus. Au moment où il avait eu son poste au lycée Maurice Ravel, il avait cherché à louer un appartement dans le quartier. Un collègue quittait le sien : perché au sixième étage, pas trop cher parce que sans ascenseur. Séduit, Rémi avait sauté sur l'occasion. Il se souvenait de la panique soudaine qui s'était emparée de lui quand son frère, qui l'avait aidé à monter ses meubles, avait pris congé de lui et qu'il s'était retrouvé seul au milieu de ses affaires en désordre. Pour la première fois, il emménageait dans un lieu nouveau. Il avait raccompagné Frédéric sur le palier, ils avaient plaisanté. Frédéric s'était détourné pour descendre les premières marches. Après avoir refermé la porte, il avait reçu une confirmation de ce qu'il savait mais n'arrivait pas à contenir. Presque aussitôt ses peurs enfantines, les peurs idiotes qu'il croyait éteintes l'avaient assailli et l'avaient harcelé avec leurs piques invisibles. « Tu n'es pas chez toi ! Tu n'es pas chez toi ! », c'était le mot de bienvenue que lui adressaient les murs vides et sales, les plafonds lézardés, les prises électriques à moitié arrachées et les lattes disjointes du plancher. Il ne pouvait pas poser son regard d'un côté ou de l'autre sans que surgisse de toutes parts une hostilité vivante. Pendant plusieurs minutes, il avait perdu pied, il avait été ballotté, entraîné comme un fétu de paille dans un courant puissant. Pour se ressaisir, il avait eu le réflexe d'appeler son frère au téléphone, aussitôt le tumulte s'était calmé. Puis il s'était reproché son geste. Frédéric, lui, ne s'était aperçu de rien.

Rémi éprouva un vif plaisir à se retrouver dehors. Il avait beaucoup plu et les trombes d'eau qui avaient succédé aux températures caniculaires, avaient lessivé la ville. Dans l'air neuf flottait un goût de printemps qui engageait à marcher. Il décida de remonter l'avenue de Saint-Mandé et de prendre le métro place de la Nation. « Lorsque l'on est contrarié ou que l'on a besoin de mettre ses idées en ordre, il n'y a pas de meilleur remède que la marche ! » Ce conseil, il l'avait reçu de son père. Enfant, il n'en avait pas saisi la pertinence, mais depuis qu'il avait opté pour une existence philosophique, il le mettait en pratique presque tous les jours. Pour l'heure, son souci principal était de savoir comment il allait affronter les mois à venir. À près de quarante ans, il était encore possible de se reconvertir et de changer de voie. Pour autant, Rémi ne se voyait nulle part. Ni dans le commerce, ni dans la gestion, ni dans les services. La presse écrite l'aurait bien tenté, mais c'était trop tard, et de plus c'était une profession presque périmée. Il y avait belle lurette que l'on n'écrivait plus d'articles de fond. Le grand public fuyait les intellectuels. Pour se faire une idée de ce qui se passait dans le monde, on consultait son téléphone. On ne prenait pas le temps de s'interroger, on jugeait avant de savoir, on tweetait, on s'injuriait, on menaçait, on diffamait, on lançait des rumeurs. Rémi ne l'ignorait pas. L'enseignement l'avait mis au contact des nouvelles générations et il s'était rendu compte que le projet même d'une réflexion au long cours sur l'homme et sur l'éventuel sens de l'existence ne constituait plus un enjeu majeur pour la grande majorité de ses congénères.

Alors qu'il traversait la rue Marsoulan, il lui vint à l'esprit qu'à la même heure, il aurait pu être en train de terminer un cours. Il était midi. À ce moment de la journée, les élèves s'impatientaient et commençaient à ranger leurs affaires. Au lycée Maurice Ravel, la sonnerie retentissait à midi cinq. Est-ce que la vie de professeur allait lui manquer ? Il était encore trop tôt pour en juger, mais ce dont il était sûr, c'est qu'il ne renierait pas toutes ces années. Son métier lui avait permis de vivre quelques grands moments. Dans le brouhaha des classes qui se succèdent, il se produit de temps à autre un phénomène remarquable. Un phénomène qui ne relève pas des idées ni du raisonnement, quelque chose d'à peine perceptible, de l'ordre de la grâce : *la naissance d'une âme*. Rémi n'avait pas d'autres mots pour le nommer. L'enseignement de la littérature et de la philosophie (les disciplines que les pouvoirs publics avaient décidé de réduire ou de supprimer) donnait l'occasion à certains élèves d'émerger de la masse grouillante et inattentive de leurs camarades, de briser l'oppression du groupe, et, comme s'ils étaient appelés à un destin particulier, d'aller vers eux-mêmes. C'est à ce petit miracle qu'il n'assisterait plus et auquel il ne pourrait plus participer.

3

Frédéric disposait de l'un des plus beaux bureaux de l'École. À certaines heures on pouvait l'y retrouver avec toute son équipe. Les recherches en cours, les procédures expérimentales, les hypothèses, les objections, les résultats, tout se discutait et se décidait là. La convention était d'entrer discrètement. Il suffisait d'effleurer la porte. Frédéric ne se donnait pas la peine de répondre. On le découvrait presque toujours dans la même posture, penché et concentré sur un écran d'ordinateur. Si l'on avait une question, il fallait l'interroger sans attendre qu'il relève la tête.

La pièce était vaste et bien éclairée. Un tableau blanc entièrement noirci de formules impossibles à décrypter par un profane s'étalait sur toute la largeur du mur qui faisait face au bureau. Plus que l'amoncellement de documents et de dossiers qui envahissait l'immense table de travail, c'est ce tableau qui impressionnait Rémi. « Pourquoi ce langage m'est-il hermétique ? Est-ce un effet de ma paresse ? Un choix ? Une lucidité ou un aveuglement ? Il faudra bien que j'essaye de démêler ça un jour », se disait-il chaque fois qu'il passait voir son frère.

Rémi n'était d'ailleurs pas très à l'aise dans les locaux de cette institution prestigieuse. Ceux qui travaillaient là jouaient dans la cour des grands, ils incarnaient ce qui se faisait de mieux dans tous les domaines. Rémi éprouvait à leur égard un sentiment trouble empreint d'envie et de rejet. Il reconnaissait, sans se l'avouer, qu'il aurait aimé faire partie de ces initiés à qui l'on confiait des budgets importants pour aller toujours plus avant dans leurs recherches, mais, d'un autre côté, son scepticisme le retenait et lui faisait prendre pour une forme de sagesse supérieure le mode de vie qu'il avait choisi et qui consistait pour l'essentiel à se tenir à l'écart et à vivre en retrait. On était le 6 septembre. Il avait été rayé des cadres de l'Éducation nationale. Sa nouvelle situation ne lui permettait plus de se sentir sûr de quoi que ce soit, et c'est avec une certaine fébrilité qu'il abordait ce nouveau rendez-vous avec son frère.

Par chance, Frédéric était seul.

— Alors ! Comment vas-tu ? Gros veinard... déjà à la retraite !

— Épargne-moi tes mauvaises blagues, ce n'est pas aussi joyeux que tu le crois.

— Oui, je m'en doute, mais j'ai pensé à toi justement... on en parlera un peu plus tard. Au fait, tu as le bonjour des parents, ils n'osent pas t'appeler, ils aimeraient savoir ce que tu deviens... Fais-leur signe.

Rémi acquiesça du regard. Il avait mis au courant ses parents qui s'inquiétaient pour lui. Il les comprenait mais n'avait pas envie d'entendre leurs reproches. Frédéric reprit :

— J'ai réservé une table à *L'Estrapade*. J'ai un peu de temps pour une fois. On y va...

À cette annonce, Rémi se sentit ragaillardi. La bonne humeur de Frédéric lui faisait chaud au cœur. Les deux frères aimaient se retrouver. Entre eux, quel que soit le sujet, la parole circulait très librement. Avec toujours cette différence : Frédéric mettait en avant les aspects positifs, Rémi soulignait les traits les plus sombres. C'était surtout leur rapport au temps qui les opposait. Le temps qui passe était pour Frédéric une source de renouveau inépuisable. Pour Rémi, le renouvellement ne pouvait pas compenser la progression d'un délitement impossible à contenir. Rien ne lui apparaissait assez ferme, même leur amitié. Aussi ne pouvait-il pas s'empêcher de veiller à la bonne santé de leur relation. Il vivait chacune de leurs rencontres comme si tout pouvait être remis en cause, comme si une brèche pouvait s'ouvrir, une ombre tout obscurcir. Les circonstances, les rancœurs, le travail, les mariages, le vieillissement brisaient souvent les liens les plus forts. Rémi ne voulait pas qu'il leur arrive ce qui se produisait partout autour d'eux. Et cela, non pas seulement parce que Frédéric était son frère et qu'un même sang circulait en eux, mais parce que Frédéric était peut-être la seule personne au monde à avoir une petite idée de l'univers qui était le sien.

Ils firent le tour par la guérite puis s'engagèrent dans la rue d'Ulm. Ils étaient grands et élancés. À leur démarche, on pouvait croire qu'ils étaient jumeaux. Un même port de tête, un même balancement des bras. Enfants, très tôt, et parce qu'elle les croyait déjà raisonnables, leur mère les laissait aller seuls à l'école. Rémi se souvenait qu'il devait tenir la main de son frère pour traverser les rues. Il était loin d'imaginer que leur complicité continuerait de compter autant. Corinne, la femme de Frédéric en avait pris son parti. Elle avait vite saisi qu'elle ne pourrait pas aller contre ce lien et qu'elle devrait s'en accommoder bon gré mal gré.

À un moment ou à un autre, la discussion allait rouler sur l'avenir de Rémi, mais pour parler d'une question aussi brûlante, les deux frères avaient besoin d'être en tête à tête, de se retrouver au calme l'un en face de l'autre. La rumeur de la rue ne se prêtait pas aux confidences. Ils devaient profiter de leur marche pour aborder des sujets plus faciles. Il fut question des enfants de Frédéric, des vacances, de la Bretagne et, surtout, de leur dernière grande virée en mer, il y avait déjà quatre ans. Une soudaine légèreté les réunissait. Leur jeunesse revenait vers eux. Ce dont ils s'entretenaient n'appartenait pas au présent et se déployait néanmoins autour d'eux dans la lumière et l'air qu'ils respiraient. Une joie forte passait de l'un à l'autre. Pour un moment, tout était simple, transparent, sans replis obscurs. Ils se laissaient porter.

Ils arrivèrent à *L'Estrapade*. Frédéric, qui connaissait bien le lieu, avait réservé la table la plus éloignée de l'entrée. Il avait choisi ce restaurant parce que la salle était petite et que l'on y était au calme. Le patron se tenait sur le pas de la porte.

— Bonjour Messieurs. La science se porte bien ?

Pour ne pas avoir à entrer dans les détails et parce qu'il ne souhaitait pas qu'on l'interroge sur son activité, Frédéric ne donnait pas de précision sur ce qu'il faisait. Pour le tout-venant, il était chercheur en mathématiques à l'E.N.S.

— Elle fait son chemin. Et vous, comment allez-vous ?

— Très bien, merci. Installez-vous, je reviens.

Rémi profita de l'occasion pour interroger son frère :

— Au fait, c'est vrai, tu en es où avec ton équipe ? Cela fait longtemps que tu ne m'en as pas parlé…

— Je comptais justement t'en entretenir, mais je préfère que tu commences par me dire ce que tu comptes faire… toi ! Au téléphone, jeudi dernier, tu es resté dans le vague… depuis j'imagine que tu en sais un peu plus…

— Non… toute ma vie est à revoir…

Ils étaient maintenant assis l'un en face de l'autre. Rémi fit signe à Frédéric de se pencher vers lui comme pour lui parler à l'oreille. Derrière le bar une jeune femme s'affairait. Au moment où ils s'étaient installés, elle avait relevé la tête, leur avait adressé un sourire, puis avait repris sa tâche.

— Tu vois la serveuse... elle est jolie, souriante... Je suis sûr qu'elle se fout complètement de savoir pourquoi le ministre de l'Éducation a décidé de supprimer l'enseignement de la philosophie en classe de terminale, et d'ailleurs elle n'est peut-être même pas au courant... Eh bien, je suis persuadé que si je vivais avec une femme comme elle, je n'en serais pas là aujourd'hui...

Frédéric fit une grimace de désappointement.

— Rémi ! Oui, bien sûr, puisque tu serais un autre... et que tu ne serais pas mon frère... Plus sérieusement, écoute-moi, j'ai peut-être une solution, j'ai pensé à quelque chose...

— Parce que tu crois qu'il y a des solutions pour des types comme moi ?

Avec un air faussement accablé, Frédéric reprit :

— Attends ! Attends ! Tu ne sais même pas ce que je vais dire, laisse-moi t'exposer mon idée, j'ai une proposition à te faire... mais tiens, jette d'abord un coup d'œil sur la carte... jusque-là, cela ne devrait pas être trop compliqué !

Les yeux de Frédéric pétillaient de moquerie. Avant d'avoir une conversation sérieuse, les deux frères commençaient souvent par une chamaillerie. Un peu à la manière de judokas qui vont l'un vers l'autre, s'attrapent par la veste et qui dans un même mouvement cherchent à s'éviter, il fallait qu'ils arrivent à s'empoigner pour de bon. Rémi fit mine d'examiner la carte, il lisait sans lire. Un couple s'installa à côté d'eux. En jetant un coup d'œil rapide sur la salle, il s'aperçut que toutes les tables étaient déjà occupées.

Le patron revint vers eux :

— Vous avez choisi ?

— Comment est la viande aujourd'hui ? interrogea Frédéric. Il faut en profiter, bientôt cela sera interdit. Va pour la pièce de bœuf sauce au poivre. Et toi Rémi ?

— La même chose.

— Parfait. Je vous propose d'arroser ça avec un petit Château Saint-Georges.

Les deux frères acquiescèrent du regard. Le patron s'éloigna. Leur joute allait reprendre quand la porte de l'établissement s'ouvrit. Aussitôt Frédéric qui avait vue sur l'entrée reconnut des membres de son équipe. La salle étant relativement exiguë, il n'était pas possible de s'ignorer.

— Ah, mais Frédéric est là ! s'exclama une jeune femme.

Cette irruption inattendue crispa Rémi. Le tête-à-tête avec son frère venait à peine de commencer et il n'avait aucune envie de parler avec des inconnus. Pressentant sa contrariété, Frédéric eut le temps de lui murmurer :

— Ne t'inquiète pas, ils ne vont pas déjeuner ici, il n'y a déjà plus de places… Je vais te présenter.

L'équipe de Frédéric n'était pas au complet. En tout, ils étaient douze. Rémi en avait déjà croisé quelques-uns. Il reconnaissait des têtes, mais il n'avait jamais vu la jeune femme qui avait entraîné le groupe vers eux. Il fut immédiatement saisi par sa grâce et son élégance.

— Rémi, mon frère, ex-professeur de philosophie.

— Lola Ramirez, enchantée de faire votre connaissance. Alors il paraît que vous pourriez bientôt nous rejoindre…

— Lola ! S'il te plaît !

La jeune femme bredouilla quelques mots d'excuse, puis recula pour laisser les quatre autres collaborateurs se présenter. Frédéric s'efforçait de paraître détendu, mais une ride était apparue sur son front. Rémi connaissait bien cette ride : son frère était contrarié. Les présentations avec les autres collaborateurs ne donnèrent lieu à aucun commentaire. Le groupe s'éloigna et les deux frères se retrouvèrent de nouveau en tête à tête. Une sorte de brume venait de tomber.

— Frédéric, c'est quoi ce scénario ?

— Je suis désolé… Je t'assure qu'il n'y a pas d'embrouille. C'est un malentendu…

— Comment cela ? Tu leur as parlé de moi et tu leur as laissé entendre je ne sais trop quoi… que je pourrais me mettre à travailler avec vous… c'est cela ton idée ?

— Je voulais t'en parler aujourd'hui. Je suis sincèrement désolé.

Frédéric connaissait suffisamment Rémi pour savoir que la gaffe de Lola allait être difficile à réparer. Il est vrai qu'il avait échafaudé un plan, ou plutôt qu'il avait envisagé une possibilité et s'était laissé aller à en parler à Lola avant même d'en avoir informé son frère. Ses travaux exigeaient que l'on tente certaines expériences. On ne pouvait pas continuer de faire comme si les recherches qu'on menait dans le domaine des neurosciences et celles qu'on entreprenait dans celui de l'intelligence artificielle n'avaient pas une frontière commune. Les connaissances et les progrès réalisés étaient tels qu'il fallait maintenant montrer au monde comment tout cela pouvait s'agencer et modifier favorablement la vie humaine. À l'étranger, des laboratoires travaillaient déjà depuis plusieurs années en ce sens. En France, on y travaillait aussi, mais l'on préférait rester discret pour ne pas inquiéter la population. Des débats avaient eu lieu afin d'accorder plus de liberté aux chercheurs. Et il fallait bien reconnaître que les mentalités ayant évolué dans le sens d'une plus grande tolérance, la législation s'était assouplie. Le recul de la foi dans les pays occidentaux avait permis de concevoir qu'en l'absence de Dieu, c'était à l'homme de fixer ses propres limites quant aux expérimentations et manipulations qu'il pouvait exercer sur la matière vivante. Il en avait résulté que ces manipulations pouvaient s'étendre à l'homme dès lors qu'il était confirmé par l'expérience qu'elles étaient sans danger et incontestablement bénéfiques. La législation avait ainsi entériné des possibilités d'agir non seulement sur le vivant en général, mais aussi sur les êtres humains, à condition que ces derniers soient majeurs et donnent leur accord en toute connaissance de cause et en toute liberté. Il n'en demeurait pas moins qu'il n'y avait pas d'unanimité sur cette question de l'expérimentation humaine et que beaucoup, même parmi les chercheurs, continuaient de la condamner au nom du principe de précaution. Ces derniers craignaient la révolution qui se préparait. Leur argument principal était que l'homme-augmenté n'aurait plus aucun scrupule ni aucun sentiment de culpabilité, qu'il ressemblerait à une machine et que ce serait, si ce n'est la fin de l'Histoire, du moins celle de l'homme naturel.

Qu'est-ce que Rémi venait faire là ? En quoi était-il concerné ? Frédéric avait certes son idée sur la question, mais maintenant que les cartes étaient brouillées, il préférait la garder pour lui. Entre les deux frères, le courant ne passait plus. Chacun attendait que l'autre fasse un pas pour renouer le dialogue. On les avait servis, le patron leur avait souhaité bon appétit, mais ils étaient trop perturbés pour commencer à manger. Ils s'étaient rarement trouvés dans une situation aussi désagréable. À mesure que le silence s'installait, la glace s'épaississait. Les torts étaient du côté de Frédéric, c'était à lui de parler et de s'expliquer ; Rémi, lui, souffrait de voir son frère aussi gêné et embarrassé. Il s'était réjoui de ce déjeuner en tête à tête et ne supportait pas que les choses puissent tourner aussi mal.

— Explique-toi Frédéric ! Dis quelque chose !

— Écoute, tu sais combien je m'investis dans mes recherches… mais actuellement je ne suis pas satisfait… on piétine. Il faudrait oser des expériences un peu exceptionnelles pour vérifier si nos résultats sont pertinents et susceptibles de nouveaux développements… Je cherche quelqu'un avec qui je pourrais en discuter sur un plan global et non pas seulement d'un point de vue scientifique et technique… Je n'arrive pas à avoir ces discussions avec mes collaborateurs, ils sont trop spécialisés, ils n'ont pas de vue d'ensemble et ne veulent pas s'engager au-delà des travaux de recherche que je leur commande. Ils attendent que je décide.

— Et donc tu as pensé à moi… ! C'est très sympathique de ta part, mais cela m'étonne quand même un peu… Je ne vois pas ce que je peux t'apporter, je ne connais rien à ton domaine… Non, là, franchement, je n'arrive pas à te suivre.

— Je comprends ta réaction Rémi, mais je suis sûr que tu peux m'aider… Tu deviendrais un collaborateur extérieur et temporaire de notre laboratoire. De toute façon, rien ne presse, je te demande seulement de réfléchir à ma proposition. Voilà, il n'y a rien de plus, c'était mon idée… cela nous aurait donné l'occasion de nous voir plus souvent et puis, à toi, d'avoir un job en attendant de trouver mieux.

Rémi regardait son frère. Frédéric avait essayé de se justifier, mais ce qu'il avait dit et qui était censé l'éclairer ne l'avait pas convaincu. Son explication était trop vague. Frédéric n'avait peut-être pas menti, mais n'avait certainement pas dit toute la vérité. Leur amitié était en général ce qui apportait à leur conversation une garantie d'authenticité et de franchise. Pour une fois, cette complicité n'agissait pas. Fallait-il l'interpréter comme un signe ? Rémi scrutait le regard de son frère sans savoir s'il devait insister. Frédéric semblait avoir déjà dépassé l'événement. La ride de contrariété qui barrait son front avait disparu. Pour lui l'incident était clos. Il avait pris en main son couteau et sa fourchette et avait attaqué sa pièce de bœuf sans plus attendre. Après avoir avalé une première bouchée, il recommanda à Rémi d'en faire autant.

— Allez, ne fais pas cette tête d'enterrement… Mange… Je te demande de me croire… les choses ne se sont pas présentées comme elles auraient dû, c'est tout… Rien n'est changé entre nous, c'est juste un malentendu… Je suis sûr que nous pouvons aller de l'avant ensemble. Promets-moi d'y penser.

Frédéric avait prononcé ces derniers mots avec un tel élan de sympathie que Rémi sentit qu'il ne pouvait pas se fermer plus longtemps.

— Je vais y réfléchir… mais reconnais tout de même que j'ai des raisons d'être surpris.

4

Dehors, le soleil dardait ses rayons avec force. À la douceur du matin s'était substitué une chaleur immobile. Pendant quelques secondes, les deux frères eurent l'impression de sortir d'une caverne. Les pare-brise et les carrosseries des voitures ruisselaient de lumière, ce qui obligeait à cligner des yeux et à se détourner. L'incident qui avait terni leur rencontre avait eu pour effet d'accélérer leur repas. Une gêne s'infiltrait dans tous les sujets abordés. Ils avaient beau la combattre, elle remontait à la surface. Dans ces conditions chacun en avait conclu qu'il valait mieux écourter la rencontre. Ils se séparèrent sur le trottoir sans effusion particulière. En signe d'amitié néanmoins, ils se donnèrent une petite tape sur l'épaule. Ils aspiraient à une vraie réconciliation. Elle arriverait certainement, il fallait seulement lui laisser le temps.

Rémi avait désormais une nouvelle bonne raison de marcher et de se lancer dans un long périple à pied. Il lui fallait revenir sur ce qui s'était produit et tenter de comprendre ce qui s'était passé afin d'en réduire la nuisance morale. Son frère souhaitait lui venir en aide. En quoi cela était-il humiliant ? Si chacun devait veiller à ce que son amour-propre ne soit jamais égratigné, il n'y aurait plus rien de possible. Et puis, surtout, il fallait regarder les choses du bon côté. Quoiqu'un peu surprenante, la proposition de Frédéric n'avait rien de déshonorant. C'était l'intervention fâcheuse de sa collaboratrice qui avait tout obscurci, mais ce n'était qu'une maladresse, et il n'avait pas à en tenir compte. Frédéric lui offrait la chance de cesser de se morfondre et de plonger dans un nouvel univers. En acceptant, il ferait d'une pierre deux coups, cela lui permettrait de se rapprocher de lui et cela lui donnerait l'occasion de participer à une entreprise passionnante d'un point de vue intellectuel.

Pendant quelques secondes, Rémi hésita. Il s'était engagé à droite pour rejoindre la rue Mouffetard. Il n'était pas trop tard pour faire demi-tour, rattraper son frère et lui dire tout le bien qu'il pensait de sa proposition. Mais il aurait dû se mettre à courir et il aurait eu l'air ridicule de courir par cette chaleur. « Ce n'est pas urgent. Je l'appellerai ce soir ou demain », se dit-il en poursuivant son chemin.

Il allait mieux, il recouvrait sa bonne humeur. La tension du repas se dissipait lentement, même si la chaleur lui pesait. Il ôta sa veste. Elle l'encombrait. Il n'avait pas prévu qu'il ferait si chaud, et il se disait qu'il aurait mieux fait de sortir en chemise comme il l'avait fait tout l'été quand un léger bruit d'eau qui s'effondre et rebondit attira son regard. Le chuintement harmonieux venait d'une petite place. Ce n'était pas la première fois qu'il passait par là, mais, jusqu'à ce jour, ce bout de trottoir aménagé n'avait pas retenu son attention. Il ne lui avait jamais paru essentiel de s'intéresser aux noms des rues et des places. Il les empruntait sans chercher à savoir à qui ou à quoi tous ces noms correspondaient. Il reconnaissait d'ailleurs que pendant longtemps il s'était comporté comme les enfants et avait vécu comme si le monde avait commencé avec lui. Ce qui lui importait était ce qui se produisait ici et maintenant. Le présent lui suffisait et il ne ressentait que rarement le besoin d'exhumer d'un passé lointain de quoi alimenter sa pensée. De plus, une conviction très forte entretenait sa relative indifférence vis-à-vis de tout ce que charriait l'Histoire. Son expérience avait fait entrer dans sa chair encore plus que dans son esprit l'idée de la séparation et de la solitude. Qu'est-il possible en effet d'attendre d'un autre homme ? Avec ses élèves, il illustrait cette question au moyen de la célèbre fresque de Michel-Ange dans la chapelle Sixtine : *La Création d'Adam*. Qu'y a-t-il de remarquable dans cette image ? leur demandait-il. Sur quel détail devons-nous concentrer notre attention ? Non pas sur le fait que l'homme soit apparenté à Dieu, c'est comme le nez au milieu de la figure. Non, ici, le plus important, c'est le petit espace qui sépare l'index de Dieu de celui de l'homme. L'essentiel est là, dans cet écart, dans ce vide qui sépare, et qui, à jamais, nous voue à la solitude. C'est dans cette faille que prend naissance le besoin de philosopher.

Rémi s'arrêta pour s'adonner pleinement à l'écoute du filet d'eau. La « Place » avait la surface d'un modeste appartement. Elle était si discrète, si simple et si banale que l'on pouvait se demander comment un si petit espace avait obtenu d'entrer dans la catégorie des places. Cette question attisa tout à coup sa curiosité. Sur un petit panneau accroché à l'un des trois réverbères, on pouvait lire *Place Emmanuel Levinas*.

« Il y a ici un clin d'œil malicieux de la société à l'intention des intellectuels, voilà bien une chose qui mérite qu'on s'y arrête », se dit-il. On sait, en France, qui est Charles de Gaulle. On connaît l'importance de son action aux heures sombres de la défaite, et on admet volontiers que, sans lui, après la guerre, la France n'aurait pas retrouvé aussi facilement sa place dans le concert des nations. À Paris, la place Charles de Gaulle est à l'aune du personnage et de son action. Mais qui connaît Emmanuel Levinas ? Et néanmoins on ne lui aurait pas dédié ce petit bout de terre sans raison. Une raison faible, mais suffisante. Peut-être est-ce parce qu'il a tenté de résoudre l'énigme des mains ? Il semble en effet que lui aussi, comme Michel-Ange, ait été attentif à la bizarrerie d'un Dieu qui tend faussement sa main... Une main dont on ne sait pas si elle est là pour repousser ou pour sauver, une main ironique, qui abandonne plus qu'elle ne sauve et qui, par défaut, assigne l'homme à l'appel de l'autre homme... Tout cela, le philosophe en avait parlé dans des livres aux titres obscurs. Et puis il était arrivé à Emmanuel Levinas ce qui arrive ordinairement à chacun. Le philosophe avait fini par tomber dans le vide. Le vide qui sépare les mains quand elles appellent à l'aide et n'arrivent pas à se rejoindre. Et si maintenant son nom était là, sur ce petit panneau, c'était simplement pour dire qu'on le remerciait pour sa tentative, et que l'on rendait hommage à son obstination.

« Somme toute, une petite place bien modeste, tout à fait à la mesure de ce que peut réaliser un philosophe », se disait encore Rémi.

Il était resté sur la place quelques instants, en avait fait le tour et s'était approché de la fontaine qui chuintait. Elle était l'élément le plus charmant du lieu. En fermant les yeux, on pouvait se croire dans un village du sud de la France. Puis l'enchantement s'était dissipé et Rémi ne savait plus ce qu'il était venu faire là. Un moment, il avait envisagé de s'asseoir sur le banc encore disponible, mais c'est précisément à cet instant qu'était revenu vers lui le malaise qu'il avait toujours éprouvé dans l'espace public. Sur l'autre banc, une jeune femme téléphonait. Pour mieux se concentrer et ne pas être dérangée, elle s'était recroquevillée, et n'avait pas relevé la tête quand il était passé à côté d'elle. D'une main, elle donnait un petit mouvement de balancier à un landau, de l'autre elle tenait son téléphone tout en regardant fixement vers un point sur le sol. Rémi enviait cette capacité que possédaient beaucoup de personnes à faire comme si elles étaient chez elles à peu près n'importe où.

Il aurait pu s'asseoir. Les deux bancs étaient bien à l'abri du soleil sous le feuillage des trois arbres qui donnaient à la place un petit air guilleret. Rien ne pressait, il n'avait pas d'autre rendez-vous et n'avait plus de travail. Une fois sur le banc, cependant, il n'aurait pas su comment être… Et puis surtout, on aurait pu l'importuner, venir s'enquérir auprès de lui de quelque chose, et cela, il ne le souhaitait pas.

Il se souvenait qu'il avait été abordé à peu près dans les mêmes conditions et s'en était très mal sorti. Il devait avoir entre dix-huit et vingt ans, l'âge auquel il avait commencé à traverser Paris à pied de long en large pour rejoindre des amis ou se rendre à des cours. Pourquoi s'était-il arrêté ? Un creux à l'estomac le tiraillait. Il avait acheté un sandwich à la première boulangerie venue et avait entrepris de l'engloutir en continuant de marcher. Le malaise persistant, il avait préféré s'installer quelques minutes sur un banc. C'est alors qu'un inconnu était venu s'asseoir à ses côtés. Rémi n'avait pas bronché, mais, à l'allure de l'être qui s'approchait, avait immédiatement pressenti les difficultés qui se profilaient. Il s'agissait d'un homme à l'âge indéfini, un homme perdu comme seul un homme peut l'être, sans attache, sans domicile, vivant d'expédients et cherchant la compagnie d'un autre. Cet homme allait lui adresser la parole. Il ne pouvait en être autrement. S'il ne souhaitait pas engager la conversation, Rémi n'avait qu'une chose à faire, quitter les lieux sur-le-champ. Mais c'était manifester un refus avant même qu'une demande soit formulée et Rémi avait été trop bien élevé pour agir de la sorte. Aussi avait-il préféré jouer la carte de l'absence : il était là, mais il n'y était que pour lui-même. Comme la jeune femme au landau qui fixait un point invisible, il s'était efforcé d'avoir l'air absorbé dans ses pensées. Cependant, à peine assis, l'autre homme s'était mis à le regarder. Un regard insistant, avide, et sans pudeur. Et Rémi avait pris peur. Il savait que dans le regard d'un homme tel que celui-là, c'est toute l'humanité qui appelle, et qu'à l'issue d'un tel spectacle on ne sortait pas indemne. Alors il avait bien essayé de se recroqueviller, de jouer aux absents, mais le regard de l'homme l'enveloppait et ne le lâchait plus. Le temps passait, et à chaque seconde, comme des tentacules, les bras invisibles du regard se refermaient un peu plus. Il était trop tard pour s'en aller. Il fallait trouver une parade. Peut-être que cet homme avait faim. Rémi avait rompu son sandwich et en avait proposé la moitié à l'homme qui l'avait acceptée. Seulement il avait accompli ce geste par défaut, sans réfléchir et sans prendre en compte l'attente véritable de l'autre homme. Dès lors la situation lui avait échappé. Tout perdu et tout aussi repoussant qu'il était, l'individu n'en avait pas moins sa fierté. À peine avait-il accepté la moitié du sandwich qu'aussitôt il avait sorti de l'une des deux besaces qu'il tenait sur ses flancs une bouteille en plastique très usagée dans laquelle s'agitait un liquide rougeâtre. En signe d'hospitalité et de reconnaissance, il avait posé la bouteille entre eux deux. Une fraternité pouvait naître, il ne restait plus qu'à engager la conversation et boire l'un après l'autre au goulot de ce flacon ignoble.

On ne l'y reprendrait plus. Cette histoire lui avait servi de leçon. Il faut aimer son prochain, être généreux, ne pas porter atteinte à son humanité, lui porter secours, le respecter… c'est ce qu'on lui avait appris et qu'il s'efforçait de pratiquer. Maladroitement. Mais, depuis l'événement qui, enfant, lui avait fait approcher ce vide impalpable qui sépare les mains et que Michel-Ange avait si bien peint, il n'était plus capable d'un geste généreux qui ne soit pas hanté par ce vide ni n'en porte la malédiction.

5

— Vous aimez la montagne ?

Rémi crut tomber d'un rêve. Il tombait deux fois. Il tombait d'abord du livre qu'il avait en mains et sur la couverture duquel un alpiniste en très mauvaise posture oscillait au bout d'une corde. On voyait la paroi verticale à laquelle il n'était plus agrippé et on devinait le vide en dessous de lui. Et il tombait encore, parce que, s'il reconnaissait vaguement la voix qui venait de l'interrompre dans sa rêverie, il ne parvenait pas à mettre un nom sur elle. Lola, la collaboratrice de son frère, était là, à sa gauche, tout près de lui. Il ne l'avait pas entendue s'approcher. Elle lui souriait et le regardait comme s'ils se connaissaient depuis toujours. Surpris par cette présence, Rémi se sentit un peu ridicule, troublé à la manière d'un enfant qui aurait enfreint une règle et qui aurait été pris sur le fait sans réussir à se justifier. Il avait croisé la jeune femme dans le restaurant, une heure auparavant, et elle se trouvait maintenant auprès de lui dans cette librairie.

— Oui, non… je… je ne pratique pas, j'ai le vertige… C'est le titre de ce livre et cette photo qui ont retenu mon attention : *La mort suspendue*. Mais comment se fait-il que nous soyons… ?

— Ne vous inquiétez pas, je ne vous ai pas suivi… je ne suis pas en service commandé. Je viens souvent ici… mais si vous avez un peu de temps, on pourrait en profiter pour faire connaissance… je pourrais me faire pardonner mon indiscrétion de tout à l'heure…

Rémi ne pouvait qu'acquiescer. La jeune femme continuait de lui sourire. Il n'osait pas la regarder trop directement ; elle, au contraire, ne se gênait pas pour le dévorer des yeux. Déjà dans le restaurant, il avait été surpris par sa vivacité et sa spontanéité. Habituellement il fuyait les personnes qui voulaient entrer en contact avec lui trop rapidement, qui brûlaient les étapes. Mais là, la situation était différente, Lola était une collaboratrice de son frère, et, étant donné ce qui venait de se produire, il fallait éviter un nouveau malentendu.

— Je paie ce livre et on se retrouve dehors.

Quelques instants plus tard, Lola et Rémi étaient assis l'un en face de l'autre sur la terrasse du café Delmas. Rémi y avait laissé quelques souvenirs quand, étudiant, il éprouvait un grand besoin de parler et de tromper sa solitude. En remontant vers la place de la Contrescarpe, il avait été frappé par l'élégance de Lola. La jeune femme portait haut les insignes d'une jeunesse triomphante, elle avait la trentaine, était habillée avec goût et jouissait d'une insolente vitalité. Tout en marchant à son côté, Rémi avait essayé de saisir les traits de son visage. À chaque fois qu'il se tournait vers elle, elle lui souriait, et à chaque fois ce sourire franc et sans réserve le troublait et l'obligeait à détourner le regard. « Comment peut-elle être aussi à l'aise ? se disait-il, on ne se connaît pas, elle doit me trouver coincé. » À tort ou à raison, Rémi pensait que les femmes étaient plus douées que les hommes pour s'orienter et ne pas commettre d'impairs dans ce moment délicat de la rencontre. C'est cette impression d'habileté et de supériorité que lui donnait Lola. Elle le surprenait par son aplomb et son aisance. Rien en elle ne paraissait feint ni même le résultat d'un long exercice, elle rayonnait tout simplement.

— Frédéric nous a parlé de vous, vous comptez beaucoup pour lui.

Rémi aurait bien voulu parler le premier, mais elle l'avait devancé.

— C'est réciproque, on s'apprécie. Mais si je comprends bien, vous en savez plus sur moi que moi sur vous.

Rémi avait prononcé sa remarque sur le ton de l'humour. Lola esquissa un sourire et marqua un temps avant de répondre.

— Alors vous voulez que l'on parle d'abord de moi ? Qu'à cela ne tienne... mais j'ai peur de vous importuner, on me reproche de ne pas savoir me taire, vous en savez quelque chose...

À quelques mètres d'eux, en bordure du trottoir, un motard faisait démarrer son engin ; l'homme donnait des coups d'accélérateur intempestifs qui assourdissaient l'espace. Lola lança un sourire muet en direction de Rémi. Le temps d'une seconde, ils se regardèrent sans s'éviter, puis chacun tenta d'échapper à l'autre, Lola en se tournant vers le motard, Rémi en regardant sa tasse de café. Le calme revenu, c'est lui qui reprit :

— Non, je ne veux pas être indiscret… je ne vous cache pas cependant que j'ai été très étonné tout à l'heure par ce que vous avez laissé entendre.

— Je suis désolée… J'ai cru que vous étiez au courant.

— Cela ne m'explique pas comment Frédéric a pu en venir à penser à moi pour vous aider dans vos travaux…

La conversation prenait une tournure plus sérieuse. Rémi sentit qu'il pouvait dévisager Lola sans détourner les yeux et comme si son charme, qui jusqu'à présent l'avait subjugué, avait perdu un peu de son pouvoir d'affolement. Insensiblement, il parvenait à lui parler normalement sans trembler et sans craindre de déraper. Ce n'était pas la première fois qu'il éprouvait cette petite oscillation entre deux manières d'être. Soit la raison l'emportait et c'était le sujet de la conversation qui jouait le premier rôle, soit les mots n'étaient qu'un écran de fumée et seule comptait la présence irradiante de la personne en face de lui. Le basculement pouvait avoir lieu dans les deux sens. Mais ce n'était qu'avec certaines femmes ou avec certaines jeunes filles que se produisait ce phénomène. Avec celles qui avaient un surcroît de présence et qui possédaient une grâce particulière. À chaque fois, c'était comme s'il assistait à une apparition. Il en était tout chamboulé. Il fallait qu'il lutte, se concentre, se raccroche à quelque chose. Lola entrait dans cette catégorie, elle avait tous les attributs pour le séduire. Cependant elle était aussi la personne qui avait semé le trouble entre Frédéric et lui. Il devait profiter de cette rencontre pour y voir un peu plus clair. Il reprit :

— Vous avez la même formation que mon frère ?

— Non, je suis biologiste, je me suis spécialisée dans la physiologie du cerveau. J'ai rencontré Frédéric à l'occasion d'un colloque sur la production de la pensée, je venais de soutenir ma thèse, il a apprécié mon exposé et m'a proposé de venir travailler dans son équipe, j'ai accepté.

Lola esquissa un sourire. Rémi reprit aussitôt la balle au bond.

— Qu'est-ce que vous entendez par « production de la pensée » ? J'imagine que vous voulez parler des conditions matérielles de la pensée : les neurones, les synapses et leur mode de fonctionnement. Je ne connais pas grand-chose à tout cela, mais je sais ce qui motive ce genre de recherches. Ce que vous projetez, c'est tenter de maîtriser un processus incroyablement complexe. Vous croyez franchement que l'on pourra un jour pénétrer dans ce processus ? La vie, la pensée, il me semble que ce sont des phénomènes impénétrables. On n'en comprendra jamais que des bribes...

En s'exprimant ainsi, Rémi savait qu'il allait faire réagir son interlocutrice.

— Vous voulez m'entraîner sur le terrain philosophique. Vous avez raison, cela peut sembler prétentieux, mais ce qui nous importe n'est pas de savoir sur quoi nous allons buter. On veut cerner de plus près ce qu'il y a à comprendre au niveau matériel. Et sur ce plan, on ne cesse de progresser... on avance, c'est le principal.

— Je peux savoir sur quoi vous travaillez actuellement ?

La question était plus embarrassante. Lola eut une moue d'hésitation.

— Vous allez me mettre en porte-à-faux avec votre frère... si je parle à sa place, cela ne va pas arranger les choses.

— Juste quelques indications... mon frère, je m'en charge.

— Très schématiquement, disons que le projet est de cerner toujours un peu plus le processus de création de la pensée afin de mieux la réguler, d'en améliorer l'efficace, et surtout de la rendre moins dépendante de nos affects... et pour cela de voir comment on peut lui apporter le soutien de l'intelligence artificielle. Nos cerveaux sont très puissants, mais nous les utilisons mal, il y a sûrement moyen de faire mieux. C'est dans cette direction que nous travaillons.

Un silence s'installa entre eux. La conversation avait pris un tour austère qui modifiait leur rapport. Lola cherchait dans le regard de Rémi le signe d'une approbation ou d'un rejet. Lui-même la regardait, mais sans l'atteindre, comme si son regard se perdait en chemin. À vrai dire, il n'était pas surpris par ce qu'elle venait de lui exposer. Cela faisait plus de trois siècles que l'on s'efforçait de mettre la recherche scientifique au service du progrès intellectuel et moral de l'humanité. Le progrès ne devait pas s'arrêter à l'élaboration de machines intelligentes, il fallait que l'on en voie aussi les effets sur l'homme. D'autant qu'il y avait un décalage de plus en plus frappant entre l'évolution toujours plus rapide des premières et la stagnation du second. L'article d'un certain Thierry Ponsard paru dans *Le Monde* tirait la sonnette d'alarme. Il avait pour titre : *Quand la machine progresse, l'homme régresse*. L'auteur montrait que l'on n'avait pas cessé depuis une cinquantaine d'années de déléguer notre mémoire et notre intelligence aux machines et qu'il en était résulté un abaissement du niveau intellectuel moyen des populations du monde développé. Pour remédier à ce déclin, il proposait de distribuer aux hommes le bénéfice de ce qu'ils avaient inventé en renflouant le cerveau humain avec des « briques » d'intelligence artificielle. Ainsi ils pourraient se réapproprier le fruit de leur travail et cesser d'apparaître plus stupides que leurs machines. Rémi avait lu cet article qui concluait que, puisqu'on ne pouvait pas demander à tout homme d'accéder à la sagesse par la seule force de sa réflexion et de ses lectures, on n'avait qu'à l'y aider en introduisant directement en lui les représentations susceptibles de réguler son comportement.

— Ce que vous me dites me fait penser à ce que Thierry Ponsard a écrit dans *Le Monde* il y a quelques mois, vous en avez certainement entendu parler... et donc vous êtes d'accord avec cette orientation ?

— Oui, tout à fait. Alors, certes, il reste beaucoup de choses à comprendre et surtout quelques expériences décisives à réaliser. Mais si l'on parvient à faire la synthèse du cerveau humain et de l'ordinateur, ce qui ne saurait manquer d'arriver selon moi, c'est un tout nouvel avenir qui s'ouvre à l'humanité... On y travaille et on ne désespère pas d'y parvenir.

Le nom de Thierry Ponsard avait fait passer sur le visage de Lola une lueur d'amusement. Rémi s'apprêtait à lui demander si elle le connaissait lorsque le téléphone de la jeune femme se mit à sonner.

— Je suis désolée, on m'attend. Nous aurons sans doute l'occasion de reprendre cette discussion. Je ne dis rien de notre entrevue à votre frère, on est au moins d'accord sur ce point...

Rémi bredouilla un oui timide. Il eut un rapide pincement au cœur. Ce n'était pas Lola, la neurobiologiste, qui venait de s'exprimer, mais une jeune femme en apparence très libre, qu'il ne connaissait pas et dont le charme de nouveau produisait son effet. Elle avait parlé sur le ton léger de ceux qui ont toujours quelque chose à faire, de ceux qui sont pris dans le mouvement de la vie. Son départ précipité renvoya Rémi à sa situation personnelle. Il cherchait quelque chose à dire qui lui donne une contenance, mais Lola s'était déjà éloignée.

6

« *Des flocons se posaient sur mon visage et le vent s'acharnait sur mes vêtements. La nuit restait désespérément noire. La neige se mêlait à mes larmes brûlantes. Je n'en pouvais plus, je me sentais anéanti. Cette fois, c'était fini ; j'avais atteint mes limites. J'avais besoin que quelqu'un me vienne en aide, absolument. Cette fois, la tempête et les ténèbres allaient avoir raison de moi, elles allaient m'engloutir car je n'avais plus la force de résister. Je versais des larmes sur tout ce gâchis, mais je pleurais surtout de n'avoir personne pour m'aider à traverser cette horrible nuit. Je laissais libre cours à ma colère, à ma souffrance. Je n'avais plus le courage de continuer, j'étais au bout du rouleau. — Au secours !!! Le hurlement monta dans la nuit, immédiatement englouti par le vent et la neige.* »

Rémi avait ouvert le livre de Joe Simpson, avait lu quelques pages au hasard, puis s'était laissé prendre. Enfant, son intérêt pour la vérité était né avec ce genre de livres. Grâce à eux, il avait appris que le vrai combat – s'il devait y avoir lutte et combat – n'était pas celui que les hommes mènent entre eux. « Se faire une place au soleil » : ce combat-là le répugnait. Non, le vrai combat était celui que l'on mène dans la Nature, dans ces lieux éloignés où il était encore possible de la rencontrer. Seul ou accompagné d'un ami. Car la Nature était comme la Vie, ce que personne n'a jamais vu, ce que personne ne connaît. Et d'ailleurs, il n'y avait pas nécessairement combat, le mot n'était pas le bon. Il y avait seulement un risque à courir, le même qu'en amour, le risque d'être blessé et de laisser l'inconnu entrer en soi. Tous les embrassements causent de nouvelles blessures. Le combat ne commence qu'après. Avec la douleur des plaies qui ne guérissent pas. Avec la mémoire des voix et des visages que l'on a quittés par amour de l'aventure et qui, dans les nuits de solitude, vous déchirent le cœur. Aux plus chanceux, la Nature offre plus que la vie sauve : elle les laisse entrer en elle, un peu comme s'ils entraient dans la forge d'Héphaïstos et qu'ils participaient à son intimité. Elle en fait les témoins de son secret.

— Vous reprenez quelque chose ? Monsieur, s'il vous plaît... désirez-vous autre chose ?

Tout à sa lecture, Rémi n'avait pas entendu la proposition du serveur. Seul le cri de Joe Simpson se prolongeait en lui. Il avait endossé la solitude de cet homme qu'il comprenait.

— Monsieur, je vais vous demander de régler, je termine mon service...

— Oh oui ! pardon, combien je vous dois ?

Le serveur ressemblait à un acteur connu : une tête ronde, une moustache, le crâne dégarni. Pendant quelques secondes Rémi chercha en vain à retrouver le nom de cet acteur. La physionomie de cet homme lui était sympathique. Des habitués du café lui en avaient peut-être déjà fait la remarque. Rémi préféra s'abstenir. Dans la même situation, il n'aurait sans doute pas apprécié qu'on lui adresse la parole simplement pour lui dire qu'il ressemblait à un autre.

La journée s'inclinait doucement. Les rayons du soleil ne frappaient plus avec la même ardeur et la tiédeur de l'air s'accompagnait d'un léger souffle. Rémi marchait d'un pas rapide. Il avait retrouvé sa bonne humeur du matin. Quoi qu'il fasse cependant, la pensée de sa démission refluait obstinément vers lui. L'aventure de Joe Simpson avait réussi à la chasser de son esprit le temps d'un après-midi, et maintenant elle revenait avec force. Avait-il eu raison ? N'aurait-il pas mieux fait d'accepter tout bonnement un poste de personnel de direction ? C'est l'option que la plupart de ses collègues avaient prise ; ils avaient des enfants et ne voulaient pas se retrouver sans rien. Mais lui, justement, n'avait pas d'enfant, il avait vécu sans, et ce n'était sans doute pas la seule différence. Il ne se voyait pas dans l'habit d'un principal ou d'un proviseur.

Pendant qu'il marchait, les péripéties de sa journée venaient frapper aux portes de son esprit, et il lui semblait que les événements confortaient sa décision. Il était libre. S'il n'avait pas démissionné, il aurait passé sa journée en stage de formation. Plutôt que de revoir son frère, il aurait dû assister à une série de conférences sur la sécurité, l'hygiène, la discipline, les prérogatives et les devoirs d'un chef d'établissement. Alors, si les retrouvailles avec Frédéric ne s'étaient pas déroulées comme il l'aurait souhaité, du moins lui avaient-elles permis de faire la connaissance de Lola. Désormais, il ne séparait plus la proposition de Frédéric de l'image de la jeune femme. Elle avait semé le trouble entre lui et son frère, mais sa vivacité et son charme l'avaient séduit et il se disait qu'il n'aurait pas pu trouver meilleure ambassadrice. Aussi, l'idée de rejoindre son frère et son équipe, même s'il ne voyait pas encore précisément quel rôle il pourrait y jouer, commençait-elle à lui apparaître beaucoup moins fantaisiste.

Aux abords du métro Censier-Daubenton, une émotion plus ancienne s'imposa. Là s'étaient noués des fils importants de sa propre histoire. Adolescent, il avait aimé déambuler dans les rues environnantes. Il se revoyait montant les marches et réapparaissant à l'air libre. En haut, accoudé au bastingage qui ceinturait la sortie de la station, Jean-Pierre Trumel, son ami de jeunesse, l'attendait. Presque aussitôt, ils rejoignaient rue du Pot-de-Fer leur quartier général, un café tenu par un dénommé Maurice qui avait longuement bourlingué en Afrique et qui en avait gardé les sonorités et les couleurs.

Jean-Pierre et lui s'étaient rencontrés au tournant de l'adolescence alors qu'ils ne savaient pas encore ce qu'ils allaient faire de leur vie. Un avenir exceptionnel les attendait quelque part... À défaut de pouvoir mettre en œuvre leurs projets, ils en parlaient. Mais leur sujet favori était moins leur avenir que l'étonnante façon dont les hommes s'enlisaient et finissaient par se ressembler. Tous avaient été jeunes, tous avaient rêvé d'une belle vie, et puis en l'espace de quelques années, quelques mois, parfois moins, presque tous battaient en retraite. Ils ne se reniaient pas. Ils ne s'étaient rien dit et ne s'étaient rien promis. Simplement, ils avaient peur. L'Indéfini était là, écrasant. Ils l'entr'apercevaient et reculaient. Ils se dépêchaient de prendre un métier, de se marier et de faire des enfants ; il fallait bien trouver quelque chose à faire qui cache la liberté d'avoir à faire. Rémi et Jean-Pierre s'encourageaient à ne pas succomber à cette lâcheté. C'est sur cette obsession et cette crainte qu'ils avaient bâti et scellé leur amitié. Quand ils se retrouvaient, leurs discussions reprenaient avec la même exaltation ; chacun cherchait à s'assurer que l'autre n'avait pas déserté et était resté fidèle à son scepticisme social. Aucune activité ne méritait qu'on s'y engage dès lors qu'elle revenait seulement à raboter la vie et à en grignoter la frange mollement et sans réel appétit. Toutes les professions apparaissaient fades, ennuyeuses, quelconques, asservissantes ou indignes. Deux voies seulement restaient ouvertes : devenir artiste ou aventurier. Avec cependant une clause particulière : il ne fallait pas réussir. L'artiste n'avait pas droit à la reconnaissance d'un public et l'aventurier devait se perdre et mourir quelque part à l'insu de tous. Deux voies sans issue. Bien entendu, aucun d'eux ne s'en tenait à ce qu'il disait. Jean-Pierre avait commencé à peindre et Rémi, lui, à défaut de se perdre dans la nature, avait entrepris de lire les grands auteurs. Puis les deux amis avaient cessé de se voir aussi régulièrement. Jean-Pierre exposait et faisait tout ce qui était nécessaire pour asseoir sa carrière de peintre. Comme il ne savait pas ce qu'il devait peindre ni même pourquoi il peignait, il s'était mis à l'art abstrait et avait donné le jour à toutes sortes d'œuvres illisibles et absconses. Par amitié, Rémi avait commencé par jouer à celui qui comprenait. Pour une des expositions de son ami, il avait même accepté d'écrire un texte. Mais cette fausse connivence l'attristait. Entre eux le fossé grandissait et il se creusait d'autant plus que Rémi de son côté ne faisait aucun progrès. Il n'était ni artiste ni aventurier : il lisait les Anciens. Après un ultime vernissage, ils avaient rompu. Ce soir-là, Jean-Pierre était venu le saluer, puis lui avait fait comprendre qu'il avait à s'entretenir avec des personnes plus importantes que lui. Rémi n'était pas de ceux qui pouvaient faire avancer sa carrière. Jean-Pierre l'avait planté là et ne lui avait plus adressé un mot de la soirée. C'en était trop, leur amitié avait reçu son coup de grâce.

Ni reproches ni paroles blessantes. Ils avaient seulement cessé de se voir sans chercher à interroger le silence de l'autre. Pourquoi vouloir ranimer ce qui demande à mourir ? Leur amitié était à bout de souffle. Ils n'avaient rien de mieux à faire que d'en prendre acte. Et c'est ce qu'ils avaient fait.

Avant de traverser la rue Monge, Rémi se retourna et jeta un coup d'œil reconnaissant vers la bouche de métro. Une joie sincère l'étreignait. Les années avaient passé et il n'avait pas essayé de renouer avec son ami, mais aujourd'hui encore, il avait envie de le remercier. La perte de leur amitié ne pesait presque rien comparée à ce qu'elle avait rendu possible. Et c'était peut-être cela qui, au fond, expliquait tout. On en veut à ceux qui nous trahissent, pas à ceux qui nous quittent après nous avoir donné le meilleur. Comment l'amertume, le ressentiment, le dégoût auraient-ils pu naître d'une amitié aussi nécessaire ? Rémi aimait jouer au « jeu des si » : revenir sur l'articulation du passé et de l'avenir en proposant d'écarter un événement. Qu'en aurait-il été pour lui s'il n'avait pas rencontré Jean-Pierre ? Avec cette question, c'était tout un pan de sa jeunesse qui s'éclairait et lui souriait de nouveau. Car, s'il lui restait de la force, s'il n'était pas un homme fini, et si cet après-midi même, auprès de Lola, il avait senti poindre la lueur d'un commencement, cela ne relevait pas d'un simple concours de circonstances. Jean-Pierre l'avait aidé à infléchir sa vie dans la bonne direction.

Devant lui, deux jeunes étudiantes marchaient bras dessus bras dessous. Elles batifolaient et se dandinaient. Leurs têtes se tournaient l'une vers l'autre en échangeant des regards complices. Elles se racontaient leurs petites histoires et s'agitaient exagérément, elles s'offraient en spectacle. Rémi les regardait. Celle de droite chuchotait à l'oreille de l'autre. Son amie manifestait sa surprise en poussant des petits cris horrifiés. À tour de rôle, chacune faisait mine d'être étonnée ou indignée. Soudain, celle qui avait une longue natte brune sur le dos s'écarta et se mit à mimer une scène. L'autre s'esclaffa en se penchant en avant. Puis elles se serrèrent l'une contre l'autre, s'embrassèrent et reprirent leur chemin sans se préoccuper des passants qui les regardaient. Rémi avait ralenti pour rester derrière elles. Ces jeunes filles le libéraient momentanément de lui-même. Il retrouvait dans leurs simagrées les attitudes et les bouffonneries de ses élèves. En classe, lorsqu'elles explosaient, ces démonstrations répétées d'agitations puériles l'accablaient, mais là, à sa grande surprise, elles l'amusaient et le distrayaient.

« La vraie vie ? S'adonner à la vie comme elle vient, simplement parce qu'elle est la vie et que l'on n'a rien de mieux à faire… Je suis sans doute passé par là un jour… renouer avec ce fil… renouer avec la vie… »

Quelques mois plus tôt, Rémi ne se serait pas laissé séduire par les gamineries de ces jeunes filles, elles marchaient trop lentement, il les aurait dépassées sans prêter attention à leur jeu. Était-ce l'effet de sa démission, était-ce son oisiveté, sa nouvelle disponibilité qui le poussait à voir les choses autrement ?

Les étudiantes obliquèrent sur la droite et se dirigèrent vers un des bâtiments de l'université. Rémi prit conscience qu'il ne pouvait pas les suivre. Il s'immobilisa comme s'il était empêtré dans un bourbier et qu'il n'arrivait plus à lever ses jambes. Le rêve s'arrêtait là. Un flot d'images le submergea. Au moment où les jeunes filles avaient changé de direction, l'épaisseur du monde s'était reconstituée d'un coup. Il se sentit accablé. Entre lui et la vie, il y avait son enfance, il y avait ses lectures, et puis toutes les années qu'il avait laissé filer. Dépité, il reprit sa marche.

7

Il avait déposé la lettre sur son bureau et était allé ouvrir la fenêtre, un geste machinal qu'il pratiquait lorsqu'il revenait de l'extérieur ; la rumeur sourde de la ville avait envahi sa chambre. Souvent, il profitait de ce geste pour passer quelques minutes à contempler le haut des arbres qui bordaient l'avenue. Les jours de grand vent, le mouvement lent des branches et l'agitation des feuilles lui inspiraient des rêveries, mais ce soir, il était pressé de découvrir qui lui avait adressé cette missive. Installé à sa table, à la lumière de la lampe, il s'était mis à scruter l'écriture sur l'enveloppe bleu azur.

Rémi recevait peu de courrier. L'écriture manuelle se raréfiait, elle faisait partie des usages tombés en désuétude. Les enfants dans les écoles apprenaient à taper sur des claviers dès leur plus jeune âge. Presque tous les messages circulaient par la voie des ondes et de signaux électriques. Lorsqu'on faisait encore appel à l'écriture manuelle, c'était soit par goût des choses anciennes, soit pour souligner que l'on portait une attention toute particulière à la personne à qui l'on s'adressait. L'arrivée d'une lettre manuscrite prenait aussitôt la tournure d'un événement.

L'expéditeur n'avait pas écrit son nom au dos de l'enveloppe. Cependant, l'écriture ronde et régulière permettait de deviner qu'il s'agissait d'une femme. Il arrivait à sa mère de lui écrire, mais ce ne pouvait être elle. Son écriture était plus petite, plus pointue, plus nerveuse. Et elle n'aurait pas pris la peine d'user d'un papier à lettre particulier. Rémi retourna l'enveloppe plusieurs fois. Le rabat avait été collé méticuleusement. Il esquissa un sourire.

L'enveloppe contenait un seul feuillet de la même couleur bleu azur :

Cher Monsieur Follenfan,

Peut-être que vous ne vous souvenez pas de moi avec les générations d'élèves qui défilent sous vos yeux chaque année. Je suis Charlotte Clarinval. J'ai appris qu'on n'enseignerait plus la philosophie en classe de terminale et j'en ai été très surprise et très peinée. Pourquoi une telle décision ? Personnellement j'ai gardé un si bon souvenir de l'année passée avec vous, incontestablement le meilleur souvenir de toute ma scolarité. J'ai encore vos cours que je m'étais appliquée à prendre en note le plus sérieusement possible, même si souvent j'étais loin de tout comprendre. Je me souviens de votre jubilation lorsque vous nous expliquiez certains passages de Nietzsche tirés du « Gai Savoir ». On sentait que vous viviez sa pensée et c'était très émouvant.

Je suis passée plusieurs fois au lycée pour prendre de vos nouvelles, mais je n'ai pas eu de chance, à chaque fois votre salle était vide ou occupée par un de vos collègues... Serait-il possible de nous revoir ? Cela me ferait tellement plaisir. Pour ma part, je crois avoir trouvé ma voie et vous y êtes sans doute pour quelque chose. Bien cordialement.

Votre ancienne élève et fidèle admiratrice.

Charlotte Clarinval

L'écriture ronde, le papier bleu azur, la simplicité des propos, il y avait dans ces détails une naïveté touchante qui ramenait Rémi à ses premières années de professorat. Au moment où il avait débuté dans la carrière, son air juvénile (plusieurs fois des surveillants l'avaient pris pour un lycéen) ne manquait pas d'émoustiller certaines de ses élèves. À son corps défendant, il en séduisait quelques-unes. Elles le lui faisaient comprendre de toutes sortes de manières. Le plus souvent, il ne s'agissait que d'un jeu, Rémi s'en amusait ou s'en agaçait. Ces jeunes filles ne l'intéressaient pas, elles voulaient seulement se faire remarquer, et comme elles étaient souvent les plus sottes et les plus transparentes, il finissait par les remettre à leur place. Mais Charlotte n'était pas de celles-là. Il se souvenait d'elle.

À l'échelle d'une classe, peu nombreux étaient les jeunes gens dont les personnalités avaient résisté aux forces d'écrasement du moule éducatif et qui présentaient une réelle disponibilité d'esprit. C'est principalement à ceux-là que Rémi s'adressait. Avec les autres, il avait le sentiment de parler dans le vide. Devant lui, des petites mécaniques indifférentes s'agitaient ou s'entraînaient à tirer leur flemme. Parfois cette partition entre deux types d'élèves l'inquiétait. Il se demandait si elle était réelle ou si elle n'était pas plutôt le produit de sa propre lassitude et de son incompétence. N'était-ce pas lui qui la projetait arbitrairement sur son public ? Mais, au-delà de cette remise en cause personnelle, une question plus délicate se posait, celle de savoir comment il devait répondre aux attentes de ceux qui souhaitaient avoir avec lui une plus grande complicité. Avec les garçons, il n'y avait pas de difficulté. Ceux qui voulaient entrer plus avant dans la confrontation intellectuelle se rendaient naturellement auprès de lui à la fin des cours. Un embryon de reconnaissance mutuelle prenait forme. Parfois les discussions se prolongeaient au café le plus proche. Mais il en allait tout autrement avec les filles, avec elles, c'était à la fois plus subtil et plus confus. Parce qu'elles ne pouvaient pas s'empêcher de mêler le sensible et l'intelligible, elles préféraient procéder indirectement. Elles aussi cherchaient à l'atteindre, mais elles ne voulaient pas seulement lui parler, elles voulaient qu'il sache qu'elles pensaient à lui. Et comme c'était impossible à formuler oralement, elles avaient recours à l'écriture. Dans la salle des professeurs, salle interdite aux élèves et où ils s'introduisaient malgré tout sous un prétexte ou sous un autre, Rémi découvrait des mots dans son casier. Le plus souvent, leur geste n'allait pas à son terme. Elles étaient amoureuses de lui et il fallait qu'elles le lui disent ; cependant, par peur de sa réaction, elles ne signaient pas leurs billets. Leur trouble et leur inexpérience les empêchaient d'aller plus loin. En lui adressant un appel anonyme, elles reconnaissaient qu'elles étouffaient, qu'elles avaient besoin d'émotion et de passion, que grâce à lui elles en prenaient conscience, mais qu'au fond elles ne savaient pas où elles voulaient en venir. Leurs missives leur servaient de catharsis.

Assis à sa table, Rémi essayait de revoir le visage de Charlotte. Il se souvenait d'une jeune fille élancée, d'un visage aux traits fins, aux cheveux châtains qui tombaient en ondulant sur les épaules. Mais l'image n'était pas nette, un peu à la manière d'une photo prise de trop loin. Il se souvenait surtout d'une jeune fille introvertie qui se mêlait peu aux autres. Elle travaillait et ne voulait pas le décevoir. Elle voulait qu'il se rende compte du soin avec lequel elle rédigeait ses devoirs. Et il se souvenait que c'était justement à l'occasion d'une remise de devoir qu'elle avait réussi à se rapprocher de lui. On était à la veille des vacances de printemps, un samedi matin ; elle l'avait rattrapé dans la rue et lui avait expliqué que si elle n'avait pas pu rendre son travail, ce n'était pas par négligence, mais parce qu'elle avait besoin d'un délai supplémentaire. Rémi savait qu'elle ne mentait pas. Cependant, il y avait autre chose, elle ne l'avait pas poursuivi dans la rue uniquement pour s'excuser et solliciter ce délai supplémentaire à l'insu de ses camarades. Une autre raison restait informulée. Ils étaient à quelques pas du lycée, les rôles s'effritaient, les considérations scolaires avaient moins de force que leurs regards. L'effet de surprise était à l'avantage de Charlotte. Dans la rue, elle n'était plus tout à fait son élève. Il aurait été mal venu de la part de Rémi de se présenter sous un jour qui n'était pas le sien. Il avait un naturel bienveillant et il lui paraissait impossible de ne pas répondre favorablement à la demande de la jeune fille. S'il avait refusé, ce n'était pas simplement son travail qu'il aurait rejeté, mais sa personne tout entière, son élan, sa spontanéité, sa jeunesse, sa naïveté, son courage, sa confiance. Après quelques secondes d'hésitation, il lui avait donné son adresse. Elle lui ferait parvenir son devoir par la poste. Et, bien entendu, cela devait rester entre eux.

Elle l'avait remercié, lui avait adressé un sourire poli et ils avaient pris congé. Puis la fin de l'année scolaire était arrivée. Avec le retour des beaux jours, une certaine désinvolture s'installait. Chaque année le même phénomène se produisait. Les élèves avaient hâte d'en finir avec leur minorité, d'en finir avec le lycée, impatients de prendre leur envol et de goûter aux saveurs d'une liberté encore immaculée. Ils continuaient à aller en cours, mais leur esprit était ailleurs, au-delà des murs. Charlotte n'avait pas participé à ce mouvement, elle n'avait pas non plus essayé de tirer avantage de l'épisode qui lui avait permis de se rapprocher de lui. Elle était restée elle-même, attentive et toujours soucieuse de bien faire. Rémi l'observait, il s'attendait à ce qu'elle vienne le voir à la fin d'un cours. Plusieurs fois leurs regards s'étaient croisés. Le dernier jour de l'année était arrivé et ce jour-là elle avait préféré s'absenter.

La lumière déclinait, la pénombre progressait sans que Rémi ne réagisse. À droite de son bureau, une pile de livres recevait un rai de lumière ocre et rouge. Une douce fatigue l'envahissait. Sa gorge réclamait un peu d'eau, mais l'effort de se lever lui paraissait trop grand et il ne voulait pas rompre avec sa rêverie. De temps à autre, il reprenait la lettre, en scrutait les lignes comme s'il n'était pas sûr d'avoir bien lu. Puis ses yeux se fermaient.

8

Frédéric se félicitait. Rémi venait de l'appeler. Il acceptait de l'aider dans ses recherches et consentait à faire partie de son équipe. Finalement, l'idée ne lui paraissait plus délirante et il regrettait de s'être montré aussi contrarié au restaurant.

Présente dans le bureau de Frédéric, Lola avait deviné de qui il s'agissait.

— Ton frère ?

— Oui, il accepte ma proposition ! Je pensais qu'il mettrait plus de temps à revenir vers moi… je crois que c'est bien parti.

— Il m'a semblé que c'était quelqu'un de très intérieur, très secret… je me trompe ?

Frédéric qui ne s'attendait pas à une telle réflexion se tourna vers elle avec étonnement. Il allait l'interroger, mais elle ne lui en laissa pas le temps.

— Oui, désolée, je ne t'en ai pas parlé. Hier, après le restaurant, j'ai croisé ton frère par hasard, on est allé boire un verre à la Contrescarpe. On a fait connaissance, cela a été très rapide. J'en ai profité pour m'excuser de mon intervention malencontreuse. Il avait l'air d'être un peu sur ses gardes.

— Qu'est-ce que vous vous êtes dit ?

— Rien de très important, il m'a surtout fait part de sa surprise.

Le visage de Frédéric s'assombrit. Il ne savait pas quoi penser de l'attitude de sa collaboratrice. La veille, au restaurant, elle aurait mieux fait de se taire, pour autant elle n'avait rien commis d'irréparable. Quoi qu'il en soit, c'était lui et non pas elle qui était à l'origine du malentendu, il valait donc mieux ne pas revenir sur ce point.

— Oublions cela, l'essentiel c'est que Rémi accepte de collaborer, on va avoir une discussion de fond avec lui et d'ailleurs il serait bien que tu sois là.

— D'accord, mais il faudrait que tu m'aides à mieux le cerner… Je t'avoue que je ne vois pas très bien comment un homme comme lui pourrait accepter de se prêter à nos recherches… d'autant que sur le plan intellectuel, je crois que nous sommes aux antipodes.

Lola et Frédéric s'interrogèrent mutuellement du regard. Cela faisait près de trois ans qu'ils travaillaient ensemble. Frédéric avait été séduit par l'intelligence et la vivacité de la jeune femme. Très vite, elle était devenue sa collaboratrice la plus importante. Elle partageait ses vues et son optimisme. Ils s'appréciaient et se faisaient mutuellement confiance. Soudain, le regard de Lola s'éclaira, elle reprit en esquissant un sourire :

— À moins que je me charge moi-même de mieux le cerner… je le trouve plutôt pas mal… et je crois que je ne le lui suis pas indifférente.

— Tu plaisantes, cela pourrait tout faire capoter… S'il se rapproche de toi, ça va fausser nos rapports et il ne sera plus aussi disponible.

— Cela pourrait au contraire être très favorable à notre entreprise… Je m'y connais en rapprochement… Oh ! ne fais pas cette tête, arrête de faire ton sérieux.

Lola fixait Frédéric avec malice. Il ferma les yeux et poussa un petit soupir d'agacement. Ce n'était pas la première fois qu'on lui faisait ce genre de remarques. Il était trop sérieux, il prenait trop à cœur son travail, il était autoritaire et manquait d'humour. « Rien de nouveau dans le monde ne peut se produire sans la détermination inébranlable de ceux qui en portent le projet », c'est ce qu'il se disait pour se réconforter quand on critiquait sa manière d'être. L'histoire lui donnerait raison.

Sur un ton où perçait un brin de scepticisme, Lola reprit :

— Mais tu veux en venir où avec lui ? Tu penses pouvoir l'intégrer à notre équipe ? À quel titre ? Sous quel statut ?

Lola s'était rapprochée de l'immense table de travail. Elle était habillée comme à son habitude, un chemisier et un jean qui mettaient en valeur ses formes et sa grâce naturelle. Pendant un court instant, elle fixa Frédéric en ouvrant grand les yeux comme pour accentuer son propos. Frédéric qui était assis un peu en recul derrière son bureau gardait son air concentré.

— Écoute Lola, mon frère va mal, je l'ai bien senti hier. La question n'est pas de savoir sous quel statut on va l'intégrer… Dans un premier temps, il faut seulement l'attirer à nous… Pour ce qui est de savoir où je veux en venir avec lui, eh bien c'est tout simplement de démontrer que nous avons raison de croire à la révolution que nous préparons, qu'il y a moyen d'arracher un homme à cette stagnation mortelle dont Rémi me semble précisément atteint depuis déjà de bien trop longues années.

Lorsqu'une idée lui tenait à cœur et qu'il ne voulait pas que l'on prenne ses propos à la légère, la voix de Frédéric devenait plus grave et était prise d'un très léger tremblement que Lola avait appris à reconnaître. Dans ces moments, il fallait cesser toute forme de plaisanterie si l'on ne voulait pas qu'il se fâche.

— Dois-je comprendre que c'est *sur* ton frère que tu souhaites tester certaines de nos hypothèses ? Tu es fou ! Comment veux-tu qu'il consente à une chose pareille ? Je croyais que tu voulais seulement lui demander de venir nous faire des exposés sur le thème de la mémoire telle que les philosophes en ont parlé et je croyais que…

— Lola ! Stop ! Je sais ce que j'ai à faire, chacun son job !

La conversation changeait de registre. Frédéric jouait de son autorité. Lola détestait cette façon de procéder. Une lueur de colère froide passa dans ses yeux.

— Pourquoi tu me parles sur ce ton ? Cela fait déjà plus de deux ans que je travaille avec toi et, que je sache, tu n'as pas eu à t'en plaindre. Alors permets-moi d'avoir un avis. Ce que je pense, c'est qu'il y a trop de risques… on manque de recul et c'est vouloir aller trop vite, on n'est pas prêt.

— Peut-être, mais on a besoin d'avancer, et avec Rémi, il y a moyen de faire un grand pas en avant.

— Autrement dit, tu es prêt à en faire ton cobaye ?

— On verra, c'est lui qui décidera… dans un premier temps, il faut l'intéresser à ce que nous faisons.

Lola avait agrippé le dossier d'une chaise et s'était immobilisée. Son visage fermé exprimait un mécontentement à peine voilé.

— Frédéric, tu veux que je te suive ! D'accord, mais alors explique-toi, parle… tu dis que ton frère stagne, qu'est-ce que tu veux dire ?

— Oui, je sais, il te manque des éléments… mais, d'abord, est-ce que tu veux bien t'asseoir ?

Frédéric patienta quelques secondes. Lola avait perdu sa bonne humeur. Elle n'appréciait pas la façon dont Frédéric l'obligeait à aller dans son sens sans prendre en considération ses objections. Elle contourna la chaise et s'assit tout en le fusillant du regard, avant de grommeler un « je t'écoute » volontairement teinté d'impatience et de reproche.

— Oui, je te l'accorde, avec Rémi, on va sortir du cadre habituel, mais tu conviendras que ce débordement s'inscrit dans la logique de nos recherches et qu'il n'y a là rien d'étonnant. Rémi ne se supporte plus tel qu'il est. Tu disais qu'il est « très intérieur ». Je te félicite au passage pour ta perspicacité… mais c'est précisément ce dont il souffre et dont nous pouvons le guérir maintenant que nous savons comment introduire de nouvelles données dans un cerveau.

— Mais comment sais-tu qu'il pourrait avoir envie de se prêter à une pareille expérience ?

— Je n'en sais rien. En revanche, je sais qu'il souffre d'une forme d'incapacité à vivre... Je n'ai jamais eu l'occasion de t'en parler : Rémi est tombé gravement malade vers l'âge de cinq ans, une tumeur au cerveau… Un chirurgien l'a opéré et a réussi à extirper la tumeur. Suite à des complications, il est resté plusieurs mois à l'hôpital. Quand il est revenu à la maison, il n'était plus le même. C'est là-bas, à l'hôpital, qu'il est passé de l'autre côté et qu'il a commencé à vivre en marge. Depuis, il fait souvent mine d'être là, mais il est absent. Je le sais parce que je suis le seul à qui il en a parlé. Cette putain de maladie l'a stoppé net dans son élan. Il aurait pu être comme toi et moi. Au lieu de cela, il n'a jamais pu s'investir à fond dans quoi que ce soit. Il me l'a avoué un jour, il m'a dit qu'il passait sa vie à attendre, qu'il était comme un naufragé accroché à une planche qui dérive et qui attend de toucher terre. Je pense que le moment est venu d'intervenir. Avant, je ne pouvais rien pour lui, juste le soutenir moralement et encore. Maintenant, il y a moyen de faire mieux, on peut le sortir de là. Mais bien sûr, c'est lui qui décidera.

Il se tut. Lola demeura silencieuse. Elle mesurait qu'elle avait affaire à une situation qui dépassait largement le cadre strict de son travail et des recherches qu'elle menait sous la direction de Frédéric. Entre les deux frères, il y avait toute une histoire dont elle était exclue. Cette lacune ne lui permettait pas de parler d'égal à égal. Que pouvait-elle objecter ? Elle aurait voulu freiner l'ardeur de Frédéric, lui rappeler que l'expérimentation humaine était encore très encadrée, que les résultats acquis sur les rats n'étaient pas suffisants pour garantir un succès, que les risques encourus n'étaient pas négligeables, mais, compte tenu de ce que Frédéric venait de lui révéler, elle s'avouait vaincue d'avance. Toute discussion était vaine puisqu'il ne l'écouterait pas. Il lui avait demandé de lui faire confiance pour ne pas avoir à argumenter et parce qu'il ne voulait pas qu'elle s'oppose à lui. Alors, soit elle se mettait violemment en travers de son chemin, soit elle consentait et acceptait de devenir sa complice.

9

La lettre de Charlotte lui avait mis du baume au cœur. Dans cette grande ville qui grouillait d'habitants et de touristes, une jeune personne qu'il connaissait à peine et qu'il n'avait pas revue depuis une dizaine d'années pensait à lui. Cela avait quelque chose d'insolite qui l'avait réjoui et figé sur sa chaise jusqu'à une heure avancée de la nuit. Le lendemain, à peine réveillé et malgré le manque de sommeil, il s'était senti plus sûr de lui et avait réussi à traverser presque sans encombre le moment difficile de l'entre-deux, lorsque le jour pointe, que le corps demande grâce et que l'esprit revient à lui. Il s'était levé et n'avait pas eu besoin de s'inventer une histoire pour éviter de ruminer des pensées grises. Une fois debout, il n'avait pas vacillé et n'avait ressenti aucun dégoût. C'est alors que l'idée de ranger son appartement s'était invitée. Il l'avait faite sienne et n'avait éprouvé envers elle aucune hostilité. Incontestablement, il allait mieux. Lors des derniers mois, il n'avait cessé de remettre à plus tard tout ce qui touchait à sa vie domestique. Le fait de savoir qu'il n'y aurait pas pour lui de nouvelle rentrée le décourageait. Il avait mis en route sa bouilloire électrique, puis avait déambulé d'une pièce à l'autre pour faire un inventaire de tout ce qui s'imposait en termes de ménage et de remise en ordre. Il téléphonerait à son frère en début d'après-midi.

Il se tenait dans la salle de séjour, la pièce principale de l'appartement qui n'en comptait que deux avec la chambre. Toutes les deux avaient leur fenêtre qui ouvrait sur l'avenue de Saint-Mandé, et comme ces fenêtres n'avaient pas de volets, il avait fini par installer des rideaux. En réalité, il s'en serait bien passé, l'idée des rideaux ne venait pas de lui, elle était arrivée avec une très jeune fille avec qui il avait tenté de vivre peu de temps après son installation dans l'immeuble. Le voilage de la pièce de séjour était le seul vestige encore en place du passage de

Maud. Les autres avaient disparu ou demeuraient cachés et comme enfouis.

Maud aussi avait été son élève. Il était jeune, il débutait dans la carrière, il ne savait pas comment s'y prendre. Dès le premier cours, elle s'était fait remarquer. Elle avait besoin d'exister et de sentir qu'on s'intéressait à elle. Elle ne tenait pas en place, sa pensée fusait dans tous les sens, ce qu'elle disait ou écrivait jaillissait comme le sang d'une artère ouverte. Elle voulait vivre absolument. On aurait dit un oiseau entré par mégarde dans une habitation humaine. Elle cherchait une issue. Ses camarades ne l'aimaient pas et la craignaient. Ils devinaient chez elle une violence prête à exploser et c'est après une empoignade avec une autre élève que Rémi avait été obligé d'intervenir. Il lui avait demandé de venir le voir après les cours.

On était au mois d'avril, en fin d'après-midi, la lumière déclinait. Rémi était à la fenêtre, il n'avait pas allumé les lumières parce qu'un des néons ne cessait de clignoter. Le couloir était désert. Elle avait frappé timidement à la porte et avait attendu qu'il lui ouvre. Rémi n'avait pas anticipé ce rendez-vous. Un rappel à l'ordre s'imposait, mais il ne savait pas précisément ce qu'il allait dire. Il lui avait indiqué une table au milieu de la salle. Avant de s'asseoir, elle avait ôté une sorte de petit anorak sombre sous lequel elle avait un tee-shirt échancré et lâche, elle avait allongé ses bras nus sur la table et, la tête légèrement inclinée sur le côté, elle l'avait regardé calmement avec la sérénité de l'innocence. Tout se passait comme si elle avait oublié la raison de sa présence et comme si, finalement, il l'avait convoquée sans motif. Dans la pénombre, elle attendait qu'il lui parle. Malgré la fraîcheur de la salle, elle n'avait presque rien sur elle, et c'était la seule chose qui se manifestait tant que Rémi se taisait. Ses bras nus réfléchissaient vaguement la pâleur du soir. Elle s'impatientait et ne savait comment se tenir. Tantôt elle se penchait en avant en étirant ses bras, tantôt elle se redressait et ouvrait ses épaules comme pour chasser une soudaine douleur de dos. En se tenant ainsi, elle offrait son cou et sa poitrine dont on devinait les rondeurs sous le tee-shirt. Avait-elle conscience de l'effet qu'elle produisait ? Son innocence était-elle feinte ? Avait-elle fait exprès de se présenter avec une tenue si légère ? Quoi qu'il en soit, elle était ces bras, elle était ce cou, elle était ces seins, toute cette présence à fleur de peau, sa manière à elle de lui faire comprendre qu'elle n'était pas une petite fille, et que, sous peine de se ridiculiser, il ne pouvait pas se contenter de lui faire la morale ou de lui rappeler les termes du règlement. Il l'avait convoquée, elle était venue, et, maintenant qu'elle était là dans la pénombre, c'était à lui de résoudre le problème de sa présence dénudée à une heure où tous les autres élèves avaient quitté le lycée.

Rémi s'était senti pris à son propre piège. La présence silencieuse de Maud, cette présence toujours plus forte parce qu'elle ne pouvait pas se diluer ailleurs que dans la salle ni s'adresser à un autre que lui, devenait à chaque instant plus insistante et plus dangereuse. L'extrême tension tenait au fait qu'il ne connaissait les élèves que de loin, et que la proximité soudaine de cette jeune fille qui s'offrait effrontément à son regard heurtait toutes les conventions. Lorsque deux êtres sont seuls au monde, lorsque le silence s'installe et que la nuit tombe, le danger devient palpable. Il faut choisir entre la paix ou la guerre. À défaut de dialogue, chacun attend que l'autre fasse un geste d'apaisement. Le premier qui trouve les mots rétablit le lien rompu. Ce soir-là, c'était à lui de parler. C'était son rôle et son devoir. S'il en avait repoussé le moment, c'est parce qu'à l'évidence cela ne convenait pas. Les lueurs finissantes du jour sur les bras dépliés de Maud invitaient à autre chose. Ces bras ne réclamaient pas des mots. Finalement, il avait trouvé un subterfuge, il avait invoqué le dysfonctionnement du néon pour justifier la pénombre. Et il en avait profité pour faire l'éloge de la discontinuité, de tout ce qui vient rompre le cours habituel des choses. On ne doit pas se révolter bêtement contre ce qui dysfonctionne, lui avait-il dit, cela aide à mieux voir ce qui nous entoure. Il avait évoqué la panne dans le désert d'un aviateur célèbre et de ce qui s'en était suivi. Elle ne s'attendait pas à entendre cela. Elle lui avait dit qu'elle ne comprenait pas tout, mais qu'elle avait quand même l'impression qu'il lui parlait de quelque chose qui la concernait. Et puis ses yeux dans le clair-obscur avaient brillé. Des larmes qu'elle n'avait pas cherché à retenir avaient glissé sur ses joues. Elle avait continué de regarder vers lui fixement et lui avait demandé si elle pouvait partir. Il avait dit oui.

À la rentrée de septembre, Maud était revenue au lycée. Rémi avait repris ses cours dans la même salle. Entre deux sonneries, elle avait attendu que tous les élèves sortent, et était entrée discrètement. En se retournant, Rémi, qui était occupé à ouvrir les fenêtres, l'avait découverte au milieu de la salle près de la table qu'il lui avait indiquée plusieurs mois auparavant. Elle avait obtenu son baccalauréat et ce succès lui avait donné plus d'assurance. Son visage avait aminci et faisait moins enfantin. Elle voulait s'entretenir avec lui, mais déjà de nouveaux élèves entraient dans la salle. Rémi lui avait donné son numéro de téléphone. Quelques jours après, ils s'étaient retrouvés dans un café proche de son domicile.

Avec les femmes, Rémi avait conscience qu'il se comportait comme un débutant qui n'aurait jamais tiré les leçons de ses premières expériences. « En amour, on ne progresse pas, en amour on est toujours un profane », se disait-il. Si elle lui plaisait, une femme ou une jeune fille pouvait presque tout obtenir de lui. Excepté à celles qui voulaient se marier, il résistait faiblement. Maud, elle, n'avait pas d'expérience, sa qualité première était d'être jeune et encore assez irréfléchie pour ne pas savoir ce qu'elle désirait. Sa légèreté et son insouciance faisaient sa force. Elle était vivante et libre. Quand il l'avait revue au café, il avait été immédiatement séduit par sa beauté naïve et sensuelle. Il l'avait questionnée sur son avenir. Elle s'était inscrite en première année de droit parce qu'elle se voyait bien avocate ; elle n'était pas sûre, ce n'était encore qu'une idée en l'air. Et d'ailleurs elle n'était pas venue pour parler d'elle. Elle était venue pour lui. Elle le lui avait fait sentir dès les premiers mots. De lui, elle attendait un signe, un geste. Autour d'eux s'était installée une sorte de brume qui les isolait du reste du monde. Elle avait commandé une limonade. À la manière dont elle pétrissait la base de son verre, Rémi avait relevé son impatience. Tout reposait sur lui : ou il écourtait la rencontre en prétextant qu'il avait à faire, ou il fallait qu'il donne une direction à ce qui n'en avait pas encore. Il proposa de marcher un peu. Sur le chemin, il lui demanda si elle avait pris le temps de lire pendant les vacances ; elle reconnut qu'elle n'était pas une grande lectrice, mais qu'elle lirait volontiers les livres qu'il lui recommanderait. Ils marchaient côte à côte, tout près l'un de l'autre. La conversation s'épuisait, Rémi avait ralenti, puis s'était arrêté. Elle s'était tournée vers lui. Il l'avait prise par la main.

Supprimer le voilage du séjour… Rémi s'interrogeait. S'il décidait de le décrocher, était-ce pour ne plus avoir à le laver ou était-ce pour en finir avec Maud ?

Très vite leur relation s'était compliquée. Au début, le désir faisait tout voler en éclats. Elle venait passer quelques soirées chez lui. Elle arrivait, elle dispersait ses affaires un peu partout et se précipitait. Elle l'étreignait et l'embrassait frénétiquement dans le cou tout en lui disant dans le creux de l'oreille d'une voix rauque qu'elle avait envie de lui et qu'il devait être à elle sans plus attendre. Elle ajoutait parfois que c'était une question de vie ou de mort. Il fallait que, séance tenante, il cesse son travail et ne s'occupe que d'elle. Parfois les choses devaient aller vite, en d'autres circonstances une certaine lenteur s'imposait. Puis, avec le temps, elle avait décidé de procéder autrement. Tout s'achevait de la même façon, mais les préparatifs et la mise en scène gagnaient en importance. C'est à ce moment qu'elle avait déploré l'absence de rideaux.

Elle venait plus souvent et elle avait fini par s'installer chez lui. Pourquoi l'avait-il laissé faire ? Par faiblesse, par inertie. Quoi qu'il en soit, le centre de gravité de leur relation s'était déplacé. Dans les premiers temps, le désir rayonnait de l'un à l'autre, il avait leurs voix, leurs regards, leurs mains, il imprégnait tous leurs mots, tous leurs gestes. Il n'était pas un moment précis, il ne dessinait pas une activité particulière, il était présent jusque dans leur lassitude et leurs silences. Les étreintes l'exacerbaient. Mais progressivement, et sans que Rémi n'en prenne immédiatement conscience, Maud s'était accaparé ce bien commun. Elle en avait fait son domaine, un bien personnel, une sorte de trésor dans lequel elle puisait et qu'elle dépensait avec largesse ou parcimonie. Dès lors le désir ne circulait plus librement, il avait été comme banni et repoussé dans les marges. Et quand il revenait sur la scène, il devait se faire reconnaître et se faire accepter. Le jeu aussi avait vécu, car même s'il n'avait pas disparu, il s'était lui aussi métamorphosé. Et là encore, Rémi s'était laissé surprendre.

Un rituel revenait auquel il se soumettait. Les soirs où elle avait l'esprit léger, Maud se faisait couler un bain, puis revêtait un kimono en soie noir et rouge sous lequel elle restait nue. Après le bain, elle allait et venait dans l'appartement. S'il était à son bureau, elle s'arrêtait près de lui. Elle se penchait, appuyait ses mains sur ses épaules, faisait mine de prendre part à son travail, l'interrogeait en lui prodiguant un léger massage. Il tentait un geste, il esquissait une caresse, aussitôt elle s'éloignait. Quelque temps après, pour une bonne ou une mauvaise raison, elle l'appelait. Il se rendait dans la pièce de séjour où elle avait pris l'habitude de lire allongée sur le divan. Il la trouvait étendue sur le côté, dos au mur, sa tunique suffisamment défaite pour laisser à découvert ce qu'elle voulait qu'il voie. Appuyée sur son bras, elle lisait. En réalité, elle l'attendait. Il allait vers elle. Elle ne relevait pas la tête, elle niait sa présence et continuait de lire. Il avait compris qu'il devait se débrouiller seul, qu'elle ne l'aiderait pas. Il s'agenouillait près d'elle. S'il y avait quelque chose à tenter et à réussir, c'était de la caresser sans la toucher ni l'offenser d'aucune manière. Elle ne devait se rendre compte de rien et surtout ne pas être dérangée dans son état de lectrice faussement concentrée. L'entreprise relevait de l'impossible. Alors il procédait par petites touches comme un peintre pratiquant le pointillisme. Pour ne pas la troubler, il s'occupait des parties de son corps les plus éloignées de sa tête. Il approchait ses lèvres au plus près de ses jambes légèrement repliées en arrière. Il commençait par humer sa peau, et, avec son souffle, faisait en sorte qu'elle devine la présence fuyante de sa bouche. Il remontait lentement le long de ses jambes au plus haut de ce qu'autorisait l'ouverture de son kimono. Puis il frottait délicatement ses lèvres sur l'arrondi de son mollet à découvert. Par endroit il mordillait délicatement sa chair. Il embrassait ses genoux. Il s'arrêtait. Il devait attendre un frémissement pour agir avec les mains. Si ce frémissement intervenait, c'était le signal que le fourmillement des frôlements et des baisers avait suffisamment agacé sa peau et qu'il pouvait oser plus. Elle déplaçait un genou et entrouvrait vaguement ses jambes. Il devait profiter de ce relâchement pour passer une main. À la pression et à la résistance de la jambe qui pesait sur sa main, il savait s'il pouvait continuer ou devait renoncer. La main était prise, il devait attendre, revenir à la phase antérieure. Les jambes s'abandonnaient, sa main pouvait s'épanouir. Les jambes s'ouvraient encore, sa main rejoignait son sexe. Elle frémissait. Sans cesser de lire, elle protestait mollement, mais suffisamment pour qu'il n'entre pas en elle. Nouvelle attente. Fallait-il qu'il insiste ? S'il abandonnait, elle geignait ; s'il reprenait, elle protestait à nouveau. Le jeu durait. Il s'en amusait jusqu'au jour où il sentit qu'une force inconnue s'emparait de lui. Ce n'était pas aux délices de l'attente que Maud voulait seulement s'adonner. Elle ne repoussait pas sa main pour différer le plaisir et en décupler la jouissance. Elle retenait sa main pour exciter en lui un mouvement d'impatience et une force brute qu'il ne pourrait plus contenir. Elle voulait noyer leurs ébats dans une sauvagerie primitive où l'un et l'autre ne pourraient s'apaiser qu'à l'issue d'une lutte. À chaque nouveau jeu, la tension montait d'un cran. Jusqu'au jour où la force qu'il ne reconnaissait pas avait jailli. Un soir où elle l'avait tourmenté trop longuement, il avait été pris d'un coup de sang. Sans prévenir, il l'avait giflée, lui avait arraché sa tunique, l'avait tirée par la jambe, l'avait fait tomber du divan et l'avait prise sans ménagement. Stupéfaite, elle avait vaguement essayé de se débattre, puis s'était laissé faire.

Ils étaient au sol. Maud ne bougeait plus. Elle avait les yeux fermés et respirait comme si elle avait nagé longtemps. Elle reposait sur le dos, indécente et resplendissante sous la lumière de la lampe. Elle semblait rassasiée et apaisée. Assis à côté d'elle, Rémi la regardait reprendre son souffle. Il n'osait plus la toucher. Il l'avait frappée. Pas méchamment, mais il l'avait frappée. Rien ne justifiait ce geste. Cela lui était venu presque naturellement, aussi naturellement que la manière brutale dont il l'avait assaillie. Il avait vu dans ses yeux un éclair d'étonnement, mais cela ne l'avait pas arrêté. Elle n'avait pas crié, elle n'avait rien dit, et il en avait profité pour fondre sur elle. Et maintenant qu'il avait repris ses esprits, il était pétrifié. Ils avaient franchi une ligne invisible.

La séparation d'avec Maud avait été un des moments les plus pénibles qu'il ait eu à vivre. Il avait tenté de lui expliquer pourquoi ils devaient s'éloigner l'un de l'autre. Elle pleurait et disait ne pas voir le danger qui les menaçait. Sa détresse le touchait et lui arrachait aussi des larmes. Comme un enfant, elle s'agrippait à lui et lui promettait de ne plus recommencer. Il lui répondait que forcément ils allaient recommencer, que forcément il finirait de nouveau par la battre et que leur vie allait devenir un enfer.

Longtemps Maud avait continué de hanter son appartement. Les premiers jours qui avaient suivi son départ, Rémi n'avait été sensible qu'à son absence physique. Sa voix, sa fantaisie, sa folie, son odeur, son corps, ses lèvres. Il craignait de succomber, d'être le premier à l'appeler. Il l'avait chassée, elle était encore là. Car Maud n'avait pas voulu le quitter sans laisser son empreinte. Après son départ, il avait fait le tour de l'appartement. En apparence, elle avait bien repris toutes ses affaires. Les jours suivants cependant, une à une, des preuves tangibles de sa présence lui sautaient aux yeux. Une ceinture, un foulard, un rouge à lèvres, une pince à épiler, des boucles d'oreilles, des mots d'amour griffonnés sur des billets insérés dans des livres, des photos d'elle cachées dans les recoins les plus improbables. Ces petits riens qui avaient réussi à se fondre dans le décor surgissaient quand il ne s'y attendait pas, au détour d'un geste, d'un regard, d'une attention particulière. Il les attrapait à la manière dont on attrape un animal nuisible, avec méfiance, les observait, puis les retournait dans tous les sens comme s'ils avaient un message à délivrer. Maud voulait rester près de lui, et c'est ce qu'elle obtenait avec toutes ces petites choses qu'elle avait semées çà et là. Que devait-il faire de ces objets ? Ils n'étaient pas encombrants, mais exhalaient sa présence, ils l'entretenaient, et cela était suffisant pour qu'il se sente troublé et meurtri. Lorsqu'elles intervenaient dans un mauvais moment, ces découvertes pouvaient l'accabler durablement. Chacun de ces vestiges avait le don de le renvoyer à leur histoire comme si celle-ci devait désormais stagner au-dessus de lui sans pouvoir s'effacer ou prendre place dans un ensemble plus large. Il aurait fallu qu'une autre femme entre dans sa vie.

10

« Arrête de rêvasser ! Ce n'est pas le moment, profite de ta bonne humeur, il faut laver ce voilage... » Rémi essayait de s'encourager.

La solitude déforme tout. Pour celui qui vit seul, les tâches de la vie quotidienne prennent parfois des proportions énormes. Rémi évaluait ce qu'il y avait à faire. Quoi de plus simple que de dégrafer ce rideau ? Seulement, il fallait commencer par aller chercher l'escabeau dans les toilettes. Et c'est cette démarche qui risquait d'avorter s'il n'associait pas immédiatement le geste à l'idée. Il quitta la fenêtre, déposa sur la table le bol de café à moitié vide et déjà presque froid qu'il avait en main et se dirigea d'un pas ferme vers les toilettes. S'il avait renoncé jusqu'à présent, c'était surtout parce que ledit escabeau était glissé derrière la porte et que la manœuvre pour le sortir de là exigeait un minimum d'adresse.

« Voilà, il suffisait de le faire ! » Perché sur la deuxième marche de l'escabeau, la tête près du plafond, Rémi tordait la ruflette pour libérer une à une les agrafes qui reliaient le voilage à la tringle. Certaines lui résistaient et il devait reprendre l'opération en exerçant une torsion particulière. À chaque manipulation, des petits nuages de poussière se répandaient, lui envahissaient les narines et l'obligeaient à s'arrêter pour éternuer. « Saleté de rideau ! Je ne sais pas si j'ai eu raison de me lancer là-dedans... »

Il lui restait trois agrafes à vaincre lorsque son téléphone sonna.

— Allo, Rémi, c'est Gilles, Gilles Janus ! Je ne te réveille pas ?

Rémi n'avait pas regardé l'écran de son téléphone et avait cliqué avant même de savoir à qui il avait affaire.

— Quelle surprise ! C'est sympa de penser à moi, je comptais t'appeler...

— Rémi, je m'excuse de te déranger à une heure aussi matinale, je suis en bas de chez toi, j'ai un peu de temps, est-ce que je peux passer te voir ?

Rémi marqua un temps de réflexion.

— Oui..., oui, bien sûr. Que se passe-t-il ?

— Rien de grave, je vais t'expliquer... à tout de suite.

Gilles Janus enseignait lui aussi la philosophie au lycée Maurice Ravel. Les deux collègues ne s'étaient pas revus depuis leur dernier déjeuner pris à l'extérieur du lycée, fin juin, au moment où leurs élèves passaient l'épreuve de philosophie. Ce jour-là, ils avaient évoqué leur nouvelle situation, mais sans s'appesantir. Ni l'un ni l'autre n'étaient du genre à se lamenter sur leur sort ou sur leurs conditions de travail. Chacun avait gardé pour lui le fond de sa pensée. Ils avaient enfoui leur amertume et avaient préféré communier dans le plaisir simple du devoir accompli.

L'appartement était en désordre, le voilage du séjour encore retenu par trois agrafes pendait lamentablement comme un drapeau en berne. Rémi n'avait pas le temps de grimper à nouveau sur l'escabeau pour finir de le détacher. Il ne pouvait pas imaginer qu'on viendrait lui rendre visite à une heure pareille. Il se précipita dans la cuisine pour chercher de quoi nettoyer la table, ramassa les miettes, fit disparaître quelques vêtements qui traînaient, puis alla ouvrir sa porte.

— Je ne savais pas que tu créchais si haut... il faut être sacrément en forme pour monter toutes ces marches !

Gilles qui avait escaladé quatre à quatre les six étages reprenait sa respiration devant l'entrée de son appartement.

— Quand je pense qu'il aura fallu attendre que nous soyons virés pour que tu viennes chez moi, lui répondit Rémi ! Comme quoi, il y avait tout de même du bon dans cette décision.

Les deux amis éclatèrent de rire. Rémi reprit :

— Je te préviens, il y a du désordre, j'étais en plein ménage, alors ne t'effraie pas. Entre.

Gilles était un homme de belle allure, qui ne manquait pas de charme et qui savait en jouer. Il avait la cinquantaine, mais paraissait encore très jeune. Au lycée, il faisait partie des professeurs dont on appréciait le dynamisme et l'expérience. Son enthousiasme était communicatif. Rien ne paraissait pouvoir entamer sa bonne humeur. Et c'est ce que Rémi admirait chez lui : ce côté inébranlable. Au cours des années, ils s'étaient rapprochés, avaient sympathisé et aimaient à se retrouver.

— Tu es matinal. J'imagine que tu n'es pas venu seulement pour voir la tête d'un type qui a démissionné...

— Oui, je te demande de m'excuser pour cette visite impromptue, je passais près de chez toi, j'ai rendez-vous au lycée dans une demi-heure. Figure-toi que je vais commencer par un premier stage à Maurice Ravel avec notre proviseur... mais je ne suis pas venu te parler de ça... Et puis d'abord, comment vas-tu ?

La question était de circonstance. Elle n'appelait qu'une réponse de politesse, car Rémi ne connaissait pas assez Gilles pour lui faire des confidences.

— Disons qu'il m'est arrivé d'aller mieux... je vais avoir quarante ans et je n'ai plus de métier...

— Oui, mais tu es toujours philosophe !

Il y avait beaucoup de gaieté dans la manière dont Gilles avait appuyé son propos.

— Tu es gentil de me rappeler à mon être essentiel, répliqua Rémi en riant, mais dis-moi plutôt ce qui me vaut un tel rappel à l'ordre ?

Il était clair que Gilles n'était pas venu simplement pour prendre des nouvelles de son ancien collègue. Rémi reprit :

— Il y a quelque chose qui te tracasse ?

— Oui, non, rien de grave... Il y a seulement que samedi dernier je m'attendais à te retrouver à l'assemblée générale de l'Association... et que tu n'y étais pas... tu n'as pas reçu le mail ?

Rémi fronça les sourcils. Qu'avait-il fait cet après-midi-là ? Impossible de s'en souvenir. À l'origine, c'était Gilles qui l'avait poussé à adhérer à l'Association des professeurs de philosophie, il lui en avait vanté l'intérêt et était revenu à la charge plusieurs fois. Bien qu'ayant une sainte horreur du collectif, Rémi avait fini par céder. Il assistait aux réunions et avait proposé quelques articles pour la revue. Mais son investissement était resté modeste.

— Je suis désolé... Tu as raison de m'en parler. Cela m'a complètement échappé. Je comprends d'autant moins que cette réunion était importante... Qu'est-ce que vous avez décidé ? On dissout l'Association ?

— Justement, c'est là où je voulais en venir, répondit Gilles. Écoute, je regrette que tu n'aies pas été présent... on se serait cru à un enterrement, on était une soixantaine, il y avait les représentants des régionales ainsi que des collègues de Paris et des alentours. Le président a pris la parole, il a remercié les membres de l'Association pour leur soutien, puis il a immédiatement annoncé qu'il démissionnait. Ses démarches auprès du ministre pour sauver l'enseignement de la philosophie au lycée ayant échoué, cet échec était d'abord le sien, en conséquence il s'effaçait. La question était alors de savoir si on devait se saborder ou poursuivre nos activités ! Comme tu peux t'en douter, le désarroi était immense. Chacun a eu droit à la parole, j'ai laissé les autres s'exprimer, je les ai écoutés et j'ai attendu… on allait passer au vote et c'est à ce moment seulement que je suis intervenu, j'ai pris le contre-pied de tout ce qui avait été dit de négatif par les uns et les autres, et j'ai montré que nous n'avions aucune raison de nous laisser abattre. Ce n'est pas pour me vanter, mais je crois que je n'ai jamais été aussi bon que cet après-midi-là ! En tout cas, mon intervention a produit son effet, l'atmosphère s'est détendue, les visages se sont déridés et l'état d'esprit des personnes présentes a changé, j'ai senti que j'avais renversé la tendance. À la suite à mon intervention, il y a eu de nouvelles discussions, et, à l'inverse de ce qui se profilait au début de la séance, il a été décidé à une large majorité que nous ne devions pas renoncer. On s'est mis d'accord pour mettre sur pied un nouveau projet et c'est à moi qu'on a confié la tâche d'en esquisser l'idée. Seulement, maintenant, il faut tout revoir : modifier les statuts de l'Association, lui trouver un nouveau nom et une nouvelle orientation.

Gilles s'était enflammé au point que Rémi qui ne partageait pas son excitation se sentit malgré tout contraint d'aller dans son sens. Il s'apprêtait à le féliciter, quand Gilles reprit :

— Rémi ! On n'est pas foutus, on peut rebondir… il faut que l'on fasse entendre notre voix. Et d'ailleurs je te verrais bien rédacteur en chef de la revue, qu'est-ce que tu en dis ?

Rémi commençait à mieux comprendre pourquoi son ami s'était donné la peine d'escalader les six étages qui menaient à son appartement. Gilles l'avait compté parmi ses alliés et avait considéré qu'il faisait partie de ceux sur qui il pouvait s'appuyer pour mener à bien son entreprise. Par certains traits, son ex-collègue lui faisait penser à Frédéric. Tous les deux avaient un appétit féroce d'exister et de laisser leur empreinte dans le monde. Pour eux, l'action était toujours préférable à la passivité et au renoncement.

— Pourquoi moi plus qu'un autre ? répliqua Rémi.

Gilles fit comme s'il n'entendait pas l'objection et poursuivit sur sa lancée :

— C'est une question de « kairos », tu sais bien, le moment opportun ! Si tu avais été là, je suis sûr que tu l'aurais ressenti comme moi. Si tu avais vu leurs têtes ! Ils avaient à l'esprit qu'il n'y avait pas d'issue, ils pensaient qu'on était là pour abdiquer et pour s'adresser des condoléances. Ils étaient tristes et désabusés. L'Association était comme un navire que l'on emmène à la casse. J'étais révolté par leur défaitisme, et c'est là que je me suis dit qu'il y avait peut-être moyen de faire quelque chose, de retourner la situation et, plutôt que de quitter le navire, de s'en emparer et de lui donner une nouvelle vie…

Les deux amis se souriaient. Les yeux de Gilles brillaient comme ceux d'un enfant qui vient de réussir une bonne farce. Rémi appréciait l'image du navire que l'on mène à la casse, tout ce qui touchait à la mer lui plaisait. Il ne voulait pas gâcher le plaisir de son ex-collègue, mais il ne voulait pas non plus céder trop facilement à son enthousiasme.

— Bon, d'accord, l'Association est à l'abandon, tu te proposes de la faire revivre, mais en vue de quoi ? Tu as une idée, tu sais où tu veux en venir ?

— C'est là où j'ai besoin de ton aide, répliqua Gilles. Car maintenant il faut aller vite. Après le vote, j'ai proposé de rédiger une nouvelle plate-forme. Je me suis engagé, il ne faut pas que je déçoive, la prochaine assemblée sera décisive. Et puisque tu es libre comme l'air, j'ai pensé à toi !

11

Après le départ de son ami, Rémi s'était laissé tomber sur le divan, décontenancé et abasourdi. Très habilement, Gilles avait profité de l'effet de surprise provoqué par sa visite inattendue. Tout s'était joué en quelques minutes. Rémi se retrouvait engagé sans l'avoir choisi, il ne pouvait plus reculer. D'autant qu'avant de le quitter son ex-collègue lui avait déjà confié un premier travail. Il avait sorti de son cartable une chemise verte qui contenait les anciens statuts de l'Association, et il lui avait demandé de réfléchir à la manière dont on pouvait donner à l'ensemble des articles une nouvelle tournure.

Rémi s'en voulait doublement. Il était en tort. Il avait manqué un rendez-vous important. Du fait de cette absence, il n'était pas en mesure de juger de ce qui s'était réellement passé. Mais il s'en voulait surtout de ne pas avoir résisté aux sollicitations de son ex-collègue. En quoi la survie de l'Association pouvait-elle encore le concerner ? D'un autre côté, cette visite présentait un aspect positif. Que Gilles soit venu jusque chez lui et qu'il ait fait l'effort de monter les six étages n'était pas anodin. Une ascension sans doute intéressée, mais une ascension qui signifiait aussi que son ami lui reconnaissait certaines qualités. Cependant, sur ce point encore, il y avait maldonne. Rémi ne savait faire qu'une chose, lire et écrire, l'activité de ceux qui vivent en retrait. Et ce retrait qui l'avait conduit vers la philosophie ne devait pas être confondu avec une qualité. Expression d'une impuissance profonde à participer au monde, il traduisait plus un défaut qu'une vertu.

Gilles et Rémi avaient exercé le même métier, ils avaient été collègues, ils avaient sympathisé, mais le rapprochement s'arrêtait là. Gilles avait abordé la philosophie dans une perspective diamétralement opposée à celle de Rémi. Pour Gilles, la philosophie était une forme de connaissance qui méritait d'être prise au sérieux ; pour Rémi, elle n'était qu'une façon de témoigner de l'étrangeté de toute chose. Aussi étaient-ils sur ce plan aussi éloignés l'un de l'autre que la réussite peut l'être de l'échec. Et c'est cette tournure d'esprit très différente qui permettait de comprendre leurs choix respectifs. Gilles avait consenti à devenir proviseur ; venue de lui, cette décision n'était pas surprenante, elle correspondait à ce qu'il était. Il avait une autorité naturelle, il rayonnait, il savait tenir une classe, et il n'y avait en ce sens aucune raison pour qu'il ne sache pas s'imposer à la tête d'une communauté plus large. Entre ce nouveau métier et celui qu'il avait exercé précédemment, il n'y avait pas pour lui de fossé infranchissable. Il perdait la possibilité d'exercer une influence intellectuelle sur de jeunes esprits, il gagnait un rôle de meneur d'hommes. Un échange qui le désolait mais ne lui répugnait pas.

La visite impromptue de Gilles avait coupé Rémi dans son élan. La tornade Gilles venait de passer. Peu de dégâts. Seulement une sorte d'arrêt sur image. Sous le choc, toute chose avait l'air bête. Rémi trônait au milieu d'elles, inutile. En face de lui, une grande tache bleu océan l'attirait. Une toile de Hopper. Une simple affiche qu'il avait punaisée le jour de son arrivée sur le mur qui faisait face au divan pour cacher une affreuse lézarde. Une œuvre très connue, *The Long Leg*. Une image qui l'avait accompagné depuis son adolescence. Un petit voilier au gréement ancien serrait le vent au plus près. Le voilier longeait une plage déserte au sable blanc. La présence d'un phare indiquait qu'un peu plus loin le bras de terre se perdait dans la mer. S'agissait-il d'une île ? Rémi n'en avait pas la preuve. Il était seulement sûr d'une orientation : le voilier faisait cap à l'ouest. On pouvait en juger par la texture de la lumière. Une lumière de fin d'après-midi qui frappait ce qu'elle éclairait d'un reflet ocre et qui communiquait à l'ensemble une nostalgie inconsolable.

Une plage déserte, un voilier qui file vers l'ouest, une chemise verte contenant les statuts d'une association à l'agonie, un rideau sale et poussiéreux à la fenêtre d'un sixième étage, un type seul sur un divan qui contemple le voilier filant vers l'ouest. C'est de cet état du monde qu'il aurait dû s'entretenir avec Gilles. Car depuis le temps qu'ils se connaissaient et malgré tous les moments passés ensemble, il y avait bien des sujets qu'ils n'avaient jamais abordés ou qu'ils avaient volontairement passés sous silence. Et, entre autres, celui-là justement : l'étonnante étrangeté de toutes choses dès lors qu'on les laissait être et que l'on cessait d'en user. Le monde qui par couches successives s'effondre, s'affaisse sur lui-même, et se dessèche avant de se muer en vestiges qui à leur tour se défont, s'effacent et disparaissent. Avec pour les vivants un même désenchantement, une même errance, et pour toute parole, dans le ciel, quelques cris d'oiseaux.

Une maxime lui vint à l'esprit : *échapper à son ombre, être suffisamment en avant de soi pour ne pas la voir. S'avancer, et, surtout, se devancer.*

C'est la méthode de Gilles, se dit-il, c'est ce qui explique sa bonne humeur et son entrain. Il a toujours un temps d'avance sur lui-même. Et il a raison. On n'a pas le choix, il faut tenter quelque chose. Nous voulons que notre Association vive ? Alors il n'y a qu'une place pour elle : l'avant-garde. Ce que cela implique ? Pas moins qu'une révolution : il faut que, nous, les ex-professeurs de philosophie, consentions à devenir très différents de ce que nous étions ; que nous ne nous contentions plus de répéter les Anciens, mais que nous participions et aidions à faire éclore des choses nouvelles, que nous devenions inventifs !

À cette idée d'un renouveau philosophique, Rémi sentit passer en lui une onde de gaieté printanière. Accès de joie éphémère. La gaieté fit place au doute. Des professeurs de philosophie obsolètes passer à l'avant-garde ? Sur quelles compétences prendraient-ils appui ? Une pareille volte-face apparaissait peu probable.

Nous ne serons jamais à la hauteur du défi qui nous attend, d'autres que nous ont déjà pris les devants, se dit Rémi. Je vais écrire à Gilles. Je m'occuperai du rideau plus tard.

Cher Gilles,

J'ai été agréablement surpris par ta visite. Jusqu'à présent nous avons surtout été des « collègues » (un mot que j'ai toujours détesté), ta venue chez moi annonce que ce temps est derrière nous. J'ai bien compris que tu voulais me confier une tâche importante. Mais cette tâche encore vague suppose que nous cessions de nous cacher derrière des convenances et que nous dévoilions autant que faire se peut nos positions et nos intentions.

Avec cette décision ministérielle de nous évincer, ce n'est pas seulement l'enseignement de la philosophie qui est mis à mal, ce sont nos vies qui sont déstabilisées. Nous étions sous la protection de l'État, nous vivions aux frais de la princesse, et nous voilà jetés comme des malpropres en dehors du château. Force est cependant de reconnaître l'excellence de cette décision. En nous obligeant à rompre avec notre routine, elle nous rend à notre liberté. C'est la page vierge de l'avenir qui de nouveau s'ouvre devant nous.

Nous ne sommes plus des « collègues », nous n'avons plus à jouer la comédie du métier. Désormais nous pouvons philosopher librement. Or, de quoi est-il question avec le sauvetage de notre Association ? Certainement pas d'entretenir le souvenir d'une époque révolue, certainement pas non plus de faire perdurer des liens factices entre des professeurs qui, pour avoir pratiqué le même métier, n'en demeurent pas moins étrangers les uns aux autres.

Philosopher librement ! Pour ma part je ne vois que deux directions, ou plutôt deux pôles autour desquels la pensée gravite. Deux pôles et deux raisons de philosopher : la solitude et le collectif, « le solitaire » et « l'homme accompagné ». La solitude aiguise la lucidité, mais elle ne séduit qu'un petit nombre, les hommes taillés pour l'aventure et pour qui danser au bord de l'abîme est la seule activité qui vaille. En face de cette figure extrême qui nous a donné un Nietzsche et à laquelle je réserve mon admiration, on trouve l'homme accompagné. Beaucoup moins intéressant, puisqu'il est l'homme que nous incarnons le plus souvent, l'homme médiocre au sens littéral du mot, l'homme moyen qui n'aspire à rien de particulier si ce n'est aux choses qui sont à sa portée et qui sont les mêmes pour tous.

Sur ces deux manières de « faire l'homme », il me semble que l'essentiel ait déjà été dit. Aussi, sans nier l'intérêt de continuer à commenter les grands textes de notre tradition, ai-je le sentiment que nous ferions bien, avant de reprendre ce travail comme si rien n'avait changé, d'essayer de mieux comprendre les raisons de notre élimination du système éducatif. Raisons qui, me semble-t-il, sont à mettre en rapport avec la faible résistance que nous avons montrée.

Si tu veux que notre Association vive plutôt que de se survivre faussement et inutilement, c'est sur ces raisons que nous devons méditer en tout premier lieu. Permets-moi de te communiquer ici mon impression.

Ce n'est pas en tant que professeur de philosophie que nous avons démérité. Nous n'avons pas eu tort de faire appel aux ressources de l'esprit pour mener une vie qui en vaille la peine. Là n'est pas notre insuffisance. Ce dont nous sommes victimes, c'est de n'avoir pas vu (ou pas voulu voir) que cet effort était en train de devenir inutile. Je m'explique.

Bergson disait de la philosophie « qu'elle devrait être un effort pour dépasser la condition humaine ». Il établissait ainsi un lien entre une démarche intellectuelle et la possibilité de se transcender. Or, si c'est toujours de cela qu'il est question aujourd'hui, on peut se demander si les philosophes y sont encore pour quelque chose. Hélas, la réponse est « non » ! Les responsables de ce « dépassement » ou plutôt de cette « mutation » (car il y aurait lieu ici de préciser) sont aujourd'hui des ingénieurs, des techniciens, des biologistes et des médecins. Une armée d'individus qui n'ont pas de projet commun, mais qui frappent dans tous les sens et qui, sans rien demander aux autres, se sont emparés de l'homme comme on s'empare d'une marionnette. Car après être passée des mains de Dieu à celle des sages, l'Idée d'homme est désormais, qu'on le veuille ou non, dans celles des « bricoleurs ».

Les philosophes ont cru qu'il suffisait de mettre en œuvre la pensée pour parfaire l'homme et le hisser au rang des dieux. Et il est vrai que nous devons à leurs enseignements quelques réussites exceptionnelles en les personnes de nos sages et de nos héros. Mais les hommes d'aujourd'hui sont lassés de tant d'efforts pour des résultats aussi rares et incertains. Ce n'est plus à la discipline, au courage et à la ténacité qu'ils en appellent. Dorénavant, c'est la technique qui pallie les manques. Pourquoi refuseraient-ils de s'adjoindre des perfections si facilement obtenues ?

Telles sont les raisons de notre défaite et de notre élimination du système éducatif. Le gouvernement a tenté de nous épargner en invoquant des difficultés d'ordre économique. Non, la vraie raison, la raison qu'il ne voulait pas énoncer ouvertement, c'est que dans le contexte actuel nous ne servons plus à rien. Pour enseigner la philosophie comme nous l'avons fait, il nous fallait croire à l'intérêt d'avoir des maîtres. Il fallait que nous passions par l'admiration pour quelques grands esprits, il fallait des rencontres... Mais le contexte actuel n'est ni aux rencontres ni à l'admiration, il est au « formatage » des cerveaux. C'est plus rapide et plus efficace.

Alors que pouvons-nous faire ? Nous sommes vaincus... l'Histoire, la grande Histoire nous répudie. Un mouvement de fond nous emporte. Comme après un naufrage, nous surnageons. Et je ne te cache pas que je ne suis pas aussi optimiste que toi. Sauver l'Association, la refonder, lui communiquer un nouveau souffle, un nouvel élan... Oui, pourquoi pas, mais sur quelle base et en vue de quoi ?

Il me semble que nous avons le choix entre deux attitudes. Il y a d'abord celle qui consiste à rester impassible et à afficher une indifférence hautaine pour ce torrent boueux qu'est l'Histoire : il est toujours possible en effet de refuser de participer à la dénaturation de l'homme par la technique. Mais cette attitude, nous le savons bien, n'empêchera en rien le torrent de nous submerger. Au mieux, elle nous vaudra le même apitoiement que celui que nous éprouvons de nos jours pour les espèces animales en voie de disparition.

Je penche donc pour une autre option. Au lieu de nous détourner de ce qui nous attend, ne ferions-nous pas mieux de l'anticiper ? L'humanité est en train de s'acheminer vers son plus grand risque, elle est en passe de modifier ses traits et de troubler son image... Comment ne pas être présent dans un moment aussi décisif ? Dans leurs laboratoires, les « bricoleurs » produisent des effets que désormais nous ne pouvons plus ignorer. Ces effets sont comme autant de mots qui attendent une syntaxe. Toute création suppose un certain chaos. Notre mission pourrait être de faire en sorte qu'à l'issue de ce chaos nous n'assistions pas à la naissance d'un monstre.

À défaut de trouver un nouveau nom pour l'Association, j'ai réfléchi à un nouveau titre pour la revue. Deux me sont venus à l'esprit. Les deux me semblent pouvoir convenir à notre situation. Le premier fait allusion au tournant que représente notre époque et au risque dont je viens de parler. On pourrait l'intituler : Le dernier homme. *Le second, plus optimiste, suggère que l'avenir n'est pas aussi sombre et qu'il y a encore moyen de trouver dans la philosophie de quoi nous sauver du péril actuel, et c'est pourquoi je propose* : Un sursaut philosophique.

Bien sûr, tout cela reste à débattre... J'ai hâte de connaître ton point de vue sur ces questions... En attendant, sache que je suis à ton écoute et que je soutiens ton initiative.

Bien amicalement,

Rémi

12

Plusieurs jours s'étaient écoulés depuis leur déjeuner à *L'Estrapade*. Qu'attendait Rémi pour reprendre contact avec Frédéric ? Ils s'étaient parlé au téléphone le lendemain de leur rencontre, mais n'avaient pas fixé de date pour dessiner les contours de leur future collaboration. Il y avait bien eu des moments où Rémi avait pensé à joindre son frère, plusieurs fois il en avait amorcé le geste, mais à chaque fois quelque chose le retenait qu'il n'arrivait pas encore à définir. Par contraste, la célérité avec laquelle il avait réagi à la visite de son ami Gilles pouvait apparaître surprenante.

Rémi ne voulait pas s'avouer qu'il était encore englué dans ses habitudes. Il n'avait pas rappelé son frère, de même il n'avait toujours pas répondu à la lettre de Charlotte. Dans l'ordre d'importance qu'il accordait aux personnes, son frère et Charlotte avaient certainement la priorité sur Gilles. Mais dans les prises de décision et dans les actes, cette priorité et cette importance constituaient plutôt un frein.

Exprimer des idées comme il l'avait fait en écrivant à Gilles, c'était bien la preuve qu'il était encore prisonnier de son ancienne manière d'être. Chez lui, écrire revenait à repousser ou à remettre à plus tard toute action et tout engagement véritable. Cependant, le parler franc de la lettre inaugurait peut-être un changement d'attitude. Rémi semblait y dénoncer la relative passivité des professeurs de philosophie ; il condamnait leur attentisme stérile et plaidait pour une démarche plus offensive et plus avant-gardiste, mais le plaisir et la rapidité avec lesquels cette lettre avait été rédigée était le signe d'un engagement purement verbal. Autrement plus difficile était de s'engager avec Frédéric ou de tisser un lien avec Charlotte. Ces deux-là n'attendaient pas des pages d'écriture, ils réclamaient des actes, que l'on aille vers eux, que l'on se tienne auprès d'eux, que l'on s'associe à eux et que l'on consente à travailler avec eux à un même but.

De plus, la lettre adressée à Gilles avait été d'autant plus facile à écrire qu'elle n'était pas aussi claire qu'elle en avait l'air. Rémi y soufflait le chaud et le froid. Se réjouissait-il de la défaite de la philosophie ou prenait-il sa défense ? Consentait-il au mouvement de l'Histoire ou souhaitait-il lui résister ? Il ne disait pas clairement où il se situait. Le plaisir d'écrire entretenait l'ambiguïté.

Mais pouvait-il en être autrement ? Car une différence désormais séparait les deux amis. Rémi avait démissionné. Ce choix n'avait rien à voir avec ce qui le reliait à Gilles, mais ce choix contenait en lui le principe d'un écart impossible à éluder.

Jusqu'au dernier moment, il avait hésité. Les papiers officiels devaient être renvoyés au Rectorat avant le 10 juillet. Le 8 au soir, après avoir relu l'ensemble du document, il avait biffé la petite case fatidique signifiant qu'il renonçait à l'offre qui lui était faite, et qu'il quittait la fonction publique. Il avait écrit la date et d'un geste vif avait signé. Sur le moment il avait eu l'impression de coïncider avec ce qu'il y avait de meilleur en lui. Il en avait eu la confirmation par la vague de plaisir et de fierté qui avait aussitôt déferlé dans sa conscience. Seul le sentiment d'une liberté retrouvée était susceptible de produire une joie aussi vive. Il ne s'attendait pas à une telle ivresse. Sa vie se brisait et partait en morceaux, mais cela ne l'empêchait pas d'approuver et de trouver cette destruction salutaire. C'est seulement les jours suivants qu'une débâcle discrète avait commencé à se produire. La joie et la fierté avaient progressivement fait place au doute et à l'angoisse. Il comprenait mieux la détresse des personnes qui perdaient tout à la suite d'une catastrophe naturelle ou d'une guerre. Il se souvenait de certains visages vus à la télévision après un tremblement de terre en Italie ou en Turquie. On montrait des hommes et des femmes à côté de leur maison en ruines, le regard hébété et l'air perdu, rendus muets par le spectacle de l'anéantissement. Pour autant, ce qui lui arrivait n'était pas comparable. Il n'avait pas tout perdu et il n'était pas désespéré. Seulement sa démission le ramenait vingt ans en arrière, au moment où il avait abandonné les mathématiques et la physique pour embrasser la philosophie. Car les choses ne s'étaient pas déroulées aussi simplement qu'il le racontait parfois. En réalité, il avait d'abord été tenté par la démarche scientifique. Son père et son frère l'avaient encouragé à persévérer dans cette direction jusqu'au moment où une voix intérieure s'était élevée et l'en avait détourné. L'indépendance du philosophe qui construit sa demeure et prétend rendre compte du Tout de la réalité au moyen de la seule force de sa pensée le fascinait. L'accident cérébral qui l'avait fauché dans sa cinquième année avait certainement pesé dans cet abandon, mais il n'était pas seul en cause, une motivation plus intellectuelle avait joué un rôle dans l'élan qui l'avait conduit vers la philosophie : le désir orgueilleux de s'aventurer, avec pour tout bagage quelques concepts, à la rencontre de l'inconnu.

Alors qu'est-ce qui le retenait encore ? Rien de plus, sans doute, que sa liberté, son inusable liberté qui, comme à l'époque de son adolescence et dans les années qui avaient suivi, l'isolait et lui donnait de la hauteur. Avec le recul, il se rendait compte qu'il y avait là quelque chose de surnaturel. La liberté était une sorte de révélation, elle le soulevait et le mettait hors d'atteinte, elle le sauvait et le rendait imprenable. Il aimait jouir de la distance qu'elle lui accordait. Ce qui le retenait n'était donc rien d'autre que ce besoin d'indépendance. Au moment où il avait signé sa démission, c'était de cette indépendance absolue qu'il avait joui. Comme pour la conquête d'un sommet, lui qui n'avait jamais escaladé une montagne avait été assailli d'une joie comparable à celle que l'on devait sans doute éprouver en se tenant si près du ciel, les pieds vissés dans la glace, le piolet à la main, et la tête dans l'air raréfié et la lumière coupante du matin.

13

Sa mère était venue lui ouvrir.

— Entre ! On est content de te voir, tu sais…

Rémi n'était pas dupe du ton enjoué de Françoise Follenfan, il avait perçu la pointe de reproche qui s'était glissée dans la manière dont elle avait accentué le « tu sais ». Il lui avait souri, l'avait embrassée et avait déposé sa veste sur le dossier de l'une des deux chaises de l'entrée.

— Je vous ai préparé un bon déjeuner… Ton père est encore dans son bureau, il ne va pas tarder.

Rémi se laissait faire. Sa maladie avait tissé entre lui et sa mère une complicité particulière qui ne s'était jamais estompée. Une histoire encore douloureuse pour elle malgré les années. Il avait tenté d'en parler, à chaque fois elle avait préféré détourner la conversation.

Il l'avait suivie dans le salon. Lumineuse et meublée très simplement, la pièce comportait deux grandes baies qui donnaient sur un vaste balcon. Un peu en retrait se tenait le seul objet vivant aux yeux de Rémi, un piano Pleyel quart de queue au clavier très souple avec des touches en ivoire lisses et très douces au toucher. L'instrument avait appartenu à sa grand-mère maternelle, mais il devait son intérêt au fait qu'il était lié au métier de sa mère. C'était aux sons de cet instrument que Frédéric et Rémi avaient été initiés à la musique.

Pierre et Françoise Follenfan n'avaient pas toujours habité là, ils avaient acquis ce grand appartement un an après la naissance de leur deuxième fils. Rémi, lui, ne se souvenait que de ce domicile, il avait émergé là, c'est ce qui expliquait pourquoi les murs qui en délimitaient l'espace constituaient pour lui une sorte de point aveugle, un peu à la manière d'un œil qui ne se voit pas lui-même et permet néanmoins de situer tout le reste.

Sur la table basse, madame Follenfan avait disposé deux petits plateaux. Rémi reconnut les verres en cristal qu'elle ne sortait que pour les grandes occasions. Sur un des plateaux, elle avait disposé trois verres ainsi qu'une assiette de tapas confectionnés maison ; sur l'autre se trouvaient plusieurs bouteilles d'alcool. Ses parents n'avaient pas l'habitude de faire précéder les repas d'un apéritif. On conversait de choses et d'autres, assis ou debout dans le salon, puis on passait à table. Pour la mère de Rémi, ce jour n'était donc pas un jour ordinaire.

— Tiens, voilà ton père, dit madame Follenfan. Puis s'adressant à son mari : j'étais en train de montrer à Rémi les photos de cet été. Je lui disais que Julien et Paul avaient beaucoup progressé en natation et je lui ai aussi montré la photo de ta pêche miraculeuse.

Rémi, qui avait en main la tablette de sa mère, se leva pour embrasser son père. Celui-ci proposa de servir à boire. Il y eut une minute de flottement, tous les trois se regardaient en souriant. Rémi s'inquiétait : « Ils vont certainement vouloir trinquer en l'honneur de quelque chose, cela ne peut pas être en rapport avec moi. » Mais déjà sa mère l'interrogeait du regard :

— Tu n'as pas l'air de savoir ce que nous fêtons aujourd'hui...

— Non, je ne vois pas.

— L'anniversaire de ton père, soixante-cinq ans !

— Mais, il n'est pas né un 20 septembre, objecta Rémi.

— Oui, mais, comme on ne s'était pas vu cet été, on voulait profiter de ta présence qui se fait rare... alors, disons que l'on a fait d'une pierre deux coups !

Indifférent à ce reproche à peine masqué, le père de Rémi se taisait. Il sortait de son bureau et ne semblait pas non plus avoir été informé. Hormis les études de ses fils, il ne s'était jamais beaucoup préoccupé des questions familiales. Cette idée d'anniversaire anticipé ne pouvait être de lui et était donc bien une initiative de sa femme. Rémi se sentit à la fois surpris et soulagé. L'heure était à la détente et aux petites phrases sans importance. Il observait ses parents, leur bonne humeur n'était pas feinte, il se disait qu'il avait tort de se torturer inutilement et qu'il parviendrait bien à détourner la conversation si on en venait à parler de lui.

Prétextant qu'elle avait à faire à la cuisine, madame Follenfan s'absenta. Rémi se retrouva seul avec son père. Entre eux, il y avait eu des phases d'incompréhension mutuelle qui avaient laissé des traces. Pierre Follenfan aurait souhaité que ses deux fils lui ressemblent et marchent bien droit derrière lui, il n'avait pas imaginé que les choses puissent tourner autrement. Avec Frédéric il avait obtenu satisfaction, mais avec Rémi sa gouvernance n'avait pas aussi bien fonctionné. Le grain de sable avait été cette maladie incompréhensible qui avait surgi sans raison dans le cerveau de Rémi. Vers l'âge de cinq ans, il s'était mis à perdre l'équilibre. Sa mère s'était efforcée de lui expliquer : on allait devoir l'éloigner quelque temps de la maison, on allait s'occuper de lui, il y aurait d'autres enfants... Elle lui avait préparé une petite valise dans laquelle elle avait glissé quelques affaires ; il n'avait rien à craindre, il serait bien là-bas... On l'avait conduit là où il serait bien, on l'avait déshabillé et installé sur un lit très haut duquel il ne pouvait pas descendre tout seul. Assis, pétrifié, il n'avait plus osé bouger. Autour de lui il y avait d'autres lits, et sur ces lits d'autres formes vivantes avec des visages aux regards vides et des crânes roses qui n'avaient plus de cheveux. Presque tous roulaient d'un bord sur l'autre dans leur lit comme pour chasser des insectes invisibles. Ils ne parlaient pas. Alors, comme eux, il avait commencé à entrer en lui et à devenir un autre.

Pierre Follenfan avait laissé sa femme se débrouiller avec la maladie de son deuxième fils. Jamais malade lui-même, il n'appréciait pas ceux qui l'étaient ; derrière toute maladie, il croyait deviner une faiblesse, un laisser-aller, une lâcheté. La tumeur au cerveau de Rémi avait faussé leur relation et c'est ainsi, qu'insensiblement, leur famille s'était scindée en deux, chaque parent entraînant un fils : l'aîné avec le père, le cadet avec la mère. Division secrète, dont on ne parlait pas et dont personne n'aurait admis la réalité s'il en avait été question, et qui, néanmoins, avait fini par produire ses effets. Entre Rémi et son père, les sujets les plus graves ne pouvaient plus être abordés, les frontières communes s'amenuisaient ; Rémi comprenait son père, mais la réciproque n'était pas vraie. Le fossé s'élargissait. Et c'était ce fossé, devenu invisible sous les feuilles mortes du quotidien, qui avait surgi et s'était enfin déclaré le jour où Rémi avait annoncé qu'il abandonnait les études scientifiques pour se consacrer entièrement à la philosophie.

Ce jour-là, Rémi et son père étaient seuls. Ils avaient dîné en tête à tête presque sans se parler. L'orage grondait mais n'avait pas encore éclaté. Après le dîner, Rémi avait regagné sa chambre et avait tenté de se raisonner. En vain. Le point de non-retour était atteint, il ne pouvait plus reculer. Il y allait de son existence et de sa liberté. Silencieusement, il était retourné au salon. Son père ne se doutait de rien, tranquillement assis dans un fauteuil, il lisait. Rémi avait seulement attendu qu'il relève la tête, et c'est alors que, sans aucun préalable ni aucun ménagement, il lui avait asséné qu'il changeait de voie et ne reviendrait pas en arrière. La déclaration faite, il avait aussitôt quitté la pièce.

C'était la première fois que Rémi affrontait son père avec autant de fermeté. Ce soir-là, l'écorce terrestre s'était ouverte. Il n'y avait plus un fils dans l'ombre d'un père, mais deux consciences nues qui se heurtaient comme deux plaques tectoniques. Un processus naturel contre lequel ni l'un ni l'autre ne pouvaient rien était arrivé à son terme. Alors, certes, c'était Rémi qui avait donné le signal de la rupture, c'est lui qui avait miné l'ordre ancien, mais, ce faisant, il n'avait fait qu'obéir à ce qu'il y avait en lui de plus impérieux et de plus vrai. Sa jeune existence affleurait et réclamait un droit de passage.

Pierre Follenfan ne s'attendait pas à un tel jaillissement. Avait-il perçu la tension et l'état fébrile de son fils ? Avait-il été impressionné par la solennité de la déclaration ? Il n'avait rien manifesté et n'avait rien dit. Il avait pris acte que son deuxième fils ne marcherait pas sur ses traces. Sans doute en avait-il été affecté, mais n'en avait rien montré, il avait suffisamment à faire avec son travail et ses responsabilités pour ne pas s'attarder. D'autant qu'il n'était pas vaincu et gardait l'avantage, l'avantage de l'homme mûr, de l'homme qui a su échapper habilement aux brumes de l'enfance, de l'homme au sommet de sa courbe, reconnu et respecté, en phase avec son époque, et disposant d'un beau métier d'homme conquérant. Tout ce qui faisait défaut à son fils pour qui l'événement était autrement plus grave. Pour Rémi, cette soirée avait été une épreuve. Son geste ruinait un peu plus une relation déjà bien mal en point. Il craignait qu'un silence irréparable ne succède à celui si pénible qui avait accompagné la confrontation. Il se trompait. Son géniteur ne lui en voulait pas. Celui-ci avait seulement été surpris. Ancien militaire, habitué à l'ordre et à la discipline, il pensait que ses deux fils feraient comme lui, il croyait que sa propre expérience suffisait, et que le mieux pour eux était de s'en contenter.

Et, à vrai dire, cette incompréhension ne tenait qu'à Pierre Follenfan lui-même. Cet homme, que Rémi admirait pour son dynamisme et sa vitalité, n'était pas aussi impénétrable qu'il s'en donnait l'air. Il avait été enfant et, comme beaucoup d'adultes, il avait réussi à en chasser la folie. En échange de quoi, il s'était constitué un profil rigoureux et bien découpé. Chez lui, la rationalité scientifique l'avait emporté et avait imposé une pudeur stricte aux autres modes de relation au monde. C'était un homme d'action : toutes les difficultés avaient leurs solutions, il étudiait, il comprenait, il agissait. Et ce n'était pourtant là que l'impression qu'il donnait. Pierre Follenfan avait une double vie. Sous une petite couche de cendres, à l'abri des regards, son enfance survivait tant bien que mal. Celle-ci, à la manière d'un feu en veille, entretenait en lui un amour puissant pour le génie et la clarté sans pareille des images poétiques. On se trompait sur lui, et lui-même donnait le change. En vérité, son admiration profonde allait plus à Homère ou à Hugo qu'à Newton ou Einstein. C'était aux premiers et non aux autres qu'il recourait dès qu'il en avait le temps. L'omniprésence des livres qui tapissaient un mur entier du salon en apportait la preuve. Tous ces volumes n'étaient pas là par hasard comme simples éléments d'un décor. Pierre et Françoise Follenfan lisaient et avaient le goût de la chose écrite. Il aurait été inconcevable pour eux de ne pas exposer leurs enfants à cette figure de la vérité que seuls les grands textes de la littérature dévoilaient. Mais, comme Rémi l'avait compris au tournant de l'adolescence, il y avait lire et lire… Aussi, et quoi qu'il en soit de son amour pour la littérature, Pierre Follenfan ne souhaitait-il pas que ses propres fils s'en éprennent. Priorité aux mathématiques ! Ils devaient lire, certes, mais avec modération. Surtout, ils devaient lire en gardant à l'esprit qu'il ne s'agissait que d'une échappatoire. La réalité vraie, la réalité concrète, la dure réalité, celle à laquelle on devait se confronter pour devenir un homme, n'était pas celle que l'on entrevoyait avec les mots des poètes, mais celle dont on parvenait à s'emparer au moyen des équations mathématiques. Aussi y avait-il quelque chose de poignant et de profondément émouvant dans la posture de ce père de famille qui, d'un côté, s'efforçait de jeter sur la réalité le regard assuré et fier de celui qui affirme maîtriser et comprendre, et qui, de l'autre, en secret, reconnaissait, qu'hormis la littérature et la poésie, rien ne pouvait traduire avec justesse la dérive incalculable de toute chose dans le monde.

Depuis la soirée mémorable où ils s'étaient affrontés en silence, Rémi et son père ne s'étaient plus jamais entretenus de questions intimes. Plus exactement, une chose avait changé : Pierre Follenfan ne prétendait plus orienter l'existence de son fils, il avait renoncé à interférer dans ses choix. Leur relation avait gagné en sérénité. Avec une contrepartie : une réserve réciproque strictement observée. Tous les sujets de discussion pouvaient être abordés, à condition de s'en tenir aux arguments communs qui n'impliquaient pas un engagement personnel. Une espèce de mur invisible s'était ainsi élevé entre eux dont tous les deux avaient conscience, mais que ni l'un ni l'autre n'osait rompre, si ce n'est par quelques attaques-surprises à la manière de pavés que l'on jette au hasard dans le jardin du voisin.

— Tu as dû avoir terriblement chaud sous les toits la première quinzaine d'août, lança monsieur Follenfan, tu aurais dû venir nous rejoindre à Douarnenez.

Bien calé dans son fauteuil, Pierre Follenfan mimait la décontraction. Il comprenait qu'après avoir pris la décision de démissionner Rémi ne se soit pas senti d'humeur à prendre des vacances, mais il fallait bien parler de quelque chose. Rémi vint à son secours en simulant à son tour la même décontraction.

— Oui, c'était pénible, mais c'était pire dans le sud de la France, on y a dépassé les 45 °C un peu partout. À ce rythme, l'humanité n'en a plus pour très longtemps...

La question du climat faisait partie des sujets sur lesquels il leur arrivait de s'opposer. En insistant sur la gravité de la situation, Rémi savait qu'il allait faire réagir son père.

— Tu sais que je ne partage pas ton pessimisme, l'humanité a des ressources insoupçonnées. Elle l'a déjà montré et c'est dans les moments critiques qu'elle devient capable du meilleur.

En parlant, M. Follenfan avait marqué sa désapprobation d'un mouvement vague de la main gauche, comme si les idées flottaient dans l'air et qu'il suffisait d'un geste pour les dissiper. Il reprit :

— Et puis on pourra toujours aller habiter sur Mars !

Cette dernière phrase lui avait échappé. La formule lui était venue presque par réflexe et il l'avait prononcée avec une pointe de gaieté incontrôlée et presque enfantine. Il ne pouvait pas s'empêcher de parler de ce qui tenait une grande place dans sa vie : l'espace, l'astrophysique, les étoiles, la conquête de la planète rouge. Il n'y avait pas chez cet homme, du moins en apparence, de distance entre son métier et sa vie. C'est ce qui avait toujours étonné Rémi : cette parfaite adaptation au monde, et surtout cette joie naïve suscitée par l'idée du progrès technique, la même joie et le même enthousiasme qu'il retrouvait chez son frère. À soixante-cinq ans, son père n'avait rien perdu de sa fougue ni de son désir de conquête. Dans sa jeunesse, il avait enchaîné les succès sportifs et intellectuels ; reçu premier à l'École de l'air, il avait d'abord été pilote, puis avait rejoint, à l'Agence spatiale européenne, les équipes d'ingénieurs qui travaillaient aux programmes en rapport avec la planète Mars. Là il s'était distingué par ses compétences et son charisme, et en était devenu l'un des plus hauts responsables. Mais, selon Rémi, sa foi naïve venait justement de le conduire à caricaturer les choses :

— Permets-moi de te contredire : *aller* sur Mars et *habiter* sur Mars… ce n'est pas la même chose… la planète Mars est inhabitable.

— Comment le sais-tu ?

Pierre Follenfan avait pris un air contrarié, comme pour contester par avance ce qui pourrait être dit sur le sujet.

— Parce qu'en général on habite les contrées où il fait bon vivre, répondit Rémi. Alors, certes, cela varie selon les personnes, mais il y a des lieux inhospitaliers où personne ne souhaite vivre… Il y a d'ailleurs un critère simple : les hommes ont toujours habité là où ils n'étaient pas seuls, je veux dire là où il y avait d'ores et déjà et avant même qu'ils s'installent d'autres vivants… Si l'on s'en tient à ce critère, Mars est inhabitable…

Tout en écoutant son fils, Pierre Follenfan ne s'était pas départi de son air sceptique.

— Disons que tu as raison si l'on s'en tient au sens ancien et traditionnel du mot, mais on n'en est plus là… la conquête de l'espace va s'accompagner d'une mutation du mode de vie… Qu'il y ait ou non des vivants sur Mars n'est pas une condition nécessaire, les réserves de glace qu'on y a trouvées sont suffisantes pour nous y installer. On s'est bien installé sur la Lune, pourquoi ne le ferait-on pas sur Mars ?

— Tu plaisantes ou tu parles sérieusement !

Pierre Follenfan fit celui qui ne comprenait pas.

— Je parle sérieusement… pourquoi ?

— Ce qui ne va pas, c'est que tu affirmes que l'on va habiter sur Mars et que tu te défiles lorsqu'il s'agit de savoir ce que l'on doit entendre par « habiter »… Tu parles de mutation et tu en profites pour écarter la question. Je te rappelle que jusqu'à présent aucun cosmonaute n'a souhaité vivre avec son conjoint dans l'espace ou sur la Lune et que la seule expérience sexuelle tentée en apesanteur a été un fiasco qui a fait rire toute l'humanité… Ils avaient beau être dans le ciel – est-ce sa partenaire qui l'avait trop excité ou lui qui était trop pressé – bref, éjaculation dans le vide, et voilà que le sperme du beau cosmonaute flotte dans le vaisseau spatial… J'imagine l'embarras des amants… C'est déjà pas très commode d'avoir une vie amoureuse dans des conditions pareilles, alors des enfants n'en parlons pas.

M. Follenfan ne put s'empêcher de sourire. Il avait parlé d'habiter sur Mars sans chercher à engager une conversation sérieuse sur le sujet, mais la critique de son fils l'avait piqué au vif.

— Je t'en prie, ne caricature pas ce que je dis, et ne viens pas donner en exemple cette coucherie de cosmonautes dont tout le monde s'amuse. Je ne cherche pas du tout à éliminer le problème. Sache qu'avec mes collaborateurs, nous abordons souvent cette question. On bute ici sur un obstacle infranchissable, nous créons les conditions d'un avenir dont nous ne connaissons pas les effets. Nos voyages dans l'espace vont transformer nos vies, seulement nous ne pouvons pas dire à l'avance quelle forme tout cela va prendre… il y a ici une dimension aventureuse et hasardeuse… et, quoi que tu en dises, je suis persuadé pour ma part que l'on habitera un jour prochain sur Mars et que l'on va devoir apprendre à habiter des lieux autrement que nous le faisions depuis des millions d'années sur la terre…

— Habiter autrement ! Habiter autrement ! Facile à dire !

L'alcool avait libéré Rémi. Il avait avalé une bonne rasade de porto et cela avait suffi pour lui faire oublier ses appréhensions. De son côté, Pierre Follenfan ne comprenait pas la gaieté soudaine de son fils. Il s'apprêtait à poursuivre la discussion quand sa femme vint leur demander de passer à table.

— Je vois que règne la bonne humeur par ici, je peux savoir ce qui vous réjouit autant ?

— C'est papa… Il veut aller « habiter » sur Mars !

Françoise Follenfan s'approcha d'eux, leva les yeux au ciel et mit fin à la polémique en les renvoyant dos à dos.

— Oh oui, je sais… alors vous irez sur Mars si cela vous chante, mais sans moi ! En attendant, je vous propose de venir à table, il est déjà tard, cet après-midi j'ai une élève qui vient prendre un cours à seize heures.

14

Petite pièce relativement étroite et ouverte sur toute sa largeur, la salle à manger comprenait pour tout mobilier une armoire ancienne et une longue table autour de laquelle on pouvait asseoir au moins huit ou dix convives. Au fond de la pièce, une fenêtre que l'on n'ouvrait presque jamais donnait sur la rue. Pour l'occasion, madame Follenfan avait dressé la table en la recouvrant avec une nappe bleu marine, émaillée de petits triangles blancs et noirs, nappe que Rémi lui avait rapportée d'un voyage au Sénégal. Il fut touché de cette attention et en fit la remarque à sa mère.

— Oui, je l'ai mise en ton honneur, j'imagine que cela te rappelle de bons souvenirs.

Rémi préféra ne pas répondre. Il n'était pas allé au Sénégal par intérêt pour le pays, il avait répondu à l'invitation de Gérard, un ancien condisciple qui s'était provisoirement installé à Dakar où il avait obtenu un poste à l'ambassade de France. De ce voyage, il gardait en effet de bons souvenirs, mais de ceux qu'on ne raconte pas à sa mère. Là-bas, il avait eu une relation avec Isabelle, la femme de Gérard. Elle lui avait fait des avances et il lui avait cédé. Et cela d'autant plus facilement qu'il y avait déjà eu entre eux, des années auparavant, une complicité très forte. Leur histoire, qui était restée en suspens, avait trouvé dans cette contrée éloignée une forme de conclusion heureuse. À l'époque où ils s'étaient connus, Rémi avait été victime de son inexpérience et de sa timidité ; bien que très amoureux, il n'avait pas su comment lui exprimer sa flamme. Un autre en avait profité. À l'occasion d'un dîner, Rémi avait présenté Isabelle à Gérard qui, en l'espace d'une soirée, avait réussi à séduire la femme qu'il aimait. Avec ce voyage, justice avait été rendue. Françoise Follenfan, qui ignorait presque tout de la vie amoureuse de son fils, vit qu'il souriait en caressant la nappe. Elle l'interrogea :

— Pourquoi souris-tu ?

— Parce qu'à l'origine ce voyage ne me disait rien, et, parce que si tu ne m'y avais pas poussé – souviens-toi, c'est toi qui m'as encouragé – j'aurais raté quelque chose de beau et d'émouvant.

Bien que jamais indiscrète, Françoise Follenfan aimait être au plus près de la vie de ses enfants et de ses petits-enfants. Elle avait toujours manifesté son intérêt pour tout ce qui leur arrivait et était toujours prête à leur prodiguer des conseils. Entre elle et son mari, le croisement de leurs personnalités avait donné naissance à un compromis assez commun. Il était plus rationnel et plus lointain, elle était plus sensible et plus présente aux autres. Aussi n'était-ce pas lui, mais elle qui suscitait et alimentait toutes les conversations, du moins dès qu'il s'agissait d'aborder ce qui relevait de la vie courante.

— Servez-vous ! C'est du melon charentais, je l'ai goûté, il est excellent... Et, pour en revenir à ton voyage au Sénégal, tu es toujours en contact avec ce couple d'amis ?

— Oui, on s'envoie des mails de temps à autre, j'ai appris dernièrement qu'ils allaient avoir un enfant.

— Ah ! c'est merveilleux ! Et toi... quand est-ce que tu te décides ?

Rémi n'avait pas pris garde. Sa mère avait bondi sur l'occasion. Pour Françoise Follenfan, on ne pouvait pas vivre sagement si on ne disposait pas de ce point d'ancrage qu'était la famille. Vivre pour soi n'avait aucun sens, il fallait avoir des enfants. Son fils était professeur de philosophie, il ne pouvait pas enseigner la sagesse sans donner l'exemple. « Je crois me souvenir que Socrate avait une femme et des enfants », lui rappelait-elle de temps à autre.

— J'ai assez à faire avec moi-même, surtout en ce moment... je t'en supplie ne revenons pas sur ce sujet.

Mais il était trop tard, avoir des enfants n'était qu'un prétexte, la question qui brûlait les lèvres de Françoise Follenfan ne pouvait pas être tue plus longtemps.

— Écoute Rémi, essaye de te mettre à notre place, on s'inquiète pour toi... Qu'est-ce qui t'a pris de démissionner ?

Rémi ferma les yeux quelques secondes avant de répondre. Bien que déplaisante parce que trop directe, la question avait été énoncée avec douceur. Une douceur qui obligeait Rémi à garder son calme.

— Il n'y a rien d'extraordinaire dans ma démission... vous me connaissez... je n'ai pas les qualités requises pour diriger... Il me faudrait jouer un rôle trop éloigné de ce que je suis. J'ai deux ans devant moi pour trouver une nouvelle voie… je trouverai bien quelque chose à faire. Ne vous inquiétez pas.

Rémi s'était essentiellement adressé à sa mère. Tout en parlant, il avait cependant jeté un coup d'œil rapide vers son père, qui semblait gêné comme s'il avait peur que la discussion dégénère. Il avait l'attitude de celui qui ne veut pas prendre parti et qui, pour éviter d'envenimer les choses, préfère se taire. Mais madame Follenfan, comme souvent dans ce genre de situation, ne put s'empêcher de l'impliquer dans ce qu'elle disait :

— Je suis sûre que ton père pense comme moi… on n'arrive pas à comprendre pourquoi tu te sous-estimes… Quand tu enseignais, tu jouais bien un rôle, tu te faisais respecter et les élèves t'appréciaient. Tu serais devenu proviseur de la même façon que tu étais devenu professeur, tu te serais adapté et je suis persuadée que tu aurais été à la hauteur de tes nouvelles responsabilités.

La répartie de madame Follenfan paraissait pleine de bon sens. Elle avait raison si on regardait les choses d'assez loin. Mais cette vue moyenne ne pouvait pas s'appliquer à son fils. En réalité, Rémi n'avait jamais souhaité exercer une profession plus qu'une autre, il n'avait pas embrassé celle de professeur par goût ou par vocation, elle s'était imposée et il s'était adapté à elle. Aussi aurait-il été bien incapable, si on le lui avait demandé, d'expliquer comment il en était arrivé là, comment la conjonction de ses états d'âme, de ses lectures et des circonstances avait donné ce résultat. Quoi qu'il en soit, le registre de la vérité étant scellé, il ne restait à Rémi que celui de l'humour.

— De toute façon, je sais que je peux compter sur vous… Si d'ici deux ans je ne trouve pas ma voie, eh bien, je ferai comme mon cousin Henri, je reviendrai habiter chez vous ! Pour vous dédommager, je ferai les courses et le ménage… je serai l'homme à tout faire de la maison… et comme cela, je serai le gentil fils qui a voulu rester auprès de son papa et de sa maman !

Rémi avait accompagné son propos d'un mouvement d'imploration. Sa mère se tenait à sa droite. Il s'était penché vers elle comme pour l'embrasser, puis il avait ajouté :

— Et d'ailleurs je vais commencer dès aujourd'hui, ne bougez pas, je vais chercher la suite.

L'évocation du cousin Henri avait produit son effet. L'ambiance s'était aussitôt détendue. Ce brave garçon faisait régulièrement les frais des conversations lorsqu'il s'agissait de critiquer un mode d'éducation ou un laisser-aller général dans l'évolution des mœurs. On rencontrait de plus en plus de jeunes gens qui, après des études quelconques, n'arrivaient à rien de très brillant et qui, sous prétexte d'une allergie au travail, profitaient de la complicité de leurs parents et de la société pour vivre quasiment sans rien faire. Pour certains hommes politiques, ces jeunes gens représentaient l'avenir de la civilisation : ils vivotaient comme des retraités, ils consommaient peu, ne cherchaient pas à s'enrichir, n'avaient pas d'enfants, ne prenaient pas l'avion et avaient souvent la fibre écologique. Au moins, avec eux, on ne risquait pas d'aggraver l'empreinte carbone des activités humaines. Ils avaient le mode de vie idéal pour en finir avec l'obsession de la croissance. Et comme on aimait tout ce qui allait dans le sens de l'apaisement des tensions, leur paresse et leur impuissance passaient pour ce que l'on considérait avec un sérieux sans failles comme les signes évidents d'une prise de conscience susceptible de sauver la planète. On félicitait et on encourageait leur retenue et leur sens du sacrifice.

Rémi s'apprêtait à se lever pour aller chercher le plat de résistance, mais avant même qu'il eût esquissé un geste, les protestations fusèrent.

— Alors là, mon bonhomme, ne compte pas sur nous, lança son père. S'il y a bien une chose qui n'arrivera pas, c'est celle-là !

Et Françoise Follenfan de renchérir :

— Tu te souviens de Raphaël Muñoz ? J'ai revu sa mère dernièrement, elle m'a dit que son fils ne voulait plus qu'on l'aide, il vit maintenant comme un clochard…

Rémi se souvenait en effet de ce garçon. Ils étaient du même âge, ils habitaient dans le même quartier, leurs mères s'appréciaient beaucoup, c'était à peu près tout ce qui les avait rapprochés. Néanmoins, apprendre que cet ancien camarade avait mal tourné ne le laissait pas indifférent.

— Ne vous inquiétez pas, je n'en suis pas encore là… et puis c'est trop triste, parlons d'autre chose.

— Oui, tu as raison, mais ne bouge pas, c'est moi qui vais chercher la suite, lança sa mère en se levant… je vous ai préparé un de vos mets préférés.

Le spectre de la déchéance de Raphaël Muñoz s'éloigna et se perdit dans la dégustation d'un canard à l'orange. Il ne fut plus question de l'avenir de Rémi, mais de la rétrospective consacrée à l'œuvre de Gustave Courbet au Grand Palais. Françoise Follenfan, qui s'y était rendue avec sa sœur Chantal, profita de la présence de son fils pour faire un aveu auquel elle savait qu'il serait plus sensible que son mari. Elle ne contestait pas le génie de Courbet, elle reconnaissait avoir été touchée par ses tableaux, mais, une fois de plus, elle disait avoir été comme anéantie. Contempler la déchirait et l'épuisait. « Les grands peintres ne cessent de nous montrer de quoi nous sommes arrachés et exclus », expliquait-elle, avant de confier que lorsqu'elle était rentrée du musée, elle s'était assise à son piano et avait joué avec une énergie dont elle ne se croyait plus capable l'étude n° 11 opus 25 de Chopin, *Winter Wind*. Elle s'était tournée vers Rémi : « Tu sais, l'étude qui commence tout doucement avec la main droite : les quatre premières mesures, le vent frappe à la porte, puis il entre d'un seul coup et dévaste tout sur son passage, rien ne lui résiste ; tu te souviens, tu réclamais souvent ce morceau quand tu étais petit ; je te l'ai joué des centaines de fois. » Rémi en avait aussitôt éprouvé de l'embarras. Il n'aimait pas qu'elle dévoile devant son père une connivence à laquelle celui-ci ne participait pas. Elle lui avait communiqué son goût pour la musique romantique, un intérêt que Pierre Follenfan jugeait morbide et comme relevant d'une sensiblerie excessive. Elle avait ajouté qu'il n'y avait pas de plus grand réconfort pour elle que de pouvoir se fondre dans une musique aussi enivrante. Là au moins, le beau ne risquait pas de l'exclure. Elle le faisait naître sous ses mains et elle en entretenait à elle seule le déploiement. Rémi lui avait répondu qu'il aurait bien aimé posséder le même remède.

Un peu plus tard, après le café, au moment de se séparer, tous les trois se tenaient dans l'entrée. Françoise Follenfan supplia Rémi de ne pas les laisser aussi longtemps sans nouvelle. Il acquiesça mollement. Son père, qui avait des rendez-vous à l'extérieur, prit l'ascenseur avec lui. Arrivés dans la rue, ils allaient se quitter, quand Pierre Follenfan exprima un souhait qui surprit son fils : « On n'a pas vraiment eu le temps de se parler, c'est dommage… j'imagine que tu as une petite idée de ce que tu comptes faire… On en parle peut-être une prochaine fois… À bientôt ! »

Ils ne s'étaient pas embrassés, mais s'étaient seulement adressé un signe de la main. La petite pluie fine qui tombait n'incitait pas à s'éterniser. Rémi partit de son côté, fit quelques pas, puis se retourna. Pendant quelques secondes, il regarda son père s'éloigner.

15

La pluie tombait de plus en plus dru. Contraint de prendre le métro, Rémi s'était assis au hasard à la première place libre. Les derniers propos de son père continuaient de l'étonner. Était-il sincère quand il avait parlé de son désir d'avoir avec lui un entretien plus approfondi ? Leur différend sur la planète Mars avait-il remué quelque chose de plus personnel ? Peut-être que son père souhaitait fendre l'armure, peut-être qu'il se rendait compte que le temps avait passé, que le silence avait assez duré. Rémi, son deuxième fils, autant que le premier, méritait que l'on converse avec lui, calmement, honnêtement, sans a priori, en allant jusqu'au bout de sa pensée, quitte à se dévoiler et à faire voler en éclats toutes ses défenses. C'est peut-être ce qu'enfin il reconnaissait. Une demande aussi nouvelle et aussi remarquable... Rémi n'arrivait pas à le croire. Son père ne changerait pas. Tel qu'il l'avait connu, il resterait jusqu'au bout : un homme aux qualités multiples, mais un homme barricadé dans ses idées et décidé à le rester. Et néanmoins, Rémi continuait de s'étonner. La demande de son père n'était pas un acte d'humilité, elle n'était pas commandée par un remords ou par une pitié malsaine. Alors peut-être était-elle sincère, Pierre Follenfan voulait s'entretenir avec son fils...

À chaque station, c'était le même remue-ménage, le même empressement de personnes qui se bousculaient dès l'ouverture des portes : « Pardon ! Pardon ! S'il vous plaît ! » Rémi essayait tant bien que mal de ne pas se laisser distraire et de rester accroché au fil de ses pensées. Un moment, cependant, il crut reconnaître une voix. La rame venait de quitter la station Saint-Paul, quand il entendit derrière lui un homme qui râlait et semblait en vouloir à la terre entière. L'individu demandait qu'on le laisse passer et réclamait sans ménagement que tout le monde s'écarte. La voix s'approchait. Rémi avait incliné la tête et fermé les yeux pour mieux s'isoler. Une pression sur son épaule gauche l'obligea à revenir dans la rame. Le râleur avait réussi à se frayer un passage jusqu'à sa hauteur. Tout en se tenant à la barre qui ceinturait le dossier de la banquette, il avait sorti de sa poche une carte chiffonnée et l'avait placée sous les yeux de Rémi. Sur la carte était imprimé en gros caractères : *Carte d'invalidité, Station debout pénible*. L'homme était pressé de s'asseoir, penché au-dessus de Rémi, il s'agitait et respirait bruyamment. Son agitation et son souffle qui empestait l'alcool auraient dû l'alerter sur l'urgence de la conduite à suivre. Cependant, Rémi, encore enfoncé dans ses pensées, n'avait pas tout de suite dévisagé le personnage, il n'avait vu que la carte qui tremblait au bout d'une manche de manteau sale, et c'est seulement après avoir relevé la tête qu'il avait découvert avec stupeur que le bras tendu n'était pas celui d'un inconnu. Il avait déjà rencontré cet homme. À quoi l'avait-il reconnu ? Sans doute d'abord à sa voix, puis à son regard enflammé. Oui, c'était bien lui, monsieur Blanchot, son professeur de Lettres. Il avait aussitôt cédé sa place.

Le vieil homme avait pivoté sur lui-même, s'était laissé choir sur la banquette et n'avait plus rien dit. Il avait réclamé une place assise et avait touché l'épaule du premier passager à sa portée. Autour d'eux personne n'avait prêté attention à l'échange qui venait d'avoir lieu. Maintenant, c'était Rémi qui se tenait debout à la barre du dossier. En dessous de lui, il y avait le crâne presque entièrement dégarni de son ancien professeur qui dodelinait. Les circonstances avaient voulu qu'ils se croisent, qu'ils se retrouvent l'un près de l'autre après toutes ces années, et que rien ne se passe si ce n'est cette permutation opérée en silence. Son ancien professeur lui avait touché l'épaule. Ce geste n'avait rien eu d'amical, tout au plus un geste d'impatience qui ne s'adressait à personne en particulier. Pour le vieillard, en cet instant de grande fatigue et d'épuisement, il n'y avait plus de figure humaine, il n'y avait que des obstacles et des présences inopportunes. La surprise passée, Rémi se sentit gagné par un accès de révolte. Que faisait ce vieillard fatigué en plein après-midi dans le métro ? Il ne pouvait pas rester tranquillement chez lui ! Mais Rémi comprenait que ce n'était pas là le véritable motif de sa colère et du sentiment de dégoût qui l'assaillait. Ce qui l'atteignait et le mortifiait était l'image que lui renvoyait cet homme, image qui allait le poursuivre – il le savait par expérience – bien au-delà de la journée. Blanchot avait été son professeur. Aujourd'hui, dans l'indifférence générale, Blanchot errait seul dans le métro. Rémi ne pouvait pas ne pas se reconnaître en lui.

Il était environ seize heures quand Rémi escalada ses six étages. Il ruisselait. Descendu place de la Nation, il avait fait le reste du chemin à pied. Trempés, sa veste, sa chemise et le bas de son pantalon lui collaient à la peau. Il se rendit aussitôt dans la salle de bains pour s'essuyer et se changer. Un instant il demeura devant le grand miroir qui surmontait le lavabo. Le souvenir de monsieur Blanchot s'épanouissait sur la vitre. La figure de son vieux maître apparaissait en surimpression au-dessus de la sienne. Blanchot avait été son professeur de Lettres en classe de seconde. À l'époque, il était déjà un homme sinistré. Il était tout de guingois. Petit, cambré et bedonnant, il avait surtout une grosse tête en forme d'ogive qui lui assurait une originalité impossible à éluder et facile à caricaturer. Au début, Rémi n'avait pas prêté une attention particulière à ce professeur que tous ses camarades et lui-même appelaient Blanchette. Presque tous se riaient de lui, de ses tics de langage, de ses grimaces, de ses intonations et de ses colères quand il avait cours en début d'après-midi en pleine digestion. Mais tout avait changé lorsque Blanchot s'était fait le porte-parole de Pascal et qu'il avait été question de savoir à quoi tenait le malheur des hommes. Même les indifférents s'étaient réveillés. Une affirmation avait troublé Rémi : « *Un homme qui a assez de bien pour vivre, s'il savait demeurer chez soi avec plaisir n'en sortirait pas pour aller sur la mer ou au siège d'une place…* » Il ne comprenait pas que l'on puisse remettre en cause le bien-fondé d'aller sur la mer. Devant ses camarades et malgré sa timidité, il avait osé sortir de son silence pour contredire l'auteur. Ses lectures le poussaient à soutenir que rien ne valait autant que l'aventure. Mais Blanchot l'avait aussitôt repris : « Follenfan ! Relisez la phrase ! Relisez ! Vous occultez l'essentiel : l'homme qui ne sortirait pas de chez lui n'est pas n'importe quel homme, c'est seulement celui qui *saurait y demeurer avec plaisir*. Or ce savoir nous fait défaut, et c'est là la cause de notre malheur… ! » Sur le coup, Rémi n'avait pas su quoi répondre. Oui, il avait mal lu le texte, et, oui, incontestablement Blanchot entendait Pascal mieux que lui. Pour autant, il n'était pas satisfait. Le soir même, après s'être enfermé dans sa chambre, il s'était mis à méditer, persuadé que la vérité ne s'arrêtait pas à ce qui avait été exposé en classe. Il avait retourné le problème dans tous les sens et en avait conclu qu'on ne devenait homme qu'en sortant de chez soi et en allant sur la mer. « Conçois-tu de devenir celui qui sait demeurer chez lui avec plaisir ? » Aussitôt, son être se révoltait. Il valait mieux souffrir toutes sortes de maux plutôt que de posséder une sagesse aussi casanière. Tel avait été son premier combat philosophique. Il l'avait mené seul, dans sa chambre, en tête à tête avec lui-même, et c'était ce qu'il devait à Blanchot qui n'en avait jamais rien su.

La soirée s'étirait mollement. Rémi pestait contre la pluie qui l'empêchait de sortir. Il n'avait pas marché suffisamment et il détestait marcher avec un parapluie. Plusieurs fois il s'était approché de la fenêtre pour scruter le ciel et essayer d'y distinguer les prémices d'une éclaircie. Mais la grisaille persistait. Alors il avait fini par se résigner. Il s'était assis à son bureau et avait ouvert son ordinateur. Sur sa boîte mail, plusieurs messages attendaient, dont un de son ami Gilles.

Cher Rémi,

Je te remercie pour ta lettre et pour la promptitude avec laquelle tu t'es mis à l'ouvrage. Cela m'a réjoui de voir que tu ne renonçais pas et que ta démission n'était pas une désertion. Tu es d'accord pour tenter avec moi et avec d'autres une aventure éditoriale, et je t'en remercie. Maintenant, je ne te cache pas que certains de tes propos m'ont paru empreints d'un scepticisme qui cadre mal avec l'optimisme dont nous avons besoin pour démarrer cette entreprise.

Tu écris : « Nous sommes vaincus ! L'Histoire nous répudie ! » Tu parles comme si tout était déjà accompli, comme si la partie était perdue d'avance et comme si nous ne pouvions pas nous relever… !

Or l'enjeu de notre démarche est justement de prouver le contraire. L'élimination de la philosophie au lycée ne signifie par la mort du besoin de philosopher. Certes, la menace qui pèse aujourd'hui est bien celle dont tu parles : la venue prochaine de « l'homme formaté », un homme nouveau qui n'aurait plus à douter ni à s'inquiéter de sa présence au monde, un homme à l'humeur invariable et à l'intelligence sur mesure… Mais cela n'est pas encore fait et cela n'a pas encore réussi !

Le danger vient de ceux que tu appelles les « bricoleurs », ces chercheurs en tout genre qui progressent dans la connaissance de la matière, de ceux qui, comme tu le dis, se sont emparés de l'Idée d'homme, qui s'apprêtent à en déverrouiller la formule et qui ne demandent qu'à jouer avec. Tu proposes que l'on s'intéresse à eux et à ce qu'ils font. Tu réclames que nous cessions de les ignorer si nous voulons nous-mêmes continuer d'avoir un rôle à jouer. Je retiens cette proposition, elle mérite que nous en débattions collectivement lors d'une prochaine réunion.

En ce qui concerne le titre de la revue : « Le Sursaut philosophique » me paraît le plus approprié. Il répond mieux à l'état d'esprit qui doit nous conduire. Enfin, je crois qu'il serait judicieux d'ouvrir notre Association à tous ceux qui veulent participer à un effort intellectuel de type philosophique. Je propose de lui donner un nom en forme d'appel : « Philosopher ». On ne peut pas être plus clair et plus direct.

Je tâcherai de passer chez toi prochainement pour reparler de tout cela et pour que l'on mette au point l'ordre du jour de la prochaine assemblée générale. Qu'en est-il des nouveaux statuts de l'Association ? Où en es-tu de ce côté ?

Amitiés
Gilles

Rémi aurait dû se réjouir. Gilles semblait s'accorder avec lui sur le fait qu'il était temps que les philosophes s'intéressent un peu plus aux travaux des « bricoleurs ». Cet intérêt pourrait constituer un des enjeux de leur nouvelle Association. Mais il se sentait d'une humeur maussade et se disait qu'au fond tout cela lui était égal. Son scepticisme reprenait le dessus. Il était sans doute déjà trop tard pour changer quoi que ce soit au cours des choses. Les philosophes pouvaient tenter de se faire éclaireurs, pouvaient alerter, pouvaient crier, frapper aux portes, prédire le pire, s'immoler sur les places publiques, cela ne changerait rien.

De nouveau son image favorite se déployait sous ses yeux :

Un grand fleuve tumultueux et bruyant s'écoulait avec force et sans attendre vers la mer. Pour les hommes, l'alternative était la suivante : ou bien ils nageaient et se débattaient au beau milieu du fleuve, là où le courant est le plus puissant ; ou bien, sans plus de raison et sans qu'il y ait quelque chose à comprendre, ils se prélassaient près de l'une des deux rives, là où le courant est ralenti et où parfois plonge la branche basse d'un arbre. Dans le meilleur des cas, avec un peu de chance, celui qui passait près de la branche pouvait s'en saisir et se hisser sur la berge. Rémi pensait qu'il avait eu cette chance, la philosophie lui avait permis de se hisser hors de l'eau. Une fois sur la terre ferme, la vie n'était plus la même. On profitait de la lumière et on avait le loisir d'observer. Le temps continuait d'avancer, mais plus au même rythme. Il y avait ceux qui passaient parce qu'ils étaient entraînés dans le lit du fleuve, et il y avait ceux qui étaient hors de l'eau et qui contemplaient le fleuve. Le spectacle ne s'arrêtait jamais. Parmi ceux qui étaient entraînés, certains nageaient bien et avaient même l'air d'y prendre du plaisir ; d'autres, au contraire, semblaient en perdition et finissaient par se noyer. C'était à chacun de se débrouiller, de bien nager ou d'attraper une branche basse.

Rémi ne se souvenait plus du moment où pour la première fois cette image s'était imposée à sa conscience, ni comment elle avait réussi à ordonner sa vision du monde. Il se souvenait seulement qu'elle était venue en recouvrir une autre plus ancienne qui avait pris forme dans son esprit alors qu'il feuilletait un magazine. Sur plusieurs pages il était question de la Grande Muraille de Chine. Des photos rendaient compte de l'édifice. Selon des perspectives variées, elles montraient l'immense rempart qui suivait l'ondulation des collines et qui, aux yeux de Rémi, symbolisait par sa longueur, son inertie et son uniformité l'humanité entière et son histoire. De chaque côté du mur prospérait une même nature sauvage et hostile. Les assaillants avaient disparu, il ne restait que le mur. Son allongement à l'infini avait bien sûr un côté fascinant, mais ce n'était pas cet aspect qui avait le plus retenu son attention. Plus grandiose et plus incroyable lui était apparu l'agencement méticuleux de toutes les pierres et de toutes les briques qui avaient servi à sa construction et qui étaient comme autant de vies humaines arrachées à elles-mêmes, scellées et figées là pour l'éternité. À même l'écorce terrestre qu'elle lézardait, la muraille de Chine délivrait un message : elle disait en silence : « Écarte-toi, Rémi ! Reste à distance si tu ne veux pas devenir à ton tour une de ces pierres ou une de ces briques ensevelies sous les autres ! »

En réalité Rémi n'avait pas eu besoin de message pour s'écarter ; presque tout s'était joué à son insu et avant même qu'il fasse un geste. La maladie avait décidé pour lui. Quand il remontait le fil de son histoire, à aucun moment il ne se souvenait avoir été préoccupé longuement et sérieusement par ce qui se passait autour de lui. S'il jugeait de sa situation à l'aune de l'image du fleuve intrépide qu'il préférait désormais à celle de la muraille impassible, il ne se souvenait pas de lui nageant dans des remous et des tourbillons, ni même d'avoir croisé une branche basse à portée de main. Il lui semblait plutôt s'être trouvé dès le début sur la berge, comme si quelqu'un l'y avait déposé pendant son sommeil. La philosophie était arrivée après, bien après, et elle ne l'avait pas sauvé, elle n'avait fait que conforter son goût invétéré pour la contemplation.

Tout lui était égal. C'est ce qu'il ressentait en cette fin d'après-midi pluvieuse. Resté assis à son bureau, il laissait aller son esprit. Au bout de quelques minutes, son ordinateur se mettait en veille et suscitait en lui un trouble indéfinissable ; ce n'était pas la disparition du texte qui l'inquiétait mais plutôt, comme chez les enfants, la chute dans l'obscurité. Par réflexe, il tendait la main, il appuyait sur une touche au hasard pour rétablir la présence lumineuse, puis reprenait sa rêverie.

16

On avait frappé à sa porte. Rémi se réveilla en sursaut. Il n'était plus à son bureau mais sur son lit. Son état d'indifférence et d'hébétude l'avait conduit là. Il se redressa inquiet et en alerte. Il n'était pas sûr d'avoir entendu frapper, il pouvait avoir confondu avec un craquement du plancher. Il jeta un coup d'œil à sa montre. Elle indiquait dix-neuf heures. Un sentiment de dégoût commençait à l'envahir quand il entendit de façon très nette des petits coups secs qui provenaient du palier. « C'est certainement madame Triquet, se dit-il, elle veut connaître l'état de mes plafonds, elle ne me lâchera pas, j'aurais dû m'en occuper plus tôt… et elle va vouloir entrer pour vérifier elle-même ! » Une bouffée de mauvaise humeur le submergea. « Ce n'est vraiment pas mon jour ! Une pluie à ne pas pouvoir sortir de chez soi, Blanchot dans le métro, Gilles qui me presse et me demande où j'en suis dans la nouvelle rédaction des statuts, et maintenant, pour couronner le tout, cette vieille pie infernale qui frappe à ma porte. »

Il s'apprêtait à ouvrir quand une voix qu'il reconnut immédiatement le rassura : « Rémi, c'est Lydie… »

— Tu as de la chance, j'ai failli ne pas ouvrir… j'ai cru que c'était la mère Triquet.

— Je suis désolée, c'est seulement moi, dit-elle en riant, mais j'ai l'impression que je te dérange…

— Pas du tout, au contraire…

Lydie et Rémi étaient voisins de palier. Avec le temps, cette proximité les avait conduits à faire connaissance. Presque du même âge, célibataires tous les deux, leur mode de vie paraissait assez semblable. Ils avaient commencé par échanger des saluts polis et discrets au gré des rencontres dans l'escalier ou dans le hall, puis il avait suffi d'un événement presque insignifiant pour ouvrir une brèche dans leur réserve réciproque. L'hiver qui avait suivi la venue de Lydie dans l'immeuble, Rémi avait été victime d'un méchant virus qui l'avait terrassé et cloué au lit plusieurs jours de suite. Fiévreux, il avait très vite épuisé les quelques comprimés de Doliprane dont il disposait. Or il avait appris par l'intermédiaire de madame Triquet que Lydie était pharmacienne. N'y tenant plus, tout chancelant et piteux, et ravalant sa fierté, il était allé frapper à sa porte. Très naturellement, Lydie lui avait fourni de quoi adoucir son mal.

— Tu es sûr que je ne te dérange pas ? reprit Lydie. Tu n'as pas l'air en forme…

— Non, ce n'est rien, je me suis assoupi, j'ai des insomnies la nuit, alors parfois en fin de journée je m'effondre.

La réponse de Rémi ne paraissait pas convaincre Lydie qui l'observait à la manière d'un médecin soucieux de l'état de santé de son patient.

— Tu as faim ?

— Je ne sais pas, répondit Rémi. Pourquoi ?

— Mon amie Anne devait passer la soirée avec moi, elle a un empêchement de dernière minute, elle vient de décommander… J'avais préparé de bonnes petites choses et je me retrouve toute seule comme une conne… je reconnais que ce n'est pas très convenable de t'appeler à la rescousse comme cela au dernier moment, et donc excuse-moi pour l'improvisation, mais si cela te dit, t'es le bienvenu !

— Très bonne idée, je me passe un peu d'eau sur la figure et j'arrive.

L'appartement de Lydie avait été entièrement refait et avait plus belle allure que celui de Rémi. Tout y était impeccable et très net. Le contraste entre les deux appartements était si considérable qu'à chaque fois que Rémi s'y rendait, il ne pouvait s'empêcher d'en féliciter la propriétaire. Lydie aimait la propreté et l'ordre ; elle aimait surtout que tout ait une place qui lui convienne. Rien ne traînait. Avoir un intérieur ordonné avec autant de rigueur ! C'est ce qui avait le plus frappé Rémi lors de sa première visite. Admiratif, il s'était dit, à tort ou à raison, qu'il était certainement assez éloigné de la personne qui vivait là. Cette première visite avait eu lieu quelque temps après la grippe qui l'avait terrassé. Lydie l'avait invité à venir boire un verre chez elle et il n'avait pas pu refuser. Ce soir-là elle était rentrée tard, il faisait déjà nuit. Rémi avait passé l'après-midi à corriger des copies. Pour mettre en valeur son intérieur, Lydie avait allumé tout ce qui était susceptible de fournir un éclairage direct ou indirect. Ce trop-plein de lumière augurait mal de la soirée.

Ils avaient pris place autour du plateau en verre d'une table basse aux pieds métalliques en inox ; avec la transparence et les reflets, cette surface donnait à Rémi l'impression d'être en suspens dans un univers artificiel. Lydie n'avait rien perçu du malaise de son invité ; elle lui avait parlé de son appartement et des transformations qu'elle y avait réalisées, puis elle lui avait proposé de boire une sangria qu'elle avait confectionnée elle-même. Rémi avait profité de ce moment pour parler de ses copies et de sa fatigue oculaire. Il avait demandé à son hôte de bien vouloir obscurcir un peu la pièce. Elle avait aussitôt consenti à sa demande et la pénombre lui avait permis de se détendre.

Rémi se souvenait d'autant plus de cette première visite qu'elle l'avait obligé à réviser son jugement. Telle qu'il l'avait découverte, Lydie ne correspondait pas à l'image qu'il s'en était faite. Et il y avait à cela une raison toute simple. Au moment de sa propre installation, Rémi était seul à son étage ; il avait joui d'une tranquillité parfaite jusqu'au jour où il avait appris par madame Triquet que le logement vide qui jouxtait le sien avait été vendu et que le nouveau propriétaire allait y faire des travaux. Cette information lui avait inspiré une grande inquiétude. Madame Triquet l'avait rassuré : les travaux ne dureraient pas et il fallait voir l'aspect positif de l'événement : un nouveau propriétaire, c'était mieux qu'un appartement vide et à l'abandon, et puis cela forcerait l'homme de ménage à aspirer l'escalier jusqu'au sixième ! Cependant Rémi n'avait pensé à rien d'autre qu'à sa tranquillité menacée. Quel genre de voisin allait-il avoir ?

Ses craintes s'étaient en grande partie envolées le jour où il avait croisé Lydie pour la première fois alors qu'elle venait s'enquérir de l'avancement des travaux. Il s'attendait à rencontrer un homme ou un couple, il découvrait une femme. Il l'avait à peine dévisagée qu'aussitôt il s'était senti soulagé. Un visage tout en rondeur au regard franc et sympathique, une coiffure à la garçonne coupée très court, et l'œil droit qui présentait un léger strabisme derrière une paire de lunettes à monture rouge. Il était sauf. Lydie était la voisine idéale. Elle était seule et elle le laissait indifférent. Il ne rêverait pas d'elle. Leur échange n'avait pas duré plus d'une minute. Elle s'était excusée des nuisances liées aux travaux, il avait minimisé, et ils s'étaient quittés en s'adressant un sourire convenu.

Puis Lydie avait emménagé. Rien d'extravagant n'était venu troubler la vie de Rémi si ce n'est à certaines heures ou parfois tard dans la soirée quelques bruits domestiques qu'il avait appris à identifier et à reconnaître. Le mur qui séparait leurs deux pièces de séjour n'était pas assez épais pour étouffer les remuements d'une présence vivante. Cependant certaines soirées s'annonçaient plus agitées. Lydie recevait des amies. Les jeunes femmes dînaient et buvaient, la soirée se prolongeait, elles riaient plus fort ou elles écoutaient de la musique et se mettaient à chanter. Avec gaieté ou avec mélancolie, elles reprenaient en chœur des vieux standards du vingtième siècle et des succès récents. Selon qu'elles s'accordaient ou non, le croisement de leurs voix avait sur Rémi des effets variables. Du ravissement à la torture. Quoi qu'il en soit, il ne pouvait leur échapper. Même lorsqu'il se réfugiait dans sa chambre, les mélodies et les refrains le poursuivaient. Il arrivait aussi que les chants ne soient qu'un prélude. Vers minuit, tout semblait fini. Sur le palier les amies se quittaient avec des fous rires. Souvent l'une d'entre elles restait. Après une période de calme et de silence, des gémissements et des sortes de miaulements aigus traversaient la cloison.

Lydie avait laissé sa porte entrouverte.

— Entre, fais comme chez toi… j'en ai pour deux minutes…

L'appartement s'ouvrait sur un étroit couloir, il fallait obliquer à gauche puis immédiatement à droite avant de pouvoir accéder à la pièce de séjour. Plus spacieuse que celle de Rémi, celle-ci disposait de deux fenêtres. Tout y était neuf et imposant, particulièrement le canapé et les deux fauteuils en cuir noir qui entouraient la table basse. Contre le mur qui faisait face à cet ensemble, Lydie avait fait construire un meuble comprenant des placards surmontés dans la partie haute par des étagères à l'intérieur desquelles se trouvaient un ensemble de bibelots plus ou moins remarquables. Au centre de ce dédale d'étagères, une place avait été calculée pour installer un grand écran de télévision.

Depuis la dernière visite de Rémi, rien n'avait changé, mais Lydie avait retenu la leçon, seul un petit lampadaire près du canapé éclairait très modérément la pièce. Rémi, qui ne voulait pas s'asseoir, s'était approché des étagères ; sur l'une d'elles, un vieux fer à repasser servait à bloquer quelques livres ; il attrapa le premier de la série.

— Alors que penses-tu de ce tableau ?

Absorbé par sa lecture Rémi n'avait rien remarqué. Il avait pris le livre et s'était approché de la fenêtre comme il avait l'habitude de le faire chez lui. Du ciel couvert parvenait encore un reste de luminosité grise. Il se retourna et regarda Lydie d'un air étonné.

— Quel tableau ?

— Tu ne l'as pas vu ? Là… sur le canapé, c'est un cadeau d'Anne, une copie qu'elle a faite elle-même.

Rémi regarda en direction du canapé. Près du lampadaire, appuyé contre le dossier, il y avait en effet un tableau qu'il reconnut immédiatement.

— Oh oui, magnifique ! Je connais, c'est *Thérèse rêvant* ! Sacré Balthus ! Il savait y faire… Tu sais que ce tableau a été jugé scandaleux par des féministes enragées qui ont réclamé qu'il soit décroché des murs du musée du MET à New York. Elles lui reprochaient d'avoir été peint par un pédophile notoire.

Lydie marqua un temps d'arrêt et fit une moue d'étonnement. Elle était pieds nus et tenait dans chaque main une assiette.

— Qu'est-ce qu'il a de si scandaleux ? Certes, cette jeune fille délicieuse rêve, elle écarte un peu les cuisses et nous montre sa culotte… mais on ne sait pas de quoi elle rêve, et ce qui est délicieux, justement, c'est cela.

— Oui, sauf que tu oublies de parler du chat qui est au pied du fauteuil, et tu oublies de préciser qu'il semble se délecter avec sa petite langue de chat avec on ne sait trop quoi dans son écuelle…

— Je vois très bien, reprit Lydie en laissant échapper un petit rire complice, mais de toute façon c'est à chacun de voir et d'imaginer ce que bon lui semble.

Pendant que Lydie déposait les deux assiettes sur la table basse, Rémi s'était approché du tableau. Il le contempla un instant.

— Tu féliciteras ton amie Anne de ma part. Il faut déjà avoir une bonne technique pour obtenir un tel résultat. Personnellement, ce qui me touche le plus, c'est le visage de la jeune fille, la lumière sur sa pommette et sur sa tempe qui fait ressortir sa paupière fermée. Plus qu'au reste, l'érotisme tient à ce regard absent.

— Tu as raison, d'autant qu'on oublie de parler de ses bras. Eux aussi rêvent. Leur déploiement en losange autour de sa tête, c'est magnifique. La petite Thérèse est indécente… mais quelle belle indécence. Et tant pis pour les connasses que cela choque !

Lydie avait prononcé son jugement avec beaucoup de sérieux. Rémi fut pris d'un rire nerveux.

— J'ai dit une bêtise ?

— Non, répondit Rémi, je pense à nous et à la pièce *Art* de Yasmina Reza. Tu connais ?

— Non.

— C'est dommage.

— C'est une pièce récente ?

— Non, elle a déjà plusieurs années.

— Raconte... mais d'abord viens t'installer. Où préfères-tu t'asseoir ? Je vais mettre le tableau contre les étagères, comme cela « Thérèse » passera la soirée avec nous.

Rémi opta pour le fauteuil qui donnait le dos aux fenêtres, Lydie vint s'asseoir à sa gauche sur le canapé. Elle prit le tire-bouchon et la bouteille de jurançon qui étaient sur la table et les lui tendit.

— J'espère que tu aimes le foie gras, tu sais que je suis du Sud-Ouest ! Après j'ai prévu une grande salade, du fromage et une glace. Alors certes cela ne t'était pas destiné, mais je suis bien contente de pouvoir passer cette soirée avec toi.

— C'est parfait, répondit Rémi. Je te remercie de cette invitation... d'autant qu'actuellement, je ne te cache pas que j'ai tendance à broyer du noir.

— Ah, oui, excuse-moi, je t'ai pas demandé où tu en étais... mais t'as peut-être pas envie d'en parler...

— Il vaut mieux que l'on remette cela à plus tard... ce que raconte Yasmina Reza dans sa pièce est plus intéressant et beaucoup plus drôle.

Tout en terminant sa phrase, Rémi servit Lydie qui lui avait tendu son verre. Elle avait changé de lunettes et la nouvelle monture, plus fine et plus discrète, lui allait beaucoup mieux. Rémi pensa qu'il serait gentil de lui en faire la remarque à un moment ou à un autre. Il reprit :

— C'est l'histoire d'une œuvre d'art qui sème la zizanie entre trois amis. Tout commence un peu comme ce que nous venons de vivre, avec cette différence que cela tourne mal. Imagine un peu la scène : l'un des trois compères vient d'acquérir une toile d'un peintre contemporain connu et réputé, une toile qu'il a payée très cher. Celui-ci, persuadé de l'effet qu'elle va produire sur ses amis, souhaite la présenter aux deux autres... il les invite à venir chez lui, et là, patatras... rien ne va plus. Au lieu de le féliciter, le premier qui découvre l'œuvre est consterné. Non seulement, il ne s'extasie pas, mais il proteste et incendie l'acheteur. Que s'est-il passé ? Qu'est-ce qui déclenche cette foudre ? Eh bien justement la toile de ce peintre réputé et coté... et tu sais pourquoi ? Simplement parce qu'elle est vide et ne propose rien, c'est une toile rectangulaire, un peu plus grande que ton Balthus, entièrement peinte en blanc avec quelques liserés blancs transversaux à peine perceptibles.

— De la pure provocation comme on en rencontre à foison dans l'art contemporain ?

— Oui, exactement.

— Et après, que se passe-t-il ?

— Le plus cruel : la désillusion. Le tableau joue le rôle de catalyseur, les trois amis croyaient se connaître... en réalité ils se trompaient.

Lydie posa son verre. Elle avait bu une gorgée et s'était mise à contempler le Balthus qui était maintenant placé en face d'elle. Tout à coup, son front se plissa légèrement, puis elle se retourna vivement vers Rémi.

— C'est terrible ce que tu racontes... Imagine que Anne m'ait offert un tableau dans le même genre que celui dont tu viens de me parler, et que je t'aie présenté ce tableau... qu'est-ce que tu m'aurais dit ?

Lydie fixait Rémi avec intensité comme si elle venait de le plaquer contre un mur en le menaçant avec une arme. Celui-ci esquissa un sourire.

— Tu m'aurais mis dans l'embarras, j'aurais bredouillé, je serais resté vague, et surtout je ne t'aurais pas parlé de la pièce de Yasmina Reza... J'aurais fait comme si de rien n'était, j'aurais fait l'hypocrite...

— Alors on l'a échappé belle, réjouissons-nous ! Tu n'as pas eu besoin de faire l'hypocrite... *Thérèse rêvant* nous plaît à tous les deux, on se comprend, nous sommes de vrais amis !

Rémi qui ne s'attendait pas à une telle conclusion dévisageait Lydie avec une pointe d'appréhension. En parlant, elle s'était penchée vers lui et avait posé sa main droite sur son avant-bras gauche. C'était la première fois qu'elle avait envers lui un geste qui pouvait prêter à confusion. Elle éclata de rire :

— Rassure-toi, j'ai dit « amis »... pas « amants »... tu verrais ta tête... j'vais pas te sauter dessus... tu sais que je préfère les femmes... mais parle-moi de toi... je ne sais presque rien de toi... entre amis on se dit tout !

Lydie continuait de rire. Plus elle riait, plus Rémi se trouvait ridicule. Il avait toujours eu du mal à se départir de sa timidité. Quelles que soient les personnes avec qui il était, il demeurait souvent contracté et en partie absent. Il se força à sourire. Lydie reprit :

— Je te fais peur... tu dois me trouver un peu dingue... c'est juste que j'aime bien me lâcher de temps en temps... ça fait du bien… mais je ne veux pas être la seule… alors lâche-toi un peu… raconte… ça ne sortira pas d'ici, la mère Triquet n'en saura rien, je te le promets.

— J'y viens, j'y viens… je me suis assoupi en fin d'après-midi et je n'aurais pas dû. Laisse-moi le temps d'émerger… avec le jurançon et le foie gras, je vais remonter la pente. Qu'est-ce que tu veux que je te raconte ?

— Eh bien, j'sais pas moi… si tu as fait des rencontres ces derniers temps, par exemple… T'as démissionné, t'es préoccupé par ton avenir, d'accord… mais y a pas que ça dans la vie… J'te comprends pas… t'es plutôt pas mal… et d'ailleurs, entre nous, puisqu'on en est aux confidences, j'te cache pas que si j'étais hétéro je me serais pas gênée pour te draguer… Enfin tu vas quand même pas me faire croire qu'il n'y a pas de nana qui s'intéresse à toi ! Ou alors, c'est que t'es homo et que tu ne veux pas te l'avouer… Comment tu fais pour vivre comme un curé ? Depuis que j'habite ici, je t'ai rarement vu accompagné d'une meuf, je comprends que tu déprimes… T'as pas de vie sentimentale, t'as pas de vie sexuelle… mais pour aller bien, mon ami, il faut aimer la vie… Je suis persuadée qu'il y a des philosophes qui pensent comme moi. Je me trompe ?

La nuit était tombée. Le lampadaire allumé diffusait une lumière jaune orangé qui enveloppait le canapé et les deux fauteuils. Au-delà régnait une pénombre feutrée. Contre les étagères, le tableau de Balthus avait perdu son dessin, on ne distinguait plus le visage de Thérèse, seul le blanc de ses bras et de sa chemise en laissait deviner la présence. Rémi se méfiait. Lydie s'exprimait avec une spontanéité qui lui plaisait, mais il ne la connaissait pas assez pour lui parler de sa vie intime.

— Oui, je vis seul… mais si ce n'était pas le cas, je te ferais remarquer que je ne serais sans doute pas chez toi à l'instant présent… Et toi, tu ne profiterais pas de ma présence ce soir…

— Un point pour toi. Alors… prenons les choses autrement : imagine, t'es dans la rue, tu croises une femme qui te plaît, elle te regarde, tu la regardes, il se passe quelque chose entre vous, qu'est-ce que tu fais ?

— Rien… je lui souris, c'est tout.

— Jamais tu te retournes, jamais tu tentes de la rattraper pour lui parler ?

— Pour quoi faire ? Pour l'entendre me dire que je l'importune et qu'elle va crier si j'insiste… je n'ai pas envie de me ridiculiser.

— Dans ces conditions, tu risques pas de rencontrer la femme de ta vie… il faut savoir saisir sa chance, mon ami, et pour cela il faut oser… Oh, non ! J'ai compris, c'est plus grave que cela, ton problème, c'est que tu as peur des femmes… il y en a une qui t'a fait souffrir, alors depuis tu te méfies, avoue… raconte…

Rémi se mit à rire. Lydie cherchait par tous les moyens à le faire parler. Pensait-elle vraiment ce qu'elle disait où voulait-elle seulement le provoquer ? Il ne savait pas s'il devait répondre sérieusement ou en jouant.

— Tu te trompes sur toute la ligne, je n'ai pas peur des femmes… mais l'amour, c'est compliqué… un peu comme le bonheur… un idéal de l'imagination… c'est du moins ce que le grand Kant t'aurait répondu lui qui ne s'est jamais marié.

Lydie dévisagea Rémi avec un air consterné.

— Rémi, tu m'inquiètes, tu files un mauvais coton, t'as vraiment besoin d'un remontant… Qu'est-ce Kant vient faire ici ? Un type qui n'a jamais été amoureux ne peut pas avoir quelque chose d'intéressant à dire sur le sujet… et de toute façon ce n'est pas à lui que je parle, mais à toi… Allez, raconte… je suis ton amie, oui ou non ?

Elle avait lancé sa question sur le ton de la déception et du reproche. Rémi qui ne voulait pas la froisser se porta aussitôt à son secours.

— Mais non, ne le prends pas mal, c'est simplement que je ne veux pas t'ennuyer avec mes histoires…

— De cul ? Eh bien dis-le ! Parce qu'en plus monsieur le philosophe est pudique ? Un professeur de philosophie pudique ! Je n'y crois pas. A-t-on jamais vu une chose pareille ? N'est-ce pas contradictoire monsieur le professeur ?

— Bon ! Puisque tu veux tout savoir… dernièrement j'ai fait une rencontre qui m'a beaucoup impressionné, une rencontre qui a failli mal tourner d'ailleurs… une collaboratrice de mon frère, belle, sexy, intelligente… On était au restaurant avec mon frère, elle est venue vers nous pour nous saluer. J'ai été subjugué, puis je l'ai revue un peu plus tard, par hasard, on a pris un café ensemble.

— Eh bien tu vois qu'il t'arrive des choses intéressantes… et si ce n'est pas indiscret, tu peux me dire pourquoi cela a failli mal tourner ?

— Parce qu'elle est venue s'immiscer malencontreusement dans notre conversation. Frédéric, voulait m'entretenir d'une proposition en rapport avec le fait que j'étais désormais sans travail, et voilà que j'ai appris de la bouche de cette fille ce que mon frère avait concocté pour moi… cela a semé le doute entre mon frère et moi… j'ai eu le sentiment que quelque chose se tramait dans mon dos, je n'ai pas apprécié.

— Ton frère t'a trouvé un job ?

— En quelque sorte, et j'ai accepté… mais c'est encore très vague… ce qu'il fait m'intéresse, on doit se revoir prochainement.

— Alors tu devrais être content… pourquoi tu ne m'en as pas parlé tout à l'heure… je propose que l'on trinque en l'honneur de ton nouveau job.

Lydie attrapa la bouteille de jurançon et remplit les verres. Ses joues s'étaient colorées et ses yeux pétillaient. Elle se leva, contourna la table et alla entrouvrir la fenêtre.

— Excuse-moi, j'ai l'impression qu'il fait chaud, on manque un peu d'air…

— Non Lydie, c'est l'alcool.

— Oui, tu as raison, mais t'inquiète pas, j'suis pas ivre, j'suis seulement un peu euphorique… attends, je vais chercher la salade.

Lydie quitta la pièce. Rémi avait posé son assiette et s'était calé dans le fauteuil, la tête un peu en arrière. L'espace d'un instant, il ferma les yeux. Il avait tenté de résister à Lydie, mais maintenant il savait qu'il continuerait à lui céder s'il ne parvenait pas à écourter la soirée.

— C'est une salade de tomates mozzarella, dit Lydie en entrant de nouveau dans la pièce. Tu aimes ça ?

— Oui… il faudra que tu dises à Anne que je la remercie de m'avoir cédé sa place.

— C'est moi qui te remercie. Un jour, j'organiserai un dîner avec elle, tu verras, c'est une chouette fille.

— Je te rappelle que je l'ai déjà rencontrée… on s'est croisé un soir, le soir où je lui ai donné la clé de chez toi, il n'y a pas si longtemps.

— Ah oui, c'est vrai, j'avais oublié… mais revenons à la collaboratrice de ton frère. Tu me disais que tu l'avais revue, et alors ?

— Alors rien… on n'a pas vraiment fait connaissance, on a juste pris un café ensemble, je l'ai interrogée sur son travail… c'est la collaboratrice de mon frère, elle est très séduisante… mais il vaut mieux ne pas tout mélanger… et puis de toute façon je n'en suis plus là.

— Tu n'en es plus où ? Explique ! Parle ! Oh non… tu ne vas pas recommencer, tu étais bien parti… Allez, un peu de jurançon !

Rémi arrêta le bras de Lydie qui avait déjà empoigné la bouteille et qui s'apprêtait à remplir son verre une nouvelle fois.

— Non, non, j'ai déjà trop bu, et puis je ne veux pas abuser de ton hospitalité.

— Tu n'abuses de rien du tout et je te rappelle que tu n'as pas loin à aller… tu rentreras chez toi quand tu m'auras expliqué…

Comme pour s'assurer qu'il n'allait pas s'enfuir, Lydie avait une nouvelle fois posé sa main sur l'avant-bras gauche de Rémi. En guise de réponse, celui-ci lui adressa un sourire amical. Il n'avait jamais eu avec elle une discussion aussi personnelle. Deux mouvements se disputaient son humeur du moment : une résistance instinctive à parler de ce qui ne regardait que lui et une envie non moins forte de se confier à une oreille bienveillante. Or, dans la situation qui était la sienne, il y avait très peu de personnes prêtes à l'écouter. Non pour des raisons d'amitié ou d'inimitié, mais plutôt en raison des circonstances. Ce soir, les circonstances voulaient que ce soit Lydie l'oreille bienveillante. Il avait commencé à se livrer, il aurait été très impoli de sa part de s'esquiver trop brutalement. Tout en continuant à lui tenir l'avant-bras, Lydie reprit :

— Quand tu dis « je n'en suis plus là »… qu'est-ce que tu veux dire ?

— Je veux simplement dire que désormais ce qui peut m'arriver de ce côté-là n'est plus aussi essentiel pour moi. J'ai quarante ans, cela ne peut plus être comme avant…

— Parce que tu admets que tu as déjà vécu le meilleur ? Qu'est-ce que tu en sais ? Peut-être que ta plus grande histoire d'amour est devant toi.

— Peut-être… mais encore faut-il croire aux grandes histoires d'amour…

— Lydie avait lâché le bras de Rémi. Le scepticisme de son invité commençait à lui peser.

— Excuse-moi, Rémi, mais là je te parle sérieusement… Si pour toi l'amour n'est pas le plus important, par quoi tu le remplaces ? J'aimerais bien savoir comment tu fais. On ne peut pas vivre sans. Avec Anne, on s'aime, c'est grâce à elle que je supporte tout le reste. Alors toi, comment tu fais ?

— On n'aurait pas dû s'embarquer dans cette discussion, on ferait mieux de parler d'autre chose…

— Rémi ! Ce n'est pas une question indiscrète.

— Ce que tu me demandes est trop difficile à développer… c'est mon histoire… c'est enseveli, c'est sédimenté, il y a plusieurs couches… et puis… si tu veux mon avis, au bout du compte, l'amour, petit ou grand, c'est doux, c'est confortable, mais ça n'éveille pas vraiment l'esprit et même parfois cela rend con…

— Tu ne crois pas ce que tu dis.

Le visage de Lydie s'assombrit. Les tentatives qu'elle menait pour percer à jour son ami échouaient. Elle ne savait plus si elle devait insister ou abandonner la partie.

— Rémi, tu te moques de moi, tu es en train de me promener…

— Pas du tout, c'est ton côté têtu qui m'amuse et qui me plaît.

— Ne change pas de sujet, j'ai repéré ton manège… En fait on dirait que tu fuis quelque chose… Tu as peur de quoi au juste ?

— Bonne question ! Là je peux te répondre. Parmi les choses qui me font peur, il y en a une qui m'inquiète beaucoup, mon ombre… j'ai l'impression d'être suivi… mais dans le même genre, ce que je redoute le plus, c'est de tomber sur moi en la personne d'un autre, ça c'est terrible.

— Qu'est-ce que tu racontes encore ?

— Non, Lydie, je ne plaisante pas. D'ailleurs, c'est ce qui m'est arrivé cet après-midi même… et c'est à cause de cela que je n'étais pas bien ce soir quand tu as frappé à ma porte.

— Rémi… arrête de te foutre de moi…

— Non, non, je suis sérieux. Cela ne t'est jamais arrivé de te rencontrer en la personne de quelqu'un qui te ressemble ?

— Je ne crois pas… non…

— Moi, cela m'est arrivé cet après-midi même. J'étais assis dans le métro, un vieil homme s'est approché de moi, il était délabré, sale, hagard, il tremblait, il m'a demandé ma place et quand je l'ai dévisagé, je me suis reconnu en lui… j'étais un homme fini comme lui, j'étais ce corps encore en vie mais déjà mort, ce cadavre ambulant, c'était moi.

Lydie semblait méditer sur les propos de Rémi quand un courant d'air frais traversa la pièce. Sous la pression d'une petite bourrasque, les deux battants de la fenêtre entrouverte s'étaient brusquement écartés et avaient laissé pénétrer une onde de fraîcheur. Rémi esquissa un geste, mais Lydie le devança.

— Laisse, je m'en occupe… mais, attends, je comprends pas… moi, si une petite vieille m'aborde, je m'identifie pas à elle, je me projette pas en elle ! Et surtout j'vois pas le rapport entre l'amour et ton histoire de rencontre avec un vieux qui te ressemble…

— Oui, parce que je ne t'ai pas tout dit. Cet après-midi, le vieil homme qui m'a demandé ma place n'était pas un quidam, c'était mon ancien professeur de Lettres, monsieur Blanchot, il était déjà en fin de carrière quand je l'ai eu en classe de seconde…

— Et alors… vous vous êtes parlé ?

— Si tu l'avais vu ! Comment veux-tu parler à un homme comme lui ? On aurait dit un sauvage tout droit sorti de sa forêt, il ne m'a pas reconnu… Son image m'a hanté tout le reste de la soirée et maintenant je me dis que j'ai eu raison de démissionner, je serais devenu un sauvage comme lui… si ce n'est pas déjà fait…

— Non, ce n'est pas le cas, je te rassure… mais j'vois toujours pas le rapport avec l'amour ?

— Il est tard. Si tu veux bien, on en reparle une autre fois. J'ai du sommeil à rattraper.

— D'accord… alors je vous laisse… monsieur le mystérieux…

17

Rémi avait réussi à écourter la soirée chez Lydie. Cependant, une fois chez lui, il lui était apparu qu'il n'avait nullement envie de dormir. Sa rencontre fortuite avec Blanchot continuait de le poursuivre. Il aurait aimé marcher et il se demandait s'il n'allait pas sortir. Il ouvrit la fenêtre de sa chambre, un vent humide balaya la pièce, quelques papiers sur son bureau s'envolèrent. La température avait nettement baissé, il ne pourrait plus se promener en chemise comme il l'avait fait tout l'été. La belle saison s'en allait. Il s'accouda à la barre d'appui de la fenêtre. Un peu plus bas, dans l'ombre, le remuement des branches et des feuillages emplissait l'air d'un langage secret.

Il avait froid, mais ne voulait pas céder aux éléments. L'image du fleuve impétueux lui revint à l'esprit. « Demain, je quitte la berge, je me jette dans le fleuve… je me laisse porter par le courant… Il m'entraînera où il voudra… »

Il hésitait. L'air frais et le vent lui fouettaient le visage. Il regarda sa montre, il était minuit passé. La nuit l'attirait. Il chercha à se souvenir des nuits qui l'avaient marqué et dont il gardait une trace heureuse. Il y avait bien celles passées avec les femmes qu'il avait aimées. Mais ce qui avait survécu de ces enlacements ne devait presque rien à l'obscurité. La nuit y était accidentelle. Il y allait toujours d'un désir indifférent aux révolutions de la Terre. Non, les nuits qui l'avaient ému jusqu'au plus profond de l'âme n'étaient pas celles-là. Elles arrivaient par surprise et venaient à lui sur la pointe des pieds. Et s'il y avait du féminin en elles, c'était sans qu'il puisse en déchiffrer les signes.

Ces nuits advenaient le plus souvent l'été, lorsque les conditions s'y prêtaient et que la chance s'en mêlait. Associées à la mer, presque toutes étaient liées à Frédéric et à leur voilier.

Il se souvenait de l'une d'elles. Ils avaient attendu le début de la marée montante pour quitter le port de Camaret et s'engager dans le chenal du Four. C'était par un bel après-midi de juillet avec un vent léger de nord-ouest bien établi. L'air était doux, la mer resplendissait. Ils avaient hissé toute la toile. « Prémisse » (le nom de leur voilier) filait allégrement à près de cinq nœuds sur une mer presque plate que coiffaient de-ci de-là quelques moutons. Ils ne pouvaient pas rêver de meilleures conditions. Après les manœuvres, Frédéric s'était installé à la table à cartes. À intervalles réguliers, il montait sur la première marche de la descente, Rémi et lui échangeaient un regard qui leur servait de message. En une seule livraison, une brassée d'informations passait : l'état de la mer, les mouvements du bateau, son inclinaison, le réglage des écoutes, le creux de la grand-voile ou du foc, le cap, la vitesse, les autres embarcations proches ou lointaines, un amer visible ou encore à identifier, la ligne de pêche, la faim, la soif, la fatigue… Rémi barrait, Frédéric orientait. Chacun avait confiance dans ce que l'autre accomplissait et c'est ce que le message des yeux indiquait, en plus de tout ce qu'il disait. Le silence de l'autre était le signe que tout allait bien. Un seul parlait tout haut : Prémisse, avec son étrave. Frédéric et Rémi l'écoutaient. Puis les deux frères échangeaient leurs rôles. La vigilance et l'attention ne le cédaient en rien.

Ils avaient été contraints de tirer des bords entre l'île d'Ouessant et la côte, jusqu'au moment où ils avaient rejoint la houle de l'Atlantique et infléchi leur route. La soirée s'étirait lentement, l'arrivée sur l'Aber-Wrac'h se ferait de nuit. Ils avaient reconnu les feux, ils étaient au portant et la visibilité était bonne. Malgré tout, à mesure que la lumière déclinait, la tension montait. Non pas tant parce qu'on y voyait moins bien, mais parce que l'on percevait les choses autrement. Avec la tombée de la nuit, le décor changeait. C'était le même voilier sur la même mer et pourtant c'était comme si de l'incomparable avait surgi. On entrait dans la nuit et on ne pouvait pas s'y glisser sans la craindre. La lumière du jour avait retenu le monde dans ses traits familiers, tout avait été net et clair. La nuit venue, on ne savait plus, il fallait réapprendre. Lorsqu'on regardait vers l'avant, on pouvait croire que le bateau avait été mutilé, on devinait l'étrave, on entendait sa respiration, mais elle semblait avoir disparu. L'élément liquide saturait l'espace, la mer avait avalé l'horizon et fait alliance avec le ciel, les bruits d'eau et les ombres triomphaient.

Dans la soirée, le vent avait légèrement forci. Prémisse se rapprochait de la côte, fonçait dans la nuit, tête baissée. Ils n'avaient pas jugé nécessaire de réduire la toile. Le voilier avait besoin d'être retenu. Au portant, sa démarche était plus zigzagante et moins facile à contrôler ; spontanément et par à-coups, il remontait dans le vent, Rémi devait tirer la barre à lui pour le faire abattre et l'obliger à revenir sur sa route. À l'arrière, le sillage qui se perdait très vite dans l'obscurité rendait compte de ces embardées. Les deux frères étaient aux aguets, ils fouillaient l'ombre. L'air avait gardé sa transparence, mais presque toute la clarté s'était réfugiée du côté des étoiles. Le front noir de la côte continuait de se confondre avec la mer. Nulle part on ne voyait se dessiner une ouverture. Ils avaient beau scruter, c'était peine perdue, l'alignement des feux disait le vrai, ils devaient faire confiance à la géométrie et au compas.

Leur progression touchait presque au but, il restait moins d'un mille. Malgré l'assurance de l'alignement qu'il suffisait de suivre, le réflexe était de ralentir. Le foc avait été enroulé sur l'étai, aussitôt les mouvements du bateau étaient devenus plus erratiques. Moins rapide, Prémisse obéissait moins à la barre, il épousait la houle qui venait du large et roulait bord sur bord en descendant les vagues. Mais ce n'était plus la bonne marche et le confort de Prémisse qui occupaient les deux frères : toute leur attention était tendue vers cette côte incertaine vers laquelle le vent et la mer les poussaient.

Ils avaient affalé la grand-voile et poursuivi au moteur. L'alignement ne trompait pas, le passage s'offrait à ceux qui approchaient dans l'axe. Mais la passe ne se révélait qu'au dernier moment et déjà trop tard si l'on avait dévié. Mer descendante, devant l'estuaire la houle contredisait le courant ; en se rencontrant, les eaux se soulevaient et secouaient Prémisse dans tous les sens. Sous le vent, à moins de cent mètres, des masses noires émergeaient du creux des vagues. Elles apparaissaient furtivement dans un écrin d'écume et s'évanouissaient presque aussitôt. L'instant d'après, l'agitation cessait d'un seul coup, la frénésie de l'océan était derrière eux. De nouveau ils étaient dans les bras de la terre ferme. Prémisse glissait sur l'eau calme. Seul le ronronnement du moteur s'élevait dans la nuit. Rémi et Frédéric se taisaient. Ils remontaient le chenal à petite vitesse. Un coup d'œil jeté au port, aucune place disponible aux pontons, ils resteraient à l'écart. Ils avaient attrapé un coffre dans le chenal et avaient décidé de s'y tenir pour le reste de la nuit.

Les retrouvailles avec la terre ferme n'étaient jamais sans risques. Source de joie, chaque arrivée s'accompagnait malgré tout d'une pointe de tristesse. Frédéric et Rémi allaient au plus pressé, ils s'activaient sur le pont. Mais au fond d'eux, c'était comme un petit coup de ciseaux à bois, une nouvelle entaille. Ils ne se parlaient pas de ce qui venait d'avoir lieu, cela devait rester enfoui. Cela touchait à trop de choses. La nuit ajoutait son mystère au silence. Ils ne s'étaient jamais entretenus de ce qu'ils allaient chercher sur la mer ; s'ils l'avaient osée, cette conversation aurait échoué ; en mer elle était inutile, à terre elle aurait sonné faux.

À l'abri du roof, sur la petite gazinière à cardan, Rémi avait mis à réchauffer une soupe de poisson. À l'intérieur ils étaient très à l'étroit, chacun devait tenir compte des déplacements de l'autre pour ne pas le heurter. Ils étaient habitués à cette étroitesse et ne souhaitaient pas avoir un bateau plus grand. Ce n'était pas le confort qu'ils recherchaient, de cela au moins ils étaient sûrs. Frédéric avait découpé des tranches dans un gros pain de campagne, débouché une bouteille de Muscadet, sorti les couverts et rempli les verres. Puis ils s'étaient installés l'un en face de l'autre autour de la table du carré, tout à leur fatigue et à leur faim. Encore silencieux. Pour économiser la batterie, seule une petite lampe éclairait leur tête-à-tête. Frédéric n'était pas satisfait de l'amarrage et en avait fait part à son frère. En retrait du port, leur bateau subissait les effets du courant. Rémi lui avait répondu qu'il n'y avait rien à craindre ; pour le rassurer tout à fait, il avait ajouté que de toute façon il passerait du temps dehors après le dîner, que la nuit était magnifique et qu'il en profiterait pour surveiller.

Frédéric s'était assoupi. Son inquiétude dissipée, il s'était glissé dans son sac de couchage et s'était endormi presque aussitôt. Avant qu'il ne s'endorme, Rémi lui avait adressé un clin d'œil. Sur la gazinière, l'eau de la bouilloire s'était mise à siffler. Rémi ne voulait pas sortir sans un thermos de café. Il avait enfilé sa veste de quart, enfoncé son bonnet de laine et éteint la lumière. Dehors, un air vif l'avait saisi dès sa sortie du roof. Ses yeux n'étaient plus habitués à la pénombre. Debout sur la plus haute marche de la descente, il avait attendu un temps sans bouger afin de reprendre contact avec la nuit. Prémisse se taisait. Lui aussi avait l'air de s'être endormi, il remuait à peine. Presque aussi immobile que s'il avait été amarré à un ponton, il se contentait d'osciller très faiblement d'un bord sur l'autre. Tout à coup, un claquement métallique net et bref s'était fait entendre, la drisse de grand-voile venait de fouetter le mât. Si Rémi ne l'immobilisait pas, elle allait frapper toute la nuit.

Plus rien ne pressait. Tout était en ordre. Il avait fait le tour du bateau et n'avait rien remarqué d'anormal. En revenant vers le cockpit, il s'était arrêté à la hauteur du galhauban tribord, du côté où il avait vue sur le port. Une route longeait la rive ; quelques réverbères éclairaient une enfilade de maisons basses. De l'une d'entre elles, une rumeur et des éclats de voix discontinus lui parvenaient. L'animation devait certainement provenir d'un café encore ouvert. Cette présence humaine suscitait en lui des sentiments contradictoires. Ces hommes qui parlaient fort étaient sans doute des gens du coin qui avaient l'habitude de se retrouver là ; ils étaient entre eux, ils se connaissaient, ils s'appréciaient. Pour eux, l'Aber-Wrac'h n'était pas un petit port sympathique du Finistère auquel des plaisanciers venaient rendre visite de temps à autre, un jour ou une nuit d'été. Rémi se représentait la scène. S'il s'était rendu dans ce bar et s'était approché du comptoir, là où ces personnes du village ou des alentours étaient rassemblées, certainement qu'elles ne l'auraient pas regardé, ou si elles lui avaient concédé un regard, leurs coups d'œil indifférents ou hostiles auraient été pour lui signifier qu'il était un étranger, quelqu'un qui n'était pas des leurs et qui n'avait rien à faire ici. Un instant cependant, il avait essayé de se convaincre qu'il était l'un des leurs, qu'il faisait partie de leur cercle, mais cela ne collait pas, on n'intègre pas aussi facilement une communauté déjà constituée, alors il en avait abandonné l'idée. Est-ce qu'il méprisait ces hommes ? Certainement pas. Mais rester à distance était sa manière d'être et il ne pouvait en changer. À mi-chemin entre eux et la nuit. Il n'enviait ni leur fraternité ni leurs discussions ; ce qui lui plaisait c'était de les deviner là-bas, sur le quai, dans ce lieu à la fois proche et éloigné. Ce qui lui plaisait, c'était seulement de les savoir là. Du fait de la distance, les voix de ces hommes lui parvenaient mutilées, étouffées et dépouillées de leurs articulations humaines ; ce démantèlement éveillait en lui une paix et une joie qui lui suffisaient.

De retour dans le cockpit, il avait immobilisé la barre franche avec l'écoute de grand-voile. Comme rien ne pressait et que tout pouvait attendre, il accomplissait chaque geste lentement. Il ne voulait pas réveiller Frédéric, mais surtout il ne voulait pas rompre par un mouvement trop brusque ou mal ajusté la complicité qui s'installait entre lui et ce qui l'entourait. Ses yeux s'étaient habitués à la pénombre. Malgré l'obscurité ou plutôt grâce à elle, il lui semblait que toutes choses le réclamaient. Il s'oubliait pour mieux les observer et mieux les entendre. Il ne voulait pas s'asseoir. La nuit le retenait. Debout dans le cockpit, il s'était agrippé à la bôme au-dessus de lui. Dans ses jambes, il sentait le léger balancement du bateau. De temps à autre, une vaguelette venait se briser sous la voûte arrière. Un son grave s'élevait comme si un nageur s'était approché silencieusement et avait frappé la coque avec son poing. Il avait attendu que la fatigue le gagne et que ses jambes fléchissent.

Tard dans la nuit, l'animation sur le quai avait faibli. La porte du café s'ouvrait libérant des voix qui d'un seul coup devenaient presque intelligibles ; quelques hommes sortaient, certains gesticulaient, d'autres riaient. Ils s'adressaient des saluts bruyants. Une voiture démarrait. La porte du café se refermait et les voix se prolongeaient de nouveau en éclats étouffés. Rémi ne bougeait plus. Le dos appuyé contre la cloison du roof, il avait fini par s'allonger sur un des bancs du cockpit. Il ne sentait plus son corps. Plusieurs fois il avait tressailli comme s'il revenait à lui après un évanouissement, il avait essayé de bouger et de se redresser, ses muscles ankylosés par l'immobilité et la fatigue ne lui obéissaient plus, il avait renoncé. Plus aucune voix ne lui parvenait. Les derniers noctambules avaient quitté le bar sans qu'il s'en aperçoive. Le sommeil l'avait emporté. À son réveil, le jour avait chassé la nuit.

18

La journée démarrait mal. Très tôt, au petit matin, alors qu'il n'avait pas encore eu son compte de sommeil, Rémi s'était réveillé avec une migraine. Le sang tambourinait contre ses tempes et sous ses paupières la douleur s'accentuait. Il avait essayé de se rendormir, mais la douleur persistant, il avait été contraint de se lever. Dépité, il s'était traîné jusqu'à la cuisine en maudissant le jurançon. À l'aveuglette il avait versé du café soluble dans un bol et avait attendu que l'eau dans la bouilloire électrique achève son cycle d'échauffement. C'était à l'occasion de ce délai que lui venaient chaque matin des images et des idées en rapport avec l'état du monde ou avec la journée qui commençait. Souvent à peu près les mêmes. L'une d'elles dérivait directement de l'attente forcée : « l'univers matériel nous fait attendre. » Une idée simple que l'on trouvait chez Bergson, un des penseurs avec qui il avait tissé un lien privilégié au cours de ses études. Depuis, une association d'idées s'était formée dans son esprit : Bergson gravitait autour de la bouilloire. Mais, outre le penseur de la durée et de l'attente, l'eau qui s'échauffait lentement et finissait par gronder à gros bouillons avant de faire disjoncter l'interrupteur avait le pouvoir de faire surgir toutes sortes d'images hétéroclites. S'il voulait éviter ce parloir des idées folles ou en attente d'exécution, Rémi devait quitter la cuisine et n'y revenir qu'une fois le cycle d'échauffement achevé.

Ce matin, il ne s'en sentait pas la force. Il préférait attendre. Assis près de la bouilloire, des bribes de la discussion de la veille remontaient à la surface. Lydie l'avait gentiment remis en cause. Alors qu'il était chez elle, il n'avait pas pris au sérieux ce qu'elle lui avait dit. Mais, maintenant qu'il était disponible, les piques qu'elle lui avait adressées revenaient vers lui et il ne pouvait pas s'empêcher d'en examiner la portée. Elle avait souligné sa solitude et avait insinué que, peut-être, il entrait dans cet état d'esseulement une forme de paresse et de lâcheté. Ce type de propos à l'emporte-pièce n'entretenait évidemment qu'un rapport très vague avec la réalité. Lydie ne savait presque rien de lui. Pour juger de sa personne, elle ne disposait que de quelques éléments objectifs tout à fait insuffisants comme le fait qu'il vivait seul. Or, cela ne prouvait rien. Il n'était pas seul, il était solitaire, ce qui n'était pas la même chose.

Lydie avait voulu pénétrer trop vite dans son intimité. Il se serait sans doute livré davantage s'il avait senti chez elle le même sens de la solitude que celui qui le confortait dans ce qu'il était.

La solitude, sa plus proche parente, l'invisible, la sans-visage, et néanmoins la plus aimante et la plus fidèle des personnes aux côtés desquelles il avait eu à vivre jusqu'à présent. Une parente qui ne l'avait pourtant pas ménagé. Une sorte de seconde mère qui avait fait irruption dans sa vie dès son plus jeune âge, une furie qui l'avait jeté à terre, lui avait plaqué les bras dans le dos et s'était assise sur lui à la manière d'un catcheur. Elle l'avait attaqué par surprise et il n'avait pas su se défendre. Il n'avait pas eu d'autre choix que de composer avec elle et de s'en faire une alliée. Il s'était habitué à elle, avait découvert ses bons côtés, et avait appris à en apprécier la franchise. La solitude l'avait éduqué. Mais était-il possible de narrer une histoire aussi sinueuse et confuse ? Quoi qu'il eût fait, cela n'aurait certainement pas suffi. Aucun mot ne pouvait rendre compte de l'étreinte de la solitude à ceux qui n'en avaient jamais été les confidents fidèles. Et Lydie n'aurait certainement pas manqué de lui rétorquer que cette histoire, à quelques péripéties près, n'avait rien d'original, que la solitude jetait à terre tous les hommes, qu'il n'y avait rien d'extraordinaire à la croiser ni même à faire un bout de chemin avec elle, et que cela n'empêchait pas de s'en détourner et de lui préférer la présence incertaine d'un homme ou d'une femme en chair et en os. Il aurait dû alors redoubler d'explications, aller plus au fond des choses, raconter comment il avait vécu, tout reprendre depuis le début, la tumeur, son frère, la mer, les Anciens, et cependant en vain, car c'était là, sans doute, lorsqu'il aurait fallu descendre dans les couches profondes et pénétrer dans les galeries les plus obscures de son passé, c'était là où il l'aurait lassée et où, certainement, elle ne l'aurait pas suivi. Qu'il n'y ait rien d'extraordinaire à croiser la solitude, il en aurait convenu, mais ce qui était déterminant et ce à quoi il fallait être attentif, c'était précisément le bout de chemin que l'on accomplissait avec elle. Selon qu'il était bref ou long, escarpé ou en pente douce, ombragé ou lumineux, triste ou joyeux, tout changeait. Autant de péripéties qui rendaient impénétrables les personnes les unes aux autres.

Mais surtout, Lydie avait indirectement émis l'hypothèse qu'il ne savait pas aimer, ou, plus grave encore, qu'il n'aimait pas la vie. Sur le moment, cette petite phrase assassine lui avait paru sans importance. Elle avait glissé et s'était noyée dans le flot de la conversation. Il n'avait pas fait attention à elle. Maintenant elle résonnait en lui et le frappait par sa pertinence. Lydie avait vu juste. Son malaise général tenait sans doute à ce qu'il n'aimait pas assez la vie. Pour autant, il récusait ce genre de propos. On ne pouvait pas vivre sans aimer la vie. Vivre et aimer consistaient en une seule et même chose, un même jaillissement, un même geste auquel tous les vivants participaient avec le même engouement, la même foi aveugle. Cependant, cette histoire d'amour n'était pas toujours une histoire simple. On pouvait aimer la vie naïvement, sans arrière-pensées, et en plein accord avec elle, comme lorsque deux enfants exécutent le même pas de danse, mais on pouvait aussi aimer la vie en exigeant d'elle un surcroît de vérité et de bonheur, et comme si on voulait lui arracher de force son secret. Ceux qui aimaient la vie de cette façon n'étaient pas moins amoureux que les premiers, ils étaient seulement plus inquiets, plus torturés et plus nostalgiques. Rémi savait qu'il était amoureux à la manière de ceux-là.

L'attente prit fin. La première gorgée de café lui permit de mettre un couvercle sur les miasmes de la nuit. Il découpa plusieurs tranches de pain, et s'installa à la petite table qui faisait face à la cuisinière. Il souffrait moins, voyait plus clair, se sentait revivre, devenir plus léger. Il reprenait possession de lui-même, son front et ses tempes ne l'accablaient plus autant, la tension pénible derrière les yeux s'estompait. Tout à coup lui revint à l'esprit ce qu'il s'était dit la veille alors qu'il était accoudé à sa fenêtre et qu'il contemplait la nuit : *quitter la berge, se laisser porter par le courant…*

19

Elle avait prévenu Rémi : « mon emploi du temps est élastique, lorsque je suis en entretien, je ne peux pas interrompre pile à l'heure dite… » Il lui avait répondu que cela n'avait pas d'importance et qu'il attendrait. C'était presque tout ce qu'ils s'étaient dit au téléphone, mais cela avait suffi pour lui insuffler une bouffée de bonne humeur. Pendant qu'elle parlait, il avait essayé sans succès de reconstituer le visage de son ancienne élève. Aux intonations de sa voix, il avait perçu son émotion. Entre ce qu'elle lui avait écrit et la manière dont elle lui parlait maintenant, il y avait bien une continuité. Sa lettre n'était pas un caprice ou une fantaisie sans suite. Il s'était excusé d'avoir mis autant de temps à lui répondre et avait insisté sur le fait que sa lettre l'avait beaucoup touché. Pour finir, il lui avait proposé de déjeuner avec elle le jour qui lui conviendrait, ce qu'elle avait aussitôt accepté.

La pizzeria qu'elle lui avait indiquée était située sur une avenue assez passante du onzième arrondissement. Pour ce premier rendez-vous, il aurait préféré un lieu plus à l'écart. Il craignait de se retrouver dans une salle bondée, enserré, obligé de parler fort avec des voisins très proches, tout ce dont il avait horreur. Par chance, il n'en était rien. Arrivé sur place, il constata avec soulagement que les tables installées dehors à même le trottoir étaient vides et qu'à l'intérieur il n'y avait pas plus d'une dizaine de clients.

En entrant, il repéra une table libre près de la baie vitrée ; de là il avait vue sur la rue, il pourrait voir arriver Charlotte. On était fin octobre, depuis une quinzaine il faisait un temps maussade, l'ambiance festive des beaux jours avait laissé place à un état morose qui se remarquait à la démarche des passants. On ne levait plus la tête vers le ciel, on ne traînait plus, on marchait droit et vite, on était pressé. Plus de bras nus, plus de jeunes filles habillées très légèrement, plus de fous rires, plus de conversations animées aux terrasses des cafés. La trêve estivale passée, les Parisiens avaient repris leurs mines renfrognées et amères.

« J'attends quelqu'un qui ne devrait pas tarder », répondit Rémi à la petite femme blonde qui s'était approchée de lui et lui avait demandé s'il désirait un apéritif.

Il avait apporté un livre, *Dire le monde*, mais il était trop préoccupé pour se mettre à lire. Au fond de lui s'agitaient des sentiments et des impressions qu'il ne croyait plus pouvoir éprouver. Un trouble incompréhensible, une joie presque enfantine, une excitation d'adolescent. Sa raison tentait de contredire cet enthousiasme puéril, mais il n'y avait rien à faire, c'était tout son être qui exigeait qu'il régresse et s'abandonne à cette euphorie illusoire dont il ne maîtrisait pas la source. En un sens, il n'y avait pas de mal à cela puisqu'il s'était promis de se laisser porter. Charlotte lui avait écrit, il lui avait répondu. Et après ? Voilà justement ce à quoi il ne devait pas penser. S'échapper de lui-même, s'oublier. Avec un peu de chance, Charlotte allait peut-être lui offrir cette suspension.

Comment pouvait-il se laisser happer par une fantasmagorie aussi puérile ? D'autant que dans la salle presque tout en contestait l'optimisme. Les éléments du décor s'imposaient comme autant de pieds de nez au rêve et à l'échappée. Sans doute les gérants de l'établissement avaient cru bien faire, sans doute voulaient-ils souligner d'où ils venaient. Plafond et murs avaient été recouverts d'un rouge vermillon uniforme, agressif et implacable. Le regard butait douloureusement contre ces surfaces peintes en quête d'une fenêtre ou d'un havre. Mais les refuges étaient peu nombreux. Quelques masques vénitiens et surtout des photos fluorescentes d'un visage au sourire niais, celui de Marilyn Monroe, le même visage avec le même sourire décliné en une dizaine d'exemplaires dans des couleurs délavées de bonbons ou de guimauves de mauvaise qualité. De sa place, Rémi avait cependant le privilège de pouvoir contempler une autre image, celle-là encadrée avec soin. De grande taille, elle trônait au milieu du mur qui lui faisait face. C'était une photo agrandie qui avait pour sujet principal le patron de l'établissement en tenue de footballeur de l'équipe nationale italienne. Elle avait été prise dans la salle du restaurant. Accoudé à son bar, le gérant posait fier et rayonnant comme après une victoire. Sur son maillot était imprimé le numéro dix, ce qui avait très certainement un sens pour les connaisseurs.

« Bonjour Monsieur Follenfan ! » avait clamé Charlotte avec une voix empreinte de gaieté.

Concentré sur son téléphone, Rémi ne l'avait pas vue entrer. Il venait de recevoir un message de Gilles précisant que la date de l'assemblée générale de l'Association des professeurs de philosophie avait été encore repoussée. La voix de Charlotte l'avait saisi et il avait aussitôt relevé la tête. C'était bien elle. Son sourire, sa frêle silhouette, ses yeux. Cependant en face de lui se tenait une jeune femme qui l'aurait presque intimidé s'il n'avait pas eu l'avantage de l'avoir connue quelques années auparavant.

— C'est fou de se revoir…

— On s'embrasse…

Ils étaient encore debout. Le gérant s'était approché d'eux avec deux cartes. Rémi prit les cartes et le remercia.

— J'ai bien cru qu'on ne se reverrait plus… la lettre que je vous ai adressée était ma dernière chance… vous n'êtes pas sur les réseaux sociaux.

— Non, j'ai toujours été contre.

Ils se regardèrent et se sourirent. Charlotte déposa son sac à main à même le sol, une sorte de grand sac fourre-tout qu'elle portait à l'épaule, puis elle ôta son manteau. Autour d'elle persistait un nuage de fraîcheur. Ses cheveux châtains mi-longs tombaient en ondulant sur un pull d'un joli vert chiné boutonné devant qui laissait deviner ses seins.

Assis l'un en face de l'autre, ils se regardaient comme s'ils avaient peur que leur rencontre ne soit qu'un mirage et qu'au moindre souffle tout disparaisse. Rémi aurait aimé pouvoir faire durer ce moment d'incertitude. Il cherchait ses mots. Charlotte, qui devinait son embarras, se jeta la première.

— Je n'en reviens pas de vous avoir en face de moi… J'ai souvent pensé à vous toutes ces années… Vous savez que c'est en partie grâce à vous que je suis devenue psychologue.

— Je te remercie de m'accorder une telle importance, mais…

— Oui, je sais… je me souviens de votre méfiance à l'égard de la psychologie…

Charlotte marqua un temps d'arrêt comme si elle ne savait plus ce qu'elle voulait dire. Elle hésitait.

— J'ai presque tout oublié de ce que vous nous aviez enseigné… sauf une chose, une phrase plus exactement… une phrase qui revenait souvent dans vos cours… une phrase qui a pris du sens pour moi.

Charlotte s'interrompit pour répondre au gérant qui était venu prendre la commande. « Une calzone et une carafe d'eau », s'il vous plaît. « Deux ! » avait aussitôt surenchéri Rémi qui ne souhaitait pas qu'il reste auprès d'eux plus longtemps.

— Quelle phrase ? reprit Rémi.

— *Nous avons été enfant avant d'être homme*… une formule de ce genre.

— Ah, oui, Descartes, et cela t'avait marquée… mais chez Descartes le contexte est bien particulier…

— J'ai perdu le contexte, j'ai gardé la formule…

— Excuse-moi, reprit Rémi, je t'ai interrompue… et alors cette formule t'avait impressionnée ?

— Oui, plus j'avance et plus elle me parle. Et d'ailleurs je me souviens que vous aimiez la commenter bien au-delà de Descartes. Depuis que je m'occupe d'enfants en difficulté, je me rends mieux compte de sa validité.

— Qu'est-ce que tu fais exactement ?

— J'essaye de réparer des enfants… un beau métier n'est-ce pas !

— Oui, et bien difficile, j'imagine… à propos d'enfance, cela me fait penser à ce que j'ai entendu hier… j'écoutais la radio, je suis tombé par hasard sur l'interview d'un écrivain dont je n'ai pas retenu le nom. Il disait – chose sans doute excessive mais non dénuée de vérité – que la plupart des adultes sont des enfants ratés…

Charlotte esquissa un mouvement d'épaule et fit une moue évasive semblant dire qu'elle n'approuvait pas.

— C'est le propos d'un privilégié qui n'a sans doute pas eu à souffrir d'une enfance ratée, qui a bien de la chance et qui joue sur les mots…

Charlotte s'était exprimée avec fermeté et n'avait pas caché son rejet. Rémi ne s'attendait pas à une réaction aussi vive. Lui-même avait évoqué le propos de l'écrivain sans chercher à polémiquer. On assassine l'enfant que l'on a été, la plupart des adultes sont des enfants morts, c'était sa manière à lui de comprendre la formule. Mais Charlotte n'entrevoyait pas les choses de cette façon, elle refusait ce genre d'interprétation qu'elle jugeait sans doute trop littéraire et trop facile. Mais surtout elle avait prononcé un jugement acerbe : elle avait qualifié l'écrivain de « privilégié ». Un jugement qui en disait plus sur celui qui jugeait que sur celui qui était visé. Parce qu'il avait des revenus confortables ou parce qu'il n'avait pas connu la violence ou l'injustice, le privilégié avait tort avant même d'avoir parlé. Charlotte participait-elle à ce dénigrement systématique des « privilégiés » ? Rémi ne voulait pas le croire.

— Tu as raison… mais ce qu'il y a de formidable chez l'homme, c'est la résilience… D'une enfance ravagée peut sortir quelque chose de bon et d'exceptionnel… Cependant être privilégié n'est pas toujours un avantage… j'étais un enfant privilégié… tu vois ce que cela donne…

Charlotte comprit immédiatement l'allusion. Tout en souriant, elle eut un air confus.

— Oh, oui je sais, je ne devrais pas être aussi catégorique, je prends trop à cœur ce que je fais, j'ai tort.

— Non, c'est moi, je plaisante.

Charlotte attrapa sa fourchette et en appuya les pointes contre la nappe en papier. Elle se reprochait son manque de modération. De son côté Rémi regrettait de l'avoir mise en difficulté. Il reprit :

— Plus sérieusement, comment procèdes-tu pour détecter la souffrance des enfants ? Ce n'est pas évident… beaucoup d'enfants la cachent…

— Oui, et c'est d'autant plus compliqué que je ne suis pas directement en contact avec eux. Je travaille dans un groupe scolaire qui va de la maternelle au collège. Ce sont les surveillants et les professeurs qui me signalent les enfants en souffrance. Après c'est à moi de trouver des stratégies pour les mettre en confiance et réussir à savoir ce qui se passe… Avec les très jeunes, c'est plus facile, on les fait dessiner, mais dès l'âge de sept ou huit ans, ils se méfient… Si leurs parents sont en cause, et ils le sont souvent, les enfants ne veulent pas les accabler, ils ont mal et ils redoutent un plus grand mal… Je ne suis pas toujours très à l'aise, d'un côté je me dis que je dois porter assistance à ces enfants, et d'un autre je récuse mes méthodes, car il m'arrive de me demander de quel droit j'entre ainsi dans leur intimité.

— Je comprends tes scrupules… Personnellement je n'ai jamais eu affaire à un psychologue et je crois que je lui aurais résisté… Cela me rappelle trop la confession… J'ai été élevé dans une institution catholique, régulièrement on devait aller se confesser, je le vivais mal, j'inventais n'importe quoi pour me débarrasser du violeur de conscience qui se cachait derrière son statut d'homme de Dieu, je n'ai jamais compris comment on pouvait s'arroger un tel droit…

Le patron de l'établissement venait d'apporter les deux calzones. Elles étaient présentées en forme de poisson. Sur la pâte, du côté de la tête, le cuisinier avait pris le temps de dessiner la trace de l'ouïe et un œil rond. Rémi en profita pour changer de sujet :

— Au fait, tu peux me dire pourquoi tu m'as proposé de déjeuner ici ?

Surprise, Charlotte fixa Rémi avec circonspection.

— Non, ne t'inquiète pas, reprit Rémi, ce n'est pas une critique, c'est juste que ce rouge sur les murs et ces têtes de Marilyn, c'est...

— Oh, oui, je suis bien d'accord, il y a mieux... mais je n'y fais même plus attention, je suis une habituée, j'habite tout près et je travaille aussi dans le quartier... On aurait pu aller dans une brasserie, mais à cette heure elles sont pleines à craquer et je me souviens de vous quand vous disiez que vous n'aimiez pas le bruit et la promiscuité... ici au moins il n'y a jamais trop de monde, je savais que l'on serait tranquille...

— Tu as une bonne mémoire... alors tu te souviens aussi de mes digressions en classe ?

— Oui, cela nous amusait... il vous arrivait de délirer... vous le faisiez exprès ?

— Bien sûr, c'était histoire de vous réveiller, de susciter une réaction de votre part... Je te sers ?

Rémi prit la carafe d'eau et remplit les verres. Il regrettait de ne pas avoir commandé un peu de rosé. Charlotte avait commencé à attaquer sa calzone, elle l'avait amputée de sa nageoire dorsale. Tout en avalant une première bouchée, elle adressa un sourire à Rémi qui le lui rendit. Tous les deux gardaient le silence. Chacun aurait voulu pouvoir interroger l'autre plus librement, mais les questions se pressaient et se détruisaient avant même d'éclore. Aucune n'arrivait à maturité. Elles étaient trop naïves ou trop abruptes. Dans l'épaisseur du silence qui s'installait se dessinait une complicité possible. Un accord en creux qui n'était encore qu'une petite étincelle. Ils n'étaient sûrs de rien, le temps avait passé, chacun pouvait se tromper sur l'autre. Ils ne gagneraient pas forcément à déchirer trop rapidement le voile d'ignorance qui les protégeait. Et pourtant c'était ce qu'ils voulaient, et ce que chaque mot, chaque parole prononcée et chaque silence lui-même produisaient. Un obstacle se présentait qui embarrassait Rémi : alors qu'il la tutoyait, Charlotte le vouvoyait. Une trace du passé avec laquelle il devait composer. Une paroi lisse, implacable, où les mains tâtonnent à la recherche de prises introuvables. Peut-être que l'obstacle s'évanouirait de lui-même. Il ne pouvait rien exiger, c'était à Charlotte d'en souhaiter l'écroulement et de le lui faire sentir.

— Pour en revenir à l'enseignement de la philosophie, reprit Charlotte, vous êtes au courant que certains établissements privés ont décidé de maintenir cette discipline en rémunérant eux-mêmes leurs professeurs.

— Oui, mais je ne crois pas que cela fera revenir le gouvernement en arrière.

— Il n'en demeure pas moins que ce sont les écoles catholiques qui donnent l'exemple et qui sont à la pointe du mouvement.

Rémi ne put s'empêcher de sourire. Indirectement, Charlotte venait de mettre en cause les professeurs de l'enseignement public. Discrètement mais sûrement, elle soulignait leur immobilisme. Il l'interrogea du regard avant de lui répondre.

— Tu les soutiens ?

— J'y suis un peu obligée, je travaille dans un groupe scolaire catholique et je trouve amusant que ce soit la religion qui se porte au secours de la philosophie.

— Ce n'est pas étonnant, elles ont des intérêts communs... elles sont mourantes et donc elles se soutiennent...

— J'ai l'impression que ce rapprochement ne vous fait pas plaisir.

— Ce n'est pas exactement cela. J'ai démissionné de l'Éducation nationale et maintenant c'est un peu comme si j'avais tourné la page. On aurait eu cette discussion il y a seulement quelques mois, j'aurais certainement abondé dans ton sens. Je trouve courageux de la part de l'enseignement catholique de maintenir leurs professeurs de philosophie. Mais en ce qui me concerne, je ne suis plus dans le même état d'esprit. On me proposerait aujourd'hui de réintégrer mon poste, je pense que je refuserais.

Charlotte ne parvint pas à cacher sa surprise. Elle ne s'attendait pas à ce que Rémi venait de lui dire. Elle avait une image de lui qu'elle avait pieusement conservée et qu'elle croyait immuable, et voilà que sous l'effet d'une simple petite phrase cette image s'était recroquevillée à la manière d'une photo qu'on enflamme. Son espoir à elle, ce qui l'avait incité à lui écrire, c'était de retrouver celui qu'elle avait connu. Or cet homme venait de lui annoncer qu'il n'était plus le même.

— Mais alors, qu'est-ce que vous comptez faire ?

Elle avait lancé sa question sur un ton qui manifestait sa déception.

— Rassure-toi, je ne vais pas abandonner la philosophie si c'est cela qui t'inquiète... mais je vais m'y consacrer autrement.

— Je ne comprends pas.

Rémi avait perçu le désarroi de Charlotte, il en était malheureux pour elle et pour lui, mais il n'avait plus l'âge de jouer la comédie. Mentir aurait été ridicule. Il ne pouvait pas chercher à lui plaire autrement qu'en se présentant tel qu'il s'apparaissait à lui-même. Si leur relation avait une chance de croître, il devait prendre le risque de lui déplaire.

— J'ai toujours vécu en marge… Je ne sais pas si tu souviens du cours sur la liberté, un thème central pour moi… je m'adressais à vous, à toi et à tes camarades, je vous exhortais à vivre votre liberté, à l'empoigner et à en faire quelque chose… mais moi pendant ce temps je ne faisais rien…

— Vous nous obligiez à réfléchir, vous nous donniez les mots pour penser… ce n'est pas rien !

— Oui, sans doute, cependant tu ne voyais de moi qu'un côté, le professeur qui enseigne… J'étais avec vous, mais je n'étais présent qu'à moitié, je vous cachais mon malaise… Je vous parlais de ce qu'il fallait faire et je ne le faisais pas. Ma propre liberté était en réserve, elle planait au-dessus de vos têtes, elle vous faisait la leçon, mais elle se gardait bien de donner l'exemple. En temps de guerre, j'aurais été du genre de celui qui continue à enseigner pendant que les autres vont se faire tuer. Pas très joli tout ça…

— Alors, c'est que l'habit de professeur ne vous convenait pas si bien.

— Oui, et le problème c'est qu'il n'y a sans doute pas un seul habit qui me convienne.

Dans les assiettes les calzones refroidissaient. Rémi se dit qu'il n'aurait pas dû être aussi direct et que s'il avait voulu mettre de la distance entre Charlotte et lui, il ne s'y serait pas pris autrement. Il s'en voulait et cherchait en vain une drôlerie susceptible d'égayer leur conversation. En face de lui Charlotte avait l'air de méditer.

— J'espère que je ne t'accable pas trop, je suis en train de te couper l'appétit avec ce que je te raconte… Parlons de toi plutôt, comment en es-tu venue à faire des études de psychologie ? En général, on n'en vient pas là par hasard.

— Vous ne m'accablez pas du tout, c'est seulement que je pensais à ce que vous venez de dire et je me disais que…

— Je t'écoute.

— Que la vie est compliquée et que finalement il n'y a pas beaucoup de personnes vraiment bien dans leur peau. Quand on gratte la surface, on s'aperçoit que presque tout le monde souffre de quelque chose.

— Non, rassure-toi, je vais bien... Et puis de toute façon, souffrir, c'est normal, heureusement que l'on souffre un peu... c'est ce qui permet aux êtres de se rencontrer... Imagine que toi comme moi nous ne souffrions de rien... tu crois que nous serions en ce moment même en train de converser ?

Le visage de Charlotte s'éclaira. Rémi n'était peut-être plus tout à fait celui qu'elle avait connu ou qu'elle avait cru connaître. Ce qu'il venait de lui dire révélait à l'évidence qu'elle ne lui était pas indifférente et, pour elle, c'était l'essentiel.

— Oui, vous avez raison.

Ils se souriaient. Charlotte était rassurée. Ses yeux en témoignaient qui de nouveau étaient empreints de la même gaieté que celle qui les animait au moment où elle était entrée dans le restaurant et où elle avait surpris Rémi penché sur son téléphone. Ils étaient proches l'un de l'autre même si une fine paroi invisible les séparait encore. Aucun des deux n'osait franchir cette frontière. Et, comme s'ils s'étaient entendus pour freiner leur élan, chacun patientait de son côté en mimant une forme de distraction. Charlotte regarda sa montre.

— Je n'ai plus beaucoup de temps, j'ai un rendez-vous avec les parents d'un enfant en difficulté, vous croyez que l'on pourra se revoir ?

— Pourquoi cette question ? Bien sûr...

— Oui, mais je veux dire... se voir un peu plus longuement, pas simplement en coup de vent comme aujourd'hui...

La voix de Charlotte s'était altérée au passage des mots. Cette dernière phrase lui avait demandé de prendre sur elle et de vaincre sa retenue. Elle avait pressé ses mains l'une dans l'autre et avait plongé son regard dans celui de Rémi. Elle ne voulait pas partir sans savoir si leur rencontre aurait une suite ou si elle devait considérer au contraire que ce rendez-vous n'avait été qu'un bon moment et finalement un événement sans grande importance. Ils s'étaient retrouvés et ils pouvaient décider de se voir de loin en loin comme de vagues amis. Elle avait besoin de savoir si Rémi partageait son attente.

— Tu es libre vendredi soir ? proposa Rémi.

— Vendredi qui vient ?

— Cela te dirait de venir dîner chez moi ?

— Absolument.

20

Après avoir quitté Charlotte, Rémi s'était subitement senti oppressé. Il n'avait rien à faire d'urgent et n'éprouvait aucunement l'envie de rentrer chez lui. Il ne regrettait pas d'avoir revu la jeune femme. Elle lui était apparue plus émouvante et plus attachante qu'il ne le pensait, à la fois subtile et sensible, mais il reconnaissait lui avoir cédé trop vite. Qu'est-ce qui lui avait pris de l'inviter chez lui si rapidement ? Il la connaissait à peine. Elle lui avait fait comprendre qu'elle ne voulait pas d'une simple relation amicale, qu'elle attendait plus. Dans ces conditions, l'inviter à dîner était sans doute une erreur. Il savait combien certaines personnes pouvaient être entières. Charlotte lui avait parlé avec franchise, il n'avait pas le droit de la blesser. C'était une fois de plus l'ambiguïté de sa conduite qui lui sautait aux yeux.

Ils s'étaient séparés sur l'avenue Parmentier. Elle était pressée. Il l'avait laissée partir dans sa direction et avait fait exprès de s'engager dans la direction opposée. Avant de le quitter, elle avait cherché ses yeux et elle avait mis sa main sur son épaule pour l'embrasser sur la joue. Un geste rapide, mais suffisamment appuyé. Il ne pouvait pas ne pas comprendre. À ce moment, un mouvement de panique l'avait assailli. Un besoin urgent de se retrouver seul et de réfléchir s'était imposé à lui. Il avait fait deux cents mètres et était entré dans la première brasserie qu'il avait croisée. La salle était encore bondée, il aurait été beaucoup mieux dans un jardin public, mais le temps ne s'y prêtait pas. Deux personnes libéraient une table. Il s'était laissé tomber sur la banquette et avait fermé les yeux.

La vie amoureuse de Rémi avait toujours été ou vide ou chaotique. Avec Maud, il n'avait pas réussi à construire quelque chose de sérieux et de durable. Maud oscillait entre le feu et la glace. Il avait essayé de la discipliner et de l'adoucir, puis il avait compris qu'il ne la changerait pas. Les périodes d'accalmie et de bonheur, si on pouvait parler de bonheur pour ces moments de relative sérénité, ne duraient guère plus d'une semaine ou deux. Tout allait bien. L'instant d'après, sans prévenir, tout basculait. Elle se fermait, elle boudait. Il l'interrogeait, elle ne voulait pas répondre. Il réclamait un motif, lui demandait de s'expliquer, elle restait prostrée et n'était plus avec lui. Il commettait l'erreur d'insister, il voulait comprendre, elle devenait plus sombre et plus fermée encore. Un bloc de silence. Quelque chose en elle réclamait une expression. Mais elle ne trouvait pas les mots pour dire son mal. Leur vie à deux avait duré presque trois ans. Et quand il lui avait demandé de partir, il n'avait pas vraiment cherché à la remplacer.

Par contraste, les années qui avaient suivi le départ de Maud avaient été des années de paix et de silence propices à la réflexion et à l'étude. Plusieurs jeunes femmes avaient cherché à se rapprocher de lui, sans résultat. Leur projet était trop simple et sans mystère. Elles le voulaient pour s'installer dans la vie, pour ne pas se retrouver seules le soir et pour avoir des enfants. Plus qu'un amant, elles cherchaient une présence. Toutes désiraient se marier, toutes voulaient être mères. Comment aurait-il pu passer de Maud, l'indisciplinée, l'irréductible, la brutale, à des femmes de ce genre ? Cela aurait été comme de passer dans le domaine floral du colchique à la pivoine. Et surtout cela aurait exigé de lui une mutation impossible à réaliser en si peu de temps. Ces jeunes femmes qui présentaient des qualités incontestables étaient trop prévisibles. Il lisait à travers elles. Elles jouaient de leurs charmes trop maladroitement pour le troubler. Pendant un temps, elles l'assiégeaient, elles tentaient plusieurs assauts. Il résistait, elles abandonnaient.

À la même époque, une nouvelle collègue, plus réservée et moins possessive, avait néanmoins réussi à percer ses défenses. Julie Roche enseignait l'anglais. En salle des professeurs, son casier jouxtait le sien. À certaines heures, ils procédaient aux mêmes gestes. Ouvrir le battant, déposer des copies, reprendre un livre. Leur proximité était telle qu'ils ne pouvaient pas ne pas s'adresser un mot gentil ou quelques propos en rapport avec le métier. Au début, Rémi n'avait pas prêté attention à ces rencontres fortuites qui ne procédaient d'aucun calcul. Julie avait un physique agréable. Ils se retrouvaient, elle lui souriait, leurs conversations duraient à peine quelques secondes, mais cela avait suffi pour créer un embryon de complicité. Au hasard des jours, leurs échanges devenaient plus consistants ; sans y prendre garde, chacun livrait à l'autre quelques détails de sa vie. Parfois leur conversation pouvait s'étendre. Elle déjeunait au lycée, plusieurs fois elle l'avait pressé de l'accompagner. Il avait fini par céder et avait accepté de se rendre avec elle au self. Là, sur une table à l'écart des autres, elle lui avait parlé d'elle. Elle avait une fille ; son mari et elle ne s'aimaient plus, mais ils avaient décidé de rester ensemble pour leur fille. La solitude et le désenchantement de cette femme le touchaient. Un peu plus tard, sous le prétexte de lui prêter un livre, il l'avait invitée chez lui. Cet après-midi-là, ils n'avaient presque pas parlé. Il l'avait entraînée dans sa chambre, il l'avait embrassée et ils avaient fait l'amour. Puis elle l'avait quitté rapidement parce qu'elle devait reprendre sa fille à la garderie. Avec Julie, il avait appris une autre façon d'aimer. Un corps-à-corps doux, presque indolent, sans hystérie, sans ruse, à la manière dont on guérit un chagrin.

Ils se retrouvaient certains après-midi. Ils disposaient de peu de temps, mais, comme au cinéma, ce temps durait parce qu'il ne comptait pas et ne s'inscrivait en aucune façon dans le temps officiel. Ils ne décidaient de rien, ils s'abandonnaient. Très vite, ils échouaient sur son lit. Aucun enjeu, aucun défi. Pas de projets, pas de promesses. Des embrassements, des chuchotements, des mots étranglés. Pas d'avenir, rien qu'un corps-à-corps, très lent et d'autant plus mystique qu'il n'était fondé que sur l'évidence du vide. Un accord presque parfait de leurs souffles et de leurs caresses, un enchevêtrement ondulant qu'ils retardaient jusqu'à l'effondrement final. Alors leur parenthèse éclatait et c'était le moment le plus pénible. Ils s'étaient agrippés au corps de l'autre à la recherche d'une mutuelle dépossession, ils avaient tenté de se délivrer de tout ce qu'ils étaient, une débauche de gestes tendres pour revenir en arrière de soi et plonger dans l'oubli. En vain. Leurs bras s'ouvraient et le temps officiel revenait dans la chambre. Au bout de toute cette débauche, un même silence, un même échec qu'ils vivaient chacun pour soi. D'un côté à l'autre du lit, deux silhouettes se rhabillaient, se reconstituaient, reprenaient leur visage, leur nom, leur histoire, leurs secrets. Ils se séparaient. Julie ne voulait pas qu'il la raccompagne.

Leur entente s'était construite sur un commun accord, celui de ne pas chercher à mettre des mots sur la pente inavouable qui les faisait glisser et tomber l'un vers l'autre. S'ils s'étaient confiés, s'ils avaient osé la vérité, ils auraient convenu qu'ils se trompaient, qu'ils se prêtaient au jeu de l'amour pour de mauvaises raisons. Mais tous les deux refusaient de faire la lumière sur leur liaison. Leur histoire ressemblait à celle de deux voyageurs qui seraient descendus par mégarde dans une gare désaffectée et qui, parce qu'ils étaient livrés au même désarroi, ne pouvaient pas s'ignorer. Désorientés et désœuvrés, ils s'étaient rapprochés faute de pouvoir s'éviter. Amants par infortune. Un jour, un autre train passerait. Certainement un train passerait. Et c'était effectivement ce qui était advenu. Un matin, au lycée, Julie lui avait annoncé que son mari la quittait et qu'elle avait fait une demande de mutation. Elle partait en province où elle espérait refaire sa vie. Rémi n'avait pas été surpris. Il la comprenait. Il lui avait souhaité bonne chance et elle en avait fait de même.

Autour de lui les tables se vidaient progressivement. Bientôt il ne resterait plus que lui et quelques retraités qui traînaient là parce qu'ils s'ennuyaient chez eux et que l'ennui pesait moins lourd dans les bistrots. Qu'il puisse être assimilé à ces personnes l'agaçait, mais ce n'était pas ce dont il se souciait le plus. Un jeune serveur maigre et dégingandé s'était approché en l'interrogeant du regard : « un café et un calva, s'il vous plaît. »

Avant de le quitter, Charlotte lui avait lancé un regard plein de confiance. Il y avait dans ce regard une naïveté, un espoir et une attente qui l'effrayaient. Il l'avait invitée à venir chez lui et il savait ce qui allait se produire. Il était encore temps de se rétracter. Il pouvait annuler ce dîner, trouver un prétexte, repousser l'invitation à une date indéterminée. Cependant, il s'était promis de se jeter dans le fleuve, et cela aurait signifié qu'une fois encore il allait reculer. Au moment de franchir le pas, il renouait avec celui qu'il n'avait pas cessé d'être, un enfant craintif qui a peur de sauter et qui perd ses moyens devant l'obstacle.

L'après-midi avançait. Déjà quinze heures. Il avait bu le café et siroté le calva jusqu'à la dernière goutte. Derrière le bar, le jeune serveur, les yeux dans le vague, l'air hébété, essuyait des verres en silence ; à côté de lui, une femme très forte et à la voix vulgaire, qui avait tout l'air d'être la patronne, discutait avec un client. De temps à autre, le serveur jetait un coup d'œil vers ceux qui étaient encore attablés. Rémi se disait qu'il n'avait rien à faire là et qu'il n'allait tout de même pas passer son après-midi dans cette brasserie à attendre d'aller mieux. Il s'était rarement senti aussi perdu qu'en cet instant. À la fois libre et impuissant. Incapable de prendre une décision. Il avait sorti son téléphone et avait fait défiler les noms du répertoire. Ses amis travaillaient, ils n'étaient pas disponibles. Et quand bien même ils l'auraient été, qu'allait-il leur raconter ? Plusieurs fois il avait fait défiler les noms. Il n'y avait qu'une personne qui pouvait le sortir de là.

21

À quelques kilomètres de l'avenue Parmentier, sous le même ciel gris et pluvieux, dans les locaux de l'École normale supérieure, se tenait la réunion hebdomadaire au cours de laquelle Frédéric s'entretenait avec l'ensemble de son équipe de chercheurs. Debout près du tableau blanc, Lola rendait compte des dernières prouesses accomplies par les rats nouvellement greffés. Jusqu'ici presque tous les essais avaient donné satisfaction. La démonstration était faite qu'il y avait bien moyen d'augmenter l'intelligence d'un rat en introduisant dans son cerveau des schémas cognitifs par la médiation d'une puce électronique. Les rats sur lesquels on greffait les puces semblaient guidés par un savoir inné, ils agissaient avec plus d'efficacité et sans se démener au hasard. Le champ expérimental consistait à placer un rat affamé dans un labyrinthe plus ou moins sophistiqué. Pour pouvoir se restaurer, le rat devait réussir à franchir des petites portes sur lesquelles il devait exercer avec ses pattes ou son museau des pressions particulières. Chaque porte possédait un mécanisme différent et aucune d'entre elles ne cédait si les pressions n'étaient pas appliquées aux bons endroits et de la bonne manière. Les rats équipés des puces réussissaient l'épreuve, les rats non équipés échouaient presque tous et finissaient par abandonner dès la première porte.

Après Lola Ramirez, c'était au tour de Fabrice Patard de présenter son rapport. Pour ses travaux, le département d'Informatique et d'Intelligence artificielle entretenait près de deux cents rats de laboratoire. Fabrice avait la charge de s'occuper d'eux : les nourrir, les soigner, s'assurer de leur bien-être. Cependant, sa tâche ne s'arrêtait pas là, son rôle essentiel, en tant qu'éthologiste, était de les observer au quotidien et de déceler dans leurs attitudes la moindre anomalie ou variation d'humeur. Plus ingrat que celui de ses collègues, son travail n'en était pas moins aussi important. Au-delà de la mise au point des puces électroniques, de leur mode de fonctionnement et de leur fabrication, au-delà de la technique de greffe et de ce qui en résultait immédiatement sur le plan scientifique, il fallait aussi s'assurer de l'état de santé des rats nouvellement équipés. Que devenaient ces rats ? Comment se comportaient-ils ? Leur sociabilité en était-elle altérée ? Ne présentaient-ils pas des troubles nerveux particuliers ? Comment se manifestait dans leur vie ordinaire le fait d'avoir été augmentés ? C'étaient toutes ces données difficiles à observer qu'il était chargé de collecter.

Frédéric redoutait les rapports de Fabrice. Plusieurs fois celui-ci avait en effet signalé des sautes d'humeur incompréhensibles chez des rats greffés. Il apparaissait que le supplément d'intelligence n'avait pas que de bons côtés et qu'il s'accompagnait parfois chez certains sujets d'un surcroît d'agressivité. Ce revers de la médaille contrariait fortement Frédéric. Les mêmes interrogations revenaient chaque semaine. Ces effets indésirables persistaient-ils dans la durée ou n'étaient-ils que circonstanciels ? Fabrice Patard considérait qu'il n'avait pas encore assez de recul pour répondre à ces questions d'une manière assurée. Une fois de plus, Frédéric avait répété que cet enjeu devait être pris au sérieux. « Il reste que ces inconvénients n'affectent qu'une proportion très faible des rats équipés et que la majorité d'entre eux se portent bien. Nous progressons et c'est ça le principal. Nous pouvons être fiers de nous », avait-il conclu en se rapprochant de son bureau. Il s'apprêtait à lever la séance lorsqu'il avait reçu l'appel de Rémi.

Les deux frères ne s'étaient pas revus depuis le déjeuner qui avait tourné court. Au téléphone, Rémi n'avait pas donné d'explications sur le fait qu'il souhaitait reprendre contact avec son frère dans les plus brefs délais. Frédéric avait jugé cette fébrilité curieuse, voire inquiétante, et avait préféré consentir immédiatement à sa demande. Tout en faisant signe à Lola de rester, il avait demandé à ses autres collaborateurs de les laisser seuls. Il avait informé la jeune femme de la venue imminente de son frère et lui avait proposé de participer à l'entretien. Lola avait refusé. Elle avait objecté que c'était trop tôt et que si Rémi avait eu l'air si pressé, c'était sans doute parce que cela devait concerner des questions personnelles sans rapport avec leurs travaux de recherche. Elle se tiendrait dans son laboratoire où il pourrait toujours l'appeler si nécessaire.

Une demi-heure plus tard, on frappait à la porte de son bureau.

— Je peux te poser une question ? demanda Frédéric immédiatement après que son frère eut pénétré dans la pièce.

— Oui

— Tout à l'heure, tu n'avais pas l'air bien... Je me trompe ?

— Non, tu ne trompes pas... j'étais dans un café et j'ai été pris d'une crise d'angoisse comme je n'en avais pas eu depuis longtemps... un grand trou devant moi, je ne pouvais plus bouger... ce n'est pas la première fois, mais c'est toujours aussi pénible... Je ne savais pas qui appeler, je te remercie de m'avoir répondu. J'étais vraiment mal.

— Et là, tu vas mieux ?

— Oui, beaucoup mieux, la crise est passée...

Les deux frères se tenaient l'un en face de l'autre dans l'entrée du bureau. Quand il avait entendu frapper, Frédéric s'était levé pour accueillir son visiteur, geste qu'il n'accomplissait que très rarement.

— J'espère que je ne te dérange pas trop, reprit Rémi.

— Pas du tout, on était en réunion avec mon équipe quand tu as appelé... mais on avait pratiquement fini... Tu veux boire quelque chose... de l'eau, un jus d'orange ?

— Oui, je veux bien un verre d'eau.

— J'ai su que tu étais allé voir les parents... Maman m'a dit que tu avais émis l'idée de revenir t'installer chez eux... je vois d'ici la tête qu'ils ont dû faire.

— Oui, je me suis amusé à leur faire peur... tu devines comment ils ont réagi.

Frédéric fit signe à son frère de s'asseoir.

— J'imagine que maman t'a bombardé de questions, reprit-il.

— Non, pas trop, je m'attendais à pire...

— Et sinon il paraît que vous avez fêté l'anniversaire de papa ?

— Avec quinze jours d'avance, et là je t'avoue que je n'ai pas très bien compris... Pourquoi avec moi et pas avec vous ?

— Tu la connais, c'est maman, il ne faut pas chercher à comprendre... Et papa, cela lui fait quel âge ?

— Soixante-cinq... Personnellement je ne sais pas si je tiendrai aussi longtemps... quoi qu'il en soit, le monde de demain n'est pas pour moi... si tant est que demain il y ait encore un monde pour quelqu'un...

— Rémi ! Rémi ! Je t'en prie... c'est ta crise d'angoisse qui te fait dire ça... crois-moi, si tu ne tournais pas le dos au monde qui se prépare, tu ne verrais pas les choses sous le même angle. Écoute, tout à l'heure, après ton coup de téléphone, je t'attendais et j'ai repensé à nous… Tu te souviens quand on a sauvé Prémisse sur la grande plage de Houat ? Est-ce que tu te souviens de cet après-midi de novembre ? La plage déserte, pas un touriste, pas un plaisancier, le ciel bas, presque noir, la mer qui se creusait, le vent de plus en plus fort, et notre bateau qui dansait dangereusement sur son mouillage… et puis nous sur la plage qui hésitions à le rejoindre, et la nuit qui arrivait… C'est un de mes plus beaux souvenirs…

— Pas moi… on n'aurait jamais dû venir mouiller là en cette saison… on était vraiment cinglés…

— Non, Rémi, on était jeunes. Je me souviens que tu ne voulais pas qu'on tente de rejoindre le bateau avec l'annexe, tu disais que le vent soufflait trop fort, qu'on n'arriverait pas à pagayer, qu'on risquait de se faire entraîner au large si on ratait notre coup… et tu te souviens de ce que je t'ai dit ?

Frédéric avait planté son regard dans les yeux de son frère. Un regard amusé et plein d'orgueil.

— Que tu irais seul à la nage s'il le fallait… tu frimais comme d'habitude… tu l'aurais fait ?

— Bien sûr que je l'aurais fait.

— Bon, admettons, et alors… qu'est-ce que je dois en conclure ?

— Eh bien, souviens-toi ! Une fois que l'on s'est lancé et que l'on s'est mis à pagayer comme des fous, tu as cessé d'avoir peur… et on a réussi… et je crois même pouvoir dire que l'on n'a jamais été aussi rapides pour préparer le bateau, hisser la grand-voile, prendre deux ris, lever l'ancre et prendre le large… et tu te rappelles comme on était fiers de nous… on avait sauvé notre bateau…

— Oui, je me souviens… mais tu veux en venir où, Frédéric ?

— À notre situation d'aujourd'hui… que l'on a eu tort de partir chacun de notre côté, que cela nous a toujours réussi d'agir ensemble… Et puisque maintenant tu es libre, je pense que l'on devrait tenter de nouvelles choses tous les deux… cela nous permettrait de nous retrouver comme avant… Qu'est-ce que tu en dis ?

Rémi demeurait silencieux. Entendre des paroles aussi généreuses ne pouvait que le réjouir. Cependant cela faisait si longtemps que son frère ne s'était pas livré à une telle démonstration d'empathie et de reconnaissance que ces paroles le peinaient presque autant qu'elles le réjouissaient. C'était sur la mer que Frédéric et lui avaient éprouvé les plus grandes émotions de leur vie. Mais Rémi pensait que Frédéric avait mis de côté les rêves et les projets fous que la mer avait suscités chez eux à l'âge où l'on se croit encore invincible et immortel. Alors pourquoi cette évocation ? Était-elle aussi sincère et désintéressée qu'elle en avait l'air ?

— J'ai dit quelque chose qu'il ne fallait pas ? demanda Frédéric.

— Non, au contraire… tu as énoncé une chose très juste : que l'on a eu tort de partir chacun de notre côté. Et, bien sûr, celui qui a choisi le mauvais côté, c'est moi…

— Je n'ai pas parlé de mauvais côté. On n'a pas choisi la même voie, c'est tout. Cela ne nous empêche pas de nous retrouver… et c'est ça l'important…

— Attends, attends, Frédéric ! Pour une fois où c'est toi qui parles du passé, alors profitons de l'occasion… je sais ce que tu penses, tu penses que celui qui s'est éloigné et qui s'est fourvoyé, c'est moi… et d'ailleurs c'est ce que vous avez toujours pensé.

— Vous ? Qui vous ? interrogea Frédéric en prenant un air mi-surpris mi-contrarié.

— Notre très cher père et toi.

La discussion dérapait et s'envenimait. Frédéric était abasourdi. Il n'avait pas imaginé un instant qu'en évoquant un souvenir de mer où Rémi et lui s'étaient sentis si proches et si solidaires, il allait provoquer tout le contraire de ce qu'il souhaitait. Rémi venait de faire surgir une vérité qui les concernait tous les deux, mais à laquelle, lui, Frédéric, n'avait jamais prêté attention. Il avait été l'aîné obéissant qui avait toujours tout bien réussi, qui avait suivi la voie du père, et qui avait exercé sur son cadet une pression immense au nom de ce que son père et lui pensaient être la seule voie possible.

— Et d'ailleurs vous aviez raison, reprit Rémi, et c'est ce qui explique que j'en suis là aujourd'hui… je suis un peu comme le mauvais fils de l'Évangile, je me suis égaré… mais ça y est, j'ai compris, je reviens au bercail, je vais écouter mon père, je vais suivre ses recommandations… ou plutôt je vais suivre les tiennes, puisqu'au fond cela revient au même…

— Mais qu'est-ce qui te prend, Rémi ? Tu mélanges tout… Qu'est-ce que notre père vient faire ici ? Laisse-le où il est, et, je t'en prie, ne me confonds pas avec lui, je ne suis pas son double.

Rémi amorça un mouvement pour se lever et quitter la pièce.

— Désolé, maugréa-t-il… je n'aurais pas dû venir, je ne suis pas en état de discuter, c'était une erreur, je vais te laisser…

— Non, Rémi ! On ne va pas se fâcher, c'est stupide… Reste…

Leurs regards se croisèrent. En parlant comme il l'avait fait, Rémi avait attiré l'attention sur une porte dérobée qu'aucun des deux n'avait jamais osé ouvrir en présence de l'autre. Derrière le lourd battant se tenait leur histoire commune dans ce qu'elle avait de plus sensible et de plus refoulé. La part de leur vie qui leur avait échappé. Or, une chose ici heurtait et n'apparaissait pas convenable : attaquer son frère sur un passé enfoui et tenu à l'écart par un accord tacite. Rémi avait outrepassé son droit. Chacun était libre d'aller glaner sur les versants de son enfance des vérités oubliées ou cachées, pour autant cela ne l'autorisait pas d'en faire usage d'une façon aussi inique. Attaquer son frère de cette manière manquait d'élégance et de franchise. C'était l'équivalent d'un coup bas.

— Reste ! répéta Frédéric en se levant à son tour et en contournant son bureau pour l'empêcher de partir. On a tout notre temps, on va discuter calmement, rassieds-toi... À moins que tu préfères que l'on aille ailleurs... si tu veux, on sort et on va dans un café...

Rémi hésitait. Il regrettait déjà ce qu'il venait de dire. La vérité qu'il avait jetée à la tête de son frère ne l'aidait en rien et ne faisait qu'aggraver son malaise. Il s'en voulait d'avoir cédé à une vieille rancœur. Revenir sur le passé n'avait pas de sens. Qu'il ait été écrasé par son père et par son frère ne regardait que lui. Il avait consenti à cet écrasement qui faisait partie de l'imbroglio affectif de leur famille. Il n'avait pas à en condamner la prétendue violence ou la prétendue injustice. Il s'était construit avec elle et grâce à elle. Le passé n'était qu'un prétexte, un puits sans fond dans lequel il avait puisé une eau trouble pour tenter d'apaiser son désarroi présent. C'était inapproprié et ridicule. Il avait cédé à un mouvement malsain, une bouffée de ressentiment. Il avait honte.

— Non, non, on est très bien ici... Oublie ce que je viens de te dire, je suis désolé, je vais mal, excuse-moi...

— C'est déjà oublié...

Frédéric l'entraîna vers son bureau comme s'il voulait qu'il prenne sa place. Il ouvrit une petite armoire sur le côté du meuble qui dissimulait un minibar avec quelques bouteilles.

— Ce n'est pas encore l'heure de l'apéritif, dit-il, mais il nous faut un viatique, je te propose un pineau, il est excellent.

— On avait dit un verre d'eau...

— Oui, mais justement... on avait mal apprécié, et c'est pourquoi on s'est embrouillés. Alors, qu'est-ce que je te donne ?

— Du pineau, c'est parfait.

— Tiens, on s'installe de ce côté… En général personne ne vient par là, c'est mon domaine… Entre mes collaborateurs et moi, il y a la largeur de mon bureau, cela permet de ne pas tomber dans la familiarité et de rester concentré sur le travail… mais c'est vrai qu'il manque un coin salon dans cette pièce.

Frédéric s'affairait. Il rassemblait à la hâte des dossiers qu'il empilait ou repoussait au risque d'en faire tomber quelques-uns à terre.

— Comment fais-tu pour t'y retrouver dans tout ce fatras ?

— Attends, je fais un peu de place pour poser nos verres… Ce fatras, comme tu dis, c'est ce qui va révolutionner nos vies dans les prochaines années.

— Si je pouvais trouver un moyen de révolutionner la mienne, cela ne serait pas de refus… mais je n'y crois plus, on ne se refait pas.

— Tu as tort Rémi, tout est possible, et si tu viens ici, c'est bien la preuve que tu y crois encore… Tu es jeune, tu n'as aucune raison de te laisser abattre… Tu es dans une mauvaise passe, mais cela ne va pas durer, tu vas bien trouver quelque chose à faire… Ce qu'il faudrait par contre c'est que tu changes ta vision du monde. Je suis persuadé que tes crises d'angoisse disparaîtraient si au lieu de regarder en arrière, tu allais résolument de l'avant sans te retourner… Qu'est-ce tu aimerais qu'il t'arrive actuellement ?

Entre les deux frères, la tension était retombée. Rémi s'étonnait que Frédéric ne lui en veuille pas plus. Car, après tout, il aurait pu aussi bien le laisser partir sans chercher à le retenir. Il se serait retrouvé dans la rue, plus mal encore qu'il ne l'était un instant auparavant, en train de remâcher son amertume et sa honte. Frédéric avait passé l'éponge, il devait lui rendre la pareille en faisant bonne figure et en se prêtant à ses questions.

— Ce qui pourrait m'arriver de mieux actuellement ? Tu le sais, cela n'a pas changé… On loue un voilier, on fait des vivres et on s'en va… On descend vers les Açores, on traverse l'Atlantique, on s'arrête aux Antilles, puis on poursuit à l'ouest, on passe par le canal de Panama, on fait escale aux Galápagos, aux Marquises, puis on met le cap sur Tahiti…

— J'aimerais pouvoir te dire oui, frérot, mais pour l'instant ce n'est pas à l'ordre du jour… En revanche, je peux te proposer une autre aventure.

— Dis toujours.

— Cela te dirait de tenter quelque chose d'un peu exceptionnel ? Je ne vais pas te mentir, il y a quelques risques, mais si on réussit, alors ce sera l'événement du siècle.

— De quoi veux-tu parler exactement ?

— De toutes ces recherches que je mène depuis plusieurs années maintenant et qui ne peuvent pas déboucher si on continue de travailler seulement avec des rats et si on n'essaye pas de voir ce que cela pourrait donner sur l'homme... On est en avance sur les Américains et les Chinois, mais actuellement on piétine... on perd du temps... Cela ne peut plus durer, il faut absolument que l'on passe ce cap décisif... Il faut oser.

Rémi n'écoutait son frère que d'une oreille. Confortablement assis dans le fauteuil à roulettes que lui avait cédé Frédéric, il commençait à se détendre et à trouver le moment très agréable. Le moelleux du fauteuil et la douceur sucrée du pineau le réconciliaient avec lui-même.

— Tu peux m'expliquer quelque chose, Frédéric ? Comment fais-tu pour ne pas t'endormir dans un fauteuil aussi confortable ?

— Rémi... tu te fous de moi, ce n'est pas le sujet ! Tu ne m'écoutes pas, tu n'as pas suivi...

— Mais si... j'ai bien compris... Tu veux que je participe à tes recherches... On en a déjà parlé et je t'ai donné mon accord. Cela dit, je ne vois toujours pas comment je vais pouvoir vous aider... Tu viens de dire qu'il fallait tenter des expériences sur l'homme... Quels types d'expériences exactement ? Et comment vas-tu procéder pour trouver des individus prêts à participer à ce genre d'expériences ?

— C'est bien ce que je dis, tu ne m'écoutes pas... alors parlons de ce qui te concerne... tu te souviens de l'article que tu avais écrit sur Bergson et qui avait pour titre *Dépasser la condition humaine* ?

— Ah ! Parce que tu t'intéresses à ce qu'écrivent les philosophes maintenant ? C'est nouveau...

Rémi ne put s'empêcher d'émettre un petit ricanement.

— Eh oui, tu peux rire, je m'intéresse aussi à ce qu'écrivent les philosophes, et figure-toi même que je viens de le relire il y a tout juste deux jours. Ton texte est là quelque part sur mon bureau.

— Et alors...

— Eh bien, en relisant ton texte, je me suis dit que, tout compte fait, vous les philosophes et nous les scientifiques, nous ne sommes pas si éloignés que ça les uns des autres. Vous aussi vous croyez au dépassement de la condition humaine, et on peut même dire que cela a toujours été un de vos grands fantasmes… La différence, c'est que, vous autres les philosophes, vous en agitez seulement l'idée, alors que, nous les scientifiques, on y travaille sérieusement…

— Admettons… et après ? Va au but Frédéric, dis-moi où tu veux en venir, on discutera après… Très bon ton pineau, j'en reprendrais bien une petite goutte.

La bouteille de pineau était restée sur la table. Frédéric se leva pour servir, puis il se mit à soulever et déplacer des documents comme s'il cherchait quelque chose. Ne trouvant pas ce qu'il cherchait, il abandonna et retourna s'asseoir.

— Je cherchais ton texte, j'avais souligné quelques passages…

— Dis-moi plutôt où tu voulais en venir.

— C'est simple, je veux en venir au fait que l'on peut parfaitement faire équipe tous les deux puisqu'au fond on pense la même chose… et ce que je te propose, moi, c'est du concret, c'est de passer du fantasme à la réalité.

22

Il faisait nuit. Il faisait nuit d'une façon qu'il ne reconnaissait pas. Il était sur le dos. Autour de lui s'étalait une obscurité dense et noire qui n'était pas celle de sa chambre. De quel côté du lit était-il ? Le lit avait l'air d'être très large et ne semblait pas avoir de limites. Par peur de tomber, il n'osait pas bouger. Ce n'était qu'un mauvais rêve, tout allait s'éclaircir, il n'avait qu'à attendre un peu, ses idées allaient se remettre en place et ce moment de flottement entre rêve et réalité allait s'évanouir. Mais rien ne venait et tout paraissait bien réel. Il était à moitié déshabillé et avait juste un drap sur lui. Cela l'étonnait, car il ne se souvenait pas s'être déchaussé ni avoir ôté ses vêtements. Et ce qui était plus étonnant encore, c'est qu'il ne se souvenait pas non plus de la manière dont il avait pu atterrir dans un lit qui n'était pas le sien. Ou alors, il était bien chez lui et il s'était produit ce qu'il avait souvent envisagé comme possible : son esprit avait décidé de quitter son corps et avait profité de son sommeil pour s'évader et s'aventurer hors de lui. Des sensations inconnues perduraient. L'obscurité sans faille, le drap au toucher, l'odeur de lavande qui imprégnait les draps, l'oreiller trop mou, et sur sa gauche, tout près de lui, une présence, comme si quelqu'un veillait sur lui et attendait. Il y avait manifestement quelque chose d'anormal dans tout ça.

Alors qu'il s'était légèrement redressé et qu'il déplaçait son bras gauche, une main inconnue vint se poser sur sa poitrine. Une voix douce traversa l'obscurité.

— Rémi, c'est moi, Lola... Tu vas mieux ?

— Lola ? Mais qu'est-ce que je fais là, on est où ?

— Ne bouge pas. Comment tu te sens ?

— Je n'arrive pas à me souvenir... tu veux bien allumer, je vais rentrer chez moi...

— Non, il est deux heures du matin, il n'y a plus de métro, repose-toi...

— Mais qu'est-ce que je fais là ?

— Je t'expliquerai plus tard, essaye de dormir…

— Mais… comment veux-tu que je…

— Chuttttt…

Rémi n'eut pas le temps de finir sa phrase. Dans l'obscurité, sans qu'il puisse l'anticiper, il sentit le mouvement enveloppant d'un corps. Lola s'était approchée, avait passé une jambe sur lui et s'était allongée tout contre lui de façon à ce qu'il ne puisse plus bouger. Sollicitude toute maternelle ? L'intention qui avait commandé le geste se perdait dans le noir. Pour autant, les choses étaient plus claires. Il ne rêvait pas, il était bien dans un lit qui n'était pas le sien avec une femme qui l'étreignait.

Lola se taisait, elle avait posé sa tête à proximité de la joue de Rémi. Rémi, lui, était sur le dos avec la moitié de son corps immobilisée par elle. Ils respiraient tout près l'un de l'autre comme s'ils ne formaient qu'un seul corps. Ils se sentaient, et ils se sentaient d'autant plus qu'ils ne se voyaient pas. Pour Rémi, la situation était délicate. Après avoir fondu sur lui, Lola semblait s'en tenir là ; comme si elle s'était assoupie, elle se taisait et ne bougeait plus. Elle laissait Rémi dans l'expectative. C'était comme si elle lui avait dit : « Eh bien maintenant débrouille-toi, repousse-moi si tu l'oses ». Les minutes passaient. Toujours sur le dos, Rémi avait les yeux grands ouverts, le regard lancé dans l'obscurité, condamné à imaginer. Desserrer l'étreinte l'obligerait à rompre le silence. Lola était à moitié sur lui. Quel que soit le geste, quel que soit le mouvement, le moindre frémissement aurait un sens, il signifierait un consentement ou un refus, et Rémi aurait à s'expliquer. À chaque expiration, le souffle de Lola venait caresser sa joue et lui rappeler sa présence. Dans d'autres circonstances, ce souffle l'aurait sans doute importuné. Dans cette configuration, il jouait un rôle capital. Il nourrissait le lien qui les tenait en éveil et grâce auquel ils communiquaient en attendant d'en savoir plus sur les intentions de l'autre. Rémi surtout était sur le qui-vive, il surveillait le souffle de Lola comme on surveille un cœur en difficulté. Tout l'équilibre de leurs corps enchevêtrés tenait au rythme de ce souffle. S'il s'accélérait, c'était la preuve d'une fébrilité anormale, l'annonce d'un changement possible, et, peut-être, d'une nouvelle offensive de Lola ; si, au contraire, il ralentissait et se faisait plus discret, cela indiquerait peut-être qu'elle s'était assoupie, ou bien que tout allait rentrer dans l'ordre et que bientôt Lola allait se retirer. Le souffle était régulier et ne tremblait pas. Impassible, Lola résistait. De son côté Rémi tentait d'en faire autant ; lui aussi s'efforçait de rester immobile, il pensait à gagner du temps pour comprendre ce qui lui arrivait et prendre la bonne décision. Néanmoins, à mesure que les minutes s'écoulaient, sa pensée se liquéfiait comme neige au soleil. Le corps de Lola si près de lui l'affolait, ce corps inconnu et seulement fantasmé produisait son effet. Bien informée sur l'état de sa victime, étant donné la manière dont elle avait placé son genou, Lola fut la première à rompre le silence. « Laisse-toi faire », lui dit-elle en déboutonnant sa chemise et en appliquant ses lèvres sur les siennes.

23

Lola avait laissé la porte de la chambre entrouverte, une lumière vaguement orangée provenait du couloir, dans l'air flottait une odeur de café. Il ne l'avait pas entendue se lever, il s'était réveillé et avait été aussitôt repris par l'idée fixe qu'il n'était pas chez lui et qu'il devait regagner au plus vite son domicile. Assis au bord du lit, il était nu. En ces circonstances, sa nudité lui procurait un réel désagrément. Elle le renvoyait à son absence, à ce moment où tout avait vacillé et où il avait perdu conscience. Il se méprisait. « Il faut que je me reprenne, je ne sais plus où j'en suis », se dit-il. Certes, ce n'était pas la première fois qu'il basculait dans une sorte de coma profond. Des crises aussi soudaines que celle dont il avait été frappé la veille arrivaient sans prévenir et le ramenaient brutalement en arrière. Comme lorsqu'il avait cinq ans, où, sans crier gare, il perdait l'équilibre et s'effondrait au sol. C'était à n'y rien comprendre. On avait extirpé sa tumeur et malgré cela les symptômes de la maladie persistaient. Plusieurs fois il était retourné à l'hôpital. On lui avait fait passer toutes sortes d'examens qui disaient tous la même chose : qu'il n'avait plus rien, que son cerveau ne présentait plus aucune trace de la tumeur, et que les troubles dont il était encore accablé ne pouvaient donc avoir qu'une cause d'origine psychologique. On lui avait recommandé de consulter un psychiatre, ce qu'il avait refusé. Plus ou moins aiguës, les crises revenaient périodiquement. Il en avait pris son parti. Il avait décidé de faire comme si elles étaient normales, comme si elles faisaient partie de lui et qu'elles étaient nécessaires ; il avait observé qu'elles intervenaient dans des moments d'abattement et en avait conclu qu'elles avaient un rôle, qu'elles servaient à évacuer un trop-plein de tension intellectuelle ou émotionnelle. Ces crises lui rappelaient aussi qu'il avait été malade et qu'il était mortel. Après chaque crise, il ne se souvenait plus de rien. Il lui fallait plusieurs heures et même parfois plusieurs jours pour reprendre le fil de sa vie là où il s'était rompu.

Sur la table de nuit, un radio-réveil affichait : neuf heures dix-sept. Ils avaient très peu dormi. Tard dans la nuit, après avoir dépêché leur désir, Lola et lui s'étaient parlé. Dans la pénombre, elle lui avait brièvement raconté comment il s'était retrouvé chez elle. La veille, vers dix-huit heures, elle était venue frapper à la porte du bureau de Frédéric pour le prévenir qu'elle s'en allait. Elle les avait trouvés en pleine discussion. Frédéric lui avait demandé de bien vouloir rester et de se joindre à leur conversation. La soirée avait filé, et, à dix-neuf heures, ils étaient encore tous les trois dans le bureau à converser. Elle leur avait alors proposé de venir dîner chez elle puisqu'elle habitait à deux pas de l'École et que cela aurait été dommage d'interrompre une soirée aussi bien commencée. Frédéric avait prévenu sa femme et ils s'étaient rendus au domicile de Lola, rue Bertholet. Là, tout s'était bien passé, jusqu'au moment où, après le dîner, Rémi avait annoncé qu'il ne se sentait pas très bien et qu'il ne souhaitait pas prolonger la soirée plus longtemps. Il s'était levé, avait vacillé et s'était écroulé quelques secondes après. Effrayée, Lola avait voulu appeler le SAMU, mais Frédéric l'en avait dissuadée. Il lui avait expliqué que ce n'était qu'un malaise passager, qu'il connaissait le phénomène et qu'il n'y avait pas de quoi s'affoler. Rémi allait revenir à lui, il suffisait d'attendre. Ils avaient alors décidé qu'il passerait le reste de la nuit chez elle. Afin qu'il soit plus à l'aise, ils l'avaient transporté dans sa chambre et déposé sur son lit. Puis Frédéric était rentré chez lui.

« Tu prends du café ou du thé ? » avait lancé Lola. La jeune femme avait entrepris de ranger la vaisselle de leur dîner de la veille, elle était en train de passer les assiettes sous l'eau quand Rémi s'était présenté dans l'embrasure de la porte. Lola ne s'était pas retournée immédiatement, elle avait prononcé sa question sur un ton familier, comme si entre eux tout allait de soi, et comme si la nuit qu'ils venaient de passer ensemble avait balayé toutes les barrières. Rémi était médusé par tant de simplicité et de naturel. La jeune femme lui rappelait un amour de jeunesse, une cousine éloignée qui lui imposait ses jeux ; dès qu'elle en avait l'occasion, l'effrontée le serrait dans ses bras et l'embrassait sur la bouche ; il avait à peine une dizaine d'années, elle en avait douze, elle le manipulait comme un pantin et il se laissait faire. Avec Lola, c'était pareil, elle avait une longueur d'avance, s'il persistait à jouer avec elle, c'est elle qui commanderait et c'est toujours elle qui aurait le dernier mot.

Ils avaient peu dormi. Lui se sentait ralenti, encore sous le coup de son malaise et de leurs ébats de la nuit passée. Elle, au contraire, ne montrait aucun signe de fatigue. Toute pimpante, toute fraîche, elle s'activait. Rémi aurait souhaité pouvoir s'éclipser, mais il avait encore besoin de parler et de comprendre. Il lui manquait des éléments pour faire le lien entre la fin d'après-midi passée avec son frère et ces circonstances qui avaient fait qu'il s'était retrouvé dans le lit de la jeune femme. Il avait besoin d'éclaircir plusieurs points et il comptait bien obtenir des réponses.

— Tu es bien silencieux… Tu n'es pas fâché au moins ?

— Disons que je ne pouvais pas imaginer que cette soirée finirait comme ça…

— Tu me croiras si tu veux, mais moi non plus.

Lola avait presque chanté ses phrases. Elle avait attrapé une tasse sur le vaisselier et avait pivoté avec la souplesse d'une danseuse près de la table qui les séparait. Rémi était resté dans l'embrasure de la porte. Il admirait la grâce de la jeune femme et il se disait qu'il n'était sans doute pas le seul homme à lui avoir cédé. Peut-être que Frédéric avait déjà couché avec elle. Aucun homme normalement constitué ne pouvait résister à une fille aussi belle et aussi pétillante.

— À une nuance près tout de même… lui répondit Rémi.

— Laquelle ?

— Je ne crois pas que je me serais allongé si près de toi…

— Ton frère m'a demandé de veiller sur toi… j'ai fait de mon mieux… tu regrettes ?

— Non… mais…

— Mais quoi ? Viens t'asseoir, tu as le temps de prendre un café… j'ai fait griller du pain.

Rémi n'avait pas d'argument. Il regardait Lola. Elle le fascinait. Il ne savait pas si elle jouait la détachée ou si elle l'était vraiment. Le problème c'était lui, il ne connaissait pas son texte. Au lieu de jouer, il réclamait des explications. Il était mauvais comme un acteur qui n'aurait pas bien appris son rôle. Une fois de plus, il mesurait le fossé qui le séparait de ceux qui, comme elle ou comme son frère, avaient été construits pour vivre sans avoir à se retourner. Tout à coup, une idée sordide lui traversa l'esprit. Il ne put s'empêcher de faire le rapprochement entre ce qui s'était produit au cours de la nuit et une lecture qui l'avait marqué alors qu'il était encore adolescent. On baignait des hommes nus dans une eau glacée et on les maintenait dans cette eau jusqu'au moment où ils allaient périr. C'était la première partie de l'expérience. À ceux qui survivaient, mais dont la température du corps avait beaucoup baissé et qui étaient quasiment moribonds ou en passe de l'être, on accordait un traitement particulier. On les confiait à des femmes nues qui, avec leurs corps, devaient tout faire pour les ramener à la vie. L'expérience prenait fin quand l'individu dont elles s'occupaient avait une érection et s'accouplait avec l'une d'entre elles. Il s'agissait pour les médecins nazis qui menaient ce type d'expérience de mesurer la résistance des hommes au froid. Plus que tous les autres forfaits décrits dans ce livre, c'est cette expérience qu'il avait gardée en mémoire. Sans doute parce qu'elle associait cruauté et sensualité. Sans doute aussi parce qu'il était bon d'imaginer des femmes en train de se démener avec leurs corps pour vous sauver la vie. Et au fond n'était-ce pas ce que Lola avait fait cette nuit en se plaquant tout contre lui ? Rémi hésita : s'il relatait ce souvenir à Lola, peut-être qu'elle arrêterait de virevolter et de chanter en parlant. Mais peut-être aussi qu'elle ne verrait pas le rapport, qu'elle serait horrifiée de découvrir à quoi il pensait, et qu'au bout du compte cela se retournerait contre lui. Elle lui demanderait certainement comment il osait faire un tel rapprochement. Elle lui répéterait qu'elle n'avait pas pensé à mal, qu'il faisait nuit, qu'il était dans son lit, qu'il était consentant et qu'aussi bien il aurait pu la repousser s'il l'avait voulu.

— Bon, écoute Rémi… je suis désolée… je reconnais… j'ai profité de la situation… je n'aurais pas dû… mais dans ce genre de moments, on ne réfléchit pas, c'est venu comme cela… et puis tu n'avais pas l'air mécontent, j'ai même eu l'impression que je te plaisais… ne me dis pas le contraire…

Lola s'était immobilisée près de la table et regardait Rémi avec un éclair de gaieté dans les yeux.

— Je ne te reproche rien… Ce n'est pas à toi que j'en veux… c'est à moi…

— Pourquoi ? Il n'y a pas de raison… ton malaise nous a donné l'occasion de faire plus ample connaissance…

— Je n'étais pas dans mon état normal… presque tout m'a échappé…

— Que les choses t'échappent ! C'est une obsession chez toi… déjà hier tu nous en as parlé…

— Comment cela ? De la soirée d'hier il ne me reste rien, alors justement, si tu pouvais me dire de quoi nous avons parlé, cela m'aiderait grandement.

— On s'est entretenu un peu de tout… enfin… surtout ton frère et toi. J'avoue d'ailleurs que vous m'avez beaucoup impressionnée. Je ne savais pas que l'on pouvait aimer autant la discussion... Vous étiez intarissables... Dans ma famille on ne se parle pas autant... j'ai une sœur... quand on se voit, cela ne va jamais très loin.

— Lola, tu sais ce qui serait bien ?

— Que je m'occupe encore de toi...

Joignant le geste à la parole Lola avait franchi l'espace qui les séparait et avait enlacé Rémi. Celui-ci n'avait pas anticipé ce rapprochement. Il ne savait pas de quoi était encore capable la jeune femme. Déjà elle l'embrassait dans le cou. À nouveau il sentit fondre ses défenses.

— Lola, non, on ne peut pas continuer.

— Pourquoi ?

— Lola, essaye de comprendre... je ne t'en veux pas, mais j'ai besoin de savoir où j'en suis.

— D'accord... d'accord...

Lola avait reculé et s'était détournée l'air un peu dépité.

— Déjà, ce qui serait bien, c'est si tu pouvais me restituer le contenu de notre conversation d'hier avant mon évanouissement.

— Je te sers un café ?

Rémi acquiesça. À l'instant, et alors même qu'il était encore dans les bras de Lola, il avait revu Charlotte à la sortie du restaurant avec son regard intense qui l'interrogeait. Il y avait bien là la preuve qu'il était incapable de marcher droit et que, du fait de son impuissance à vivre, il en arrivait à se fourrer dans des situations inextricables. Mais il n'était pas trop tard, il pouvait encore redresser les choses.

Lola attrapa une cafetière d'un autre âge qui se tenait sur un des brûleurs de la gazinière qui elle-même semblait très ancienne. Rémi s'étonna. Cet intérêt soudain pour un ustensile ordinaire était un signe, le signe qu'il revenait à lui et que son univers, après s'être rétréci et réduit à presque rien, s'ouvrait de nouveau et reprenait ses proportions habituelles, avec ses couleurs, ses formes et son contenu hétéroclite. L'envie de fuir qui l'avait assailli au sortir du lit avait disparu. Il se sentait presque normal dans cette cuisine démodée qui lui faisait penser à celle de ses parents au moment de son enfance. Des bribes de la soirée de la veille commençaient à affleurer à sa conscience sous forme de flashs.

— Lola, si je puis me permettre...

— Je t'écoute.

— Ce décor rustique et d'un autre âge, c'est toi ?

Tout en posant sa question Rémi avait balayé du regard la pièce et avait exprimé son étonnement avec une moue dubitative. Aussitôt le visage de Lola s'était animé et avait affiché un air amusé.

— Gagné ! Tu es perspicace, je ne suis pas chez moi… Mes parents vivent à Barcelone une grande partie de l'année, ils m'ont laissé la garde de leur appartement, je m'y trouve bien, tout y est rétro, mais je suis tellement habituée que je ne me rends plus compte. Pourquoi cette question ?

— Parce qu'il y a un sacré décalage entre toi et ce décor… je ne t'imaginais pas là…

— Tu me voyais où ?

— Dans un appartement plus moderne, plus dépouillé, plus fantaisiste… et alors, dans le salon, les livres, ce sont ceux de tes parents ?

— Oui, en partie, mais pourquoi tu me parles des livres ?

— On n'a pas eu une discussion à propos de la lecture hier soir ?

— Oui, exact ! Alors tu vois que tu n'as pas tout perdu !

— Peut-être, mais on parlait de quoi au juste ?

— On parlait de nos vies parallèles, celles que nourrissent nos lectures justement.

— Et qu'est-ce qu'on en disait ?

— Tu ne te souviens pas ? Pourtant c'est sur ce thème que Frédéric et moi on s'est opposés à toi et que tu as commencé à t'enflammer !

— Comment cela, explique !

— Je ne sais plus trop comment on en est venus là. Tu nous as fait part de ce que tu entendais par la notion de vie parallèle : tu as parlé des images et des associations d'idées qui se font et se défont dans la conscience d'un homme lorsqu'il s'abandonne à la rêverie sous l'effet de la lecture ou lorsqu'il écoute de la musique. Je ne me souviens plus exactement des termes, mais tu as dit quelque chose de ce genre. Jusque-là on était d'accord avec toi. Mais là où nous nous sommes opposés à toi, c'est sur la maîtrise de ce monde parallèle. Ton idée, du moins celle que tu as développée hier soir, c'est que le monde parallèle d'un individu est inviolable. Selon toi, on ne peut pas s'immiscer dans la pensée d'un autre ; nous, on est persuadés du contraire. Et c'est ce que nos expériences sur les rats démontrent. Alors évidemment cela remet en cause l'idée de liberté et c'est là que tu as été le plus virulent. Tu as soutenu avec Bergson que l'étude du cerveau ne pourrait jamais rendre compte de l'esprit, qu'il y avait ici quelque chose d'irréductible… quelque chose de « métaphysique ». C'était le meilleur moment de la soirée, tu nous as fait rire, tu te démenais comme si tu voulais te convaincre toi-même.

— Bref, vous vous êtes moqués de moi… Et après, on en est restés là ?

— Non.

— Eh bien raconte…

— Après… après, vous avez parié. Comme tu ne voulais pas nous croire… ton frère t'a proposé de t'engager… et tu as dit oui…

— M'engager à quoi exactement ?

— À tenter une expérience sur toi-même afin de vérifier et de savoir qui dit vrai… une expérience suffisamment déterminante pour trancher la question… alors, bien sûr, tu peux encore changer d'avis… mais hier tu avais l'air tellement décidé que même ton frère en était surpris.

À mesure qu'ils parlaient, Lola n'avait pas cessé d'observer Rémi avec cette attention particulière que l'on adopte lorsqu'on parle à un proche dont on sait que l'état de santé n'est pas stable et peut d'un moment à l'autre se dégrader. Elle considérait qu'elle n'avait pas à lui mentir, mais, étant donné ce qui était survenu la veille, elle appréhendait ses réactions. D'autant qu'elle aussi avait sa part de responsabilité dans l'enchaînement des événements. Si Rémi ne se rétractait pas, elle aurait son rôle à jouer dans la mise en œuvre de l'expérience. Dans son laboratoire, sous sa direction, on malmenait principalement des rats, parfois quelques singes ou quelques chiens. Il fallait bien se saisir des corps et leur faire subir toutes sortes de manipulations si l'on voulait découvrir le mode de fonctionnement de l'activité cérébrale. Il n'y avait pas d'autre alternative. Hier soir, cependant, la discussion à laquelle elle avait participé les avait entraînés bien au-delà de l'expérimentation animale. Il avait bien été question d'expérimenter sur l'homme, en l'occurrence sur Rémi. Alors certes, ils avaient beaucoup bu et ils s'étaient laissés aller à une forme de surenchère. Et sans doute que sur le moment personne ne s'était vraiment pris au sérieux. Il n'en demeurait pas moins qu'aucun des deux frères n'ayant voulu en démordre, ils avaient parié et que Lola, de son côté, n'avait rien fait pour les en empêcher.

— Mais Lola, c'est formidable ce que tu me racontes là… Tu ne plaisantes pas au moins.

— Non, pourquoi ?

— Parce que cette expérience, ça va être passionnant. On va enfin pouvoir trancher une question décisive !

— Ne t'emballe pas, Rémi, on avait bu. On a déliré. Une expérience de ce type n'est pas sans danger, tu es au courant, il y a des risques…

— Quand bien même il y en aurait, je te dis que c'est formidable, c'est même doublement formidable… D'abord, parce que cette expérience va rendre un grand service à la connaissance. Ensuite, parce que s'il y a quelqu'un qui doit s'y soumettre, c'est bien un type comme moi. Pour une fois que la philosophie pourra se prévaloir d'une expérience démontrant l'impuissance radicale de la science ! Imagine, à la une du journal *Le Monde*, en gros caractères : *La science contrainte de s'incliner devant la métaphysique.* Il aura fallu attendre plus de deux mille cinq cents ans de réflexion et d'expérimentation pour aboutir à cela… mais cela fera date, et cela va obliger certains à revoir radicalement leur mode de pensée. C'est génial.

— Sauf que selon moi, tu t'illusionnes… car il y a plus de probabilités pour que ce soit l'inverse qui se produise… la métaphysique rendra son dernier souffle…

— Admettons, mais dans ce cas on n'en parlera pas, sa mort passera inaperçue… On se désintéresse tellement aujourd'hui de tout ce qui meurt… Quoi qu'il en soit, je suis pour que l'on mène cette expérience. Elle en vaut la peine. Je ne me souviens pas d'avoir parié, mais peu importe, ça me réjouit. Je suis partant.

Le détroit

1

La soirée et la nuit passées chez Lola constituaient pour Rémi un grand chamboulement. Pour la première fois de son existence, il allait participer à quelque chose d'original et d'exceptionnel. Il allait vivre une expérience susceptible d'avoir des conséquences qui dépasseraient de beaucoup sa personne. À l'idée de cet événement, il se sentait tout ragaillardi. Bientôt il aurait un nouvel avenir, c'est du moins ce qu'il se disait, rue Berthollet, en sortant de chez elle. Intuition vraie ou illusoire qui s'accompagnait d'une joie secrète. Une page se tournait. Il n'avait pas traversé toutes ces journées maussades pour rien. Sa démission et la perte de son travail ne lui faisaient plus l'effet d'une défaite sans perspective. Finalement il avait eu raison, il n'avait rien à regretter.

Dans la cuisine, Lola et lui avaient continué de s'entretenir jusque tard dans la matinée. Rémi posait des questions. Docile, patiente, compréhensive, Lola s'efforçait de restituer le contenu des conversations qu'ils avaient eues lors de leur soirée alcoolisée. Cependant, à mesure qu'elle travaillait à reconstruire le puzzle, Rémi se rendait compte, comme après chaque nouvelle crise, que c'était peine perdue. Les explications de Lola ne suffisaient pas à combler le manque. Les éléments ne s'ajustaient pas parfaitement, il y avait du jeu entre les pièces. Il fallait qu'il se résigne : il avait eu une absence, le sol s'était ouvert sous ses pas et il avait glissé dans une crevasse. Pendant un moment, c'était comme s'il avait cessé d'exister. Il aurait souhaité pouvoir rattraper ce temps avec tout ce qu'il contenait ; or, plutôt que de le satisfaire, les réponses de Lola avivaient sa frustration et son mécontentement. Comment avait-il pu ne pas sentir qu'il allait mal ? Pourquoi n'avait-il pas anticipé ? On tombe si on le veut bien. Dans quelle mesure n'était-il pas complice de sa chute ? C'est cela aussi qu'il aurait souhaité pouvoir démêler. Puis l'obsession têtue qui le poussait à questionner avait peu à peu faibli jusqu'à s'éteindre. Il avait remercié Lola. Il allait mieux.

Auscultée et sondée tant bien que mal, étiquetée, son absence faisait désormais partie d'une collection, il pouvait la ranger au côté des précédentes. Leur discussion s'était alors orientée vers le travail de Lola. Rémi l'avait interrogée sur la manière dont on pouvait faire le lien entre une pensée organique et une pensée électronique. À sa grande surprise, elle lui avait répondu que tous les procédés employés jusqu'à présent étaient empiriques et que par conséquent les explications étaient provisoirement purement hypothétiques. On réussissait à établir une connexion entre les deux types de pensée, mais on ignorait encore comment s'agençait leur rencontre. Puis il y avait eu un moment de silence. Lola s'était levée, avait ramassé les tasses et lui avait dit qu'elle devait rejoindre ses collaborateurs. Il avait proposé de l'accompagner.

En sortant, ils avaient été saisis par un air très frais inhabituel en cette saison. Lola avait frissonné, s'était rapprochée de lui et avait passé son bras sous le sien. Rémi l'avait laissée faire. Ils avaient accordé leur pas et avaient marché jusqu'à la rue d'Ulm, silencieusement, comme s'ils se connaissaient depuis toujours. Rémi continuait de s'interroger. Il n'avait pas vraiment voulu tout ce qui lui arrivait et se rendait compte que c'était cela aussi qui avait changé, un certain laisser-aller, une vie plus chaotique, plus fantasque. La nuit, quand Lola s'était allongée à son côté, il aurait pu réagir, il aurait pu protester. Il avait attendu et n'avait rien dit. Lola en avait profité pour l'investir et maintenant elle était accrochée à son bras. Il ne rêvait pas, c'est bien ce qu'il était en train de vivre. Il aurait voulu demander à Lola comment elle-même vivait cela et ce que cela signifiait pour elle. Mais ce n'était plus le moment, il l'avait suffisamment importunée avec ses questions pour ne pas en rajouter. De l'extérieur ils pouvaient donner l'impression d'être ensemble, de former un couple uni et harmonieux. En réalité, seuls leurs deux corps muets s'accordaient le temps d'une marche. Et c'est ce qui s'était produit aussi au cours de la nuit. Dans l'obscurité, comme s'ils se connaissaient, ils avaient mis en œuvre les gestes et les postures qui convenaient à la situation. Ils avaient obéi à la courbe du désir. Leurs ébats avaient été rapides. Elle était venue sur lui, il avait senti la souplesse de son corps et la douceur de sa vulve, il avait cherché ses seins et les avaient retenus dans ses mains, sans les voir, en les devinant seulement. Elle avait eu un spasme, poussé un petit cri et elle s'était effondrée sur lui. Il l'avait retournée sur le dos et il s'était enfoncé en elle pour jouir à son tour. Il ne savait presque rien d'elle.

Arrivés devant la guérite qui servait de sas et qui permettait au gardien de contrôler les entrants et les sortants, elle lui avait demandé s'il ne voulait pas passer voir son frère. Rémi avait hésité. Sa vie venait d'être bousculée, il avait très peu dormi, il avait besoin de repos. Il préférait rentrer chez lui.

— Tu n'auras qu'à lui dire que je vais beaucoup mieux et que tu m'as remis en état… après, bien sûr, tu n'es pas obligée de préciser comment…

Lola avait souri. Elle avait dégagé son bras, l'avait embrassé sur la joue et avait pénétré dans la guérite. D'autres personnes se pressaient derrière elle, des étudiants pour la plupart. Sur le trottoir Rémi avait attendu quelques instants. Il avait pensé qu'elle se retournerait et lui ferait un signe, mais en le quittant Lola lui avait paru absente et préoccupée. Est-ce qu'il avait été indélicat ? Est-ce qu'elle lui cachait quelque chose et en éprouvait une gêne ?

Après avoir fait quelques pas en direction du Panthéon, Rémi s'était arrêté et avait suivi du regard le parcours de Lola à travers la grille qui ceinturait l'École. Pour rejoindre le bureau de son frère, il fallait s'engager à droite à la sortie de la guérite et se rendre au département d'Informatique. Au lieu de cela, Lola avait suivi le flot des étudiants qui se dirigeait vers l'entrée principale.

2

Frédéric manifesta son agacement avant même que Lola n'ait pu formuler le moindre mot d'explication. Elle lui avait téléphoné en arrivant dans le hall de l'École et lui avait demandé de la rejoindre à la cafétéria. Il l'avait trouvée assise, accoudée à une table, le regard dans le vague et le bas du visage presque entièrement enfoui entre ses mains.

— Lola, pourquoi tu me fais venir ici ? Qu'est-ce qui se passe ? Je commençais à m'inquiéter. Comment va Rémi ? Viens dans mon bureau… on sera mieux pour discuter…

Lola fit un geste de la tête qui signifiait qu'elle n'avait pas l'intention de bouger et que c'était de toute façon inutile puisque la salle était quasiment vide. Seules deux étudiantes travaillaient sagement à une table assez éloignée de la sienne. Surpris par son silence, Frédéric attendit quelques secondes, puis vint s'asseoir en face d'elle.

— Il s'est passé quelque chose de grave…

Lola se redressa et inspira comme si elle s'apprêtait à faire un effort important.

— Non, non, tu avais raison. Rémi est revenu à lui peu après ton départ… il était tard… il a voulu rentrer chez lui, je l'en ai empêché. Il a passé la nuit chez moi et ce matin on a eu une longue discussion et c'est pour cela que je n'ai pas pu t'appeler.

— Dans quel état était-il ce matin ?

— Bien… du moins, c'est ce qu'il m'a semblé.

— Alors pourquoi tu fais cette tête ? Tu as l'air de m'en vouloir, qu'est-ce qui ne va pas ?

Ce qui n'allait pas, Lola en avait une certaine idée. Une idée qui avait progressivement envahi sa conscience et qui avait mûri tout au long du chemin pour rejoindre l'École. Désormais, Frédéric, Rémi et elle formaient un trio. Cependant, ce qui lui était apparu, c'est qu'elle avait pris place entre eux et que cette place était la plus inconfortable qui soit. Le malaise qui la tenaillait avait commencé à se manifester lorsqu'elle avait passé son bras sous celui de Rémi à la sortie de chez elle. Ce mouvement, qui lui était venu naturellement, lui avait procuré une onde de bien-être. Au même moment, l'idée d'avoir Rémi pour elle avait surgi dans son esprit et, comme elle s'était étonnée d'avoir ce genre de pensée, c'est alors que son malaise avait pris forme. Ils avaient accordé leurs pas et marchaient tranquillement, mais, à mesure qu'ils s'étaient rapprochés de l'École, elle avait eu le sentiment qu'ils allaient au-devant d'une présence hostile. Or cette présence n'était autre que celle de Frédéric. Une sensation d'impuissance et d'injustice avait alors gagné tout son être et avait distillé en elle le poison trouble de la tristesse et du dégoût. Elle se sentait trop mal pour aller le retrouver dans son bureau. Il fallait qu'elle se pose quelque part, qu'elle comprenne ce qui lui arrivait et qu'elle parvienne à repousser cette amertume qui ne lui ressemblait pas.

— Ce qu'il y a, Frédéric, c'est que j'ai besoin de prendre du recul... j'ai un mauvais pressentiment, on s'apprête à faire une folie... Rémi m'a questionnée, il ne se souvenait de rien, je lui ai parlé du pari...

— Et alors ?

— Alors il est partant à cent pour cent, il a trouvé l'idée excellente, il a dit que c'était à lui de tenter une telle expérience, qu'enfin on allait savoir si oui ou non on pouvait réduire l'esprit au cerveau et que cela allait être un échec magistral pour la science...

— Eh bien, c'est plutôt une bonne nouvelle, c'est même inespéré... moi qui pensais qu'il allait se braquer... c'est une chance inouïe... il faut qu'on la saisisse avant qu'il ne change d'avis... Tu devrais te réjouir, je ne comprends pas pourquoi tu fais cette tête...

Brièvement, Frédéric jeta un coup d'œil autour de lui comme pour vérifier s'ils avaient été écoutés, puis il se tourna de nouveau vers elle et se mit à lui parler avec plus de douceur.

— Lola, tu as beaucoup travaillé ces derniers temps, tu es fatiguée... la soirée d'hier, mon frère qui s'effondre chez toi, tu as des raisons de te sentir mal... Si tu veux, arrête-toi quelques jours, je prends cela sur moi, tu n'as pas besoin d'un arrêt maladie.

— Mais Frédéric, ce n'est pas la question... ce que tu n'as pas l'air de comprendre, c'est que je n'arrive pas à me réjouir comme vous à l'idée de cette expérience... Je ne supporte pas de me retrouver impliquée dans cette folie... Il s'agit de ton frère tout de même... Il y a trois ans, quand j'ai commencé à travailler avec toi, tu m'avais dit qu'on allait tester nos idées sur des rats et que c'était simplement pour le plaisir de faire progresser la connaissance, mais aujourd'hui, d'un seul coup, tu veux passer à une nouvelle dimension... tu ne nous consultes pas et, par-dessus le marché, c'est sur ton frère que tu veux tenter la démonstration... tu ne trouves pas que tu brûles les étapes ? J'ai le sentiment que l'on va commettre l'irréparable... et toi, au lieu de voir le danger et de dire stop, tu fonces...

— Je suis désolé, Lola, mais là, tu me déçois... je te rappelle que tu as une formation de biologiste et que tu as fait de la recherche ton métier... or, désolé, mais choisir la connaissance n'est pas un choix innocent et sans conséquence... Lola ! Reviens sur terre, regarde-nous ! On n'est pas des comédiens ou des marchands de tapis, on est des chercheurs ! Ce qui nous motive et nous fait agir, c'est de faire progresser la connaissance. Tu t'es engagée, tu ne vas pas abandonner maintenant, ou alors c'est qu'il y a autre chose... tu parles de mon frère comme si tu voulais le protéger, t'es amoureuse de lui ?

La réplique de Frédéric était abrupte et sans concession. Pour autant Lola n'avait pas frémi, elle avait serré les dents et avait continué de regarder son directeur de recherche droit dans les yeux. Il avait outrepassé les limites, sa dernière question était hors sujet. Elle connaissait Frédéric, elle savait qu'il avait son franc-parler, mais elle ne s'attendait pas à une telle indiscrétion. Comment pouvait-il manquer à ce point de tact et de retenue ? Indiscrète était la question, mais odieux surtout était le ton paternaliste avec lequel elle avait été formulée. Lola demeura silencieuse un instant, inclina légèrement la tête, aspira longuement, puis se redressa avant de jeter sur Frédéric toute sa hargne.

— Tu as raison, Frédéric, je suis biologiste, je fais de la recherche, et, comme toi, je veux faire progresser la connaissance... jusque là on est d'accord... mais, est-ce que je te demande, moi, si, quand tu rentres chez toi, tu penses encore à ton travail et si quand tu baises ta femme, c'est encore la connaissance qui te préoccupe ? Alors, oui, je te le concède, il m'arrive de ne pas être toujours à mon métier... et, oui, il m'arrive d'avoir des doutes... et au cas où tu l'aurais oublié, je te rappelle aussi que je ne suis pas ta fille et que je n'ai pas de compte à te rendre quant à ma vie sentimentale...

Aucun de leurs différends n'avait déclenché une agressivité aussi intense de la part de Lola. Elle s'était défendue et avait rendu coup pour coup. Frédéric avait cru pouvoir se mêler de sa vie et il avait été aussitôt renvoyé dans les cordes. Jamais sa collaboratrice n'avait été aussi incisive avec lui. La jeune femme avec laquelle il avait l'habitude de travailler était sensiblement la même que celle qu'il avait découverte pour la première fois lors d'un colloque, une jeune femme dynamique, souriante et d'humeur égale. Or, c'était une autre personne qui venait de se révéler et qui avait jailli comme un éclair, une Lola distante, forte et sûre d'elle-même, capable de se révolter, et surtout une Lola habile qui savait tourner ses phrases et ses arguments pour atteindre celui qui s'en prenait à elle. Frédéric ne put que battre en retraite.

— Je suis désolé… tu as raison, je n'ai pas à m'immiscer dans ta vie…

— Je suis contente de te l'entendre dire…

Frédéric aurait voulu avoir un geste d'apaisement envers sa collaboratrice. Cependant il risquait encore de commettre un impair et il craignait sa réaction. Il ne pouvait pas se permettre de se fâcher avec elle, il fallait absolument qu'il se rattrape et qu'il réussisse à faire oublier sa maladresse.

— Lola, je reconnais mes torts, je te demande de bien vouloir accepter mes excuses…

Lola paraissait absente. Les excuses de Frédéric n'effaçaient rien. Impassible, elle jetait sur lui un regard de statue. Elle ne souhaitait qu'une chose : qu'il s'en aille et la laisse tranquille. Elle avait appris à le connaître, ce n'était pas la première fois qu'elle faisait les frais de son autoritarisme, mais là, il avait dépassé les bornes.

3

Comprenant qu'il était inutile d'insister, Frédéric était reparti travailler. Avant de quitter Lola, il avait répété une fois encore qu'il regrettait sa brutalité, que les mots avaient dépassé sa pensée, qu'il était à son écoute et qu'elle pouvait l'appeler. Puis il lui avait adressé un sourire auquel elle avait vaguement répondu par un petit hochement de tête.

Lola s'était rarement sentie aussi lasse. Cependant son état n'avait rien de pénible. Elle voulait seulement qu'on la laisse tranquille. Elle ne souffrait pas et ne manquait de rien. Être à la disposition d'elle-même et de ses pensées, c'est tout ce qu'elle réclamait. Son corps s'était statufié. Le buste penché en avant, les coudes solidement appuyés sur le plateau de la table, le visage à moitié enfoui entre ses mains, le regard dans le vide, elle éprouvait une forme de bien-être à demeurer immobile. Il lui semblait que le bas de son corps avait pris son indépendance et qu'elle en était libérée. Seuls, ses épaules, ses bras et ses mains qui soutenaient sa tête avaient encore le sentiment d'exister. Et ce sentiment lui-même s'affaiblissait à mesure qu'elle demeurait dans la même position et qu'elle réussissait à n'en pas changer. Elle aurait presque pu s'endormir dans cette posture, si un flot continu d'images qu'elle ne parvenait pas à discipliner n'avait cessé d'assaillir son esprit et d'en appeler à elle.

Ce flot chaotique était composé pour partie des souvenirs de la soirée qui avait précédé et de ce qui était intervenu entre Rémi et elle au cours de la nuit. Mais aussi et surtout de ce que venait de lui asséner Frédéric. Il l'avait prise en défaut en lui faisant entr'apercevoir un aspect de son métier qu'elle avait toujours eu tendance à occulter. Elle travaillait beaucoup, efficacement, sérieusement, mais elle n'avait jamais pris la mesure de ce qu'impliquait le fait d'avoir embrassé la recherche plutôt qu'autre chose. Il est vrai qu'elle s'était retrouvée sur ce chemin un peu par hasard.

On n'émerge pas des limbes de l'enfance sans passer par quelques contorsions douloureuses. Avec Lola, cela avait été l'inverse. Elle avait grandi et s'était glissée dans la vie avec une adresse et une aisance déconcertantes, en ligne droite, presque sans effort, comme si on lui avait communiqué dès l'origine un élan suffisant pour franchir tous les obstacles. Forte de cette poussée, elle avait gravi les marches de sa scolarité avec succès et sans avoir à se demander à quoi tout cela rimait ni où tout cela pouvait conduire. Au moment de choisir une orientation, elle avait fait confiance à ses inclinations de petite fille. Elle aimait la nature, elle aimait les animaux, elle serait vétérinaire et elle défendrait la cause animale. Et puis son mûrissement interne en avait voulu autrement. Douée pour les sciences, elle avait préféré approfondir ses connaissances en biologie. Elle avait continué à s'intéresser aux animaux, mais d'une manière plus abstraite, non pour les soigner et vivre en leur compagnie, mais pour accéder, grâce à eux, et au moyen d'une mise à plat systématique, aux secrets les mieux gardés de la nature et de la vie. Cependant il ne s'agissait pas d'un choix vraiment réfléchi, elle n'avait rien décidé, c'était la dynamique scolaire et universitaire qui l'avait happée, l'avait modelée et avait fait d'elle un chercheur. (Elle revendiquait le droit de maintenir le mot au masculin même quand il s'agissait d'une femme.) On lui avait montré comment elle devait s'y prendre et elle s'était mise à faire comme on lui avait appris. À partir de données déjà vérifiées, elle formulait des hypothèses et réalisait de nouvelles expériences, elle prenait note des résultats et les mettait en perspective avec ceux qui résultaient d'expériences concurrentes, puis elle tirait des conclusions en vue de nouvelles investigations et tout recommençait. Si ce que lui avait dit Frédéric l'avait si fortement ébranlée, c'est parce qu'elle n'avait jamais eu une conscience claire de ce qu'elle faisait, ni de la raison pour laquelle elle le faisait.

En un sens, ce qui venait de se produire était salutaire. Frédéric l'avait secouée et c'était un peu comme s'il l'avait giflée. Elle avait su lui répondre, mais au fond d'elle-même une petite voix s'élevait qui lui disait qu'elle méritait bien cette gifle. Alors qu'elle pratiquait depuis plusieurs années son métier de chercheur avec une efficacité redoutable, elle avait eu le culot de rappeler à son supérieur hiérarchique qu'il y avait des risques. Comment pouvait-elle jouer une telle comédie ? Les risques n'étaient autres que ceux auxquels elle soumettait tous les jours et sans aucun scrupule des centaines de rats et plusieurs autres mammifères. Elle se moquait du monde.

Elle ne se tenait pas à la hauteur de ce qu'elle faisait. Elle donnait l'essentiel de son temps à une pratique dont elle n'avait jamais jugé urgent d'explorer les tenants et les aboutissants. Et c'était maintenant seulement qu'elle se réveillait.

La cafétéria se remplissait. Des étudiants s'étaient installés autour d'elle, ils sortaient du self, ils parlaient fort et plaisantaient. Lola ne leur avait pas prêté attention jusqu'au moment où un jeune homme lui avait demandé très poliment s'il pouvait prendre une des chaises qui entouraient sa table. Silencieuse, Lola avait jeté vers lui un regard étonné comme si elle ne comprenait pas. Après avoir attendu quelques secondes, le jeune homme avait empoigné la chaise et s'était empressé de rejoindre ses camarades. Lola avait alors réalisé qu'elle n'avait rien à faire là et qu'il était temps pour elle de rejoindre son laboratoire, ou de rentrer chez elle comme Frédéric le lui avait proposé. Cependant sa lassitude et son envie de paresser n'avaient pas disparu. Encore sous le coup de son différend avec lui, elle pensait aussi à Rémi. Celui-ci avait fait irruption dans sa vie d'une manière si bizarre et si inattendue. Rémi lui plaisait. Elle se souriait à elle-même en pensant à la manière dont elle s'était emparée de lui. Devait-elle en être fière ou en avoir honte ? Inaugurer une histoire d'amour en abusant de son partenaire n'était sans doute pas la meilleure façon de procéder. Qu'est-ce qu'il lui avait pris de s'allonger aussi près de lui ? Elle était en manque, elle avait eu envie de lui et elle avait profité de la situation, c'était aussi simple que cela. Il n'y avait pas de quoi en faire un drame. Et puis elle ne l'avait pas violé. Il ne s'était donc rien passé que de très naturel. Et, néanmoins, peut-être que Rémi ne voyait pas les choses sous cet angle. Elle le connaissait à peine. Peut-être qu'en procédant de la sorte, elle l'avait perdu avant même de l'avoir conquis, qu'elle avait gâché ses chances de faire de lui, si ce n'est un amant, au moins un ami. « Dommage de ne pas l'avoir rencontré avant toute cette histoire de pari complètement fou », se disait-elle en fermant les yeux. Telle qu'elle avait débuté, il lui semblait que leur relation était vouée à l'échec. Sans compter que l'interférence avec Frédéric et avec leurs travaux compliquait tout. Mais d'un autre côté, elle reconnaissait aussi que sans les circonstances qui leur avaient permis de se rencontrer, elle ne serait sans doute jamais entrée en contact avec un garçon comme Rémi. Et cela, elle le devait à Frédéric.

Toutes les tables de la cafétéria étaient maintenant occupées. Un peu partout, des d'étudiants s'agglutinaient ; certains d'entre eux se déplaçaient de table en table, d'autres allaient aux machines à café et revenaient avec des gobelets fumants. Les conversations allaient bon train. Toutes ces voix enchevêtrées auraient dû lui communiquer l'envie de fuir. Mais Lola ne se sentait pas en état de faire le moindre geste. Elle était venue là pour tenter de tirer au clair une contradiction ; or, ladite contradiction continuait de monopoliser son attention. Dans ces conditions, elle ne voyait pas l'intérêt de quitter les lieux.

Un nuage de voix l'enveloppait dans un brouhaha de plus en plus confus. De la table la plus proche des rires fusaient. Les rires et les voix ne semblaient pas l'atteindre. Autour d'elle, tout était souple et déformable. Le temps s'était distendu. Elle ne savait plus où elle était. Dans un marché couvert ? Un hall de gare ? Une salle d'attente ? Elle regardait fixement les têtes des étudiants autour d'elle, elle détaillait leurs visages, les bouches, les oreilles, les coiffures, les nuques, lorsque lui vint à l'esprit une envie un peu folle : pousser un cri… Un grand cri strident, un cri suffisamment puissant pour couper court à tout ce brouhaha informe, et pour obliger chacun à s'arrêter. Elle se souvenait avoir déjà poussé un cri de ce genre et elle se souvenait de l'effet de sidération qu'il avait provoqué. Elle en avait fait un usage involontaire à l'école primaire alors qu'elle avait sept ou huit ans. Accablée par la lenteur des apprentissages, elle s'ennuyait. Quoi que proposât son institutrice, c'était du déjà connu ou du déjà acquis. Elle s'était plainte auprès de sa mère qui avait demandé à la direction de lui faire sauter une classe, mais les démarches n'avaient pas abouti. Le cri avait surgi en fin de matinée au cours d'une séance de chant. Autour d'elle, ses camarades s'époumonaient en attaquant pour la énième fois le refrain de *Cadet Rousselle*. Un écœurement profond avait commencé à poindre dans son ventre, avait gagné sa poitrine, puis avait envahi sa gorge. La niaiserie des paroles, le martèlement des sons et des syllabes avec lesquelles ces sons étaient associés, leurs répétitions qui n'en finissaient pas, avaient eu raison de sa patience. Elle voulait que tout s'arrête. Elle voulait s'échapper. Et elle le voulait d'autant plus que, depuis le matin, une belle lumière de printemps n'avait cessé de miroiter sur les murs de la classe. Plus le chant durait, plus l'impression d'ennui et d'enfermement augmentait. Le cri était né dans ses entrailles, elle l'avait senti gonfler dans ses poumons et n'avait rien fait pour l'empêcher d'éclore. « Ah ! Ah ! Ah ! oui, vraiment, Cadet Rousselle est bon enfant ! » Le cri avait jailli après le troisième « Ah ! », net, aigu, coupant, forçant tout le monde à s'arrêter. L'efficacité d'un cri n'était plus à démontrer, elle en avait fait l'expérience.

Pour autant les circonstances n'étaient pas les mêmes. Elle n'avait plus huit ans. Si dans la salle où elle se tenait maintenant, il lui venait de pousser un cri, elle aurait à en assumer le sens. Le cri interromprait les bavardages et tout le monde se tournerait vers elle. Que ferait-elle après ? Que ferait-elle du silence qui s'ensuivrait ? Car ce cri ne serait pas comme celui d'un enfant. Au-delà du silence qu'il susciterait, il ne pourrait consister qu'en une sorte d'appel, un point de départ pour une annonce ou un discours.

Lola n'avait pas anticipé cette objection. Elle s'était laissée séduire par l'idée du cri sans prendre garde à ce qu'elle aurait à dire. Tout à coup, elle imagina tous les étudiants présents dans la cafétéria se tournant vers elle. Si elle poussait un cri, c'était pour les faire taire et pour prendre la parole. Mais de quoi allait-elle parler ? De ce qui la concernait, de ses doutes, de son travail, des expériences qu'elle menait sur le cerveau des rats, de la manière dont on avait déjà réussi à les rendre plus intelligents... Par quels mots commencerait-elle ? Elle serait obligée de se présenter, de dire qui elle était, comment elle en était venue à étudier la biologie et comment elle s'était retrouvée à travailler sur le cerveau... puis elle aurait à parler de l'état actuel des recherches, et du fait que l'on avait trouvé le moyen d'importer dans la pensée des rats des comportements prêts à l'emploi et que de cette façon on avait réussi à enrichir leurs mémoires de la manière la plus rapide qui soit... que bientôt on en ferait de même avec les hommes, et qu'ainsi chacun d'entre eux n'aurait plus à peiner pour étudier et comprendre le monde, qu'il leur suffirait de se faire installer une mémoire électronique, et que, dès lors, tous les hommes seraient égaux et sages puisqu'ils auraient les mêmes idées et seraient tous devenus raisonnables de la même façon.

Mais rien n'obligerait les étudiants présents à l'écouter. Pousser un cri de cette façon, à l'improviste et sans raison, ils allaient la prendre pour une folle. Quelle que soit l'importance de ce qu'elle avait à dire, encore fallait-il rencontrer des personnes susceptibles d'écouter. Lola prit alors conscience de la distance qui la séparait de tous ces étudiants que rien ne semblait inquiéter et qui étaient tous à leurs rires et à leurs bavardages. Entre eux et elle, il n'y avait que quelques années, et pourtant ces quelques années suffisaient pour faire la différence. Ils étaient jeunes, d'une jeunesse qui n'était déjà plus la sienne.

Elle ne passerait pas à l'acte, elle ne crierait pas, elle n'avait pas envie d'être prise pour une folle. Pour autant Lola ne parvenait pas à se détacher du souvenir d'elle poussant un cri. Peu importait qu'elle n'en soit plus capable, peu importaient ces étudiants, peu importait leur indifférence. Ils étaient là et ils ne la gênaient pas. Bien au contraire. Leurs voix entremêlées lui servaient de rempart. Tant qu'ils seraient là, elle serait à l'abri et elle n'aurait pas à s'occuper d'autre chose que de ce qu'elle avait en tête. Leur présence bruyante la protégeait du reste du monde. Grâce à eux, elle pouvait continuer de laisser ses pensées l'entraîner où elles voulaient.

Pelotonnée sur elle-même, Lola se sentait hors d'atteinte. Elle se souvenait de la petite fille qui avait crié en pleine classe et elle aurait bien aimé la rejoindre. Mais elle n'avait jamais su comment s'y prendre avec son passé. Elle l'avait laissé en friche. Le passé lui apparaissait aussi dérisoire que ces boules à neige que les voyageurs rapportaient de vacances aux membres de leur famille, objets puérils que l'on trouvait un peu partout dans les boutiques pour touristes, à Paris comme dans les grandes métropoles du monde. On secouait la boule de verre, des flocons tombaient sur Notre-Dame ou sur la tour Eiffel. Enfermé dans cette bulle, le passé durait le temps de la chute des flocons. Il était à portée de main. Une fois les flocons à terre, la boule redevenait transparente, le passé était dissipé. Pourquoi voulait-elle rejoindre la petite fille qui avait hurlé en pleine classe ? Ce souvenir valait-il plus qu'un flocon de boule à neige ?

4

Rémi avait reçu trois messages. Le premier provenait de Frédéric qui voulait savoir s'il s'était bien remis de son évanouissement. Le second était de Charlotte. Celle-ci lui annonçait que sa grand-mère de Forcalquier venait de mourir et que devant se rendre à ses obsèques, elle ne pourrait pas venir dîner chez lui comme prévu en fin de semaine. Elle précisait qu'elle ne manquerait pas de lui faire signe à son retour. Son ami Gilles était l'auteur du troisième. Il l'informait que la date de l'assemblée générale de l'Association des professeurs de philosophie qui avait été reportée plusieurs fois avait enfin été fixée et que cette fois c'était pour de bon.

Aucun de ces messages n'appelait une réponse immédiate. Il ne s'était pas rasé ni coiffé, il était sorti de chez Lola sans se regarder dans la glace. Il avait hâte de rentrer chez lui. Malgré l'humiliation que lui avait infligée son effondrement, il ne pouvait pas s'empêcher de penser que sa nouvelle vie ne commençait pas si mal et que si l'avenir recelait des imprévus du même genre que celui qu'il venait de connaître, il n'avait rien à regretter et devait même se féliciter d'avoir démissionné de l'Éducation nationale.

Il s'apprêtait à attaquer les marches du quatrième étage quand, derrière une des portes du palier, une voix pleine de charme et d'allant renforça son regain d'optimisme. Une voix grave, généreuse, ensorcelante. La voix chantait : « Les loups sont entrés dans Paris. » Comme s'il s'agissait de l'hymne national, Rémi s'immobilisa pour mieux l'écouter. Un instant après, il était en conversation avec son frère.

— Allo, Frédéric !

— Ah, enfin… c'est toi… Rémi, il faut qu'on se parle.

— Ne t'inquiète pas, je suis rétabli… tu te souviens des loups ?

— De quoi tu parles ?

— De Serge Reggiani. Ce matin, je montais l'escalier, sa voix a filtré sous la porte d'un voisin, il chantait *Les loups* ! Cela m'a fait tout drôle. À Binic, chez Papé, on l'écoutait en boucle, tu te souviens, même qu'on avait usé son vinyle jusqu'à le rendre inaudible… et tu te souviens de la tête de maman quand elle nous entendait reprendre en chœur *La femme qui est dans mon lit…* Cela nous excitait terriblement. Elle se demandait quelle image de la femme on était en train de se fabriquer dans nos têtes de petits branleurs… On avait quel âge ?

— Ah, je suis rassuré, tu t'es bien remis… Quel âge ? Une douzaine d'années… mais on n'en est plus là mon vieux.

— Oui, malheureusement… C'était la vraie vie… depuis c'est…

— Rémi, Rémi ! Je t'arrête. Il faut que l'on se parle sérieusement… À propos de femme justement, j'ai besoin de savoir comment cela s'est passé avec Lola. J'étais avec elle ce matin à la cafétéria, je ne sais pas ce que vous vous êtes dit, mais elle n'était pas dans son état normal… On s'est accrochés et je l'ai recadrée un peu sévèrement… J'ai l'impression qu'elle me cache quelque chose…

— Qu'est-ce que tu veux que je te dise, je la connais à peine… ce qui est sûr, c'est que j'ai été très surpris de me retrouver sur son lit… Comme après chaque crise, j'avais tout oublié et je ne savais pas où j'étais… heureusement qu'elle était là… et toi tu es rentré chez toi… tranquille…

— Que voulais-tu que je fasse ? Je savais que ce n'était pas grave et que ça allait passer, mais… dis-moi… il n'y aurait pas quelque chose entre vous ?

— Comment ça ?

— Écoute, ne fais pas celui qui ne comprend pas… j'ai l'impression qu'elle est amoureuse de toi… Moi aussi je la connais mal, elle ne parle que très rarement de sa vie privée, elle est très indépendante, je ne sais même pas si actuellement elle a quelqu'un dans sa vie… Je sais seulement qu'elle t'apprécie… Ne me fais pas croire que tu t'es aperçu de rien… Si elle est amoureuse de toi, cela remet tout en cause, elle ne voudra pas collaborer à notre expérience… et alors on peut dire adieu à notre pari… c'est elle qui dirige toute la partie expérimentale… on a absolument besoin d'elle…

S'il y avait quelque chose « entre » eux ? Posée en ces termes, la question intéressait Rémi. Entre Lola et lui, il y avait eu un bref corps-à-corps, puis il y avait eu des paroles. Mais est-ce que cela suffisait pour dire qu'il y avait quelque chose entre eux et que ce quelque chose formait une passerelle, une attache, un lien…

— Entre elle et moi, Frédéric, il y a comme entre les atomes de Démocrite, il y a du vide… les atomes s'entrechoquent, rebondissent les uns sur les autres… parfois ils s'agrègent, mais c'est rare… et cela ne dure qu'un temps…

— Rémi, je te parle sérieusement, Lola est une fille très séduisante, cela m'étonnerait qu'elle te laisse indifférent, tu as le droit d'éprouver pour elle des sentiments… mais dans ce cas tu n'es plus l'homme de la situation et on peut dire adieu à notre projet…

Les deux frères n'avaient plus l'âge de se raconter leur vie intime. Et d'ailleurs il ne s'agissait pas de cela. En interrogeant Rémi sur sa relation avec Lola, Frédéric souhaitait seulement mettre les choses à plat à la manière d'un chef d'entreprise qui se préoccupe de la bonne marche de ses affaires. Cependant Rémi n'avait évidemment pas à lui donner plus de détails sur ce qui le reliait ou ne le reliait pas à Lola pour la bonne raison qu'il n'en savait rien lui-même.

— Stop ! Frédéric, tu te tracasses pour rien. Lola n'est pas amoureuse de moi, et, en ce qui me concerne, sache que je tiens autant que toi à ce que l'on aille au bout de notre expérience… D'ailleurs, j'aimerais justement que tu m'éclaires sur son déroulement. En quoi va-t-elle consister exactement ? J'aimerais savoir à quoi je dois m'attendre en tant que cobaye… j'en ai parlé un peu avec Lola, mais elle est restée vague.

— Je ne peux pas te donner maintenant tous les détails, ça serait trop long… disons pour résumer que l'opération va consister à placer une puce électronique dans un endroit très précis de ton cortex. Une fois installée, une liaison va s'opérer naturellement entre cette puce et les faisceaux de neurones au sein desquels elle aura été insérée… le contact va s'établir et ton cerveau disposera alors des informations contenues dans la puce…

— J'ai du mal à y croire… mais admettons que tout se passe comme tu le dis, il reste à savoir sur quel critère cette intervention sera à même de nous départager. Je ne reconnaîtrai ta victoire que si l'implantation de la puce modifie ma pensée d'une manière incontestable et très nette.

— Eh bien, c'est ce qu'elle produira en effet puisqu'elle va introduire dans ton cerveau des contenus cognitifs qui vont s'imposer à toi…

— Là, Frédéric, il me semble que tu vas un peu vite en affaire. Avec l'implantation de la puce, ce n'est pas ma pensée qui sera touchée. Au mieux, ce sera ma mémoire. Que je dispose de nouvelles données grâce à cette adjonction, je veux bien l'admettre, mais je ne vois pas en quoi cela modifiera mon esprit… Ce qui fait l'esprit, c'est l'indépendance de la pensée, et il y a là quelque chose dont la science ne pourra jamais rendre compte. Tu n'auras donc gagné qu'à moitié !

— Rémi ! Détrompe-toi ! Je n'aurai peut-être gagné qu'à moitié comme tu le dis, mais ce que tu sembles ne pas voir, c'est ce qu'implique cette demi-victoire. Tel un cheval de Troie, elle m'aura permis de m'introduire dans la place... Dès lors, en effet, que l'on aura réussi à imposer à ta mémoire de nouvelles données et à faire en sorte que tu puisses accéder à ces données, le but sera atteint. On aura prouvé que l'on peut installer des contenus dans le cerveau d'un homme, résultat que nous avons déjà obtenu avec succès sur les rats. Après, si tu soutiens que ce qui importe c'est la mobilité de la pensée, le fait qu'elle puisse aller d'un contenu à un autre et que c'est cela au fond que l'on appelle l'esprit et qui est mystérieux et inviolable, sache que dès aujourd'hui nos expériences sur les rats prouvent qu'il est possible de focaliser la pensée d'un être sur un contenu plus que sur un autre. Il suffit de faire varier l'intensité des influx nerveux qui circulent dans les réseaux neuronaux appropriés. L'activation de ces réseaux infléchit aussitôt la manière de penser de l'individu, ce n'est qu'une question de réglage… Les personnes qui se disent libres le sont tant qu'il n'y a rien qui les obsède, mais dès lors qu'on leur aura installé une puce dans le cerveau, on pourra décider de ce à quoi elles seront *forcées* de penser… on décidera des contenus et on décidera aussi de la manière dont elles seront asservies à ces contenus… et alors le mythe de l'âme et le mythe de la liberté s'écrouleront définitivement. On aura prouvé que l'esprit n'est rien d'autre que le cerveau et que le cerveau n'est lui-même rien de plus qu'une machine, une machine complexe et subtile, mais qui n'en demeure pas moins une machine.

À mesure que Frédéric avançait dans son explication, Rémi avait éprouvé le besoin de s'agripper plus solidement à la poignée de la fenêtre de sa chambre. Il aurait souhaité pouvoir lui répondre, mais rien ne venait. Il n'avait rien à objecter et n'avait rien pour se défendre. L'enthousiasme qu'il avait éprouvé chez Lola à l'idée du pari avait fondu. L'extrême fragilité de son point de vue lui sautait au visage. Comme tous les philosophes, il ne faisait appel qu'à sa réflexion et à son intuition personnelle. De son côté, Frédéric s'appuyait sur des faits observables et vérifiés. Le combat n'était pas égal. Alors, certes, il fallait procéder à une expérience si on voulait vraiment savoir ce qu'il en était, cependant à l'idée de se prêter à cette expérience, Rémi n'éprouvait plus du tout le même élan.

— Rémi... tu m'écoutes... tu es encore là ?

— Oui, je t'écoute...

— Tu es silencieux, je te sens dubitatif... mais tu sais, rien ne t'oblige... tu peux encore revenir en arrière, je comprendrais parfaitement et je ne t'en voudrais pas.

— Non, ce n'est pas la question, je n'ai pas l'intention de te laisser en plan, je me suis engagé, je ne reculerai pas. Il y a seulement que ce que tu viens de dire m'inspire de la tristesse... Qu'est-ce qu'il nous restera si tu as raison ? Tu y as pensé ?

— Oui, ce sera la fin d'un monde, la fin de l'humanisme, mais ce sera aussi le début d'une nouvelle ère, l'ère du cyborg...

— Et toi tu en parles comme si au fond cela n'avait pas vraiment d'importance...

— Rémi, comment dois-je en parler ? Tu voudrais que je déplore une évolution inévitable ? Qui te dit que cette évolution est négative ? Comment sais-tu qu'elle nous réserve plus de mal que de bien ? Le vieil humanisme a fait son temps, on en a épuisé la sève. Pourquoi avoir peur de ce qui vient ? Sous la vieille écorce, une nouvelle humanité se prépare à naître, une humanité qui aura l'avantage d'être plus intelligente, plus savante et mieux régulée que celle d'aujourd'hui. Regarde les dégâts et les malheurs innombrables que continuent d'engendrer les croyances débiles et les fanatismes religieux. Il faut que l'on en finisse avec tout cela. Et c'est ce que nos travaux sur le cerveau vont rendre possible... plus d'égalité, une meilleure régulation sociale et un apaisement des relations entre les hommes.

— Peut-être, Frédéric, mais, quoi que tu en dises, j'ai du mal à y voir un progrès... Moins de bêtise et moins de violence, admettons... mais tu occultes l'envers du décor, nous allons y perdre une chose absolument immense et incomparable, notre singularité, notre unicité. On sera conforme, on sera semblable, on sera quelconque... Ce que tu annonces, c'est l'extinction de la différence, l'extinction des âmes...

— Non, je n'oublie pas cette dimension, mais je te rappelle que ce dont tu me parles ici, la différence, la singularité, l'esprit et même la liberté... n'ont jamais intéressé qu'une frange infime de la population… tu es d'ailleurs bien placé pour le savoir, tu m'as souvent parlé du désintérêt de la plupart de tes élèves pour les choses de « l'esprit ». Qui veut aujourd'hui accéder à la sagesse par ses propres efforts ? La bêtise et la niaiserie sont partout, et elles ne cessent de gagner du terrain… Aux États-Unis, pour ne parler que de cette contrée du monde, il y a de plus en plus d'analphabètes ; là-bas les créationnistes progressent, ils sont trente pour cent désormais à croire que la terre est plate et qu'elle n'a pas plus de six mille ans… alors, excuse-moi, mais si avec notre procédé on peut rendre les individus moins bornés et moins stupides… je ne vois pas où est le mal…

— Moins stupides peut-être… mais plus réfléchis et plus sages, c'est une autre affaire, une question de personnalité justement… Mais laissons cela pour le moment… il y a encore une chose sur laquelle j'aimerais que tu m'éclaires, c'est sur ce que tu comptes insérer dans ma mémoire.

— Je propose que pour un premier essai on s'en tienne à des choses simples susceptibles de produire des effets manifestes et faciles à constater… j'avais pensé te communiquer tout le bagage nécessaire pour bien jouer aux échecs… si après la greffe tu devenais capable de jouer comme un champion, ce serait un bon test…

— Ah non ! Frédéric, j'ai horreur de ce jeu, je le trouve particulièrement ennuyeux… non, si tu veux me faire plaisir, essaye plutôt de me faire renouer avec les mathématiques, j'ai presque tout oublié dans ce domaine. Si tu parvenais à me donner le « goût » des maths, alors là, effectivement, je serais contraint de m'incliner…

— D'accord, c'est une bonne idée et un bon point de départ… je vais travailler à l'élaboration d'une base de données dans laquelle tu pourras puiser et qui te permettra de traiter des problèmes relativement simples. Ah, et bien sûr, tu ne parles de tout ça à personne…

— Oui, ne t'inquiète pas, cela va de soi… et d'ailleurs si tu veux mon sentiment sur toute cette affaire, c'est ce silence obligé qui m'enchante le plus… ce secret que tu m'imposes en attendant le jour J… je vais faire partie des gens qui ont quelque chose à cacher… ce n'est pas pour me déplaire… pour le reste, je ne partage pas ton optimisme.

— Attends, tu verras… tu n'auras pas à le regretter, on va réussir… tu vas avoir la confirmation que l'on peut changer l'état d'esprit d'un homme en lui accordant de nouvelles puissances. Tu sais, c'est comme pour le corps, on grandit ou on rapetisse en fonction de ce que l'on est capable de faire, or ce que l'on accomplit dépend de l'état de nos forces… quand tu disposeras de nouvelles données intellectuelles, tu abandonneras la philosophie et tu en viendras même à te demander comment tu as pu perdre autant de temps avec elle…

— Et quand est-ce que j'aurai la preuve de tout cela ?

— Disons, au printemps prochain, pas avant… Il nous faut plusieurs mois pour mettre au point le contenu de la puce que l'on va t'implanter… En attendant, profites-en, tu es libre… voyage… Notre ami, Claude Heuzé, t'a souvent proposé de venir le voir à Montréal. Maintenant que rien ne te retient… tu pourrais partir…

5

« Au printemps prochain ! », une petite phrase toute simple et banale qui avait conduit Rémi à écourter l'échange. Il avait prétexté un rendez-vous et avait proposé de reprendre la discussion un peu plus tard. On était fin octobre, il n'y avait que quelques mois à passer. Pour Frédéric, il s'agissait seulement d'un délai, le temps nécessaire pour mettre au point l'appareillage, mais pour Rémi, c'était une plage de temps immense et comme la traversée d'un désert. Sur le moment, il n'avait plus su quoi dire, il n'avait plus pensé qu'à cette plage de temps qui le séparait du jour J et dont il se demandait comment il allait l'occuper. Comment, en attendant la greffe, ne pas changer d'avis et ne pas passer à autre chose ?

Ce que venait de lui annoncer Frédéric était fort déplaisant. Il y avait la longueur du délai, mais il y avait surtout la manière dont Frédéric lui avait fait comprendre qu'en attendant la préparation de l'événement, on n'avait pas besoin de lui.

Rémi ne parvenait plus à décoller de sa fenêtre. Le front appuyé à la vitre, il demeurait sans réaction et s'abandonnait à la rêverie. En son for intérieur, des images se superposaient avant de s'évanouir. Le mouvement léger des branches aux feuilles jaunies retenait son attention. Il en était tout proche. Lui vint alors l'idée qu'il devait être plaisant de pouvoir se déplacer de branche en branche et d'arbre en arbre à la manière des singes. Les branches lui faisaient des signes. Elles l'appelaient. Un petit rire intérieur le sortit brièvement de sa mélancolie. On pouvait passer des singes aux signes. Il suffisait de déplacer une lettre. Était-ce l'effet du hasard ? À moins que ce ne fût ce qui s'était réellement produit au cours de l'évolution, le glissement qui avait donné l'homme. Parce qu'il s'était pris d'intérêt pour les signes, l'homme avait rompu avec les singes et avait désappris de vivre dans les arbres. Plus bas au travers des branches apparaissait le macadam, lambeaux de peau noire aux reflets humides. Puis, plus bas encore, sous les reflets humides et qui en empruntaient la lumière oblique et fuyante, il y avait les remous du grand fleuve. Les images se croisaient et se pénétraient. Tantôt la rue et les branches aux feuilles jaunies, tantôt le fleuve et son courant aux remous tumultueux. Rémi venait de confirmer auprès de son frère son engagement. Il s'était jeté à l'eau, il était aspiré par le courant. Pour autant, il n'était pas satisfait.

Il allait devoir attendre. On allait lui faire une place, mais pas immédiatement. Or cette attente avait quelque chose d'humiliant. En lui proposant de voyager et de profiter de son temps libre, Frédéric n'avait certainement pas pensé à mal, il n'en demeurait pas moins que cela revenait à souligner que Rémi n'était pas un membre de son équipe à part entière. Tant qu'il s'agissait de s'affronter verbalement, les deux frères étaient à égalité, mais le pari était derrière eux et cette égalité n'était plus d'actualité. Maintenant qu'il s'agissait de déterminer la vérité et de travailler à sa mise au jour, les deux protagonistes n'étaient plus sur le même plan. Frédéric dirigeait les opérations, Rémi se prêtait à l'expérience. D'interlocuteur, il avait basculé dans le rôle de cobaye. On ne parle pas au cobaye, on le laisse tranquille jusqu'au moment où on procède sur lui à des manipulations plus ou moins décisives. Le cobaye ne s'appartient pas, il appartient à la Science.

Rémi s'efforçait d'imaginer la suite. Provisoirement hors jeu, il devait prendre son mal en patience. On allait l'opérer pour lui greffer une mémoire électronique. Pour juger du résultat, il faudrait attendre qu'il se réveille et qu'il revienne à lui. C'est à ce moment seulement qu'il entrerait vraiment en scène, qu'on l'interrogerait et qu'il aurait un rôle à jouer.

À quoi pouvait-on s'attendre ? En premier lieu, il n'était pas certain que les connexions se fassent. Frédéric ne lui avait pas expliqué comment son cerveau aurait accès aux contenus logés dans la puce. On estimait que le cerveau avait une plasticité qui lui permettait de recevoir et de faire sien toutes sortes d'informations nouvelles. Il restait que cette plasticité, très présente chez l'enfant, l'était beaucoup moins chez l'adulte. Or Rémi entrait dans la quarantaine. Peut-être que l'expérience aboutirait à un échec. Il n'était pas certain que l'on puisse amender l'esprit d'un homme déjà fait. La greffe ne prendrait pas, un processus de rejet se produirait ou simplement une certaine indifférence l'emporterait : les nouvelles données seraient tenues à l'écart et ne seraient pas intégrées aux connaissances déjà disponibles. Cela indiquerait que chez l'adulte, on ne pouvait pas passer du cerveau à l'esprit aussi facilement que le pensait Frédéric.

En réalité on ne savait presque rien sur la manière dont le cerveau faisait naître nos pensées, sur la manière dont elles sortaient des limbes, s'étoffaient, adoptaient telle ou telle forme, devenaient lisibles, se transformaient en idées claires et en raisonnement, ou au contraire demeuraient vagues, presque transparentes, à l'état d'images ou d'impressions aux nuances indéfinissables. Le secret de la créativité du cerveau, voilà ce que les chercheurs en intelligence artificielle et les neurobiologistes prétendaient percer et mettre à jour. Ils disposaient d'un modèle : l'ordinateur. On construisait des machines intelligentes, capables d'apprendre et d'évoluer en intégrant de nouvelles données. De ces machines au cerveau humain, il n'y avait pas d'écart insurmontable selon la plupart des spécialistes. Pour autant on ne pouvait pas dire que ces machines très performantes avaient un esprit. Elles calculaient, elles classaient, elles analysaient, elles combinaient, elles déduisaient, mais elles ne pensaient pas, car, au bout du compte, ces machines étaient frappées d'un manque, elles n'avaient pas conscience d'elles-mêmes, n'avaient pas de sexe, et n'avaient pas non plus honte d'exister et d'être seulement ce qu'elles étaient.

Mais il se pouvait aussi que Frédéric ait raison. Peut-être que l'expérience serait une réussite. Même si le cerveau n'était pas une machine à proprement parler, il n'était pas aberrant de le traiter comme tel. Dès lors que l'on considérait le cerveau comme un organe, on avait raison d'attendre de lui ce que l'on attend d'un organe en général : qu'il fonctionne et rende les services correspondant à sa nature. On attend de nos yeux qu'ils voient, de nos oreilles qu'elles entendent, de notre estomac qu'il digère. Autant d'activités en rapport avec le développement et l'entretien de la vie. En conséquence, il n'y avait pas lieu d'envisager l'activité du cerveau sous l'angle de la honte. Cela revenait à en nier les propriétés réelles. « La fonction première du cerveau est de nous adapter au monde, son activité est fondamentalement positive », c'est sur ce principe que se fondaient les chercheurs pour assimiler le cerveau à la machine. Selon leur point de vue, la question n'était pas de savoir si le cerveau gagnait en « esprit » en accédant à tel ou tel sentiment. Ce qu'ils cherchaient à tirer au clair, c'était son mode de fonctionnement. Dès lors, il n'était pas illégitime de le comparer à ce qui lui ressemblait le plus et qui n'avait pas de secret pour l'homme. Un ordinateur reçoit et traite des informations, il résout des problèmes en fonction de ce qu'il sait. Pour augmenter l'intelligence d'un ordinateur, on devait commencer par lui fournir de nouvelles données. Telle était donc la voie à suivre si l'on voulait rendre les cerveaux humains plus performants.

Suffisait-il toutefois d'introduire de nouvelles données dans le cerveau d'un homme pour modifier son état d'esprit et lui éviter la stagnation ? Il restait à ce sujet une inconnue : l'intérêt que le patient allait éprouver pour ces nouvelles données. Car, s'il y avait une différence non négligeable entre le cerveau humain et l'ordinateur, c'était sans doute là qu'elle se situait. En admettant que l'apport de nouvelles données soit possible, cela ne réglait pas la question de savoir comment on se rapportait à elles. Il ne suffisait pas de disposer de connaissances riches et variées pour posséder en même temps l'envie d'en faire quelque chose. On vantait l'intelligence de l'ordinateur, mais un ordinateur n'avait pas de motif personnel d'agir, il ne faisait qu'obéir aux commandes qu'on lui communiquait et qui s'imposaient à lui du fait même de son mode de fonctionnement. Aussitôt l'ordre reçu, il bondissait vers les matériaux en rapport avec la commande. L'intelligence de l'ordinateur ne l'empêchait pas d'être stupide et borné. Il ne savait pas jouer, il ne savait pas mentir ni tromper. Il n'y avait pas en lui cette zone obscure et secrète que seule pouvait produire l'intimité de la conscience. Aussi Rémi restait-il persuadé d'avoir raison. Pour accéder à l'esprit, il fallait beaucoup plus qu'un cerveau en ordre de marche. L'essentiel se jouait ailleurs que sur le plan de l'intelligence pure. L'esprit surgissait, non pas dans le traitement de données, mais dans l'ébranlement d'un événement irréversible à partir duquel s'ouvrait l'histoire d'une conscience. De même qu'il y avait une dérive des continents, il y avait pour chacun, ou plutôt pour ceux qui l'apercevaient et qui voulaient bien la prendre en charge, une dérive de soi. Alors l'esprit naissait. Cependant l'esprit n'était pas toujours présent à lui-même. Il s'allumait et s'éteignait. Il s'absentait. Il n'était pas aussi fort que l'intelligence. Et, comme la flamme d'une bougie à la danse fragile, il exigeait des conditions particulières pour demeurer éveillé.

Mais même persuadé d'avoir raison, Rémi craignait d'avoir tort. En pariant, il s'était approché d'un précipice. Il avait proposé qu'on lui implante une puce contenant des données en rapport avec les mathématiques, un discours dont il s'était détourné vers l'âge de dix-huit ans. Or il n'était pas dupe. Cette proposition n'était pas neutre. Elle recelait une substance explosive. Ce à quoi elle renvoyait dépassait largement l'enjeu du pari. Il ne s'agissait pas seulement de reprendre contact et de se familiariser à nouveau avec un langage comme on peut le faire avec une langue étrangère. Les mathématiques signifiaient bien plus qu'une discipline enseignée dans les écoles, elles supposaient un rapport au monde et une tournure d'esprit particulière. Le retour vers les mathématiques était susceptible de bouleverser la vie de Rémi au point de le déprendre de lui-même.

Était-il possible de revenir en arrière ? De prendre un autre chemin ? De devenir un autre ? Une mue radicale à quarante ans ?

C'est ce que déterminerait l'expérience.

6

Pour calmer son mécontentement, Rémi avait pris la décision de se donner un programme. Non, il ne quitterait pas la France, non, il ne partirait pas plus à Montréal qu'à New York ou ailleurs. Ce n'était pas le moment, cela ne s'imposait pas, et, de plus, cela aurait tout l'air de passer pour une fuite. « Il est parti se distraire, il est parti se changer les idées », voilà ce que penseraient ses amis. Il n'y avait rien de plus consternant, selon lui, que l'indigence d'une pareille motivation. Avoir besoin de se changer les idées ou « de se vider la tête » est le lot ce ceux qui n'en ont pas, c'est ce qu'il s'était toujours dit, et ce n'était certainement pas à la veille d'une opération où il avait à affronter le risque de devenir un autre, qu'il allait enfreindre sa règle et s'abandonner à la fantaisie d'un voyage d'agrément. Si un événement ne pouvait être vécu autrement que dans l'affliction et la peine, alors il ne fallait pas chercher à contourner l'épreuve, il fallait aller au-devant, courageusement, et sans infléchir sa route.

Son appartement était dans un piteux état. Il aurait donc pu commencer par là. Au moment de son installation, il n'avait pas pris le temps de le rénover, il avait déménagé en cours d'année et avait remis à plus tard la réfection des lieux. Les années avaient passé, de nouveaux livres et de nouvelles lectures l'avaient mobilisé. Il avait toujours eu mieux à faire. S'il devait prendre un nouveau départ dans la vie, il n'avait qu'à employer le temps qui lui restait avant l'opération pour restaurer son domicile. Il en avait amorcé le geste le jour où son ami Gilles avait débarqué par surprise un matin du mois de septembre alors qu'il bataillait avec le voilage de la fenêtre du séjour. Des agrafes lui avaient résisté et il n'avait pas pu s'empêcher de penser à Maud. Une entreprise dont il s'était repenti par la suite. Sans le voilage qui tamisait la lumière, la vilaine vétusté de son intérieur s'était révélée encore plus criante.

Restaurer son appartement pourrait l'occuper. L'idée lui paraissait pertinente. Cependant elle supposait un grand remue-ménage, on ne pouvait pas travailler correctement sans libérer la place. L'appartement ne comprenait que deux petites pièces déjà très encombrées. Intervenait alors une série de considérations qui avaient trait au manque de place et conduisaient toutes à la même conclusion : pour rénover l'appartement dans de bonnes conditions, il fallait commencer par liquider une partie de ce qui s'y trouvait. En elle-même cette conclusion ne heurtait pas Rémi. Il n'avait jamais attaché beaucoup d'importance aux biens matériels. Posséder n'avait jamais fait partie de ses ambitions. Pour autant, il reconnaissait qu'il y avait une limite au dépouillement. Au cœur de ce programme, il y avait en effet la question de sa « vie parallèle » et de ce qui lui permettait de l'entretenir et de la nourrir. Il pouvait se séparer d'une chaise, d'un fauteuil, d'un sommier, de certains ustensiles de cuisine, mais il ne pouvait pas se séparer de ses livres. À moins que telle soit l'issue de son histoire personnelle et peut-être même celle de la grande Histoire. Des hommes sans livres, des hommes libérés des livres. Il y a quelques milliers d'années, on avait inventé l'écriture. Personne ne pouvait dire comment une chose aussi subtile était apparue, quelle idée de génie en avait suscité la création. Avec le temps, on avait oublié tout ce qu'elle avait rendu possible et aujourd'hui on assistait à un paradoxe : l'écriture qui avait lutté contre l'effacement s'effaçait à son tour. L'écriture n'émerveillait plus, ne suscitait plus l'enthousiasme.

Rémi avait pris conscience de ce phénomène nouveau au cours de ses longues marches dans Paris. Depuis quelques décennies déjà, on concevait d'abandonner les personnes et il n'y avait là aucune difficulté. On s'était habitué. Ainsi rencontrait-on de plus en plus d'êtres humains dépenaillés et hagards, dans les rues, sur les trottoirs, sur les bancs et jusque dans les caniveaux. Mais ce n'était pas encore le cas des livres. Vis-à-vis de ces êtres, on gardait un certain respect, une forme de retenue. Les livres étaient moins pris en main, beaucoup moins lus, moins commentés, mais ils n'étaient pas ignorés ou méprisés au point d'être jetés à la rue comme les personnes. Or cela était en train de changer.

Un samedi matin, Rémi remontait à pied l'avenue de Saint-Mandé. Des déménageurs s'affairaient devant la porte d'un immeuble tout près de chez lui. Leur camion garé perpendiculairement au trottoir barrait le passage et contraignait les passants à s'approcher de l'entrée du bâtiment. Les deux battants du hall étaient maintenus ouverts. Une petite femme se tenait dans le hall. Toujours en tablier, très énergique, les cheveux maintenus sous un bandeau qui ceinturait son front, elle passait une partie de ses journées à balayer ou à rincer à grande eau la surface du trottoir qui faisait face à l'immeuble. Elle vidait son seau sans crier gare et sans se préoccuper des passants dont elle éclaboussait les pieds, Rémi en avait déjà fait les frais. Avant de s'engager et de poursuivre son chemin, il s'était arrêté un instant devant l'entrée et avait jeté un coup d'œil dans le hall. Celui-ci était encombré d'un amas hétéroclite d'objets et de caisses en carton. Rien n'était emballé, les meubles n'étaient pas protégés, les caisses n'étaient pas fermées avec soin, et les hommes qui procédaient au déménagement ne semblaient pas être des professionnels. La petite femme protestait et disait sur un ton courroucé : « Qu'est ce que vous voulez que j'en fasse ? » et un des hommes lui répondait qu'il ne les prendrait pas et que c'était inutile de se mettre en colère. Il répétait : « On prend les meubles, les bibelots, la vaisselle, le linge, mais pas les livres… les livres plus personne n'en veut, on n'en tire pas un sou, vous n'avez qu'à les mettre à la benne. »

Rémi n'avait pas osé intervenir ni se mêler à la conversation. S'il avait interrogé la femme au tablier et s'il avait manifesté un intérêt pour les livres, certainement qu'elle en aurait aussitôt profité, elle se serait empressée de les lui montrer et aurait insisté pour qu'il les prenne ou qu'il vienne les chercher au plus vite. Alors il aurait eu à s'expliquer. Il aurait été obligé de préciser que seuls certains livres pouvaient éventuellement l'intéresser, que ce n'était pas les livres en eux-mêmes qui importaient mais ce qu'on découvrait parfois à l'intérieur et qui n'apparaissait nulle part ailleurs, parce que les livres parlaient de ce qui n'était pas, ou de ce qui n'était plus, ou de ce qui viendrait mais n'était pas encore, et que dans tous les cas, ce dont ils parlaient demeurait invisible et ne devenait manifeste qu'à ceux qui lisaient, et qu'en conséquence, s'il se décidait à en prendre quelques-uns, il devrait procéder à un tri, qu'il ne lui suffisait pas seulement de les voir pour les adopter, qu'il lui fallait aussi les ouvrir, lire au hasard quelques pages, surtout les premiers mots, les premières phrases, et qu'il fallait de bonnes conditions pour lire, conditions qui n'étaient pas réunies dans un hall grand ouvert sur la rue. Or certainement que la petite femme au tablier se serait dit qu'il se moquait d'elle, que si les livres parlaient de choses qui n'existaient pas, elle avait d'autant plus de raison de vouloir s'en débarrasser, et que si ce qui ne parlait de rien intéressait un type comme lui, il n'avait qu'à les prendre sans faire de simagrées et sans lui compliquer la vie.

Restaurer son appartement ? L'entreprise était trop ambitieuse, elle impliquait trop d'obstacles à surmonter. D'autant que parmi eux, il y avait ceux que l'on pouvait anticiper et auxquels on pouvait se préparer, et puis il y avait les autres, les imprévisibles, ceux qui surviendraient en cours de route et qui exigeraient peut-être une ardeur et un travail dont Rémi ne se sentait pas capable. Et puis il y avait encore autre chose qui en condamnait l'idée. La question n'était pas d'occuper le temps ni de remédier à l'attente ou à l'ennui. Rémi ne se sentait plus dans le même état, le délai avait changé la donne. Après que Frédéric lui eut appris que l'intervention ne pourrait pas avoir lieu immédiatement et qu'il devrait attendre, Rémi avait commencé à éprouver un sentiment confus d'inhibition, une oppression légère à peine perceptible, mais suffisamment présente cependant pour lui peser et l'entraver. C'était un peu comme si l'air autour de lui s'était épaissi et avait perdu de sa transparence. Sa pensée comme ses mouvements en étaient ralentis. Son univers mental s'opacifiait. Il ne pouvait pas s'emparer d'une idée sans qu'aussitôt un nuage de poussières noires vienne la recouvrir et en altérer la lumière. Il se demandait d'où pouvaient provenir toute cette grisaille et cette sensation curieuse d'asphyxie jusqu'au moment où il en comprit l'origine. Il était en sursis. Il risquait de devenir un autre et devenir un autre, d'une certaine façon, c'était mourir.

Rémi tentait de se rassurer en se parlant à lui-même comme il l'avait toujours fait. Il ne changerait pas, il était suffisamment solide, il demeurerait le même envers et contre tout. Que pouvait une mémoire électronique contre quarante ans de construction personnelle ? Cependant une petite histoire, à la manière d'un rêve prémonitoire, s'esquissait sous son front.

Il marchait sur une route déserte avec à la main une petite valise que lui avait donnée sa mère. Il ne reconnaissait pas les campagnes environnantes, il n'avait jamais emprunté cette route. Au loin se dressait un barrage avec des hommes en armes, il était libre de faire demi-tour ou de prendre à travers champ, il continuait malgré tout. Il approchait du barrage, c'était un poste-frontière. Des hommes en armes l'entouraient et le contraignaient à les suivre dans un petit bâtiment sale et triste. Ils lui prenaient ses affaires, le dépouillaient, mais ne lui faisaient aucun mal. Un peu plus tard, on le conduisait dans un bureau. Face à lui, un officier avec des moustaches et des décorations lui attribuait une nouvelle identité, après quoi on l'entraînait dans une autre pièce où on lui donnait de nouveaux vêtements. À mesure qu'il s'habillait, on lui parlait avec une langue qu'il n'avait jamais entendue mais qu'il comprenait de mieux en mieux. À la fin on lui serrait la main et on le félicitait. De l'autre côté du barrage, derrière le bâtiment, une voiture avec un chauffeur l'attendait. Il s'asseyait à l'arrière sans même marquer une pause et sans se retourner, le chauffeur lui demandait où il voulait aller et il répondait « chez moi » sur un ton très naturel en indiquant une adresse. La voiture démarrait, puis, après un virage, disparaissait derrière un rideau d'arbres. Il ne restait que le poste-frontière avec dans une pièce du bâtiment ses habits d'avant et la petite valise que sa mère lui avait donnée…

7

Gilles et lui avaient rendez-vous à la brasserie où ils avaient l'habitude de se retrouver tout près du lycée Maurice Ravel. Le matin même, assis à son bureau, Rémi avait relu ses notes. Il espérait que Gilles approuverait la manière dont il avait formulé les choses. D'autant que cela n'avait pas été facile. On ne pouvait pas présenter les statuts de la future Association sans commencer par parler de l'ancienne et des raisons qui avaient conduit à sa dissolution. Contraint de rédiger un long préambule, il s'était efforcé de masquer son scepticisme et pensait y avoir réussi. Même si la tentative de redresser l'Association devait échouer, il valait mieux agir comme si une renaissance était possible.

Ses notes s'étalaient sur une dizaine de feuilles. Après les avoir numérotées et placées dans la chemise cartonnée verte, celle-là même avec laquelle Gilles était venu chez lui, il avait hésité quelques secondes, puis s'était penché, et, à l'aveugle, avait étendu son bras droit sous la table du côté où il avait l'habitude de déposer son cartable. On était en novembre, plusieurs mois d'interruption n'avaient pas brisé la spontanéité d'un geste qu'il avait accompli des centaines de fois et qui avait profité de cette répétition pour gagner en sûreté et en précision. Son vieux cartable reprenait du service. Rémi avait de la sympathie pour cet objet qui portait les marques d'un usage quotidien. Il y était attaché comme on s'attache parfois à un manteau, à une paire de chaussures ou à un fauteuil. Façonné dans un cuir épais de couleur fauve, il avait un mode de fermeture à l'ancienne, avec des lanières cousues sur le rabat qu'il fallait passer dans des boucles en métal et qu'il fallait régler en fonction du remplissage. Un attachement qui n'empêchait pas l'ingratitude. Au mois de juin, après ses derniers cours, Rémi n'avait pas eu le courage de ranger ses affaires. Rentré chez lui, il avait négligemment remisé son cartable à sa place habituelle, sous la table, dans l'ombre et la poussière, et c'était seulement au moment même où il avait repris en main ledit cartable pour y glisser la chemise verte que ce geste de mise à l'écart et d'abandon lui était revenu à l'esprit.

Par curiosité, il s'était proposé de faire un détour par le lycée. Rien n'avait changé. Il était midi dix, un flot d'élèves s'échappait. L'étroitesse de la porte condamnait les jeunes gens à se bousculer. Aussitôt sortis, la plupart s'égayaient à droite et à gauche, mais d'autres, au contraire, s'arrêtaient et stationnaient pour téléphoner ou envoyer des messages. Ceux qui arrivaient derrière devaient les contourner, certains se heurtaient, des protestations fusaient, des groupes se formaient et s'agrégeaient, il devenait de plus en plus difficile de se frayer un passage. Rémi contemplait la scène. Aucun de ces élèves ne se préoccupait de lui, mais lui les observait. Il avait sa grosse veste en velours noir, son écharpe et son cartable à la main. S'il s'était approché, il aurait pu se faufiler parmi eux comme il l'avait fait de si nombreuses fois et entrer à contre-courant dans le lycée malgré la cohue. Il aurait pu aller dire quelques mots au gardien qui l'aurait reconnu et avec lequel il aurait échangé des amabilités. Mais cela n'aurait répondu à aucun motif ni à aucun élan sincère. Une partie de sa vie s'était déroulée là. La parenthèse s'était refermée et il se demandait seulement si cela avait vraiment eu lieu.

Deux minutes plus tard, Rémi poussait la porte de la brasserie. La salle était déjà à moitié pleine. Rémi connaissait les lieux. Il se dirigeait vers une des tables encore disponibles quand il fut arrêté net par une voix qui ne lui était pas inconnue et qui l'appelait par son prénom.

— Alors Rémi ! On ne dit plus bonjour, tu nous snobes ?

Deux de ses anciennes collègues du lycée se tenaient juste à sa droite sous son épaule, il était en train de les dépasser au moment où l'une d'entre elles l'avait interpellé. Rémi se retourna, fit une grimace intérieure et arbora un faux sourire.

— Désolé, je ne vous avais pas vues…

— Mais qu'est-ce que tu fais là ? Viens t'asseoir avec nous cinq minutes…

— J'ai rendez-vous avec Gilles Janus, il est en stage au lycée.

— Oui, on sait, on l'a déjà croisé plusieurs fois dans les couloirs… mais toi, qu'est-ce que tu deviens ? Assieds-toi.

Rémi ne pouvait pas tomber plus mal. Il connaissait l'ex-collègue qui venait de l'interpeller et qui l'avait prié de s'asseoir. Impossible de l'ignorer. Professeur d'histoire, experte en pédagogie, cette femme d'âge mûr et à la personnalité très affirmée était née pour enseigner. Elle n'avait de cesse de faire la leçon à tous ceux qu'elle pouvait prendre dans ses filets : élèves, parents, ou professeurs. Tout jeune enseignant qui débarquait au lycée devenait aussitôt sa proie. Elle l'entreprenait et ne le lâchait plus. Et c'était ce qui était arrivé à Rémi avant que Gilles n'ait eu le temps de le prévenir et de lui recommander de prendre ses distances. Le jour de sa première rentrée, elle l'avait pris sous son aile et l'avait aussitôt abreuvé de ses bonnes paroles. Sous prétexte de lui faire visiter le lycée tout en se montrant utile et bienveillante, Danielle Brousse avait réussi à lui faire part, outre les très nombreux conseils sur la manière de conduire sa classe, de tout un pan de sa vie personnelle. Si elle était bon professeur, si elle se faisait respecter, et si les élèves progressaient grâce à elle, ce n'était pas seulement parce qu'elle avait ce métier dans le sang, c'était aussi parce qu'elle avait une vie familiale harmonieuse. Elle était une femme forte et intelligente, et il fallait que cela se sache. Elle avait écrit un livre sur Robespierre, elle avait trois beaux enfants, un chien et une maison de vacances écologique tout en bois dans l'Aveyron. Tout allait bien pour elle, excepté sur un point : son mari, plus âgé qu'elle, n'arrivait plus à la combler sexuellement. Elle en avait souffert et cela aussi devait se savoir, mais c'était déjà du passé, elle avait trouvé la parade. Dans le couloir qui menait à l'administration du lycée, Rémi avait eu droit à un complément d'information sur cette épreuve. Pour pallier le manque, elle avait pris un amant, depuis tout était rentré dans l'ordre. Elle s'en félicitait car l'effet avait été radical, ses élèves ne la fatiguaient plus, elle avait repris goût aux tâches ménagères et, de nouveau, son mari lui semblait merveilleux. Comme quoi, parfois, un petit compromis valait mieux qu'un respect absolu de la morale bourgeoise.

Au cours des années qui avaient suivi cette première rencontre, il était encore arrivé à Rémi de se faire happer par sa collègue. Il se débrouillait pour abréger les conversations, il prétextait un souci ou une urgence pour lui échapper. Mais en ces circonstances présentes, il jugeait qu'il aurait été trop impoli de sa part de s'esquiver ou de l'ignorer.

— Gilles va arriver d'une minute à l'autre, je dois retenir une table…

— Inutile, on a fini, vous n'aurez qu'à prendre la nôtre ! Vous vous connaissez ?

Danielle Brousse s'était tournée vers sa collègue. Plus jeune et beaucoup plus discrète, celle-ci se contenta d'adresser à Rémi un sourire de politesse. Elle aussi enseignait l'histoire, mais avec moins de succès que Danielle, ou du moins sans que tout le lycée en soit informé et en vienne à parler d'elle.

— C'est incroyable cette réforme, lança Danielle, jamais je n'aurais imaginé qu'en France on puisse en arriver là, on est vraiment en pleine décadence.

Rémi hésitait. S'il entamait une conversation sérieuse avec son ex-collègue, il risquait de ne plus pouvoir s'en dépêtrer. Il devait argumenter mollement et sans s'attacher à ce qu'il allait dire. Il ne connaissait que trop Danielle. Tous les sujets l'intéressaient dès lors qu'ils lui donnaient l'occasion d'étaler ses connaissances.

— Je ne sais pas si on doit parler de décadence, mais en tout cas ce n'est pas avec ce genre de réforme que l'on va aider les jeunes générations à mieux penser et à prendre leurs responsabilités... si tant est qu'il y ait un rapport entre les deux...

— Mais il faut dire aussi que vous, les professeurs de philosophie, n'avez pas été très combatifs, vous n'avez presque rien fait pour vous faire entendre... on aurait pu s'attendre de votre part à une réaction beaucoup plus vive.

Danielle Brousse se tourna vers sa consœur pour chercher son soutien et montrer à Rémi qu'elle n'était pas la seule à penser ce qu'elle disait. Mais elle n'obtint en retour qu'un vague acquiescement. La jeune collègue ne souhaitait pas prendre parti et préférait rester en marge. De son côté, Rémi se demandait comment il allait tirer son épingle du jeu. Si Gilles tardait à arriver, la discussion risquait de changer de tournure, et d'une conversation légère et amicale se transformer en une dispute impossible à arrêter.

— C'est vrai, mais c'est parce que nous ne sommes pas très courageux... et surtout parce que nous avons été très seuls... il faut bien reconnaître que l'on ne nous a guère soutenus...

— Tu ne peux pas dire cela des professeurs d'histoire. On a fait grève, on a signé les pétitions, on vous a accompagnés...

— Oui, mais je veux parler d'un soutien plus large, un soutien de toute la population... Mais même dans ces conditions, je crois que cela n'aurait rien changé... on n'a plus besoin des philosophes, on ne croit plus en l'esprit, on est à l'époque des connexions, à l'époque des neurosciences... ce qui est arrivé est le signe que nous sommes passés dans une nouvelle ère...

Le visage de Danielle avait perdu sa bonhomie et son air satisfait. Elle n'avait jamais appréhendé Rémi sous son vrai jour. Elle l'avait seulement envisagé sous l'angle de son métier et de l'idée qu'elle en avait. Il était professeur, donc il vivait et pensait forcément comme un professeur : il était de gauche, du côté du peuple, du côté de ceux que le grand capital exploite, il luttait contre les injustices, il haïssait les puissants et les riches, et, naturellement, il était engagé et solidaire. S'il fallait battre le pavé pour défendre les intérêts des professeurs offensés, il répondait présent et ne ménageait pas ses efforts pour crier son indignation. Bref, il était nécessairement conforme à l'idée qu'elle se faisait d'un professeur respectable et bien-pensant. Danielle reprit :

— Tu es en train de nous dire qu'il faut abandonner la lutte ?

Elle avait lancé sa question comme si elle se préparait à bondir. Selon elle, on ne pensait bien qu'en s'opposant. Le contexte et l'éventuel bien-fondé de la décision du gouvernement n'avaient pas à être pris en considération. Seule la lutte comptait.

— Non, ce n'est pas ce que j'ai dit et c'est d'ailleurs pour cela que j'ai rendez-vous avec Gilles aujourd'hui.

— Ah ! Tu me rassures… et qu'est-ce que vous comptez faire ?

— Comme pendant la Résistance, mais en plus moderne, on ne fera pas dérailler les trains, on va procéder à des cyberattaques… on va s'introduire dans tous les systèmes informatiques et on va immobiliser le pays…

— Tu plaisantes… t'es pas sérieux…

Rémi esquissa un sourire. Au même moment, il recevait un léger coup sur l'épaule gauche.

— Ah ! bien justement le voilà… Tu arrives à point, Gilles. J'étais en train d'expliquer à nos collègues comment nous allons faire payer au gouvernement notre mise à l'écart… mais maintenant que tu es là… au travail !

— Prenez notre table, on vous laisse… s'exclama Danielle, on a cours dans dix minutes.

Danielle Brousse se leva la première. Sa collègue qui n'avait pas prononcé un mot lui emboîta le pas. Elles saluèrent les deux hommes et quittèrent la brasserie.

8

Toujours debout derrière la chaise que venait de libérer Danielle, Gilles semblait attendre que le serveur vienne débarrasser la table et prendre leur commande. Rémi l'observait. Quelque chose avait changé chez son ancien collègue. Il l'avait connu professeur et il avait en face de lui un futur proviseur. Une mue s'opérait qui se manifestait à quelques signes extérieurs. Gilles cherchait à s'adapter à ses nouvelles responsabilités et cela passait par le souci de son image. Il devait en imposer et accorder son apparence au niveau d'autorité qui serait bientôt le sien. C'était dans sa tenue vestimentaire que la métamorphose était la plus évidente. Sous son imperméable beige qu'il avait soigneusement plié sur le dossier de sa chaise, Gilles portait un magnifique costume bleu acier taillé sur mesure. On ne pouvait guère montrer plus de rigueur et de sérieux dans son accoutrement.

— Ne te moque pas, je devine très bien ce que tu penses, lança Gilles. Cet après-midi on est convoqué par le Recteur de l'Académie de Paris… Je suis obligé de me conformer à un certain look… Je ne suis pas trop ridicule ?

— Non, tu es magnifique, répondit Rémi en souriant. Certes, on est loin du look de Diogène, mais c'est là aussi ton charme… je te félicite… personnellement je sais que je n'aurais pas pu. Toutes ces responsabilités qui vont te tomber sur les épaules, tu n'appréhendes pas trop ?

— Si, bien sûr, et c'est justement pour ça que j'ai besoin d'avoir un autre point d'attache et que je tiens à ce que l'on sauve l'Association… mais j'imagine que ce n'est pas simple non plus pour toi… qu'est-ce que tu fais de tes journées maintenant que tu es totalement libre ?

— Pas grand-chose… plus rien ne m'apparaît très urgent, alors je me disperse…

Hélé de tous les côtés, le serveur tardait à venir. Gilles lui fit signe, ils passèrent commande, puis Gilles s'assit et reprit :

— Maintenant que tu as du temps, tu devrais écrire.

— Sans doute, mais actuellement je n'en éprouve pas la nécessité… Écrire comme avant, cela n'aurait pas de sens.

— Qu'est-ce que tu veux dire ?

— Simplement qu'on ne peut pas faire comme s'il ne nous était rien arrivé… On a été congédiés, ce n'est pas rien, il faut en parler, il faut en tirer les conséquences, il faut savoir si oui ou non, cela crée de nouvelles conditions pour la philosophie ou si c'en est vraiment fini pour elle et pour nous.

— À ce propos, Rémi, je voulais t'informer de quelque chose qui ne va certainement pas te réjouir… Sache que samedi prochain à notre assemblée générale, il y aura parmi nous quelqu'un que tu n'apprécies pas beaucoup.

— Qui ?

— Michel Fréon !

— Non… c'est une blague !

— Ce n'est pas une blague, j'ai appris cela hier. Fréon a contacté un collègue pour savoir comment cela se passait chez les ex-professeurs de philo, le collègue lui a parlé de notre réunion et Fréon lui a dit qu'il viendrait.

— Gilles ! Ce type est insupportable… tu le connais… il a tout lu, tout compris, il fait la leçon à tout le monde… et, par-dessus le marché, il souffre d'incontinence, il a le stylo qui fuit, il écrit sur tout et n'importe quoi, il tord les textes des grands auteurs dans tous les sens, il les travestit, il les détourne et, avec ça, il vomit une mixture immonde dont seuls quelques journalistes ignorants et stupides se repaissent… Ah, non ! pas lui, pitié, pas lui… ce n'est pas possible…

— Rémi ! Je m'attendais à ta réaction et je la comprends… j'ai réagi comme toi au début… puis je me suis dit que j'avais tort… je te rappelle qu'il a été professeur de lycée comme nous, il s'est fait une réputation avec des livres très discutables sur le plan philosophique, mais il est des nôtres et on n'a aucune raison de lui refuser la parole.

— Gilles ! Sérieusement ! tu te vois travailler avec ce type ?

— On n'en est pas là. Il s'agit de sauver l'Association et de tenter de lui donner un nouveau souffle. On ne va pas commencer par ostraciser Fréon, il a peut-être des propositions intéressantes à nous faire… qui sait ?

Les deux amis se faisaient face et semblaient tout à coup à mille lieues l'un de l'autre. Rémi n'arrivait pas à contenir sa contrariété, il avait attrapé sa lèvre inférieure avec sa main droite et ne cessait de la pincer et de la relâcher à un rythme de plus en plus rapide. Il regardait en direction de son ex-collègue, mais son regard manifestait un retrait intérieur. Son ami Gilles plébiscitant la venue d'un type comme Fréon à l'Assemblée générale des professeurs de philosophie de l'enseignement public ! Cela lui apparaissait tout simplement grotesque. Il n'aimait pas Fréon, il détestait sa manière de se présenter, de mettre en avant son origine sociale, son père ouvrier, sa mère femme de ménage, de brandir leur condition comme si elle était un critère de vérité et comme si elle apportait la preuve de son honnêteté intellectuelle. Il n'aimait pas sa suffisance, son manque de modestie, sa prétention à avoir réponse à tout, sans parler du glissement permanent qu'il opérait entre philosophie et idéologie. Pour lui, Fréon était l'exemple même du sophiste. Mais d'un autre côté, il reconnaissait que le rejet que lui inspirait cet homme lui était dicté par une antipathie instinctive et qu'il avait tort de se laisser emporter.

— Qu'est-ce que tu redoutes exactement ? reprit Gilles après une longue minute de silence.

— Ce que je crains, c'est qu'il sème le trouble et la discorde parmi nous et que nous sortions de cette réunion désunis et complètement écœurés.

— Il y a un risque en effet... pour autant on ne peut pas lui prêter par avance de mauvaises intentions.

— Gilles ! Je t'en prie, soyons lucides... si ce n'est pas pour semer la zizanie qu'il débarque, alors c'est au moins pour imposer ses vues... et peut-être même pour essayer d'accaparer l'Association... il est prêt à tout pour faire parler de lui... il fait feu de tout bois... c'est un vampire.

— Et imagine que ce soit tout le contraire... qu'il veuille simplement nous donner un coup de main, mettre sa notoriété à notre service... on ne le connaît pas vraiment, ce n'est peut-être pas un mauvais bougre après tout.

— Si tu le dis...

Rémi avait répondu sur le ton de celui qui abandonne la partie et qui s'incline. Il n'éprouvait aucune sympathie pour ce Fréon, mais il reconnaissait que ce n'était pas le sujet. Ce qu'il ressentait ne comptait pas. Gilles avait raison, seul l'avenir de l'Association importait. Seulement cela exigeait de sa part une conversion, il fallait adopter une attitude qu'il avait toujours eu du mal à faire sienne : donner la priorité à une cause commune quitte à mettre de côté ses sentiments. Il avait vécu en solitaire, pour ses lectures, pour ses idées, il n'avait aucune expérience de cette dimension très particulière de l'action collective. Devant Danielle Brousse, il avait évoqué la Résistance, un comble pour quelqu'un qui n'avait jamais participé à une quelconque organisation exigeant de s'oublier au profit d'une cause ou d'un idéal commun. Il était dénué de cette vertu. Mais la philosophie pouvait-elle vraiment faire l'objet d'une cause commune ? Il n'y avait pas d'hommes plus individualistes et plus férocement attachés à leur indépendance que les philosophes. Comment rassembler des individus pareils ? Autant essayer attraper du vent !

— Rémi, je te trouve bien sombre d'un seul coup… tu ne vas pas me lâcher tout de même ?

— Ne t'inquiète pas pour ça, je suis là.

— Et la philosophie ?

— La philosophie nous relie plus avec des morts qu'avec des vivants…

— Oui, mais elle continue à travers nous et nous n'avons pas le droit de renoncer à en réfléchir la lumière… Je crois qu'il vaut la peine de lutter pour elle… Si elle nous a touchés et nous a aidés, c'est qu'elle peut encore en toucher d'autres… mais pour cela elle a besoin de nous… c'est notre responsabilité, c'est notre devoir.

— Je reconnais là ta ferveur et c'est ce qui me plaît chez toi.

Gilles s'apprêtait à répondre, mais l'attention des deux amis fut détournée par ce qui se déroulait à côté d'eux et qui ne manquait pas de drôlerie. À la table qui jouxtait la leur, un très vieux monsieur au visage chiffonné tentait avec difficulté et sans résultat de s'extirper de sa chaise. Seul à sa table, l'homme affichait une grande maigreur et présentait tous les signes d'une décrépitude avancée. Ses mains décharnées cherchaient des points d'appui, d'éventuels accoudoirs qui n'existaient pas. Elles flottaient dans l'air. Ne sachant pas à quoi s'accrocher, le vieil homme en appelait à une sorte d'élan salvateur qui lui aurait été fourni par la contraction coordonnée de ses jambes et de son abdomen. Mais l'élan était dérisoire, le vieil homme s'élevait à peine de quelques centimètres, puis retombait en arrière. Il patientait quelques secondes, reprenait son souffle, et renouvelait l'opération sans plus de succès. Rien n'apparaissait sur son visage, ni découragement ni mauvaise humeur. Gilles et Rémi s'interrogèrent du regard. Ils hésitaient entre rire et consternation.

Cependant, plus durait cette gymnastique absurde, moins ils avaient l'esprit à rire. En réalité, ce vieux les accablait. Il fallait que cela cesse. Alors, comme si une même lassitude leur avait inspiré la même idée, tous les deux se levèrent, passèrent derrière le vieux, l'attrapèrent sous les aisselles et l'établirent en position verticale. Celui-ci vacilla et s'agrippa aussitôt à leur bras.

— Vous allez y arriver ? demanda Gilles en s'adressant au vieillard.

— Laissez, laissez, je m'en occupe.

L'ordre provenait d'un jeune homme que ni Gilles ni Rémi n'avaient vu arriver. Le vieil homme se laissa faire, il avait reconnu la voix, il changeait de mains et cela n'avait pas l'air de l'émouvoir. Il attendait seulement qu'on le mette en mouvement. Le jeune homme lui donna le bras et l'entraîna à petits pas vers la sortie. Gilles et Rémi échangèrent un regard d'étonnement et se rassirent comme s'il ne s'était rien passé.

— On en était où ? demanda Gilles.

— On parlait de l'Association et de la venue de Fréon à la prochaine assemblée... tu disais qu'il n'était peut-être pas un mauvais bougre...

— Ah oui... mon point de vue c'est que l'on doit en effet s'ouvrir au tout venant... il faut mettre de côté nos a priori... Fréon n'est peut-être pas un bon philosophe, mais il a un public, il a beaucoup de relations, les journalistes l'adorent... s'il peut nous faire profiter de cet aspect de sa personne et si cela peut nous aider à avoir une certaine influence... et puis on n'est pas obligés de devenir ses amis...

— Eh bien justement, elle est là la difficulté... du moins pour moi.

— Qu'est-ce que tu veux dire ?

— Gilles ! Ce n'est pas à toi que je vais apprendre que nous avons besoin de la bienveillance de l'amitié pour philosopher honnêtement et sincèrement... Sans elle, rien n'est possible, tout est faussé et il est inutile de débattre... autant rester seul.

— Sans doute, mais pour l'heure, mon sentiment, c'est que nous devons accueillir favorablement tous ceux qui viendront à nous... quels qu'ils soient...

Rémi ne put s'empêcher de sourire. À la table qui jouxtait la leur, celle que le vieil homme avait libérée, un enfant et sa mère venaient de s'installer. Il y avait une concordance plaisante entre ce que Gilles avait dit et ce remplacement dans l'ordre des générations.

— Pourquoi tu souris ? lança Gilles mi-inquiet et mi-suspicieux.

— Pour rien... lui répondit Rémi en indiquant discrètement les nouveaux venus par un geste de la tête.

Gilles fronça les sourcils, puis fit une vague grimace pour indiquer qu'il ne comprenait pas. Rémi reprit :

— Laisse, ce n'est pas important... revenons à notre problème... je t'accorde que nous ne pouvons pas nous opposer à ce que Fréon vienne, mais je maintiens qu'il ne vient pas pour rien et que, s'il se déplace, c'est pour tenter la même opération que toi : s'emparer de l'Association... autrement dit, dès le début cela va être une lutte à couteaux tirés... il va tout faire pour te contrer... tu te sens prêt à l'affronter ?

— Bien sûr ! Pourquoi aurais-je peur de lui ? Il n'a pas le monopole de la vérité... et si tu veux mon avis, à l'inverse de ce que tu crois, je pense que cette rencontre nous sera profitable, elle va nous permettre de savoir ce qu'il a dans le ventre mais aussi de clarifier notre propre orientation... S'il vient à nous, c'est la preuve qu'il y a quelque chose à faire, quelque chose à entreprendre... et cela c'est positif...

— À propos d'orientation, justement... j'ai travaillé sur les statuts... je ne te cache pas que j'ai eu du mal à trouver une formulation pour l'article deux, celui qui concerne l'objet de l'Association... Nous n'avons plus d'intérêts professionnels à défendre... il ne nous reste que la philosophie... je ne suis pas sûr que cela soit suffisant pour relier solidement des individus comme nous... tiens, pendant que j'y suis, je te donne la nouvelle mouture, tu me diras ce que tu en penses.

Le cartable de Rémi se tenait à ses pieds. Il en tira la chemise verte qu'il tendit à Gilles par-dessus la table.

— Tu m'autorises à lire un peu le temps qu'on nous serve ? demanda Gilles.

— Oui, bien sûr...

Rémi profita de ce moment de relâche pour contempler ce qui s'offrait à lui dans la salle. Très vite son attention fut retenue par ce qui se déroulait sur la table qui jouxtait la leur. La jeune femme parlait à son fils avec une voix très douce et en articulant nettement les mots, elle détaillait le contenu des plats inscrits sur la carte. Mais l'enfant qui devait avoir quatre ou cinq ans ne l'écoutait pas et se laissait distraire par ce qui l'entourait.

— Très bien ton préambule, s'exclama Gilles après quelques instants. Tu as raison de revenir sur le limogeage des professeurs et sur le sens qu'il faut donner à cet événement d'un point de vue historique et culturel.

— Je suis content que cela te convienne, mais moi aussi je voulais te dire une chose... Gilles, soyons clair, je partage ton intérêt pour la refondation de notre Association et je veux bien y participer dans la mesure de mes moyens... cependant, il faut que tu saches que ma collaboration ne sera peut-être que de courte durée.

— Tu nous quittes ?

— Non, ce n'est pas cela. Comment t'expliquer ? Je ne sais pas comment tu as vécu les choses, mais je dois t'avouer que, pour ce qui me concerne, le limogeage des professeurs a été comme un coup de semonce... J'avais une petite vie tranquille, je jouais à Socrate avec les élèves, c'était relativement confortable... Puis on nous a annoncé qu'on ne voulait plus de nous... je suis tombé de mon petit nuage... je me suis souvenu que j'allais avoir quarante ans... j'ai hésité, puis finalement j'ai démissionné... je suis libre comme je ne l'ai jamais été... sauf que maintenant je suis au pied du mur, il faut que je trouve quelque chose à faire qui en vaille la peine... Quoi ? Je ne sais pas encore.

Gilles qui avait gardé en main les statuts fixait son ami avec une certaine incrédulité. Il ne s'attendait pas à des confidences aussi directes. Les deux ex-professeurs s'étaient souvent entretenus de leurs lectures et de ce qu'ils en tiraient sur le plan intellectuel, mais ces échanges gardaient toujours la forme épurée du débat d'idées. Leurs entretiens débordaient rarement l'échiquier des concepts et ne s'aventuraient qu'exceptionnellement sur le terrain de leur vie personnelle. Soit parce que les circonstances ne s'y prêtaient pas, soit parce qu'il y avait pour chacun d'entre eux un écart beaucoup plus grand qu'ils ne l'auraient souhaité entre leur vie intellectuelle et leur vie de tous les jours.

— Rémi, je ne te suis pas... je crois te connaître un peu... tu n'es pas venu à la philosophie par hasard... je ne parle pas de notre métier de professeur... je parle de toi... toi, Rémi Follenfan... je me trompe ?

— En effet... et alors ?

— Eh bien, je ne comprends pas comment tu peux envisager de te détourner de ce qui a fait ta vie toutes ces années... Te trouver un job... d'accord... mais je ne vois pas en quoi cela t'empêcherait de continuer de collaborer à l'Association… tu ne peux pas tourner le dos à la philosophie… je n'y crois pas…

— Sans doute, Gilles, tu as raison, mais pour ce qui me concerne, j'aimerais m'en tenir désormais à ce que j'ai écrit dans le préambule… Si philosophie il peut encore y avoir, c'est à condition de se confronter aux avancées des sciences… On a trop longtemps esquivé cette rencontre… la priorité aujourd'hui, c'est de vérifier s'il nous reste un domaine de compétence et si nous sommes encore en prise avec le monde qui se prépare. Or, pour cela, il faut nous renseigner sur ce que nos petits camarades qui travaillent actuellement dans les domaines scientifiques fabriquent dans leurs laboratoires. Alors, oui, bien sûr, je peux continuer de méditer comme d'autres continuent d'aller faire des prières à l'église, à la synagogue ou à la mosquée du coin, ou d'autres encore à parler de révolution, je peux me consoler avec des croyances, prendre soin de moi, traiter mes petites angoisses, mon mal personnel… et après ? Qu'est-ce que cela va changer ?

— Je te l'accorde, cette question des avancées scientifiques est importante… je te ferai seulement remarquer qu'elle n'exclut pas les autres… As-tu déjà une idée de ce que tu pourrais écrire sur ce thème ?

— Oui, mais je ne t'en dévoilerai pas la substance aujourd'hui.

Le visage de Gilles s'éclaira, il était rassuré. Rémi avait soufflé le chaud et le froid, il avait laissé planer le doute sur son engagement, mais la vigueur avec laquelle il avait défendu son point de vue permettait de penser qu'il n'abandonnerait pas la partie.

9

Rémi avait cru entendre des pas dans l'escalier. Des pas légers qui auraient à peine effleuré les marches. Ce n'était pas ceux de Lydie. Ceux-là, il avait appris à les reconnaître. Au tout début, à l'époque où sa voisine et lui ne s'adressaient encore que des bonjours du bout des lèvres, il arrivait qu'il ne l'entende pas monter. Dans la journée, à leur étage régnait un silence exceptionnel. Il était seul chez lui, il travaillait, il corrigeait des copies. Tout à coup le cliquetis d'une serrure et le bruit mat d'un battant que l'on pousse et que l'on referme rompaient le silence. C'était Lydie qui rentrait chez elle, et qui, maintenant, était là, à proximité, derrière la cloison. Un sentiment confus envahissait Rémi. Il n'était plus tout à fait seul. Il devinait sa présence au-delà du mur qui les séparait, une présence qui le rassurait et le dérangeait. Elle le troublait parce qu'il l'imaginait et qu'il ne pouvait pas s'empêcher de se la représenter comme s'il l'espionnait. Il ne voulait pas qu'elle sache que lui aussi était là. Pour rompre ce cercle, il devait s'éloigner. S'il s'était installé dans le séjour, sur le divan où à la table, il allait se réfugier dans sa chambre. Mais, avec le temps, les allées et venues de Lydie avaient cessé de le troubler. Elle-même prenait moins de précautions en montant l'escalier. Ses pas avaient perdu en discrétion. À partir du cinquième étage, elle peinait, elle manifestait sa fatigue tout au long de l'ascension du sixième en martelant chaque marche de plus en plus fort.

Fausse alerte. Il avait cru entendre des pas parce qu'il attendait Charlotte. Comment aurait-elle fait pour pénétrer dans l'immeuble ? Il lui avait donné le code, il lui avait indiqué l'étage, mais elle ne pouvait pas franchir la porte intérieure qui donnait accès à l'escalier sans sonner chez lui. À moins qu'un résident lui ait ouvert le passage et qu'elle en ait profité. Mais c'était peu probable. Charlotte n'aurait pas osé monter sans se signaler.

Il était presque vingt heures, Charlotte était censée arriver d'une minute à l'autre. Depuis une demi-heure maintenant Rémi tournait en rond, allait de la cuisine au séjour en se demandant ce qui allait ou ce qui n'allait pas, et en guettant les éventuels pas dans l'escalier. Cette journée avait été pour lui une longue attente. Ce n'était pas tant de préparer un dîner convenable qui l'avait tourmenté que l'embarras général dans lequel ce dîner le plaçait. C'est lui qui en avait pris l'initiative. Il se souvenait du moment où il avait quitté Charlotte à la sortie de la pizzeria. Il avait été ému par le regard insistant de la jeune femme et n'avait pas pu s'empêcher de la rassurer. Il avait répondu à son appel, sans réfléchir, il avait été franc et généreux. Mais entre-temps, il avait pris du recul et n'était plus aussi sûr d'avoir bien agi. Le doute s'était insinué, avait élargi les mailles du présent et lui avait fait entrevoir qu'il avait cédé à un élan aveugle. La sincérité du moment avait laissé la place à l'incertitude. Et puis surtout, un événement avait brouillé les cartes, la soirée qui avait suivi le déjeuner avec Charlotte, soirée où il s'était retrouvé dans le noir absolu, sur un lit aux draps qui sentaient la lavande. Ce soir-là, une autre femme l'avait enveloppé de sa sollicitude et avait pesé sur lui de toute sa sensualité.

Il s'était promis de se jeter dans le fleuve et voilà que c'était chose faite. Mais une panique sournoise l'avait aussitôt saisi. Il n'était pas comme tout le monde. Il avait passé beaucoup trop de temps sur la berge à regarder les autres. Selon son idée, être comme tout le monde, c'était être dans le fleuve et se laisser porter, c'était nager du mieux qu'on pouvait en profitant de ceux qu'on était amené à croiser sous l'effet des remous et de la violence du courant. Dès lors que l'on était entraîné et qu'il n'y avait pas moyen de s'arrêter, une seule chose comptait, faire en sorte d'être le plus heureux possible. Et c'est ce que l'on obtenait en nageant à deux. Certainement que Charlotte ne souhaitait rien d'autre. Il y avait un avantage à nager à deux. On n'allait pas moins vite que les autres vers l'inconnu, on avait presque autant de chance de se fracasser contre un rocher ou d'être avalé par un tourbillon, mais on n'y pensait moins et on se croyait à l'abri. Charlotte était comme tout le monde, elle voulait nager avec lui pour oublier la puissance du courant et tous les risques encourus ; pendant qu'il veillerait, elle pourrait se renverser sur le dos et profiter des nuits étoilées. Et certainement qu'elle lui proposerait d'en faire autant, ou plutôt que les choses se feraient naturellement, qu'ils prendraient l'habitude de veiller à tour de rôle et que le temps passerait ainsi jusqu'au jour où l'un d'eux se laisserait surprendre et que leur danse finirait.

Être heureux. Simplement heureux. N'était-ce pas ce qu'il voulait lui aussi ? C'est ce qu'il s'était demandé depuis, bien qu'il trouvât la question idiote. Instinctivement, on allait vers ce qui nous convenait le mieux et on y allait en dépit de ce qu'on pensait. Il s'étonnait malgré tout. Il s'étonnait de son aveuglement et de sa fébrilité. Il ne se reconnaissait pas. Il n'avait pas invité Charlotte seulement pour répondre au regard insistant de la jeune femme, il l'avait invitée parce qu'elle lui plaisait et qu'elle l'attirait. Il l'avait invitée pour être avec elle et parce que lui non plus ne voulait pas se retrouver seul au beau milieu du fleuve. Il avait peur, tout simplement peur, et il n'osait pas se l'avouer ouvertement, il préférait se mentir. Il se trahissait mollement. Une voix intérieure lui disait de cesser ce petit jeu indigne, mais il ne l'écoutait pas.

Pour autant, cette molle trahison ne l'empêchait nullement d'agir. Il s'était levé tôt et n'avait pas cessé de s'activer. La veille au soir, il avait élaboré un plan : le matin il ferait un grand ménage, l'après-midi il préparerait le dîner, puis il irait marcher pour s'aérer, et enfin, après être rentré, il prendrait une douche et se raserait de près. Après il n'aurait plus qu'à dresser la table et attendre son invitée.

L'appartement de Rémi était assez semblable à celui de sa voisine pour ce qui était de la disposition des pièces. Chez lui, cependant, on pénétrait directement dans ce qui tenait lieu à la fois d'entrée et de salle de séjour. Moins spacieuse, la pièce ne comprenait qu'une seule fenêtre. Rémi ne s'était pas vraiment préoccupé de l'ameublement. Il disposait de ce qu'il jugeait être l'essentiel. Une table ronde au centre, un divan d'un côté, et, de l'autre, contre le mur de séparation entre les deux appartements, un buffet rustique. Quatre chaises paillées complétaient le mobilier. Le buffet avait été abandonné par le précédent locataire. Pressé de quitter l'appartement, il n'avait pas eu le courage de le démonter et l'avait cédé à Rémi pour un prix très raisonnable. Ce meuble sans style particulier avait l'avantage de contenir beaucoup. Rémi l'avait très vite adopté et avait même fini par le trouver à son goût au point d'en faire un lieu de ralliement, une place où il aimait se retrouver pour lire ou pour méditer.

À mesure que les semaines et les mois passaient et que la lumière du jour changeait d'intensité, le plateau du buffet se vidait ou se remplissait. Une alternance qui variait aussi selon son travail, son humeur et sa paresse. Dans le meilleur des cas, on y trouvait au moins des livres. Rémi en acquérait toujours de nouveaux. Ils circulaient de la chambre à la salle de séjour. Parmi ceux qui échouaient sur le plateau du buffet, certains n'y faisaient qu'une courte station, d'autres y demeuraient plus longtemps, quelques-uns n'en repartaient jamais et y élisaient domicile. Ces derniers avaient d'abord été repoussés dans le fond et alignés horizontalement comme sur une étagère. Deux gros galets servaient à les bloquer aux extrémités. L'esthétique était sauve. Mais leur nombre ayant très vite prospéré, Rémi avait défait la ligne horizontale et avait opté pour des empilements verticaux. Les livres montaient contre le mur en colonnes serrées et vacillantes. Les plus haut perchés atteignaient la reproduction du tableau de Hopper, *The Long Leg*. Un entassement qui manquait d'allure.

Dès son réveil Rémi avait eu ce souci en tête. La venue de Charlotte imposait de libérer le buffet de tous les livres qui n'avaient plus de raison d'y être et qui, tels qu'ils étaient empilés, donnaient à la pièce un côté brouillon.

Au milieu de la matinée, Frédéric l'avait joint au téléphone. Il voulait le tenir au courant des conditions de l'intervention chirurgicale qui se précisaient. Ils avaient rendez-vous chez un de ses amis, un chirurgien spécialisé dans la médecine du cerveau, pour une première prise de contact. C'est cet ami, avec l'aide de Lola, qui procéderait à la mise en place de la puce électronique. Rémi avait écouté son frère et s'était contenté d'acquiescer. Momentanément, le pari et ce qui adviendrait de sa propre personne après l'opération ne l'intéressaient pas. Il lui semblait que Frédéric l'entretenait de choses indifférentes qui ne le concernaient pas. Il avait hâte que la conversation s'achève. Comme Frédéric s'étonnait de son manque de réaction et commençait à s'inquiéter, Rémi avait été contraint de lui donner le change : il n'était pas disponible, il avait quelqu'un chez lui, il le rappellerait plus tard.

La conversation n'avait duré que quelques minutes. Au moment où la sonnerie avait retenti, Rémi avait quitté la cuisine, enjambé l'aspirateur qui traînait dans l'entrée, attrapé son téléphone sur la table et était venu s'accouder au buffet comme il en avait l'habitude. Face à lui, les piles de livres étaient encore là. Il s'était précipité au cas où il se serait agi de Charlotte. Mais dès qu'il avait reconnu la voix à l'autre bout du fil, l'émotion que la sonnerie avait suscitée était aussitôt retombée. Il pouvait écouter distraitement ce que Frédéric avait à dire. Pendant ce temps, ses yeux s'occupaient à glisser négligemment aux dos des livres qui lui faisaient face. À sa droite les titres apparaissaient dans le bon sens, immédiatement lisibles. Presque tous renvoyaient aux derniers mois passés avec les élèves, les noms d'auteurs étaient liés aux thèmes et aux œuvres au programme. Dans les piles de gauche, les entassements étaient beaucoup plus anciens, les noms et les titres apparaissaient à l'envers, plus difficiles à déchiffrer.

Après avoir pris congé de son frère, Rémi voulut comprendre à quoi tenaient l'écart et le retrait qui lui permettaient de glisser ses doigts sous la seconde pile de gauche. À même le plateau du buffet et contre le mur se cachait un livre étroit et néanmoins assez épais. Au-dessus s'entassaient d'autres livres aux formats plus importants qui en masquaient le dos. Rémi souleva délicatement la pile et extirpa celui du dessous. Un livre de Ramón Gómez de la Serna : *Seins*.

Ce livre lui avait été offert par Maud quelque temps avant son départ. Rémi se souvenait d'en avoir lu des passages et d'en avoir apprécié le contenu. L'auteur y caressait de son écriture et de sa gourmandise des milliers de seins de toutes les formes et de toutes les tailles, non seulement pour jouer avec eux et profiter solitairement de leur innocence, mais aussi, et d'une manière beaucoup moins égoïste, pour leur rendre justice en les dévoilant tels qu'ils étaient à tous ceux qui, honnêtement, désiraient les admirer et les aimer à la hauteur de leurs mérites. Un authentique chef-d'œuvre.

Sur la couverture, l'éditeur avait reproduit un sein de jeune fille, très ferme et très rond, un sein et son bouton rose peint par un artiste de la fin du XVIe siècle. Sa rondeur et son volume étaient rendus par un dégradé de lumière et d'ombre. Offert aux yeux et au toucher, sa beauté naïve pourfendait par avance toute pudibonderie. Il appelait au recueillement et à la contemplation ou à la caresse inlassable des mains et des lèvres.

Mais si ce livre avait été dissimulé sous cette pile, il y avait des chances pour que Maud y soit pour quelque chose. Rémi prit le livre, le pressa entre ses mains et appliqua ses pouces sur la tranche de façon à l'entrouvrir faiblement et le plus délicatement possible. Le livre s'ouvrit à peu près en son milieu, là où Maud y avait en effet introduit une petite enveloppe. Rémi renversa le livre et laissa tomber l'enveloppe sur le plateau du buffet. Le rabat de l'enveloppe était libre. Celle-ci contenait une photo en noir et blanc en rapport avec le sujet du livre. On y voyait Maud, très déshabillée, debout près de la fenêtre du séjour, esquissant un sourire, la tête légèrement penchée et les yeux mi-clos. Elle arborait ses seins tout en faisant mine d'ignorer qu'ils étaient beaux et fiers dans la lumière du matin et d'autant plus ravissants et cruels qu'ils faisaient l'objet d'une exposition savante. Rémi se souvenait du plaisir qu'elle avait eu à prendre cette pose. Au dos de l'épreuve, elle avait écrit ces mots : *« En souvenir d'eux, rends-toi à la page 311. »* Et elle avait signé.

Ouvert à la bonne page, les lignes qu'elle lui proposait de lire avaient été précisées au moyen d'une accolade dans la marge.

Les seins signifient le divin sensible proche de la pensée, et il suffit que soit signalé leur lieu par le bouton féminin pour qu'ils soient essentiels.

Ils sont la magnifique poignée dorée qui ouvre sur une demeure où se réunissent la vie et la mort.

Être le maître de seins beaux et sensibles vaut mieux que d'avoir du génie.

10

Rémi s'était réveillé le premier. Charlotte était là, tout près de lui. À peine revenu à la surface du monde, il avait senti sa présence. Encore enivrée de sommeil, elle reposait sur le côté. Contre elle, il participait à elle de tout son long. Provisoirement elle était à lui. Il la tenait par la taille, il respirait tout près de ses épaules et de son cou. Ils avaient dû s'effondrer dans cette position après avoir épuisé ce qui leur restait d'énergie. À mesure qu'il émergeait, des images de la soirée et de la nuit venaient danser sous ses paupières. Aucune n'arrivait à se fixer, elles naissaient et se disloquaient presque aussitôt, elles éclataient sous l'effet des sensations présentes. Le corps de Charlotte était trop proche, trop sensible et encore trop nouveau pour ne pas l'émouvoir. Il y avait trop de points de contact entre elle et lui pour que son esprit puisse articuler des pensées claires. Celles qui s'invitaient se métamorphosaient en esquisse de mouvement qu'aussitôt il devait réfréner. Trop proche d'elle, il ne pouvait pas se dégager sans la réveiller.

Maintenant il se souvenait de l'instant critique où elle lui avait dit qu'elle devait rentrer chez elle et qu'elle allait appeler un taxi. Il était tard, ils avaient beaucoup parlé et avaient repoussé au plus loin le moment de se séparer. Chacun avait attendu que l'autre prenne les devants et tente d'infléchir leur relation dans un registre qui changerait tout. Charlotte s'était dit que c'était à Rémi de se manifester le premier, il l'avait invitée et elle n'était pas chez elle. De son côté Rémi pensait qu'il ne devait pas profiter de la situation et qu'il n'avait aucune raison de brusquer les choses. Quoi qu'il en soit, il n'avait pas exclu le fait que Charlotte puisse avoir envie de passer la nuit avec lui. Il en avait même eu une idée très nette au moment où il avait changé les draps de son lit. Mais il s'était laissé entraîné à parler et reconnaissait qu'il n'avait pas su être attentif aux silences qui se creusaient à mesure que la soirée avançait et que tous les deux étaient gagnés par la fatigue. Après le dîner, il avait proposé à Charlotte de quitter la table et de s'asseoir sur le divan avec l'intention de l'y rejoindre. Mais, alors qu'il se levait pour s'asseoir auprès d'elle, il avait simplement décalé sa chaise. À peine assis, il s'était rendu compte de son erreur. Il allait de soi qu'il n'était plus l'heure de s'entretenir et que Charlotte attendait un geste. En se plaçant comme il l'avait fait, il figeait leur relation et semblait indiquer à sa partenaire qu'il ne souhaitait pas aller plus loin. Charlotte était lasse, son visage ne s'animait plus autant, ses yeux papillonnaient de fatigue, son regard se vidait et se désolait. Elle les avait sauvés en coupant court à toute nouvelle conversation et en annonçant qu'elle devait rentrer chez elle.

Alors tout s'était précipité. Elle s'était levée. Rémi avait eu honte de lui et de son inertie. Il avait voulu se rattraper. Il s'était excusé de l'avoir fatiguée avec ses discours et lui avait proposé de la raccompagner chez elle. Il avait ajouté que si elle préférait rester, il lui laissait sa chambre. Charlotte avait marqué un temps d'hésitation et avait fini par répondre qu'elle voulait bien se rendre dans sa chambre.

Là, ils n'avaient plus échangé un mot. Une fois dans la chambre, elle avait refermé la porte derrière eux et lui avait seulement demandé d'éteindre la lumière. La nuit les avait enveloppés et avait fait taire les objections.

Encore sur le côté, Rémi respirait ses épaules et son cou. La nudité chaude et endormie de Charlotte ranimait son désir. Toutes ses pensées convergeaient vers elle et venaient s'écraser contre son corps. Il jouissait de tous les attouchements que leur proximité et les mouvements de leurs respirations suscitaient.

— Rémi… c'est bon de te sentir…

— Tu ne dormais pas ?

— À moitié seulement, je voulais profiter de toi…

— Et moi qui attendais que tu te réveilles…

Avant qu'il n'ait le temps de réagir, Charlotte s'était retournée et était venue se coller contre lui. Elle avait enfoncé sa tête dans le creux de son épaule, l'avait embrassé, puis avait fait glisser très rapidement sa main sur son ventre avant d'empoigner sa verge. Rémi avait aussitôt cherché à arrêter son geste.

— Non, Charlotte, pas maintenant, il faut se lever, il est tard…

— On est samedi ! Rien ne presse… on peut encore traîner un peu…

— En début d'après-midi j'ai un rendez-vous important avec des collègues, on doit se retrouver au lycée Henri IV à quatorze heures… Si tu veux, on se rend là-bas tous les deux et on déjeune dans le quartier.

— D'accord, mais toi tu viens chez moi ce soir.

— On verra, je ne peux rien te promettre… cela dépendra de la manière dont se sera déroulée notre réunion, je t'expliquerai… Tu prends la salle de bain maintenant ou j'y vais le premier ?

— Vas-y, j'irai après.

11

Charlotte jouait de tous ses profils. Rémi l'observait. Elle le déconcertait par sa bonne humeur et sa gaieté du matin. Tout en l'observant, il essayait de rassembler les différentes images qu'il avait d'elle. D'abord les plus anciennes, les plus enfouies, les images de l'époque où elle avait été son élève, une élève attentive et mélancolique. Puis les images de leurs retrouvailles à la pizzeria de l'avenue Parmentier, où elle lui était apparue beaucoup plus sûre d'elle, une jeune femme sérieuse et très investie dans son métier. Et maintenant celles qu'elle lui offrait à chaque instant depuis qu'elle avait franchi sa porte. Son sourire et sa timidité à son arrivée, son embarras et son émotion quand il lui avait demandé de le tutoyer, son regard triste et désespéré en fin de soirée alors qu'elle était gagnée par la fatigue, son regain de vigueur dans la nuit, sa sensualité heureuse dans la pénombre de la chambre, la beauté de son corps lorsqu'elle était sortie du lit pour se rendre dans la salle de bains et qu'elle lui avait adressé un sourire complice. Ces images se superposaient, mais ne formaient pas encore un tout. Elles ne se complétaient pas, elles surgissaient et s'effaçaient, elles tombaient les unes sur les autres. La dernière rayonnait et survivait au-dessus des autres. Plusieurs fois au cours de la matinée, Charlotte qui s'était aperçue du regard qu'il posait sur elle l'avait interrogé. À chaque fois, Rémi lui avait répondu avec sincérité, il la regardait ainsi parce qu'il la trouvait belle. Mais Charlotte ne voulait pas le croire. Alors, comme son inquiétude l'amusait, il l'embrassait.

Ils avaient avalé un café rapidement et n'avaient pas pris le temps de ranger l'appartement. Pour être à l'heure, il fallait qu'ils quittent les lieux au plus vite. Au moment de partir et alors qu'ils étaient déjà sur le palier, Rémi s'était rendu compte qu'il allait se rendre à l'assemblée générale sans ses notes et sans les nouveaux statuts. Tout à coup cet oubli l'avait rappelé à lui. Il se prenait en défaut. Un Rémi sérieux fustigeait un Rémi oublieux et insouciant.

Le Rémi sérieux avait une quarantaine d'années, c'était le Rémi d'avant cette nuit ; le Rémi insouciant en avait à peine une vingtaine. Le premier disait : « Tu as un rendez-vous important pour l'avenir de la philosophie en France, et tu batifoles avec une ancienne élève. » Mais le second rétorquait : « De quoi te mêles-tu, vieil homme amer, tu n'es plus à même de me commander, je t'ai quitté, je ne suis plus sur la berge. »

Dans le métro, ils étaient restés silencieux. Assis côte à côte, chacun dans ses pensées. Rémi pensait à l'assemblée à venir et se sentait comme à la veille d'un examen. Peut-être qu'il aurait à parler, c'est lui qui avait rédigé les nouveaux statuts, Gilles lui demanderait certainement de les présenter. C'était seulement maintenant qu'il prenait conscience de cette éventualité. Pouvoir assister à cette réunion en simple spectateur irresponsable, voilà ce qui lui aurait convenu. Il ne se sentait pas prêt à affronter une salle pleine, il avait peur de dérailler, de perdre ses mots, de ne plus savoir pourquoi il était là avec toutes ces personnes. Il n'était plus sûr de rien et se reprochait son manque de fermeté. Il devait réagir. Il ne lui restait plus que le temps du déjeuner avec Charlotte pour rassembler ses esprits et renaître à son être essentiel de philosophe sincèrement préoccupé par le sort de sa discipline. S'il n'était pas à la hauteur de l'événement, Gilles le lui reprocherait et c'en serait fini de leur amitié. Il était embarqué, il ne pouvait pas se permettre d'apparaître indifférent.

De son côté, Charlotte regrettait son indiscrétion. Lorsque, au réveil, Rémi l'avait quittée pour se rendre dans la salle de bains, la chambre baignait encore dans une demi-obscurité. Elle s'était d'abord assise le dos au mur, avait remonté la couette sur elle et avait laissé son regard errer çà et là dans la pièce. Encore emplie des sensations de la nuit, elle se sentait bien. Puis, elle s'était levée, avait contourné le lit, s'était approchée de la fenêtre et avait tiré le double rideau. Une lumière froide avait envahi la pièce. Elle s'était sentie nue et vulnérable, et avait eu envie de rejoindre Rémi sous la douche. Pour s'en empêcher, elle avait contemplé la rue, puis s'était retournée et avait encore hésité. Un instant après, elle s'était approchée de la table et avait commencé à jeter un coup d'œil sur les livres qui s'y trouvaient. Parmi eux, il y avait *Seins*, le livre de Ramón Gómez de la Serna. Elle l'avait saisi, avait bondi sur le lit et s'était de nouveau pelotonnée sous la couette, le dos au mur. Au premier mouvement, le livre s'était ouvert. Et c'est ainsi qu'elle s'était retrouvée nez à nez avec le buste arrogant de Maud arborant ses seins dans une lumière avantageuse. Elle avait alors abandonné le livre pour examiner la photo. Celle-ci n'était pas là par hasard, elle avait certainement un rapport avec la vie de Rémi. La jeune femme qu'elle découvrait sur la photo ne pouvait être qu'une de ses conquêtes. Elle n'était donc pas la seule à fréquenter son lit. Elle avait retourné la photo et y avait lu l'inscription : *En souvenir d'eux, rends-toi à la page 311.* Le « en souvenir d'eux » l'avait rassurée. Rémi avait caressé les seins de cette fille, il leur avait accordé son attention, mais c'était du passé, elle n'avait pas à s'inquiéter. Pour autant, cette photo la troublait. Passé proche ou passé lointain ? Aucune indication ne permettait de le préciser.

Rue Soufflot, Charlotte avait passé son bras sous celui de Rémi. En face d'eux le Panthéon élevait sa masse impressionnante. Un soleil timide de novembre éclairait les façades.

— Tu m'emmènes où exactement ?

— Au Comptoir du Panthéon, c'est en haut de la rue, on y est presque…

— Rémi, j'ai quelque chose à te dire…

— Moi aussi… mais je ne sais pas si c'est le bon moment…

Cette réplique énigmatique de Rémi inquiéta Charlotte. Elle ne voulait pas le quitter sans lui avouer son indiscrétion. Cependant ce n'était pas l'indiscrétion qui était en cause. Elle n'avait pas eu de mauvaise intention, elle n'avait pas cherché à percer un secret et n'avait pas voulu s'immiscer dans sa vie. Elle regrettait son geste simplement parce qu'elle n'avait pas réussi à remettre le livre à sa place. Rémi était sorti de la salle de bains et l'avait rejointe dans la chambre. Prise de vitesse, elle avait juste eu le temps de glisser la photo dans le livre et de dissimuler le livre derrière elle, sous l'oreiller. Elle s'était alors levée en un mouvement souple comme si de rien n'était et c'était là qu'il l'avait contemplée et l'avait suivie du regard.

Jusqu'à la brasserie, aucun d'eux n'avait osé interroger l'autre. Ils avaient marché silencieusement côte à côte. Rémi se remémorait ses notes et essayait de se convaincre du bien-fondé de son préambule. De son côté Charlotte revisitait la soirée et la nuit qu'elle venait de vivre. Elle ressassait l'idée que Rémi n'était peut-être pas celui qu'elle croyait. Que peut-être il cachait son jeu et que, sous une allure d'homme généreux, réfléchi et attentionné, elle avait affaire en réalité à un cynique ordinaire qui avait simplement voulu coucher avec elle et qui, maintenant qu'il avait obtenu ce qu'il voulait, allait lui annoncer que c'était fini. Cette idée lui inspirait un profond dégoût. Pour dissoudre sa noirceur, elle appelait en renfort tout ce qui pouvait la contredire. Elle repensait aux échanges qu'ils avaient eus et à ce qu'elle avait éprouvé au cours de la nuit. Il y avait des gestes et des caresses qui ne trompaient pas. La sincérité pouvait se lire dans les regards et dans le mouvement des corps. Et puis, s'il avait voulu rompre, il aurait tout fait pour qu'elle le quitte au plus vite et il ne l'aurait certainement pas invitée à ce déjeuner.

Le serveur leur avait proposé une table dans une petite pièce attenante à la grande salle. Rémi connaissait ce restaurant pour s'y être rendu plusieurs fois avec Frédéric. En entrant, il avait reconnu quelques professeurs de la région parisienne qu'il avait déjà rencontrés lors de précédentes assemblées générales. On était un samedi midi, il y avait du soleil, l'air était doux et tout semblait se prêter à la décontraction et à la bonne humeur. Charlotte fit part à Rémi de la chance qu'ils avaient d'être ensemble en une si belle journée. Il avait acquiescé avec un air absent. Elle s'était assise au plus près de lui de façon à le sentir et à pouvoir l'embrasser. Il lui avait souri, puis avait repris son air absent. Le silence grandissait entre eux. Charlotte s'inquiétait. Il se serait déjà lassé d'elle, peut-être qu'elle l'ennuyait. Près de son oreille, elle l'avait alors rappelé à elle en prononçant et en articulant lentement son nom sur un ton solennel : « Rémi Follenfan, êtes-vous encore avec moi ? » Rémi s'était aussitôt confondu en excuses.

— Oui, pardonne-moi, je suis…

— Tu es déçu ?

— Par qui, par quoi ?

— Par moi…

— Mais non, bien sûr que non… tu n'y es pour rien, c'est simplement que ça tombe mal…

— Qu'est-ce qui tombe mal ?

Charlotte avait posé sa question avec du remords dans la voix. Elle avait aussitôt ajouté :

— Tu es fâché à cause du livre.

— Du livre ? Quel livre ?

— Ce matin pendant que tu étais dans la salle de bains, j'ai pris un livre au hasard sur ta table et je n'ai pas eu le temps de le ranger, il est resté sous l'oreiller…

— Et alors… je ne comprends pas.

— Dans le livre, il y avait la photo d'une fille…

— Une fille qui montrait ses seins ?

L'aveu de Charlotte le touchait et l'amusait. Rémi se mit à rire de bon cœur.

— Mais tu n'as rien à te reprocher, c'est loin tout ça... C'est la photo d'une fille avec qui j'ai vécu, il y a déjà plusieurs années...

— Peut-être, mais j'ai eu l'impression de fouiller dans tes affaires...

— Aucune importance... mais puisque tu abordes le sujet, autant que tu saches que ma vie est actuellement assez compliquée.

Charlotte ayant pris un air inquiet, Rémi ajouta aussitôt :

— Non, rassure-toi, rien de grave... mais on en parlera plus tard... on n'a aucune raison de se précipiter, on vient juste de se retrouver... on se connaît à peine, il faut qu'on prenne notre temps...

Rémi avait accompagné son propos d'un geste d'apaisement. Il avait pris la main de Charlotte qui à son tour paraissait soudainement absente et pensive. Ce qu'il venait de lui dire ressemblait fort à une mise en garde. Elle ne devait pas chercher à obtenir de lui ce qu'il ne pouvait pas ou ne voulait pas lui accorder. Coucher avec lui était une chose, en conclure qu'il était déjà à elle en était une autre. Si elle souhaitait que leur relation perdure, elle devait accepter qu'il lui échappe en tout ou en partie.

— Tu as une double vie...

— Même pas... à moins que philosopher en soit l'expression la plus sûre... Non, ce n'est pas cela... Maintenant je comprendrais que tu sois fâchée et que tu préfères qu'on en reste là... ce serait légitime...

— Sûrement pas, j'ai trop envie de nous.

Elle avait prononcé ces mots comme on prononce une formule magique et comme s'il était évident qu'elle allait être exaucée. Son visage s'était éclairé. Elle s'était rapprochée de Rémi encore une fois et, tout en l'embrassant, elle avait serré sa main de toutes ses forces. Au moins en cet instant, et quoi qu'il en dise, il était à elle.

12

Alors qu'il était encore à la brasserie, Rémi avait reçu un message de Gilles : *« J'espère que tu es en forme. J'ai à te parler. Essaye d'être en avance. Amicalement. Gilles. »* Rémi avait lu le message à Charlotte et lui avait fait part de ses doutes concernant l'issue de cette réunion. Sur sa demande, il avait essayé de résumer sa position en quelques mots. Selon lui, le malaise que traversait la philosophie s'expliquait par la puissance d'écrasement qu'exerçait le complexe technico-scientifique sur l'ensemble des activités humaines. Ou bien on donnait raison à ce complexe et on allait de l'avant avec lui sans trop se préoccuper des conséquences, ou on lui donnait tort et on le condamnait au nom d'une idée de l'homme que l'on voulait croire immuable et inviolable parce qu'apparentée à celle d'un Dieu à la sagesse et à la bonté indépassables. Or, dans le cadre de cette alternative, ce qui apparaissait, c'est qu'il n'y avait plus réellement de place pour la philosophie. D'un côté, elle était débordée par les progrès des sciences qui avaient pris leur indépendance et qui désormais lui échappaient, et, de l'autre, du côté de l'idéal humain qu'elle tentait de promouvoir, la place était prise, étant donné que les religions, même la chrétienne en voie d'extinction, continuaient de s'en charger et y réussissaient beaucoup mieux qu'elle, ou du moins avec incontestablement plus de succès. Charlotte lui avait alors demandé pourquoi il se rendait à cette réunion s'il était aussi défaitiste. Rémi avait bredouillé une réponse vague : la solidarité, l'amitié, le baroud d'honneur ; il y avait des moments dans l'existence où on était embarqué et où il était tout simplement impossible de déserter.

Rémi fut le premier à se présenter à la loge du gardien. Celui-ci appela un appariteur pour l'accompagner et lui ouvrir la salle. Mais alors que les deux hommes s'engageaient dans le cloître qui ceinturait le jardin d'honneur, Gilles déboula derrière eux.

— Oh ! Rémi ! Je suis là…

Les deux hommes s'immobilisèrent et Gilles entreprit aussitôt d'informer son ami des dernières nouvelles.

— Il va falloir jouer serré... on ne sera peut-être pas les seuls à présenter un projet.

— C'est un coup de Fréon, je te l'avais dit...

— Ce n'est pas sûr, c'est peut-être seulement des ex-collègues qui se sont réveillés et qui n'ont pas envie d'abandonner la partie... D'autre part il faut que tu saches que Joël Dupuis du journal *Le Monde* sera là, il s'occupe des questions culturelles, je l'ai mis au courant de notre projet, il est prêt à faire un papier et à rendre compte de notre réunion... mais tu vois ce que cela implique... la séance ne doit pas se transformer en pugilat... il faut que l'on débouche sur quelque chose de positif...

L'appariteur les interrompit.

— Vous attendez beaucoup de monde ?

— Une centaine de personnes, peut-être un peu plus... répondit Gilles.

— Au-delà de la centaine, on n'est plus dans les normes de sécurité.

— Ne vous inquiétez pas, je me suis arrangé avec le proviseur, on ne sait pas trop à quoi on doit s'attendre, mais on va faire en sorte que tout se passe bien.

Depuis de nombreuses années déjà, l'habitude avait été prise par les responsables de l'Association de se retrouver au lycée Henri IV. Pour l'occasion, Gilles avait demandé au proviseur de pouvoir disposer d'une salle assez spacieuse et présentant un minimum de solennité. Cette assemblée était celle de la dernière chance, celle d'une mort ou d'une renaissance, il fallait qu'elle se déroule dans un lieu favorable, et, si possible, là où quelques-uns des grands maîtres de la discipline avaient eu l'occasion de dispenser la bonne parole.

La salle Julien Gracq leur avait été attribuée pour l'après-midi. Assez vaste, cette salle était surtout toute en hauteur. Dès l'entrée, on était transporté dans l'univers architectural des Anciens. À mi-hauteur et comme pour soutenir le plafond qui se situait beaucoup plus haut, circulait une corniche, elle-même soutenue par de fausses colonnes. Ces dernières descendaient le long des murs en demi-cylindre ou en aplat. Entre les colonnes apparaissaient des arcades. Le tout composait un décor de temple grec qui aurait pu sembler ridicule s'il avait été souligné avec trop d'insistance, mais qui, ici, s'accordait harmonieusement avec les dimensions de la salle et avec le vieux dallage patiné en forme de grand damier noir et blanc qui couvrait le sol.

Gilles ne put s'empêcher de pousser un petit sifflement de contentement et d'admiration. « Si dans un lieu semblable, on ne reçoit pas l'inspiration de nos prédécesseurs, alors c'est vraiment que l'époque est contre nous et que nous n'avons plus rien à y faire », s'exclama-t-il.

Un inconvénient de dernière minute néanmoins se présentait. Le lieu servait habituellement de salle de cours ou d'examen. Des petites tables individuelles étaient disposées en longues files entre lesquelles il était possible pour un surveillant de circuler librement. Cette disposition qui niait d'emblée l'égalité de tous les participants ne se prêtait pas à l'esprit de la réunion. Gilles ne voulait pas être accusé d'abuser d'un pouvoir qu'on ne lui avait pas encore accordé officiellement. Rien ne devait donner l'impression que les jeux étaient faits. Il fallait impérativement réorganiser la salle. Avec l'aide de l'appariteur à qui les deux amis promirent de tout remettre en place à la fin de la séance, les tables furent remisées le long des murs et les chaises alignées comme pour une conférence. En quelques minutes la disposition infantilisante avait disparu.

La salle se remplissait lentement. Son allure avait changé. Plus qu'à une salle de cours ou d'examen, elle ressemblait maintenant à la nef d'une chapelle. Les fenêtres en hauteur, la corniche, les colonnes, les arcades, le dallage, les chaises bien alignées et tournées vers la seule table restée en place, cet ensemble appelait sinon au recueillement, au moins à l'attention et au respect. Gilles avait été aussitôt entouré par les premiers arrivés. À la dernière assemblée, il avait apporté une lueur d'espoir ; on venait le saluer et l'encourager, on l'interrogeait, on l'assaillait de questions. Il se tenait près de l'entrée. Autour de ce foyer central, d'autres petits groupes se formaient. Les personnes qui passaient la porte allaient très naturellement les unes vers les autres. La plupart étaient calmes et sereines, d'autres semblaient plus agitées et plus remontées, à peine arrivées ces dernières venaient se fondre dans un groupe et cherchaient aussitôt à se faire entendre. Le bourdonnement des conversations s'amplifiait. Retiré près d'une fenêtre, Rémi observait la scène. Comme toujours il se sentait en porte-à-faux, à la fois concerné et étranger, à la fois solidaire et en marge. Ces personnes ne lui étaient pas antipathiques, elles partageaient avec lui une même orientation, du moins c'est ce qu'il était censé croire, et néanmoins un doute le retenait qui lui faisait garder ses distances.

13

Vers quatorze heures trente, Gilles, debout derrière la table des conférenciers, le micro à la main, prit la parole :

« Chers amis, je suis très heureux de me retrouver ici avec vous. Vous êtes nombreux à avoir répondu à notre appel et cela me réjouit. Certains viennent de loin et je les remercie d'autant plus. Cela prouve, s'il le fallait, que l'ardeur philosophique qui coule dans nos veines n'a pas disparu et ne demande qu'à s'exprimer.

Je me présente pour ceux qui ne me connaissent pas : Gilles Janus, du lycée Maurice Ravel à Paris. Si je suis devant vous aujourd'hui, ce n'est pas parce que je suis plus légitime que l'un d'entre vous. Si je suis le premier à prendre la parole, c'est simplement parce qu'il m'a semblé, lors de notre dernière assemblée, que l'on ne devait pas baisser les bras et dissoudre notre Association comme si ce qui donnait hier du sens à nos existences pouvait s'évanouir et disparaître sous le simple effet d'une décision ministérielle. Non, en réalité, rien n'a changé de ce point de vue. Ce qui donnait hier du sens à nos existences est encore aujourd'hui ce qui nous importe, ce qui nous touche au plus profond de nous-mêmes et ce à quoi il nous paraît impossible de déroger. Nous ne concevons pas de vivre sans philosopher. Aucun décret ministériel, ni aucune autorité, d'où qu'elle vienne et quelles que soient ses prétentions, n'est susceptible de nous détourner de cette forme de vie. Alors bien sûr, nous ne sommes plus dans la même situation. Nous avons été chassés, on nous a renvoyés comme si nous avions manqué à notre mission. Je ne nie pas tout ce que cela a d'humiliant et d'injuste. Pour autant, ce n'est pas ce qui doit nous retenir aujourd'hui, nous avons mieux à faire que de remâcher notre amertume. Nous devons aller de l'avant. L'avenir n'est pas fermé. Et si je suis devant vous, aujourd'hui, c'est justement parce que je crois qu'il est possible de refonder notre Association et de lui communiquer un nouvel élan.

Cependant, avant de vous présenter dans ses grandes lignes le nouveau visage que pourrait prendre cette refondation, tel que Rémi Follenfan et moi-même (Gilles s'était tourné vers Rémi qui se tenait assis à sa gauche) en avons esquissé les traits, il est nécessaire que nous nous entendions sur l'ordre du jour. Je tiens à rassurer ceux qui s'impatientent. S'il y a des projets concurrents, ils sont les bienvenus. Chacun va pouvoir s'exprimer et présenter son idée. Une règle doit nous guider : nous ne devons pas nous diviser et nous empêcher d'avancer sous de faux prétextes. Nous devons proscrire les polémiques inutiles. L'objectif de cette séance est de parvenir à nous entendre sur un projet. Proposons-nous d'atteindre cet objectif dès cet après-midi. Un autre point doit aussi être évoqué : celui de la légitimité de cette assemblée. Que les choses soient claires : les anciens statuts de l'Association n'ont plus force de loi. Nous ne sommes plus des professeurs de philosophie de l'Enseignement public, ce qui nous reliait est caduc, nous sommes ici à titre individuel, nous nous y sommes rendus librement et indépendamment de toute injonction institutionnelle. Nous tenons notre légitimité de notre seule volonté d'agir ensemble. Nous n'excluons pas ceux qui n'ont pas pu ou qui n'ont pas voulu venir, mais nous ne pouvons pas attendre leur consentement pour aller de l'avant, prendre les décisions qui s'imposent et qui exigent d'être mises en œuvre dès aujourd'hui, ici et maintenant. »

De-ci, de-là, quelques paroles fusèrent et vinrent recouvrir les derniers mots prononcés par Gilles. Celui-ci s'arrêta un instant, mais reprit presque aussitôt :

« Je le répète, je comprends que certains aient hâte de s'exprimer. Ne soyez pas inquiets. Vous aurez bientôt la parole. J'insiste toutefois sur un point : nous avons une obligation de réussir. Si tout se passe bien, cette séance s'achèvera sur un vote. Un projet sera retenu. Si ce n'est pas le cas, si nous n'arrivons pas à nous entendre, nous nous séparerons, notre Association sera définitivement dissoute et nous ne pourrons nous en prendre qu'à nous-mêmes. »

Gilles marqua une nouvelle pause. Du fond de la salle provenait une rumeur qui faisait obstacle à la poursuite de son discours. Sans égard pour ce qui s'y déroulait, un groupe de personnes s'entretenaient presque à voix haute et faisaient mine de ne pas se rendre compte qu'elles dérangeaient. Aucun critère de participation n'avait été défini pour cette réunion. Gilles avait voulu offrir à tous ceux qui le souhaitaient la possibilité d'intervenir dans le débat. Il avait fait passer une annonce dans *Le Monde*. L'Association devait se renouveler, s'élargir, attirer à elle de nouveaux membres. Cependant cette ouverture présentait un inconvénient. On ne savait plus à qui on avait affaire. Parmi ceux qui étaient là, une majorité était des ex-professeurs, mais d'autres certainement ne l'étaient pas. On ne connaissait pas leur motivation, on ne savait pas qui ils étaient, ni ce qui les avait incités à se déplacer, s'ils étaient là par intérêt pour les choses de l'esprit, par simple curiosité ou pour toute autre raison.

Gilles tardait à reprendre. Il ne devait pas se laisser déborder. Il connaissait les règles de l'art oratoire, il savait comment gagner son public et jouissait d'une autorité naturelle. Cependant, en ces circonstances particulières, il n'était pas aussi sûr de lui. Une hostilité provenait du fond de la salle qui le gênait et dont il devait s'assurer qu'elle ne vienne pas gangrener toute l'assistance.

— Ne restez pas debout... Il y a encore quelques places devant...

Une femme et son mari s'avancèrent, ainsi que deux jeunes étudiants. Mais les fauteurs de trouble déclinèrent la proposition. Ils étaient une dizaine, tous plutôt jeunes. L'un d'eux avait l'air d'être leur chef ou leur mentor. Pour toute réponse, celui-ci fit un geste de la main à l'intention de Gilles pour lui signifier qu'ils allaient cesser de l'importuner et qu'il pouvait reprendre. Un geste désinvolte et condescendant.

« J'en viens à notre refondation. Celle-ci exige un rappel de ce autour de quoi tourne notre discipline. Je vais essayer de ne pas être trop long. Comme vous le savez, la philosophie n'est pas une forme de connaissance comme les autres. Elle est censée accompagner la vie de celui ou celle qui s'attache à elle. Elle est un pôle d'attraction, elle attire et elle oriente comme seules peuvent le faire les valeurs qui l'animent : le Beau, le Vrai et le Bien. Et c'est d'abord sur ce point que je veux insister. Rayer l'enseignement de la philosophie du cursus de l'enseignement secondaire est loin de pouvoir en tuer le germe impérissable et de remettre en cause son idéal. Depuis Socrate, l'idéal du philosophe n'a pas changé, conduire sa vie de la façon qui convient le mieux à son humanité. Un idéal de perfectionnement qui passe par la réflexion et le sens de la mesure. Entretemps, cependant, une chose a changé, une chose qui n'est pas un point de détail et qui sans doute explique notre mise à l'écart. Cette chose, c'est, comme vous le savez, que presque toutes les notions que je viens d'évoquer – la connaissance, la vérité, la nature, la vertu – se sont brouillées ou ont été déconstruites au cours de notre histoire. Notre lucidité et notre expérience les ont fait exploser. Longtemps nous avons vécu comme des enfants, nous pensions vivre dans un monde immuable et solidement charpenté, nous nous imaginions être placés entre les bêtes et les dieux, à mi-chemin entre les uns et les autres, nous avions des modèles et nous avions des bornes. Et puis nous avons grandi, nous avons repoussé les murs qui nous protégeaient, la belle architecture n'a pas résisté, les piliers se sont effondrés, le bas et le haut se sont rejoints.

Plus de modèles, plus de bornes. Un monde sans hiérarchie, un monde entièrement à plat et entièrement livré aux sciences, tel apparaissait désormais notre univers. Restait alors la question de savoir si l'on pouvait encore faire quelque chose de notre idéal de sagesse. La connaissance en avait été libérée, l'idéal s'en trouvait exclu, et elle progressait d'autant plus, elle poursuivait sa course comme un canard à qui on aurait coupé la tête et qui continue d'avancer, parce qu'au fond, pour marcher, on a besoin d'un corps et pas essentiellement d'une tête. Pour autant l'idéal de sagesse n'était pas encore mort. Il restait un domaine que l'on pensait imprenable, un domaine où la science, croyait-on, ne pourrait en aucune façon s'introduire : le domaine de la liberté. À défaut de régner sur tout, la philosophie pouvait encore se réfugier là. Un lieu escarpé, un promontoire, une chose en soi où elle s'imaginait à l'abri et du sommet duquel elle pouvait encore rayonner. Mais la forteresse n'a pas tenu ses promesses. Assiégée par les sciences, elle a rendu les armes. Le promontoire a été rasé et les philosophes se sont retrouvés entièrement dépossédés. Si la philosophie n'a plus de domaine, à quoi bon l'enseigner ?

Ainsi, ceux qui nous gouvernent n'auraient fait qu'accélérer un processus déjà presque à son terme. Ils n'auraient fait qu'élaguer l'arbre de la connaissance. Ils l'auraient débarrassé d'une branche morte déjà prête à tomber. Et pourtant ils se trompent. La philosophie n'est pas une connaissance, elle est l'expression d'une puissance, la puissance de l'Esprit qui conduit la connaissance et qui parce qu'elle en oriente le faisceau lumineux n'apparaît jamais sous sa lumière. On ne cerne pas le domaine de la philosophie, celui-ci n'a pas de lieu et n'a pas de limites. Le domaine de la philosophie commence là où s'élève une pensée, une pensée s'élève là où l'on transcende la matière, et ainsi la philosophie est partout où l'on refuse de se soumettre à l'inertie des choses comme à celle des idées. »

À mesure que Gilles parlait, le silence avait gagné la salle. Rémi savourait ce moment. Il était à la table du conférencier, mais les yeux du public n'étaient pas braqués sur lui. On le laissait tranquille. Il n'était pour rien dans ce qui se passait, ce n'était pas à lui d'affronter les personnes qui étaient là, Gilles s'en chargeait. Celui-ci avait réussi à surmonter le trouble qui souvent s'insinue à l'orée d'un discours : le doute, la bouche soudainement très sèche, la précipitation, les mots étranglés ou les mots qui fuient et vous laissent en plan. Il avait été dérangé et avait été contraint de s'arrêter ; à cet instant on aurait pu craindre le pire. Il avait néanmoins gardé son calme et n'avait pas perdu le fil. Maintenant il était lancé, sa voix avait pris de l'assurance, il irait jusqu'au bout.

Tel qu'il était assis, Rémi n'entrevoyait Gilles que de profil. Mais cela n'avait pas d'importance. Ce qui comptait, c'était de savoir si le public appréciait et si les propos de son ami opéraient dans le bon sens. Or Rémi avait une vue directe sur les premiers rangs. Il pouvait observer à loisir toutes ces personnes qui se trouvaient devant lui et dont la plupart étaient des ex-collègues. À leur attitude, à la manière dont elles se tenaient sur leur chaise, à leur port de tête, aux mouvements de leurs paupières, à leurs moues ou à leurs grimaces, il essayait de juger du degré de séduction qu'exerçaient sur elles les paroles de son ami. Ce faisant, il retrouvait dans cette situation des sensations maintes fois éprouvées. Celles qui l'assaillaient à chaque rentrée lorsqu'il se retrouvait face à ses nouveaux élèves et que ce renouveau faisait émerger en lui le spectre redoutable d'une hostilité possible. Un moment intense d'incertitude pour lui. Eux n'avaient rien à craindre, ils se connaissaient, ils avaient des souvenirs communs, ils se comprenaient du regard, se souriaient, s'amusaient, étaient solidaires. D'un moment à l'autre, ils pouvaient se lier contre lui. Le face à face n'était pas égal. Il allait à leur rencontre, mais ce qu'il avait à leur proposer n'était pas plaisant : il avait pour mission de les faire naître à eux-mêmes. Or, comme il entrait dans cette action une bonne dose de cruauté, il devait procéder par petites touches et avec douceur. Il n'y avait rien de plus difficile que d'éveiller un homme à la pensée. En général ce genre d'événement ne se produisait que rarement dans une salle de classe, il survenait plutôt au détour d'un malheur ou d'une lecture que l'on affrontait seul et sans l'aide d'autrui. Rémi avait toujours douté du bien-fondé de rapprocher les hommes, de les rassembler, de les réunir. Dans une classe, ce n'était pas à une grappe d'adolescents collés les uns aux autres qu'il voulait avoir affaire, c'était à chacun d'eux séparément. Il enseignait une philosophie de solitaire, pas une philosophie de masse, si tant est qu'une philosophie de masse ne soit pas une contradiction dans les termes.

Quoi qu'il en soit, ce qui se passait ici sous ses yeux n'était pas vraiment comparable. Les personnes rassemblées dans la salle présentaient des qualités contraires à celles d'adolescents en passe de devenir des adultes. Elles n'avaient pas besoin d'être initiées, elles savaient à quoi s'en tenir en termes de solitude et d'expérience de la pensée. Elles avaient conquis leur indépendance intellectuelle et n'étaient pas là pour en affûter la lame. Elles étaient là parce qu'elles souffraient d'un même désamour. Il y avait de multiples façons de conduire sa vie, la philosophie était l'art de trouver la meilleure, mais parce qu'elle était un art, elle demandait qu'on y consacrât sa vie. Or c'en était fini de l'Art, on n'avait plus de temps pour les choses qui demandaient du temps. On ne voulait plus de la musique des philosophes. On trouvait cette musique trop lente, trop mélancolique, trop métaphysique.

Rémi continuait d'observer les têtes. La moyenne d'âge du public dépassait largement la cinquantaine. Beaucoup de cheveux blancs. Lui-même était l'un des plus jeunes. Ce constat lui communiqua une envie de rire et fit surgir en lui une question. S'il n'avait pas été avec Gilles, si Gilles ne l'avait pas enrôlé, où serait-il aujourd'hui ? Aurait-il répondu présent à l'appel de l'Association ? Se serait-il déplacé ? Il n'y avait rien de moins sûr. Tout à coup, il lui sembla que les têtes montaient et descendaient, qu'elles flottaient dans une eau claire, les murs et les colonnes avaient disparu, il était face à la mer, il se tenait debout au pied de l'océan, la voix de Gilles se mêlait à l'effondrement des rouleaux et toutes ces personnes qui lui faisaient face étaient comme des surfeurs qui attendaient la bonne vague pour revenir vers le rivage.

« … mais soyons francs, nous avons notre part de responsabilité dans notre éviction de l'enseignement, nous avons contribué à nous disqualifier. Il nous est arrivé de trahir notre idéal. Au nom d'un humanisme dévoyé, nous avons fait des concessions à l'idéologie du nivellement. Trop souvent nous avons cédé à l'air du temps. Dans l'ordre des choses intellectuelles, esthétiques, morales, nous avons participé activement à l'éreintement systématique de nos valeurs. Nous y trouvions un avantage : réaliser l'égalité à peu de frais. Le refus du travail, l'impuissance à se donner un but, le laisser-aller, le manque de caractère n'étaient plus des défauts. Le relativisme offrait une nouvelle sérénité. La sérénité des Modernes. Le remède à nos souffrances. Un nouveau confort. À quoi bon un idéal, puisque nous mourons. Abandonnons-nous à l'instant présent, lâchons prise, laissons faire la bonne nature, renonçons, reposons-nous, et, surtout, faisons en sorte de ne pas nous éloigner du troupeau. Comment ne pas voir qu'il y a un fossé irréductible entre l'idéal de sagesse prôné par les Anciens et cette veulerie généralisée ?

Mais il y a aussi un humanisme authentique qui se refuse à toutes ces lâchetés et qui les combat, et je crois pouvoir dire que c'est lui qui aujourd'hui se rappelle à nous et exige de nous un sursaut. L'alternative à laquelle nous sommes confrontés est la suivante… »

Dans ce qu'énonçait Gilles avec de plus en plus de vigueur et de conviction, Rémi reconnut des bribes de ce qu'il avait lui-même écrit en guise de préambule. Il ne put réprimer un élan de satisfaction et esquissa un sourire. Gilles parlait d'alternative, il devinait ce qui allait suivre. Cela lui laissait le temps de lire ses messages. À quelques minutes d'intervalle son téléphone avait vibré plusieurs fois dans la poche gauche de sa veste. Cependant à l'idée du geste qu'il allait accomplir – jeter un coup d'œil latéral sur l'écran de son téléphone – il hésita quelques secondes. C'était précisément ce geste qu'il n'avait cessé de combattre chez ses élèves. Il n'allait tout de même pas céder à un réflexe aussi primaire. Il croisa les bras et s'adressa un blâme intérieur. Les messages, d'où qu'ils viennent, pouvaient attendre.

« … alors, bien sûr, nous avons le droit de penser que la philosophie n'est au fond qu'une esthétique personnelle, une sorte de pratique qui n'engage que ceux qui s'en éprennent, une manière pour eux d'assurer leur bien-être moral et spirituel… mais, dans ce cas, pourquoi nous réunir et pourquoi pérenniser notre Association ? Nous ne partageons pas cette conception. Nous pensons qu'il en va en réalité d'une question plus importante et qui en appelle à la responsabilité la plus haute. Cette question est celle de l'idéal humain que nous projetons au-devant de nous. Les premiers philosophes ont pensé que leur revenait la tâche de reconnaître cet idéal et de veiller à son rayonnement. Cette foi est encore la nôtre. Dans le passé les religions nous l'ont âprement disputée, mais aujourd'hui, ce sont les sciences et les techniques qui s'en emparent. Si nous les laissons faire, l'homme de demain sera privé du pouvoir de se surmonter lui-même ; réglé comme une horloge, son modèle sera fixé une fois pour toutes ; il ne sera plus qu'un pantin ridicule et vain. Notre devoir est de leur résister. Et il n'y a qu'une manière de résister, c'est de promouvoir le désir de philosopher et de faire en sorte que ce désir se propage et suscite chez d'autres que nous le même souci et la même ténacité. D'où la vocation de la nouvelle Association que nous vous proposons de créer et la nécessité de son ouverture à un public plus large. On nous a confisqué le pouvoir d'enseigner la philosophie, relevons le défi et travaillons à en communiquer l'élan et la lumière au plus grand nombre d'entre nous. Soyons à l'avant-garde. Soyons exemplaires. Telle est notre proposition. »

Des applaudissements jaillirent au premier rang et s'étendirent au reste de la salle. Puis quelques sifflets et des protestations fusèrent. Ils provenaient du fond de la salle. Gilles attendit un instant avant de reprendre :

— Il semble que notre proposition ne fasse pas l'unanimité, j'en ai présenté l'idée directrice, il reste à en préciser les modalités, mais je crois qu'il est préférable que ceux qui ont une autre proposition à faire puissent la présenter dès maintenant...

Il y eut un moment de flottement. Le micro à la main, Gilles avait levé le bras pour indiquer que la place était libre. Quelques mots indistincts lui parvinrent.

— Non, s'il vous plaît, on ne vous entend pas, je vous invite à venir ici, vous serez mieux pour parler...

L'attention se relâchait, la salle commençait à s'impatienter, des têtes se retournaient, des regards se croisaient et s'interrogeaient mutuellement. Et c'est alors que l'individu qui, du fond de la salle, avait précédemment adressé à Gilles un signe désinvolte de la main, emprunta l'allée centrale, rejoignit la table des conférenciers, prit le micro des mains de Gilles avant de se retourner vivement vers la salle :

« Je me présente, Éric Raffin, député de la Seine-Saint-Denis. Oui, je sais, je ne suis peut-être pas le bienvenu, vous n'appréciez pas ce que je représente, je vous dérange, vous êtes entre vous et je viens troubler votre petit cénacle... Mais ne vous inquiétez pas, je ne serai pas long, je ne fais que passer... Je ne devrais pas être là, c'est Michel Fréon qui m'a parlé de votre réunion, il comptait venir, finalement il a été retenu ailleurs... Il m'a demandé de le remplacer. Il m'a chargé de vous communiquer son amical bonjour et ses encouragements. "Essaye de les ranimer et de leur montrer la voie, dis-leur de nous rejoindre", je vous rapporte ses propos, c'est ce qu'il m'a dit hier soir au téléphone.

Si j'en juge cependant à ce que je viens d'entendre, cela va être difficile... Ce que je viens d'entendre est édifiant... à croire que nous n'habitons pas dans le même monde. On ne peut pas être plus éloigné de la réalité que vous ne l'êtes... Vous vous souvenez de

Marx : “Les philosophes n’ont fait qu’interpréter le monde, il s’agit maintenant de le transformer”. Elle vous dit encore quelque chose cette formule ? Il vous est arrivé d’entendre parler du capitalisme ? Vous êtes au courant que ce mode de production fait des ravages, qu’il continue d’écraser et d’exploiter les plus faibles, qu’il les saigne jusqu’à la dernière goutte au profit d’une infime minorité de salauds qui possèdent à eux seuls les trois quarts des richesses de la planète ? Vous êtes au courant que c’est la logique du capitalisme, la logique du profit pour le profit qui entraîne notre monde à sa perte, que c’est elle qui, jour après jour, pollue un peu plus nos champs, déboise nos forêts, tue nos océans et provoque la disparition des espèces animales ? Il n’est pas possible que vous ne le sachiez pas. Pour autant, il semble que cela ne change rien pour vous, que tout peut continuer comme avant. Ce que vous souhaitez, ce qui vous tient à cœur, si l’on en croit le discours de votre confrère, c’est de pouvoir philosopher tranquillement, de vous élever au-dessus du monde, et de vous en éloigner suffisamment pour ne plus avoir affaire à lui et à ses mauvaises odeurs. Autant dire que ce à quoi vous aspirez en réalité, c’est de vous séparer et de vivre à l’écart, vous voulez bien de l’humanité, mais d’une humanité restreinte, une humanité triée sur le volet, une humanité épurée. Vous cherchez à vous sauver aux dépens des autres et ce que vous revendiquez sous le couvert du dépassement de soi n’est en réalité qu’un droit à l’égoïsme, un droit à l’indifférence ».

Éric Raffin était venu asséner des coups et voulait les distribuer au plus vite. C’était sa manière d’intervenir, celle qui l’avait fait connaître à l’Assemblée nationale. Impertinence, provocation, imitation, sourire goguenard, ironie, le tout assaisonné d’un grand sens de la mise en scène. Il jubilait, il exultait. La situation lui était favorable. Il était debout et avait en face de lui un public captif qui n’était pas en mesure de lui répondre ni de l’arrêter. Il avait le champ libre et en profitait. Et il en profitait d’autant plus qu’il savait jouer de sa personne, de son allure générale, de sa jeunesse, de ses yeux intelligents, et de sa coiffure en brosse qui lui donnait l’allure d’un Tintin reporter toujours prêt à s’interposer et à faire honte aux plus forts. On ne pouvait pas nier qu’il y avait chez lui quelque chose de sympathique et de sincère.

« L’homme de demain sera privé du pouvoir de se surmonter lui-même ! Je reprends votre formule, monsieur le philosophe. »

Le jeune député s’était tourné vers Gilles et avait marqué une pause avant de reprendre.

« Belle formule en effet ! Mais est-ce que vous prenez la mesure de ce que vous dites ? Revenez sur terre, monsieur le philosophe ! Allez en banlieue, allez dans nos campagnes, quittez ces murs, décentrez-vous, voyagez un peu, sortez, quittez vos livres et vos bibliothèques, ouvrez les yeux… vous découvrirez que ce n'est pas le pouvoir de se surmonter soi-même qui préoccupe la grande majorité de nos concitoyens. Oui, ils ont d'autres soucis, des soucis plus élémentaires, plus prosaïques, moins nobles incontestablement, mais d'une urgence absolue. Eux, ce qui les préoccupe, c'est de survivre, de boucler leur fin de mois, et de donner si possible un autre avenir que le leur à leurs enfants. Aussi l'alternative n'est-elle pas celle que vous avez présentée entre un humanisme dévoyé et un humanisme authentique, elle est entre une société juste et une société inique, elle est entre des forces progressistes qui tentent de réformer le système et des forces conservatrices qui cherchent à en faire perdurer l'iniquité. Aussi la seule question qui compte, la seule question à laquelle vous devez vous soumettre et à laquelle vous devez absolument répondre est-elle celle de savoir dans quel camp vous vous situez. À partir de là vous saurez qui vous êtes et ce qui vous reste à faire d'un point de vue pratique.

Il y a une priorité : transformer la société de façon à ce que tous les individus puissent jouir d'une bonne vie et afin d'en finir avec cette dichotomie insupportable entre une minorité de privilégiés d'un côté et une masse toujours plus importante de pauvres et de malheureux de l'autre. Nous y travaillons dans notre parti. Michel Fréon qui était un des vôtres nous a rejoints. Sachez qu'on vous y accueillera volontiers. Vous êtes les bienvenus. Plus nous serons nombreux, plus nous aurons une chance de transformer les choses dans le bon sens. Rejoignez-nous ! Sur ce, je vous quitte, car je ne veux pas m'engager dans une polémique stérile avec vous. Je vous remercie de votre attention. »

Éric Raffin déposa le micro sur la table, puis, sans même prendre la peine de saluer l'assemblée, emprunta l'allée centrale et quitta la salle. Ses amis lui emboîtèrent le pas. Un silence gêné s'installa que Gilles entreprit aussitôt de rompre en reprenant la parole.

14

Au cours de l'après-midi, Rémi avait réussi à s'éclipser quelques minutes. Il avait ressenti un urgent besoin de se retrouver seul. La victoire de Gilles était totale. L'intervention d'Éric Raffin n'avait pas ébranlé les convictions de ceux qui s'étaient déplacés et qui étaient restés sagement assis après son départ. Son discours aux accents révolutionnaires ressemblait trop à celui que l'on entendait un peu partout au moment des campagnes électorales. On se devait d'être anticapitaliste, antilibéral, anti-élitiste si l'on voulait faire montre de son sens critique et de sa générosité. Seulement cela ne suffisait pas pour susciter l'intérêt d'un public averti. Ici s'étaient rassemblées des personnes qui avaient lu quelques grands textes fondateurs et à qui on ne la faisait pas. Le refrain éculé du faux indigné manquait de consistance. Gilles n'avait pas eu de mal à en dissiper l'imagerie délavée. Raffin disparu, l'assistance avait retrouvé sa sérénité. Aucun projet concurrent à celui proposé par Gilles ne s'étant manifesté, il avait alors été question des nouvelles modalités de fonctionnement de l'Association. Rémi en avait profité pour s'esquiver.

Le hall d'entrée était plongé dans la pénombre. La lumière verte d'un indicateur de sortie enfermé dans sa boîte en verre permettait de discerner vaguement le chemin de ronde en arc de cercle qui ceinturait la salle sur toute sa largeur. Il n'avait pas une connaissance très sûre des lieux et l'obscurité lui interdisait de s'éloigner. Il aurait pu faire jaillir la lumière, il lui aurait suffi de tendre le bras. Équipé d'un voyant orange l'interrupteur se situait immédiatement à sa droite. Mais il n'était pas sorti pour visiter le lycée, il voulait seulement être tranquille et pouvoir consulter son téléphone qui avait vibré plusieurs fois à très peu de temps d'intervalle. Il lui tardait de savoir qui était à l'origine de cette insistance.

La personne qui avait insisté n'était pas Charlotte comme il l'avait pensé : c'était Lola. Elle avait laissé trois messages coup sur coup. Dans le premier, elle lui demandait seulement s'il pouvait la rappeler ; dans le second sa voix se brisait et devenait chaotique à mesure qu'elle parlait, elle lui disait qu'elle allait mal, elle amorçait un début d'explication puis abandonnait ; dans le troisième message, elle s'excusait d'être aussi confuse et lui demandait s'il voulait bien venir la rejoindre chez elle, ce soir même, si c'était possible.

Quand Rémi regagna la salle, les discussions avaient bien avancé. Gilles lui proposa de lire les nouveaux statuts. Des modifications furent apportées pour répondre aux objections. Après le préambule, l'article 1 disait : *En raison de la suppression de l'enseignement de la philosophie dans les lycées en classe terminale et étant donné l'importance reconnue de cette discipline pour l'élévation de l'esprit des hommes, il est fondé, sous le régime de la loi du premier juillet 1901, une Association nationale dénommée « Philosopher ». Elle a son siège à Paris. Sa durée est illimitée.*

À l'unanimité des présents, Gilles fut élu président. Longuement applaudi, il avait remercié l'assistance. Dans la foulée il avait alors proposé que soient également élus les membres du bureau. Rémi n'avait pas pu ne pas se présenter au poste de rédacteur en chef de la nouvelle revue. À son tour il fut élu et applaudi avec force. En fin de soirée, l'Association nouvelle formule était prête à faire ses premiers pas dans le monde. Il était l'heure de rendre la salle. Une gaieté et une euphorie puérile régnaient, on se souriait bêtement, on se félicitait, on échangeait des numéros de téléphone, on aurait dit que l'assemblée avait rajeuni de plusieurs dizaines d'années. On se projetait, on imaginait, on tirait des plans sur la comète, on engrangeait des succès improbables. Pour fêter cela, Gilles proposa de poursuivre la soirée dans un café de la rue Soufflot. Cependant sur le trottoir de la rue Clovis la nuit était déjà tombée et il devenait plus difficile de voir avec qui on s'entretenait. L'obscurité facilitait l'évasion. Rémi ne se sentait pas d'humeur à prolonger la soirée avec d'anciens collègues. Il n'avait pas répondu aux messages de Lola, mais il n'était pas trop tard pour la rejoindre et tenter de comprendre ce qui lui arrivait. Il profita de la pénombre pour s'écarter et se laisser distancer. Personne ne s'inquiétait de lui. Il s'engagea dans la rue d'Ulm. Dix minutes après, il sonnait chez elle.

15

« J'espère que tu ne m'en veux pas trop », avait dit Lola en lui ouvrant sa porte. Rémi avait souri et s'était approché d'elle pour l'embrasser. Mais avant qu'il n'ait pu le faire, Lola s'était jetée contre lui et avait fondu en larmes. Il ne s'attendait pas à la trouver dans cet état. La jeune femme enjouée, libre, insolente de beauté et de grâce avait disparu. Celle qui venait de s'effondrer dans ses bras était écrasée par une peine qu'elle n'arrivait pas à contenir et qui la privait de toute possibilité de se reprendre. Une violente tempête semait le désordre en elle. Il était inutile de lui parler. Elle avait seulement besoin d'une présence bienveillante pour laisser s'exprimer son chagrin. La douleur longtemps contenue avait attendu des bras pour éclater. Ceux de Rémi s'étaient ouverts, le barrage avait cédé, plus rien ne faisait obstacle à l'écoulement. Lola n'était plus qu'une petite chose qui tremblait. Elle se noyait, elle hoquetait, elle tentait de s'expliquer, mais sa voix se brisait à chaque fois qu'elle essayait. Elle était retombée en enfance. Rémi se taisait. Il serrait dans ses bras le corps tremblant d'un enfant. Cette douleur lui en rappelait une autre. Les convulsions de Lola étaient semblables à celles de Maud au moment où il lui avait annoncé qu'ils devaient se séparer et qu'ils ne devaient plus se revoir. À ce moment, Maud aussi avait fondu et était redevenue une petite fille. Elle n'avait jamais été aussi sincère et aussi proche de lui qu'en cet instant. Rémi attendit que Lola retrouve son calme.

— Pardonne-moi, j'ai honte, je ne sais pas ce qui m'arrive, je pleure comme une idiote.

— Non, tu as sûrement de bonnes raisons.

Le gros le la tempête était passé. Les yeux de Lola encore embués de larmes scintillaient sous la lumière de l'entrée. Elle s'était légèrement écartée de Rémi qui avait relâché son étreinte. Elle passa ses mains sur ses joues et esquissa un sourire.

— Tu me fais du bien, c'est vraiment gentil d'être venu, bredouilla-t-elle en le serrant à son tour contre elle.

— Je te devais bien cela. Et puis j'étais tout près de chez toi.

— J'ai honte, je suis nulle.

Lola fut traversée par une secousse nerveuse. Elle recula légèrement, caressa la joue de Rémi, puis se plaqua de nouveau contre lui et lui chuchota à l'oreille qu'elle avait de la chance de l'avoir rencontré.

Elle allait déjà beaucoup mieux. Son visage s'éclairait. Elle regardait Rémi avec de la reconnaissance dans les yeux. Son regard n'était plus celui d'une petite fille noyée dans le chagrin, il avait repris sa vivacité et sa gaieté, plus pétillant, mais aussi plus mystérieux et plus lointain. Rémi l'observait et lui souriait.

— Tu veux que je reste un peu.

— Oui, je veux bien.

Lola avait pleuré devant lui et il s'en étonnait encore. Elle n'était pas aussi sûre d'elle ni aussi forte qu'il l'avait d'abord supposé. Sa légèreté, son indépendance, sa gaieté, c'est ce qu'elle donnait à voir. Une façade. Elle devenait d'autant plus intéressante à ses yeux.

Elle lui avait proposé de dîner avec elle, ce qu'il avait aussitôt accepté. Dans la cuisine, elle s'affairait et lui tournait le dos. On était samedi, elle n'était pas allée travailler. Elle portait une sorte de grande chemise rose clair qui tombait un peu au-dessus des genoux et dont elle avait replié les manches jusqu'aux coudes. Une large ceinture en cuir noir marquait sa taille. Elle avait aux pieds de simples petites ballerines. Plutôt que de masquer sa grâce naturelle et les formes de son corps, cette relative décontraction vestimentaire en soulignait les charmes. La ceinture noire serrée à la taille accentuait sa chute de reins et l'évasement de ses hanches. Elle était très désirable.

Rémi la regardait. Il se disait qu'en acceptant de dîner chez elle, il consentait aussi à ce qui viendrait après et que cette suite paraissait assez prévisible. Après le dîner, ils iraient au salon, ils discuteraient longuement jusqu'à une heure avancée de la nuit, puis viendrait le moment où ils auraient épuisé ce qu'ils avaient à se dire et où il serait temps pour eux de se séparer. Alors, sans doute, elle lui demanderait de rester et il passerait la nuit avec elle. Il savait par avance qu'il ne lui résisterait pas, qu'il suffirait qu'elle s'approche de lui pour obtenir son consentement. Elle n'aurait pas besoin de lui demander quoi que ce soit. Un geste, un effleurement et tout basculerait. En attendant, Lola ne disait rien. Elle avait demandé à

Rémi de la suivre dans la cuisine. Elle s'affairait et il la regardait. Elle sentait son regard qui s'attardait derrière elle.

« Je dois passer un coup de fil, je vais dans le salon », avait dit Rémi en quittant la cuisine.

Son téléphone avait vibré dans la poche de sa veste. Un appel de Charlotte. Le temps d'arriver au salon, un message s'affichait. Charlotte lui demandait comment il allait, si sa réunion s'était bien passée et s'il avait l'intention de la rejoindre. Rémi était embarrassé. Charlotte ne savait rien de Lola et il valait mieux qu'il en soit ainsi ; par ailleurs, elle n'avait pas besoin de savoir ce qu'il faisait ni où il allait passer la nuit, cependant il aurait aimé ne pas avoir à lui mentir. La joindre oralement au téléphone ? Le salon n'était pas assez éloigné de la cuisine, il serait contraint de parler bas et elle se douterait de quelque chose. Il opta pour un message écrit : « Je suis bloqué, la soirée se prolonge, je rentrerai tard chez moi, je t'appelle demain, je t'embrasse. »

— Rémi, si tu avais prévu autre chose, tu n'es pas obligé de rester, lui lança Lola.

Elle se tenait à la porte du salon. Rémi ne l'avait pas entendue s'approcher. Il eut l'impression de rougir comme s'il était pris en faute.

— Je répondais à un ami qui voulait savoir si j'étais libre ce soir…

— Mais tu es libre ! Ne te sens pas obligé de rester… je vais mieux.

— Lola, si j'en juge à la manière dont tu pleurais tout à l'heure, je ne crois pas que tu ailles si bien que ça.

Toujours dans l'embrasure de la porte du salon, Lola avait le regard triste. Son visage s'était refermé. Elle s'en voulait de ne pas avoir su cacher son désarroi. Rémi avait vu juste, il y avait un orage en elle qui n'avait pas encore éclaté.

— Oui, je sais, je vais mal… je suis une pauvre conne… je n'ai rien vu venir, je me suis laissée mener par le bout du nez et maintenant je suis dans l'impasse. J'ai envie de disparaître.

Elle avait poussé un soupir de découragement, s'était retournée et avait quitté le salon.

— Lola ! Reviens.

Rémi s'était levé, Lola l'attendait dans le couloir, dos au mur.

— Écoute Lola, si tu as quelque chose à me dire, c'est le moment, il faut aller jusqu'au bout… Viens, on dînera après.

La bouche ouverte et le regard vague, Lola ne bougeait pas et ne disait rien. Rémi lui faisait face. Tout à coup, elle l'attira violemment à elle.

— Prends-moi ! Baise-moi !

— Là, maintenant ?

— Oui, là, ici, maintenant, contre le mur... j'ai besoin de te sentir...

Lola fut prise d'une frénésie impossible à arrêter. D'une main adroite, elle fit glisser sa culotte à terre, puis des deux mains avec une fébrilité folle et comme si elle était poursuivie par un vampire ou par un diable, elle se précipita sur lui, dégrafa sa ceinture et déboutonna son pantalon. Rémi n'offrit aucune résistance. Elle avait un temps d'avance et, quoi qu'il eût fait, il était trop tard pour freiner la montée du désir. Lola semblait hors d'elle. Elle se hissa sur lui, s'accrocha à son cou et l'enserra entre ses cuisses. Sous sa chemise qu'elle tenait relevée, sa vulve exultait comme un fruit mûr au soleil. Rémi sentit la présence douce et chaude contre son ventre. Sa verge qui dardait en avant goûta la béance humide et s'enfonça en elle d'un seul trait. Lola poussa un cri, rejeta la tête en arrière et heurta le mur violemment. Confus d'avoir été aussi brusque, Rémi s'immobilisa, prêt à renoncer, mais Lola lui intima l'ordre de rester en elle. Elle avait commencé à s'oublier et ne voulait pas rompre avec sa frénésie. Le plaisir montait par vagues de son sexe jusqu'à sa gorge. À chaque mouvement contre le mur elle gémissait. Des gémissements d'approbation et de désespoir comme si elle hélait un inconnu qui s'éloignait et qui pourtant était celui-là même qui la pénétrait au plus profond d'elle-même. Le mouvement s'accélérait, les gémissements se muaient en cris. Lola avait disparu, elle haletait, son être était en suspens. Rémi s'occupait de ce qui restait d'elle, de son corps qu'il pressait contre le mur et avec lequel il tentait de ne faire qu'un. Il avait l'impression d'être sur un manège qui se serait emballé et se serait mis à tourner de plus en plus vite. Puis le manège avait volé en éclats. Lola l'avait mordu à l'épaule et avait joui dans un ébranlement de tout le corps. Ils avaient glissé contre le mur et s'étaient effondrés à même le sol.

— Tu m'as fait du bien, je t'aurais bien gardé en moi plus longtemps... Tu dois avoir faim... On va dîner ?

Assise par terre près de Rémi, Lola avait prononcé ces mots en reboutonnant le haut de sa chemise. Rémi avait plus de mal à émerger, il aurait préféré ne pas avoir à répondre. Les choses allaient trop vite. En l'espace de vingt-quatre heures, il avait serré deux femmes dans ses bras, il leur avait fait l'amour, il avait joui en elles avec la même volupté et la même innocence, et, ce matin même, alors que Charlotte s'inquiétait de leur relation, il lui avait dit qu'il n'avait pas de double vie. Cependant ce n'était pas le moment de s'appesantir sur ce qu'il pensait de lui-même et de sa propre conduite. Il se souvenait de la crise de larmes de Lola. Il n'avait pas à comparer les deux étreintes. Avec Lola il ne s'agissait que d'un mouvement d'humeur, elle voulait exorciser son mal. Il lui avait cédé parce qu'on ne pouvait pas repousser une femme en détresse aussi désirable. Mais dans la manière dont elle l'avait assailli et dont elle l'avait mordu, il avait bien senti qu'il y avait quelque chose de douloureux et d'inquiétant chez cette fille.

Encore dans le couloir, Rémi ajustait sa chemise dans son pantalon. De la cuisine Lola l'interpella :

— Une omelette, ça te va ? Il y a aussi un reste de ratatouille si tu veux…

— C'est parfait.

Rémi passa la porte de la cuisine. Il se sentait dans l'état d'un cavalier que son cheval vient d'envoyer au sol et qui s'en relève difficilement.

— Lola, je ne voudrais pas que tu croies que je suis…

— Amoureux de moi ?

Lola s'était retournée, avait lâché la cuillère qu'elle avait en main, s'était approchée de Rémi qui se tenait à deux pas derrière elle et avait poursuivi sur un ton mielleux teinté d'ironie méchante.

— Oui, je sais, tu l'étais quand tu étais en moi… après, je sais, c'est plus compliqué… mais maintenant on est ensemble et ce qui compte c'est que tu es là avec moi… et puis tu m'as bien fait l'amour, alors avec un peu de chance… j'aurai bientôt un enfant de toi…

Abasourdi, Rémi regardait Lola qui à nouveau lui avait tourné le dos. Les mots lui manquaient. Il demeura interdit plusieurs secondes. Puis il l'attrapa vivement par le bras pour la forcer à lui faire face.

— Lola, tu te fous de moi… Qu'est-ce qui t'arrive ? À quoi tu joues ? Tout à l'heure tu pleurais, tu allais mal… et tout ça, c'était seulement pour pouvoir baiser avec moi ?

— Chacun ses armes…

— Mais je ne suis pas contre toi !

— Vous êtes deux contre moi… ton frère et toi, il faut bien que je me défende…

16

Rémi avait empoigné Lola et l'avait forcée à s'asseoir sur la plus proche des chaises qui entouraient la table. Dans la poêle l'huile commençait à grésiller. D'un geste brusque il coupa le gaz, puis vint s'asseoir en face d'elle. Lola s'était laissé faire. Son attitude avait radicalement changé. D'agressive et arrogante, elle était devenue passive, indifférente et comme absente. Accoudée à la table, elle regardait Rémi fixement en soutenant sa tête entre ses mains, elle semblait méditer. Ses yeux habituellement si vifs et si mobiles traduisaient cette absence. Ils visaient Rémi sans le voir. De son côté Rémi exigeait des explications.

— Lola, je ne te veux aucun mal... Pourquoi dis-tu que je suis contre toi ? Qu'est-ce qui ne va pas ?

Comme si elle avait été soudainement frappée d'amnésie, Lola demeurait silencieuse. Tout en l'observant, Rémi cherchait dans le peu de temps qu'il venait de passer avec elle un indice susceptible d'expliquer son retournement d'attitude. Elle avait bien précisé qu'ils étaient deux contre elle. Elle parlait de son frère et de lui. Or il la connaissait à peine.

— Lola, je vois bien que tu veux me faire payer quelque chose... mais quoi exactement ? Réponds-moi.

— Ne t'inquiète pas, je prends la pilule, je ne serai pas enceinte de toi si cela peut te rassurer...

Le temps de lâcher ces quelques mots avait suffi pour que Lola récupère sa vivacité. Leurs regards se croisèrent. Peu importait le malentendu, le contact n'était pas rompu et c'était provisoirement ce qui comptait. Cependant, Rémi hésitait encore sur la conduite à tenir.

— Tu préfères peut-être que je m'en aille ?

— Non, ne me laisse pas. Je vais mal, c'est tout...

— Alors ne bouge pas.

— Qu'est-ce que tu fais ?

— Je vais faire ce que tu as fait l'autre soir quand je suis tombé dans les pommes, je vais m'occuper de toi. Je vais nous faire à dîner. On dirait que tu es mon invitée. On parlera après si tu veux. On a toute la nuit devant nous.

Pendant le dîner ils avaient évité de rompre le silence. Ils avaient préféré restaurer une confiance mutuelle en échangeant des regards. Puis ils étaient retournés au salon.

— Cela m'ennuie de t'avoir fait une scène, cela me rappelle les crises que je faisais à mes parents quand j'étais petite…

— Tu étais déjà une emmerdeuse ?

— Non, j'étais plutôt sage dans l'ensemble, mais il m'arrivait de piquer des colères contre eux ou contre ma sœur, je n'arrivais plus à me calmer, je mordais.

— Comme tu m'as mordu tout à l'heure ?

— Pas tout à fait, tout à l'heure, c'était autre chose… Tiens, je vais te les montrer.

Lola quitta son fauteuil, se dirigea vers une étagère, attrapa un petit cadre vitré, puis vint rejoindre Rémi sur le canapé. Avant de lui tendre le cadre, elle souffla sur la vitre.

— Je suis là avec mes cheveux courts. Je devais avoir six ans, lui dit-elle.

Lola indiqua du doigt un petit visage au regard malicieux et intelligent. Il s'agissait d'une photo de vacances tout à fait ordinaire. Ses parents, sa sœur et elle sont assis sur une plage ensoleillée. Ils viennent de se baigner. Leurs regards sont tournés vers la mer. Leurs corps bronzés et leurs yeux enivrés de soleil réfléchissent la chaleur qui règne sur la plage.

— Vous êtes beaux, dit Rémi.

— Oui… J'aime cette photo, mais elle me désespère.

— Pourquoi ?

— Parce que je suis incapable de reproduire ce bonheur-là.

Les mots avaient éclos dans la gorge de Lola avec un tel accent de dépit et de tristesse que Rémi en fut bouleversé. Il eut envie de la serrer contre lui, mais se retint.

— On n'est pas obligé de reproduire, lui lança-t-il après un silence.

— Oui, mais on fait quoi alors ? On fait comme moi, on fait des études, encore des études, puis on se lance dans la recherche, et puis de fil en aiguille on en vient à torturer des souris et des rats, des lapins et des chiens, tout ça pour voir comment on pourrait les modifier et les rendre plus intelligents ou plus cons. Beau projet de vie ! Et tout ça pour en venir où ? Je me suis fait avoir. Je ne sais plus ce que je dois faire…

— Mais Lola, on en est tous là… tu as pris un train en marche et tu n'as pas pris le temps de regarder où il allait… c'est pareil pour tout le monde…

— Pas pour tout le monde justement. Ton frère et toi, je vous ai écoutés parler l'autre soir… Vous au moins vous savez ce que vous faites et pourquoi vous le faites. C'est en vous écoutant que j'ai pris conscience que je ne savais pas où j'allais.

Lola reprit le petit cadre vitré des mains de Rémi et quitta le canapé.

— Lola, tu te trompes sur notre compte, on a peut-être l'air de savoir… mais…

— Non Rémi, écoute-moi, cela va faire presque trois ans que je travaille avec ton frère. J'ai appris à le connaître. Il a un objectif, il sait où il veut en venir, il impose ses vues, et, dans le travail, crois-moi, il est inflexible… Et toi, en réalité, tu es comme lui.

Elle avait remis en place le cadre sur l'étagère et s'était assise dans un des fauteuils qui faisaient face au canapé.

— Lola ! Comment peux-tu dire ça, on se connaît à peine…

— Je vous ai vus à l'œuvre ! Vous voulez avoir raison tous les deux et vous êtes aussi déterminés l'un que l'autre. Je te croyais différent, eh bien non. Tu es plus introverti, moins autoritaire, moins direct… mais tu as la même soif de vaincre et de dominer que lui. Sauf que tu le montres moins. Chez toi, c'est plus secret.

Le fauteuil dans lequel Lola avait pris place était suffisamment profond et large pour qu'on puisse s'y asseoir à deux. C'était un vieux fauteuil en cuir marron foncé aux larges accoudoirs craquelés par l'usure. Lola s'y était installée comme elle avait certainement l'habitude de le faire, en repliant ses jambes à l'intérieur du fauteuil et en s'adossant légèrement en biais entre le dossier et l'accoudoir opposé à celui qui retenait ses jambes. Rémi trouvait injuste et infondé qu'elle puisse l'assimiler à son frère. Pourquoi l'avait-elle appelé, lui et non pas Frédéric, s'ils n'étaient pas si différents l'un de l'autre alors qu'elle se sentait si mal ce soir même ? Il eut envie de lui en faire la remarque, mais le temps qu'elle s'installe, une image s'était interposée dans son champ de vision. Dans son fauteuil, telle qu'elle était assise avec sa chemise remontée sur ses cuisses, Lola lui rappelait le tableau de Balthus, *Thérèse rêvant*. Elle avait appuyé sa jolie tête sur sa main gauche et regardait Rémi avec innocence. Rémi luttait contre lui-même, ce n'était pas le moment de s'attarder sur l'aura sexuelle de Lola. Il devait rester concentré et refouler de son esprit l'image de *Thérèse rêvant*. Il ne pouvait néanmoins s'empêcher de penser au service que Balthus lui rendait en cet instant. Que Lola se confonde avec Thérèse et qu'elle en devienne encore plus admirable, quel mal y avait-il à cela ? Il n'avait qu'à se taire et se laisser aller à la contemplation.

— Rémi, tu es vexé ?

— Non.

— Alors pourquoi tu ne dis plus rien ?

— Parce que tu es belle…

— On me l'a déjà dit et cela ne m'aide pas…

— J'aimerais pouvoir t'aider Lola, mais il faudrait que tu m'en dises un peu plus sur toi et sur ce qui te met dans cet état… Tu nous reproches à mon frère et à moi d'être comme on est… tu penses qu'on veut vaincre et dominer… c'est possible, mais si c'est vrai, alors tu n'es pas très différente de nous… tout à l'heure tu m'as dit « chacun ses armes » comme si je t'avais agressée.

— Oui, mais vous êtes deux et je suis seule.

— Mais on n'est pas contre toi, enfin ! Je ne comprends pas ce qui te fait dire ça.

— Si, vous êtes contre moi ! Vous l'êtes depuis ce pari débile qui vous lie et qui m'oblige à vous suivre… Aucun de vous deux ne m'a demandé si j'étais d'accord. Je n'ai pas eu droit à la parole, mon avis ne compte pas. Mais je te le répète, Rémi, c'est de la folie, il faut renoncer et il n'y a que toi qui peux arrêter ton frère… Parce qu'il faut bien que tu le saches, les résultats sur les rats ne sont pas aussi probants qu'il y paraît à première vue. Est-ce que Frédéric t'a parlé des rats qui, après la greffe, font des crises d'épilepsie ou deviennent amorphes comme si on les avait soumis à de violents électrochocs ? C'est le cas pour environ quinze pour cent des rats greffés… Et s'il se produisait la même chose avec toi… Mets-toi à ma place, c'est moi qui installe les puces…

Tout en parlant et comme si elle avait pris soudainement conscience de l'indécence de sa posture, Lola avait changé de position. Encore lovée à l'intérieur du fauteuil, mais cette fois assise de côté, l'épaule droite appuyée contre le dossier, les jambes repliées plus à plat devant elle et presque entièrement sous sa chemise. Dans cette nouvelle position, son corps ne rejoignait plus celui de Thérèse. Rémi en éprouva du regret. Encore suspendu à sa vision muette d'une Lola transfigurée, c'est à peine s'il avait écouté la Lola concrète qui se tenait devant lui.

— Rémi, tu as entendu ce que je viens de te dire ?

— Oui, oui... mais...

— Mais quoi ? Cela t'est égal de devenir un légume ?

— Non, bien sûr... mais on n'a pas à se focaliser sur ce risque... tu oublies l'enjeu... il est essentiel, il est historique... c'est un peu comme quand les hommes ont appris à voler, ils ont fabriqué des machines un peu folles et ils les ont essayées... on va faire pareil dans un autre domaine... c'est pas plus risqué...

— Tu vois, c'est bien ce que je dis, tu es comme ton frère... vous avez un but et vous ne voulez pas vous en détourner... et moi, pendant ce temps, je devrais vous obéir sans protester... alors moi aussi je sais ce qu'il me reste à faire.

— C'est-à-dire ?

Lola avait soupiré et avait jeté sur Rémi un regard désabusé et amer.

— Démissionner.

— Ah, non ! Lola ! Non, je t'en prie, ne fais pas ça... je comprends ton amertume, tu as raison, on aurait dû te demander ton avis et je te demande pardon pour mon frère et pour moi. Mais on a absolument besoin de toi, tu ne vas tout de même pas nous laisser tomber maintenant...

Silencieuse, Lola avait enfoui son menton entre ses mains. Pour ne pas avoir à affronter le regard de Rémi, elle s'était mise à observer ses pieds. Qu'elle puisse leur faire faux-bond était une éventualité que ni lui ni son frère n'avaient envisagée. Il ne comprenait pas bien ce qui se passait dans la tête de Lola qui par certains côtés lui rappelait Maud. À quoi jouait-elle exactement ? Elle menaçait de démissionner. Le premier concerné était Frédéric, alors pourquoi était-ce à lui et non à son frère qu'elle en parlait ? Que cherchait-elle à obtenir en faisant pression sur lui et non directement sur son frère ? Était-ce parce qu'elle était réellement amoureuse de lui et qu'elle n'osait pas le lui dire ?

— Lola, je comprends tes réserves et tes inquiétudes, reprit Rémi, mais nous trois, toi, Frédéric et moi, sommes en chemin vers quelque chose d'exceptionnel qui ne se rencontre qu'une fois dans une vie... tu ne peux pas nous faire ça...

Lola redressa la tête et lui adressa un regard évasif qui semblait dire que sa décision n'était pas encore prise et qu'il pouvait toujours essayer de l'en dissuader.

— Lola, laisse-moi te raconter quelque chose...

— Dis toujours, je t'écoute.

— Tu nous juges un peu durement mon frère et moi. Pour comprendre ce qui nous arrive aujourd'hui, il faut remonter en arrière. Notre pari peut te sembler absurde et sans raison… mais en vérité, j'y pense maintenant, cela n'arrive pas par hasard. C'est un « détroit », tu entends : « un détroit », notre détroit à nous. Je t'explique. Quand nous étions enfants, Frédéric et moi lisions les mêmes livres. On aimait particulièrement ceux qui nous parlaient de la mer et des hommes qui osaient se mesurer à elle. Comment ils vivaient sur leur bateau, comment ils s'orientaient, comment ils se perdaient et finissaient par faire naufrage. Parmi ces livres, il y en avait un extraordinaire. Un livre de prix comme on en faisait encore à l'époque de mon arrière-grand-père, un livre de grandes dimensions, épais et lourd, avec des illustrations très réalistes aux traits sûrs. Sur la couverture, dans un cercle, à la manière d'un hublot, on voyait la mer et au loin les proues et les mâtures inclinées de plusieurs navires en train de remonter au vent et de faire route vers un horizon invisible. Il avait pour titre : *Le voyage de Magellan.* On devait avoir une dizaine d'années, on avait déjà commencé à naviguer avec notre père et notre grand-père, c'était le début d'une passion.

— Tu es gentil, Rémi, Magellan est sans doute un type formidable… mais je ne vois pas le rapport avec moi…

— Je te l'accorde, c'est loin de nous en apparence. Mais attends que je te raconte. Il a appareillé de Séville avec cinq navires en 1519. Tu vas voir, c'est très instructif.

Lola manifesta son impatience en soupirant, puis, comme si elle n'avait toujours pas trouvé la position idéale, elle décida d'occuper son fauteuil encore autrement. Elle opta cette fois pour une position assise presque ordinaire et convenable. Le dos contre le dossier avec les jambes repliées et maintenues serrées avec les bras et les mains jointes devant.

— Rémi, tu veux en venir où ?

— Au but du voyage. Imagine tous ces hommes. Cela fait déjà plusieurs mois qu'ils ont quitté leur terre natale, ils ont traversé l'Atlantique, ils ont fait escale au Brésil et maintenant ils descendent vers le sud, le long d'une côte inconnue, dans l'espoir de trouver une issue. Ils ont faim, ils ont soif, et ils ont de plus en plus froid. Ils ne savent pas où les mène leur chef. Lui seul croit savoir ce qu'il fait. Derrière cette côte qui descend vers le sud et se dresse comme un mur infranchissable, il y a une autre mer qui a été entr'aperçue en 1513 en Amérique centrale par un conquistador, Vasco Núñez de

Balboa. Il ne reste plus qu'à trouver un passage pour la rejoindre. Peut-être que toutes les mers se touchent et communiquent ou peut-être qu'elles sont séparées et enserrées entre des continents étanches. C'est à vérifier. Magellan, lui, est persuadé que le passage existe. Il ne veut pas en démordre et ne renoncera pas tant qu'il n'aura pas trouvé.

— Et alors ?

— Alors ! Eh bien, c'est là que cela devient intéressant ! Imagine, Magellan l'inflexible. Imagine-le avec ses navires et ses hommes. Une mer de plus en plus sombre, des cieux encombrés que le soleil ne perce plus qu'en de très rares instants et des vents hurlant et soulevant des vagues toujours plus grosses à mesure qu'ils progressent vers le sud. Imagine leur désarroi et leur anxiété. Et surtout, imagine leur soulagement et leur joie quand ils croient avoir trouvé le passage. Parfois, en effet, la côte s'ouvre et ordre est alors donné à l'un des navires de s'engager dans la brèche. Les autres attendent au mouillage. Dix jours, deux semaines, un mois d'attente. La nef revient, ce qui semblait être une ouverture n'était qu'une baie ou un estuaire. Chaque fois la déception est immense. Le moral des hommes s'effondre. La prudence réclamerait de faire demi-tour et de remonter vers des latitudes plus clémentes. Mais Magellan donne l'ordre de reprendre la mer et de continuer à descendre toujours plus bas vers le pôle. Le passage existe, il suffit…

— De persévérer… oui, tu es gentil Rémi, tout ça est très instructif en effet… avec cette différence qu'en ce qui me concerne, je n'ai rien décidé, vous m'avez enrôlée de force. Comme tu le disais, c'est votre histoire, c'est votre « détroit » à vous… Qu'est-ce que je gagne, moi, Lola Ramirez, à faire ce que vous me demandez ?

— Rien ! Et c'est précisément ce qui est admirable… Magellan lui-même n'a rien gagné, il est mort quelque temps après avoir découvert le passage qui porte désormais son nom… Pour nous ce sera pareil, un jour on parlera peut-être de notre expérience, on l'appellera l'expérience Follenfan-Ramirez, on racontera comment elle est née, comment elle a pris forme et ce à quoi elle a abouti. On dira que depuis cette expérience les hommes ont la preuve qu'entre le cerveau et l'esprit il y a un hiatus, qu'ils ne font pas un mais deux, que jamais on ne capturera l'esprit d'un homme et qu'il y a par conséquent quelque chose de très volatil et d'insaisissable dans la réalité, quelque chose qui nous échappe et vraisemblablement nous échappera toujours, une chose pour laquelle on n'a pas de mot et qui peut justifier l'emploi de celui qu'utilisaient les Anciens quand ils parlaient de l'âme… Et tout cela, ma chère Lola, on le devra à toi, à ton geste, au geste audacieux et désintéressé de Lola Ramirez…

17

Lola avait éteint la lumière. Rémi s'était allongé près d'elle. Elle lui avait demandé de la serrer contre lui. Il n'était plus question de démission ni d'expérimentation d'aucune sorte. Tout près l'un de l'autre, le relâchement et l'obscurité les appelaient séparément.

Bien que fatigué, Rémi tentait de mettre de l'ordre dans ce qui lui venait à l'esprit. Il se sentait encombré de mauvais silences. Il aurait aimé pouvoir faire le vide, mais le corps de Lola était trop présent contre lui. La chaleur et la douceur de sa peau réveillaient son désir. Il avait proposé de dormir sur le canapé du salon, mais elle avait protesté et l'avait entraîné dans sa chambre. La contrarier, c'était prendre le risque de voir s'effondrer tout ce qu'il avait obtenu d'elle par un long travail de persuasion. Entre elle, son frère et lui, l'équilibre tenait désormais à peu de choses. Après le détour par Magellan, il avait réussi à la mettre en confiance. Elle avait consenti à lever un pan du voile. Elle avait reconnu que dans sa propre famille on parlait très peu de soi et qu'on ne s'inquiétait pas vraiment de la manière dont le monde tournait. On se contentait de vivre et d'être heureux au jour le jour. Son père et sa mère s'aimaient, ils avaient accompagné de leur entente sans faille l'enfance de leurs deux filles, ils avaient été attentionnés et généreux, ils avaient satisfait leurs besoins matériels, mais n'avaient jamais trop cherché à savoir ce qu'elles pensaient ni comment elles grandissaient. Maintenant ils vivaient loin les uns des autres.

Quand Lola lui avait fait part de ce constat, elle avait eu un geste de dépit. Puis il y avait eu un long silence. Il avait alors semblé à Rémi qu'elle était prête à lui avouer quelque chose. Il pensait qu'elle allait enfin se libérer de ce qui la taraudait. Mais elle avait seulement prononcé une phrase. Comme si elle ne s'adressait qu'à elle-même, elle avait dit : « J'aurais tellement aimé sauver quelque chose de nous. »

Combien de temps Rémi avait-il bataillé avec les vestiges de sa journée ? Le dos de Lola s'était estompé et il avait commencé à boire l'eau du rêve.

Changement de latitude et changement d'époque... Désormais en Patagonie, il a endossé l'habit de marin. Le voici à bord du navire de Magellan.

Les nefs sont au mouillage dans une baie à l'abri des tempêtes. Il règne un froid glacial et une lumière de fin du monde. Le capitaine Magellan a décidé d'y faire relâche en attendant la fin de l'hiver. Survivre et patienter, la seule chose que les équipages aient encore à faire. Malgré le relief de la côte, le vent s'introduit dans la baie, serpente à la surface des eaux et gifle violemment les coques des navires. De jour comme de nuit, on l'entend miauler dans les gréements. Les ancres chassent, on ne se sent pas en sûreté. À l'hostilité des éléments s'ajoutent la faim et l'humidité, et le sentiment qu'on n'aurait jamais dû se trouver là dans ce recoin perdu. Presque tous pensent que Magellan est devenu fou, qu'il ne sait pas où il mène ses hommes. Les berges ensoleillées du Guadalquivir ne sont plus qu'un lointain souvenir. Chaque jour qui passe ressemble au précédent, gris, maussade, pluvieux et venteux. Le matin, ordre est donné de descendre dans les chaloupes pour rejoindre le rivage. Il faut ramener à bord tout ce que l'on peut trouver d'utile à la survie des équipages : de l'eau, du bois pour cuisiner et se chauffer, et, quand l'occasion se présente, de la viande de phoque ou de guanaco.

Un soir, sur le Trinidad, c'est le branle-bas. Rémi et ses compagnons aperçoivent pour la première fois un Patagon. Surgi de nulle part, l'homme, une espèce de géant, danse à moitié nu le long du rivage en gesticulant et en s'aspergeant d'une poudre blanche qu'il jette en l'air. C'est Antonio Pigafetta, le scribe du capitaine, qui l'a vu le premier alors qu'il pissait tranquillement sous le vent debout sur le pavois. Rémi et ses camarades observent l'homme. Ordre est donné d'aller à terre à sa rencontre. Avec trois autres marins, Rémi monte dans une chaloupe ; à deux par banc de nage, les voilà qui rament vers le rivage. Ils ont pour mission d'approcher l'indigène. Pour ne pas l'effrayer, on leur a recommandé d'adopter ses mimiques. Une fois à terre, ils n'auront qu'à chanter et à faire comme lui : à tourner sur eux-mêmes en levant les bras au ciel. Tout se passe au mieux. Le géant ne montre aucun signe d'inquiétude, il poursuit ses gestes et ses incantations comme s'il s'adressait à une personne invisible avec laquelle il ne devait rompre sous aucun prétexte. Son torse nu est peint en rouge, ses cheveux coupés très ras sont recouverts d'une sorte d'enduit blanc, sur son visage des volutes jaunes entourent ses yeux et accentuent son regard.

Maintenant d'autres Patagons viennent sur le rivage avec leurs femmes et leurs enfants. Ils s'approchent timidement des marins et vont jusqu'à les toucher pour voir de quoi ils sont faits et si ils sont différents d'eux. Pour attirer leurs bonnes grâces, les marins distribuent des petits miroirs en métal, des ciseaux et des chaînettes. Eux donnent des guanacos. Les marins se sentent moins seuls, mais demeurent hantés par le souvenir de leur patrie. Ils continuent de s'interroger et regrettent de s'être lancés dans l'aventure.

Deux mois ont passé. Demain les nefs quittent la baie. Magellan demande à ses hommes de capturer deux spécimens de ces géants afin de les ramener en Europe quand ils auront achevé le tour de la terre. Rémi n'est pas de cette chasse à l'homme. Juan Flamenco lui raconte en riant comment ils ont trompé les indigènes et leur ont passé des fers aux pieds. On fait monter les géants à bord, ils poussent des cris et se lamentent ; pour les calmer, les marins jettent sur eux des seaux d'eau de mer.

À la sensation de l'eau glacée, Rémi a un sursaut et manque de se réveiller, puis il s'assoupit de nouveau.

Peu de temps après, il frappe à une porte. Il fait nuit. Il a en main un plateau sur lequel se trouve une assiette fumante. Le capitaine lui dit d'entrer. Souvent celui-ci dîne avec ses officiers, mais ce soir il est seul. Magellan lui tourne le dos, il est penché sur une carte, il est soucieux et ne prête pas attention à son matelot, le départ est pour demain. Une lampe à huile éclaire le réduit. Dans le fond de la cabine, Rémi croit distinguer une forme humaine sur la couchette. À ce moment, il revient vaguement à lui, il sent de nouveau le corps de Lola. Il est contre elle, sa présence réveille son désir, mais il doit poser le plateau et elle l'en empêche parce qu'elle est trop près de lui. Sans prévenir elle se retourne, heurte le plateau qui s'incline, l'assiette tombe. Rémi bafouille une excuse. Magellan l'insulte. Rémi se baisse pour ramasser l'assiette et son contenu, il en profite pour jeter un coup d'œil vers la couchette, Magellan n'est pas seul, il y a une femme allongée sur la couchette, elle a une tunique en peau de guanaco et elle a le visage de Lola. Rémi se relève, Magellan continue de le houspiller. Rémi renouvelle ses excuses, la porte de la cabine s'ouvre, Frédéric surgit dans l'embrasure de la porte. Ils ne sont plus que tous les trois. Lola, Frédéric et lui. Magellan a disparu.

18

Rue Jean Dolent… près de la place Denfert-Rochereau. Hormis le lion qui trônait au milieu de la place, cela ne lui disait rien. Rémi ne connaissait quasiment pas ce quartier, le quartier de La Santé. Il lui était certainement arrivé lors de ses nombreuses pérégrinations d'avoir emprunté au moins une fois le boulevard Arago, mais il ne se souvenait plus à quelle occasion.

Rue Jean Dolent, c'était là où résidait le docteur Rivière, un des grands spécialistes français de la chirurgie du cerveau. « Tu verras, c'est quelqu'un de formidable et de très sympathique », lui avait dit Frédéric. Rémi se réjouissait de cette visite, elle l'obligeait à sortir de chez lui et lui permettait de mettre de côté pour un temps son travail de rédacteur en chef de la revue de l'Association « Philosopher » qui était devenu son activité principale.

Il ne savait pas à quoi s'attendre. Il ne s'agissait que d'une prise de contact, cependant avec ce premier rendez-vous, on entrait dans le concret. Ce n'était encore qu'une étape, mais une étape qui prouvait que les choses prenaient forme. Le pari n'en était plus seulement au stade de l'idée. Né d'un affrontement purement verbal qui aurait pu n'être qu'un jeu sans conséquence, il prenait la tournure d'une entreprise à laquelle plusieurs personnes travaillaient et qui, comme telle, conduisait à la mise en place d'un certain nombre de dispositions. La caution du sérieux de tout ce processus, c'était le professeur Rivière. Rémi avait hâte de découvrir ce qui avait pu inciter ce neurochirurgien compétent et reconnu de la Pitié-Salpêtrière à s'intéresser à un défi aussi audacieux et risqué. Il y avait là quelque chose d'improbable et d'étonnant, du moins au premier abord.

La journée s'annonçait magnifique. Au petit matin, lorsqu'il avait tiré le double rideau de sa chambre, il avait constaté avec plaisir que la grisaille des derniers jours s'était dissipée ; le ciel avait retrouvé sa transparence et cela avait suffi pour lui communiquer une bouffée de bonne humeur. Il avait ouvert en grand les battants de la fenêtre, s'était livré à quelques mouvements de gymnastique, puis s'était approché du vide et s'était mis à contempler la rue. Un camion de nettoyage passait lentement dans la contre-allée. Un homme habillé en vert maniait un jet d'eau sous pression avec lequel il inondait les trottoirs et chassait les feuilles mortes. On était début décembre et on ne faisait qu'amorcer la courbe de l'hiver. D'aussi belles journées, il n'en connaîtrait plus beaucoup avant le printemps, aussi avait-il décidé, avant de sonner à la porte de ce mystérieux chirurgien, d'aller faire quelques pas dans les rues avoisinantes. Il avait besoin d'air et de relâchement. Lui qui avait eu peur de ne pas savoir comment occuper son temps libre avant l'opération s'était lourdement trompé. Devenu rédacteur en chef du *Sursaut philosophique*, il croulait sous les appels et les articles à lire. Le sursaut en question avait bien eu lieu. Son ami Gilles n'avait pas prêché dans le désert. Dès le lendemain de l'assemblée inaugurale au lycée Henri IV, et alors qu'il était encore sous les draps avec Lola, son téléphone sur la table de nuit s'était mis à vrombir une bonne dizaine de fois. Occupé à rassurer Lola, il avait préféré ne pas s'enquérir immédiatement des messages qui s'accumulaient. Celle-ci l'avait retenu auprès d'elle le plus longtemps possible, elle disait aller mieux, mais continuait d'affirmer qu'elle ne se voyait pas en train de lui installer une machine infernale dans le cerveau. Elle condamnait l'entêtement de Rémi et le jugeait absurde. Elle ne démissionnerait pas, du moins pas tout de suite, mais elle mettait sa participation en suspens. En fait, elle n'était plus sûre de rien et reconnaissait pouvoir encore changer d'avis. Cela ne dépendait pas que d'elle, c'est ce qu'elle lui avait laissé entendre, ce qui signifiait bien évidemment que cela dépendait aussi de lui. Que devait-il lui accorder pour qu'elle consente à collaborer ? Il n'avait pas cherché à le savoir. Il ne voulait pas entrer dans son jeu. Ils s'étaient quittés en fin de matinée et c'était seulement une fois rentré chez lui qu'il avait découvert l'étendue de ses nouvelles responsabilités.

L'Association « Philosopher » avait pris un bon départ. Avec Gilles, ils avaient calculé qu'il fallait atteindre la barre des cinq cents adhésions pour rendre leur projet viable et disposer de ressources suffisantes. Deux semaines après l'assemblée qui avait donné le coup d'envoi de sa refondation, l'Association comptait déjà plus de mille membres. L'adhésion valait abonnement à la revue et possibilité d'y collaborer sous une forme ou sous une autre. C'est cette facilité d'accès qui avait séduit. La nouvelle formule semblait donc répondre avec bonheur à l'attente d'un public plus large que celui des seuls ex-professeurs.

Ce succès avait eu pour conséquence d'atteler Rémi à une tâche à laquelle il n'était pas préparé et pour laquelle il manquait d'expérience. Il ne s'était jamais senti l'âme d'un leader, d'un manager ou d'un maître à penser. Comment devait-on répondre à une demande d'orientation intellectuelle et spirituelle ? Qui devait donner le *la* ? Qui avait en main le diapason à cet effet ? S'agissait-il de chanter en chœur ou de laisser chacun siffloter pour lui-même sur des chemins de traverse ? Il n'y avait pas de programme, pas de dogme, pas de complicité professionnelle, seulement un goût plus ou moins prononcé pour la réflexion. Dès lors, il fallait proposer une méthode. On ne pouvait pas philosopher au hasard. Avec le comité de lecture qui avait été constitué, les réunions s'étaient enchaînées. Le premier numéro de la revue avait, entre autres, pour mission d'instituer un cadre : une seule règle devait prévaloir, l'honnêteté et la bienveillance ; le contenu des textes ne devait pas répondre à une autre motivation que celle d'y voir plus clair et de tenter de progresser dans l'intelligibilité d'une question ou d'un problème. Cependant, comme aucune règle n'est indépendante d'un parti pris, d'un lexique et d'une grammaire, et qu'il n'était pas possible de commencer par les remettre en cause sans ruiner l'élan même qui invitait à méditer, force fut de reconnaître qu'on ne philosophait que sollicité par une crainte, une frayeur, un malaise ou un mal-être. Aussi avait-il été convenu à la suite de cette reconnaissance de consacrer le premier numéro de la revue aux peurs et aux menaces qui pesaient sur l'humanité présente. Qu'est-ce qui caractérisait ces peurs, que présentaient-elles de nouveau, étaient-elles légitimes et devait-on, comme autour de l'an mille, se croire tout proche d'une fin du monde ?

Aux Gobelins, Rémi sortit du métro. Le professeur Rivière les attendait, son frère et lui, vers quatorze heures. Il ne pouvait pas se permettre d'arriver en retard. Des Gobelins à la rue Jean Dolent, il y avait environ un kilomètre, à peine de quoi se mettre en jambes. Il aimait cette ville, il aimait Paris, il aimait s'y promener. Plus il avançait en âge et plus il se reprochait d'en avoir ignoré l'histoire, de n'en avoir visité que les lieux utiles, ceux où il s'était rendu par obligation ou pour y rencontrer des amis. Avant de sortir, il avait voulu reconnaître le parcours. Il avait jeté un coup d'œil sur un plan, une vieille carte au papier élimé qui donnait une vue d'ensemble et qu'il préférait aux sites Internet, même si le pliage et le dépliage avaient eu raison de la résistance du papier. À chaque ouverture du plan, il se promettait de remédier à ce démembrement mais n'allait jamais jusqu'au bout de son intention. Il repliait délicatement le document vénérable et le rangeait tout aussi délicatement.

Le boulevard Arago respirait la tranquillité bourgeoise. On sentait immédiatement que l'on était dans un quartier chic. Des immeubles cossus, peu de commerces, un relatif silence. Bordé de larges contre-allées, le promeneur n'avait pas besoin d'y ralentir ou d'y zigzaguer pour éviter les rares passants qu'on y croisait entre la double rangée d'arbres. Incontestablement une belle artère. Pour autant, ce qui traversa l'esprit de Rémi dès la première centaine de mètres, c'est qu'il n'aurait pas aimé habiter là. Il ne se voyait pas y déambuler la nuit. Cette tranquillité n'était pas pour lui. Trop froide et trop impersonnelle. Même les arbres en souffraient. Petits et malingres, ils n'arrivaient pas à grandir. Ils étaient malheureux comme s'ils avaient été confrontés à une forme d'hostilité. Comme si on n'avait pas voulu d'eux et qu'ils en avaient eu l'intuition. Incomparablement plus beaux étaient ceux de l'avenue de Saint-Mandé. Rémi observait les arbres et se mit à penser à madame Triquet, la présidente du conseil syndical de son immeuble, cette femme austère et sérieuse, toujours tirée à quatre épingles, très sûre de son bon droit et toujours occupée à mettre de l'ordre partout où elle passait. Le quartier qu'il traversait était à l'image de cette femme, il manquait de vie et de fantaisie.

Parvenu à la hauteur de la rue de la Santé, il hésita quelques secondes. Sur sa gauche se dressait une muraille implacable. Il y avait là une grande demeure ceinturée de hauts murs, la prison de la Santé. Les tours avaient disparu et on avait comblé les douves. Un château fort du Moyen Âge, mais sans le folklore de l'époque. Rémi, qui avait projeté de marcher jusqu'à la place de l'Île de Sein, y renonça. La rue Jean Dolent se situait juste derrière la prison, il l'avait repérée sur son plan. Peut-être qu'une partie de ce qu'il avait éprouvé en remontant le boulevard Arago trouvait ici son explication. Il fallait croire qu'à la manière d'un trou noir la prison de la Santé absorbait les rayonnements favorables à l'épanouissement de la vie et que c'était cette configuration physique très particulière qui expliquait le relatif silence et l'impossibilité pour les arbres de croître et de se développer normalement. Il n'était pas recommandé de traîner par là. On risquait d'être happé et de disparaître dans la gueule du trou noir.

Un mur d'enceinte aussi impressionnant méritait cependant d'être observé de près. Construit en meulière noyée dans le béton, il offrait au regard une belle verticalité. Rémi s'engagea dans la rue de la Santé. Afin de mieux juger de la hauteur du mur, il emprunta le trottoir de gauche. Sur la crête, histoire d'en compliquer le franchissement, on avait installé un réseau de pointes acérées. Quoi qu'il en soit, il était clair que tenter d'escalader ce mur n'était pas la solution la plus subtile si l'on tenait vraiment à s'évader : trop haut, trop risqué et pas assez discret. Plus rusé était de quitter par où on avait été introduit. Rue de la Santé se trouvait justement une des entrées. L'architecte n'avait pas lésiné sur la taille du porche. Deux énormes battants presque aussi hauts que le mur dans un magnifique encadrement en pierre blanche avec au-dessus du linteau, incrustée dans la pierre, la devise républicaine. On tenait à préciser à ceux qui ne l'auraient pas compris que loin d'être une oubliette, cette belle demeure était un lieu où continuait de s'exercer la sollicitude de l'État envers ses sujets. L'institution pénitentiaire avait le sens de l'humour. Rémi ne put s'empêcher de sourire. En réalité, on avait tort de se laisser impressionner par la muraille, le côté du mur où l'on se trouvait n'importait pas, la Liberté, l'Égalité et la Fraternité ne s'arrêtaient pas à ce genre de distinction. Les plus hautes valeurs de la République transcendaient les murs. Et c'était bien réconfortant d'en être informé.

19

« Alors c'est vous l'astronaute de l'esprit ? Belle journée, n'est-ce pas ? » avait clamé le professeur Rivière en ouvrant la porte qui donnait sur la rue. « Votre frère n'est pas encore là, on va en profiter pour faire connaissance. » Regard droit et entier, large sourire, solide poignée de main, c'était le genre d'homme qui vous mettait immédiatement à l'aise.

Ils traversèrent une petite cour pavée. Rémi s'étonnait, il avait la curieuse impression de changer de monde et d'avoir le privilège inattendu de pouvoir pénétrer dans un lieu protégé et comme tenu à l'écart, par on ne sait quel miracle, des laideurs de la vie moderne. Dans un lieu où le temps se serait arrêté. Après la cour pavée, ils entrèrent dans un vestibule au dallage couleur sable déformé par l'usure. Le professeur Rivière proposa à Rémi de se délester de son écharpe et de son épaisse veste en velours. Quelques pas de plus et ils parvinrent au salon, une salle magnifique par ses proportions et sa luminosité. « Un jardin ! Quelle chance vous avez ! » s'exclama Rémi en s'approchant instinctivement de la baie vitrée.

— Oui, c'est ce qui surprend toujours les visiteurs… je vous le ferai visiter tout à l'heure si cela vous dit.

— Avec plaisir, lui répondit Rémi en contemplant la pelouse et les arbres. Et il s'étend loin comme ça ?

— Jusqu'au boulevard Saint-Jacques, derrière la haie.

Sur toute sa longueur, le salon s'ouvrait sur le jardin par une véranda qui en doublait la profondeur et qui en cette journée ensoleillée donnait à la pièce un air de maison de campagne. Le contraste était si considérable entre la forteresse sombre qui longeait la rue Dolent et cette maison que Rémi en avait perdu le motif de sa visite. Il demeurait en contemplation près de la baie vitrée jusqu'à en oublier son hôte.

— Un café ?

— Oh, oui, excusez-moi, bien volontiers.

Le professeur Rivière se tenait près d'une table basse qu'entouraient plusieurs fauteuils et un canapé. Il avait déjà rempli deux des trois tasses et se préparait à s'asseoir. Il attendait que Rémi s'installe. Les deux hommes se dévisagèrent et s'adressèrent un sourire de convenance. Le professeur paraissait avoir une cinquantaine d'années. Presque entièrement chauve, il avait des petites lunettes cerclées de métal blanc et portait une veste en tweed vert olive très élégante. De toute sa personne se dégageaient une assurance et une aisance naturelles. On percevait immédiatement que l'on avait affaire à un homme qui avait fait le choix de jouir de tout ce que la vie pouvait offrir de savoureux et qui ne s'en cachait pas. « Vous connaissez Frédéric depuis longtemps ? » demanda Rémi.

— On s'est connu par l'intermédiaire de ma sœur cadette, elle est de la même promotion que lui à l'École normale... On se voit de temps à autre, il me tient au courant de ses travaux... il y a quelques semaines il est venu me parler de votre pari... Il m'a demandé si je voulais bien l'aider à mener cette expérience...

Le professeur avait accompagné son propos d'un large sourire que prolongeait une moue ambiguë.

— Cela a dû vous surprendre, répondit Rémi embarrassé.

— Non, pas tant que ça, venant de votre frère... je savais que cela allait arriver un jour... je lui ai dit que je voulais vous rencontrer. Vous vous doutez bien que c'est un peu délicat pour moi de participer à une intervention comme celle-là étant donné mon statut de médecin... je soigne, je remédie... je ne suis pas chercheur...

— Frédéric m'a pourtant dit que vous meniez aussi des recherches à l'Institut du Cerveau.

— Oui, mais ce n'est pas tout à fait comparable, avec mes collègues nous travaillons sur les maladies telles que la maladie d'Alzheimer ou la maladie de Parkinson, nous cherchons à en comprendre les mécanismes, mais nous ne faisons pas de la médecine méliorative... Entre soigner et modifier un homme... il y a un pas que je n'ai jamais franchi jusqu'à présent...

Cette fois le professeur avait parlé sans se déprendre d'une certaine gravité. Rémi ne savait pas comment il devait interpréter les dires de son hôte. Celui-ci ne condamnait pas l'entreprise. S'il l'avait fait, les choses auraient été plus claires, mais dans ce cas Rémi n'aurait eu aucune raison de se trouver là.

— C'est le serment d'Hippocrate qui vous tient à cœur et qui vous fait hésiter ? osa Rémi.

— Non, j'avoue que votre folie m'est sympathique… D'une manière générale j'admire les gens qui s'approchent des frontières et qui ne se contentent pas de vivre pour vivre… Avant de me lancer dans la médecine, je me destinais à la volcanologie… les volcans me fascinaient, je ne sais pas pourquoi…

— Vous avez abandonné la volcanologie pour la médecine ! Qu'est-ce qui vous a poussé à changer ?

— Je me suis contenté de suivre un chemin tout tracé, mon père était médecin, il m'a raisonné, il m'a fait remarquer qu'il y avait plus à découvrir en médecine qu'en géologie, j'ai fini par en convenir et je me suis mis à la médecine… et puis j'ai rencontré une femme qui a calmé mes ardeurs et mon goût pour l'aventure…

Le professeur Rivière lança un sourire complice à Rémi qui le lui renvoya en acquiesçant des yeux. Il reprit :

— Et vous alors ? Votre frère m'a dit que c'est « l'Esprit », avec un grand E, qui vous tient à cœur ! Vous savez que pour la plupart des neurologues, cette notion d'esprit ne veut rien dire ou presque.

— C'est néanmoins l'enjeu du pari.

— D'accord, mais alors éclairez-moi…

— Oh, c'est simple… Vous-même en avez d'ailleurs une certaine idée… Tout à l'heure en m'accueillant, vous m'avez adressé un beau compliment, vous m'avez dit astronaute de l'Esprit… belle formule…

— Oui, mais ce n'était qu'une boutade… Votre idée à vous, quelle est-elle ?

Rémi ne s'attendait pas être confronté aussi rapidement à un questionnement de cet ordre. Il aurait aimé pouvoir faire plus ample connaissance avec le professeur Rivière avant d'avoir à s'expliquer. Tout ce qu'il allait dire risquait de sembler vague et insuffisant.

— Ce que je vais avancer ne va sans doute pas vous satisfaire. À mes yeux, l'esprit n'est pas une chose, c'est un élan… donc on ne peut pas s'en saisir, on ne l'attrape pas, et on ne peut même pas prétendre tourner autour puisqu'il n'a pas de contour… on ne peut que lui emboîter le pas ou renoncer… Alors si vous voulez, pour résumer, l'esprit c'est la liberté en acte… cette capacité que nous avons de nous écarter de là où nous sommes et de ne pas nous réduire à ce que nous sommes…

Le professeur eut un geste de la tête pour signifier qu'il comprenait.

— D'accord, d'accord, mais là, ce dont vous venez de parler, c'est de l'esprit en général, de l'esprit au sens métaphysique du terme. Vous vous doutez bien que dans ma pratique médicale je n'ai jamais affaire à cela, j'ai affaire à des personnes concrètes qui présentent des troubles du système nerveux, troubles consécutifs à des dysfonctionnements d'ordre neurologique. Leurs capacités intellectuelles sont plus ou moins gravement affectées et je constate que cela est dû à une pathologie de leur cerveau.

— Vous avez raison, et c'est justement cela que nous voulons vérifier, s'il est possible d'établir un lien intégral entre les deux domaines, celui du cerveau et celui de l'esprit en général… Frédéric est persuadé qu'il est possible de glisser de l'un à l'autre, que la connaissance du premier nous ouvre toutes grandes les portes du second, je pense pour ma part qu'il y a disjonction et irréductibilité…

Le professeur Rivière inspira une grande bouffée d'air et acquiesça.

— Je vois, je vois… on est d'accord…

— Comment cela ?

— Je veux dire que votre question est pertinente et que directement ou indirectement, c'est en effet à traiter cette question que nous travaillons les uns et les autres… et d'ailleurs je vais vous faire un aveu, personnellement je penche plutôt de votre côté…

Rémi s'étonna.

— Pourtant vous aviez l'air de nier l'idée d'esprit en général, l'esprit au sens métaphysique du terme.

— Non, je ne la nie pas, je vous ai simplement dit qu'elle n'intervenait pas dans ma pratique médicale, mais personnellement j'ai toujours gardé cette idée sous le coude.

Alors qu'il prononçait ces mots, le professeur avait balayé d'un regard ému l'ensemble de la salle de séjour avant de se tourner vers le jardin. Puis il avait fait un geste large de son bras gauche comme s'il avait voulu évoquer quelque chose d'indicible.

— Je ne suis pas sûr de vous suivre, professeur.

— Appelez-moi par mon prénom, je m'appelle Alain. Pour ce que nous allons faire ensemble, ma blouse de professeur restera au vestiaire, j'en passerai une autre. D'abord, je tiens à vous rassurer, entre mes mains, vous serez en sécurité. Pour des raisons de discrétion, votre frère m'a demandé s'il était possible de procéder à l'intervention ici, chez moi, j'ai refusé… je n'ai pas l'appareillage, celle-ci aura donc lieu à la Salpêtrière un dimanche matin, très tôt. Mais ne vous inquiétez pas, vous n'y resterez pas, après l'opération je vous ramènerai ici, j'ai une chambre d'ami et comme cela vous serez sous ma surveillance les jours qui suivront. Je bloquerai quelques jours de congé pour rester auprès de vous. D'autre part, s'il s'avérait que la puce électronique ne produise pas l'effet escompté et vous crée des ennuis, alors je me chargerais de son retrait.

— Vous acceptez donc de participer…

— Oui, je vous l'ai dit, j'admire ceux qui osent aller voir plus loin que le bout de leur nez. Je vous trouve sacrément culotté, c'est toujours très courageux de mettre à l'épreuve ses idées. Et puis cette expérience m'intéresse, alors si je peux aider à ce qu'elle se déroule dans de bonnes conditions, ce sera ma part…

Le professeur Rivière se pencha légèrement pour attraper sa tasse de café. Rémi trouvait l'instant plein de charme. La maison était silencieuse. Près des baies vitrées, une grande flaque de soleil flottait sur le dallage. Autant de compréhension de la part d'un homme qu'il connaissait à peine et sur un sujet aussi délicat l'intriguait ; cette générosité devait nécessairement cacher quelque chose.

— Mais vous n'avez pas peur pour vous ? demanda Rémi. Si cela tourne mal et que l'on découvre votre participation à une expérience de ce type, vous n'aurez plus le droit d'exercer, ou du moins on se méfiera de vous… Vous mettez en jeu votre carrière…

Le professeur haussa les épaules et se mit à sourire.

— Alors je retournerai à mon premier amour, à la volcanologie, ou je me mettrai à la philosophie… Non, plus sérieusement, attendez, je vais vous montrer quelque chose.

Le professeur Rivière quitta son fauteuil et s'éloigna dans la partie gauche du salon ; il s'approcha d'un secrétaire et revint avec une brochure qu'il tendit à Rémi.

— Regardez, lisez… c'est une publication de l'Institut du Cerveau… Comme tout le monde, nous avons besoin d'argent pour faire avancer nos recherches, nous envoyons ce document un peu partout, vous l'avez même peut-être déjà reçu…

Sur la première page du dépliant apparaissait une tête d'homme vue de profil à la boîte crânienne en partie transparente à l'intérieur de laquelle on découvrait une masse confuse de fibres nerveuses représentée à la manière d'un réseau électrique complexe. Sous la photo, il était écrit : *Les découvertes déterminantes pour l'avenir de tous sont au cœur de notre cerveau. Aidez les experts de l'Institut du Cerveau à percer tous ses mystères !*

Les yeux du professeur brillaient et semblaient se réjouir par avance.

— Vous voyez, dit-il, vous voyez qu'il n'y a pas tant de différence que cela entre ce que votre frère et son équipe de chercheurs entreprennent et ce que mes collègues et moi-même faisons à l'Institut du Cerveau. En réalité nous travaillons tous dans le même but : éradiquer le mystère.

— Oui, c'est clair, répondit Rémi. C'est à peine s'il est besoin de lire entre les lignes. À l'avenir plus de mystère... S'il vous plaît, braves gens, donnez à ceux qui percent ! Ils vous le rendront au centuple ! Vous n'aurez plus de secret pour eux...

— Et tout cela, bien entendu, sous le couvert de la recherche médicale, reprit le professeur Rivière. On commence par parler de ces maladies terribles qui effraient tout le monde, Parkinson, Alzheimer et compagnie, et puis à la fin seulement on dévoile l'enjeu véritable des recherches : déchiffrer le cerveau de A à Z.

Rémi s'étonnait, il avait eu l'occasion de rencontrer des neurochirurgiens de toutes sortes, mais aucun comme celui-là. Il retourna le document et en lut l'essentiel avant de reprendre.

— C'est tout de même la connaissance qui sauve... Moi-même je dois beaucoup à celui qui m'a opéré enfant alors que j'étais atteint d'une tumeur maligne, sans lui je ne serais pas là aujourd'hui avec vous.

— Ah ! mais je ne remets pas en cause les bienfaits de la médecine, affirma le professeur, chacun fait son travail et le fait même très bien. Ce que je dénonce seulement, c'est l'angélisme des chercheurs quand ils font mine d'ignorer l'enjeu ultime de leurs travaux... Guérir n'est qu'un moyen terme. On ne pourra pas s'empêcher de modifier l'homme dès qu'on en saura assez. Alors pourquoi jouer aux innocents ? C'est ridicule. Votre frère, lui, ne triche pas, c'est ce que j'aime chez lui. Il perce, et il perce en ligne droite... Si le cerveau n'est qu'une machine subtile, alors il a raison... nous devons nous donner les moyens d'en comprendre les mécanismes et, pourquoi pas, d'en élargir les performances...

— Oui, mais, professeur..., pardon, Alain, la question ne s'arrête pas là... la question est de savoir si l'esprit se mesure aux performances du cerveau... et si en perfectionnant le cerveau on n'en viendra pas plutôt à tuer l'Esprit !

20

Les trois notes du carillon avaient tinté et avaient arrêté net leur conversation. Le professeur Rivière adressa un clin d'œil complice à son interlocuteur et s'éclipsa pour aller ouvrir. Dès que son hôte eut quitté la pièce, Rémi en profita pour se lever à son tour et s'approcher de la baie vitrée. La véranda donnait sur une terrasse en dalles blanches qui longeait la façade de la maison. On ne voyait pas le fond du jardin, on y avait accès par un chemin de terre en demi-cercle qui ceinturait une grande pelouse et dont l'issue allait se perdre derrière un massif d'arbustes. À une vingtaine de pas de la terrasse, à la lisière du chemin, s'élevait une petite bâtisse en briques rouges. Le soleil, qui s'était déjà bien incliné, incendiait les vitres de cette construction et en rendait la présence d'autant plus mystérieuse. Tout à coup le désir d'aller humer l'air du jardin s'imposa à lui. Rémi ouvrit le battant, descendit les deux marches et s'immobilisa sur la terrasse.

Dehors régnait presque le même silence que dans la maison, celui des lieux auxquels peu de personnes ont accès et dont aucune géographie ne rend compte. Rémi se laissait gagner par l'ivresse que suscitait en lui l'effleurement soudain de cet îlot de verdure coupé du monde. Le jardin ne se rattachait à rien, il était posé là, irréel, telle une image, et Rémi ne se sentait pas sûr de pouvoir y faire ne serait-ce qu'un seul pas. Il y avait trop de nouveauté d'un seul coup et cette nouveauté s'échappait dès qu'il essayait d'en fixer les traits. Il n'osait pas bouger. Sous ses yeux, c'était comme si les strates du réel se dénouaient et cessaient de s'allier pour former un même monde. Les strates s'effeuillaient et se dissolvaient dans l'air par vagues successives. Entre les strates le soleil glissait sa lame. Une désorganisation joyeuse s'opérait partout où il tournait son regard. Rémi souriait intérieurement à cette féerie qui l'entourait et lui dispensait une joie pure et entière.

— Votre frère est là… vous venez nous rejoindre !

Le professeur Rivière avait entrouvert le battant. Rémi n'avait pas réagi, les mots lui étaient parvenus, mais ils n'avaient pas eu valeur de mots dans ses oreilles, seulement d'ondes sonores venues se mêler à la danse du réel. À son tour Frédéric s'était approché du battant et avait appelé son frère.

— Rémi ! On est là… j'ai une bonne nouvelle pour toi !

Rémi revint à lui. C'était bien lui qu'on appelait. À regret il se détourna du jardin, monta les deux marches et réintégra le salon où l'attendaient les deux hommes. Un court instant, Alain et Frédéric le regardèrent comme s'il venait tout juste de sortir de terre et qu'il portait encore sur lui les lambeaux indéchiffrables d'une vie antérieure. Ce moment passé, Frédéric s'approcha de lui en souriant et lui asséna une petite tape amicale dans le dos. Tous les trois étaient maintenant au milieu du salon, chacun attendant que l'un d'eux prenne la parole.

— Cela vous dirait une petite coupe de champagne ? lança le professeur Rivière. Il faut fêter notre prochaine collaboration. Après tout, ce que nous nous préparons à faire n'est pas courant… Installez-vous, je reviens.

Sans attendre que Frédéric et Rémi donnent leur approbation, le professeur quitta la pièce et les laissa en tête à tête. Frédéric se tourna vers son frère.

— Alors j'espère que tu es rassuré, il t'a expliqué… tout va se faire sous sa surveillance et, crois-moi, c'est l'un des meilleurs sur la place de Paris, tu seras entre de bonnes mains.

Rémi acquiesça d'un hochement de tête.

— Et puis j'ai une bonne nouvelle, reprit Frédéric, tu ne vas plus avoir trop à attendre, la puce électronique est prête, sa mise au point a pris moins de temps que je ne pensais, il ne reste plus qu'à fixer la date de l'intervention.

— Lola est au courant ?

— Oui, j'étais avec elle il y a une heure et on en a discuté.

— Elle est toujours d'accord ?

— Oui, je l'ai rassurée en lui précisant que l'intervention se ferait à la Salpêtrière avec tout le matériel nécessaire et avec la collaboration du professeur Rivière.

— Et l'anesthésie, tu y as pensé ?

— La femme d'Alain est anesthésiste, c'est elle qui va s'en charger.

Rémi poussa un petit sifflement d'admiration. Son frère n'avait rien laissé au hasard. Ce qui lui avait semblé trop long à attendre s'était rapproché plus rapidement que prévu. Il était tout près de tourner une page de sa vie. Dans quelques jours, ou quelques heures maintenant, il allait prendre un nouveau départ. À l'intérieur de sa tête, une nouvelle source de données allait entrer en action. Si cette source était assez puissante, peut-être parviendrait-elle à faire de lui un autre homme… C'était un peu comme s'il était en haut d'une falaise avec le vide devant lui… il ne lui restait plus qu'à faire un pas… et comme si tout à coup il avait effectivement entr'aperçu le vide, il eut un mouvement de recul.

Une onde d'appréhension passa sur le visage de Rémi. Bien que très rapide et à peine esquissée, celle-ci n'échappa pas à Frédéric.

— Eh ! Frérot, tu sais que tu as encore le droit de renoncer. C'est toi qui décides.

— Non, non, on est tout près du but, ce n'est pas le moment de faiblir…

— Qui parle de faiblir ?

Alain Rivière avait posé sa question avec la voix enjouée de celui qui s'apprête à passer un bon moment et qui ne veut pas qu'on lui gâche son plaisir. Il déboula dans le salon avec trois coupes et une bouteille de Veuve Clicquot embuée d'une rosée fraîche.

— Mais vous êtes encore debout ? Installez-vous ! dit-il en rejoignant ses invités. Vous savez que vous me faites un grand honneur en me faisant participer à votre défi, je commençais à m'ennuyer ferme dans mon hôpital… Je savais que viendrait le jour où quelques dingues tenteraient de faire la jonction entre la machine et le cerveau humain, mais je pensais que cela se ferait ailleurs qu'en France…

— Peut-être que cela a déjà été tenté ailleurs, affirma Frédéric. Je ne sais pas où en sont les Américains et les Chinois… les revues scientifiques ne communiquent pas sur ce genre de tentatives… tout se passe à l'abri des regards, chaque laboratoire garde pour lui ses résultats… et puis il faut trouver des candidats courageux qui veuillent bien se prêter aux expériences…

Frédéric avait prononcé ces derniers mots en se tournant vers Rémi qui ne répondit rien. De la table basse s'élevait le pétillement discret des bulles qui montaient à l'air libre dans les coupes.

— Alors trinquons au bon déroulement de notre entreprise, lança Alain en souriant.

Les trois hommes entrechoquèrent avec précaution leurs coupes. Chacun semblait plus détendu et confiant à l'idée de ce qui se préparait. Même Rémi souriait et affichait lui aussi une certaine décontraction. Cependant sa gaieté n'avait rien de comparable avec celle qui éclairait les visages de ses deux complices. Il se sentit progressivement glisser hors de la pièce. Dans cette affaire il avait le mauvais rôle, c'est lui qui s'exposait le plus. Un frisson lui parcourut le dos comme si un vent froid s'était mis à souffler derrière lui. Alain et Frédéric plaisantaient. Leurs voix s'éloignèrent. Rémi n'était déjà plus avec eux. Le salon avait cédé la place à une immense banquise. Un vent glacial balayait le désert blanc. Au milieu de ce désert, une troupe de manchots formait une sorte de masse compacte aux reflets sombres ramassée en un vaste cercle. Les manchots s'étaient rapprochés et ne bougeaient plus, ils attendaient que la tempête cesse de les harceler. Ceux qui étaient au centre du cercle ne craignaient rien, mais il y avait ceux qui étaient à la périphérie et qui offraient leur dos au vent pour protéger les autres. Une couche de neige et de glace recouvrait leur dos et le haut de leur tête. Rémi s'imaginait être un de ces manchots enneigés. Il se demandait pourquoi c'était nécessairement à lui d'avoir la moitié de son être exposé au froid mortel. Comment cela se passait-il chez les manchots ? Peut-être qu'un éthologue avait déjà étudié la question. En Antarctique, en plein hiver, le vent soufflait souvent en tempête. Les manchots savaient instinctivement qu'ils devaient se regrouper pour survivre. Alors comment cela se passait-il ? Sans doute très naturellement, sans heurt et sans lutte fratricide, par ordre d'arrivée et par couches successives. Sans se concerter, les plus proches se rassemblaient et formaient en s'agrégeant un noyau auquel par aimantation les plus éloignés venaient se joindre à leur tour. On avait affaire à un processus d'enroulement progressif. Les derniers arrivés ne pouvaient pas pénétrer à l'intérieur de l'attroupement. Le sexe, l'âge ou l'état de santé ne constituaient pas des critères. Les manchots n'échangeaient pas leur place. Les derniers arrivés ne pouvaient pas jouir pleinement de la protection des autres, ils demeuraient à la périphérie. C'était le prix à payer pour avoir usé de sa liberté et s'être éloigné de ses congénères.

— Rémi, tu es avec nous ? Tu as entendu ce que je viens de dire ?

Frédéric s'était tourné vers son frère et l'interrogeait du regard.

— Non, excusez-moi, j'étais ailleurs…

— Je parlais du contenu de la puce électronique, des connaissances mathématiques qu'elle va t'apporter, je disais à Alain que peut-être tu finirais un jour par recevoir la médaille Fields... en admettant qu'on recule pour toi la limite d'âge...

Rémi esquissa un sourire tout en haussant les épaules.

— Alors cela signifierait que tu aurais vraiment gagné... mais comme je te l'ai déjà dit, je n'en crois pas un mot... pour preuve, le pouvoir de s'absenter... Oui, le pouvoir de s'absenter est un pouvoir absolu... ton bagage mathématique n'y changera rien... tu peux remplir mon cerveau... je continuerai à m'absenter... c'est consubstantiel à l'Esprit.

Alain et Frédéric échangèrent un regard amusé. Ils auraient aimé continuer à plaisanter, mais ce que venait d'affirmer Rémi ciblait l'enjeu du pari et exigeait d'être relevé. Il obligeait chacun à prendre position.

— Et d'ailleurs, ajouta Rémi, comme pour enfoncer un coin entre ses deux interlocuteurs, je crois qu'Alain est plutôt d'accord avec moi.

— Ah ! alors ça, ça m'étonnerait, répondit Frédéric en se tournant vers Alain.

Une moue de contrariété passa sur le visage du professeur Rivière qui d'un coup parut gêné.

— Pardonnez-moi les amis, dit-il en levant sa main gauche en signe de neutralité, mais là je botte en touche.

— Alain ! Alain ! rétorqua Frédéric. Ne me dis pas que tu te ranges aux idées de mon philosophe de frère ? Ne me dis pas que tu crois en l'esprit, toi, un expert en neurochirurgie ? Et pourquoi pas à l'âme pendant qu'on y est !

La gaieté changeait de camp. C'était au tour de Rémi de s'amuser. Le professeur lui avait laissé entendre sous le mode de la confidence qu'il ne récusait pas l'idée d'esprit... En révélant cette information, Rémi semait la zizanie entre son frère et le professeur.

— Qu'est-ce que tu veux que je te réponde ? Je ne souhaite pas prendre parti, j'attends de voir, je vous ai proposé mon aide, c'est déjà pas mal...

— Tu te défiles ?

— Non, non, mais reconnais tout de même que ce que dit Rémi avec le pouvoir de s'absenter n'est pas négligeable et que c'est peut-être même un fait décisif.

— Comment cela, un fait décisif ?

— Frédéric ! Si on se lance dans cette discussion, on n'en finira pas ce soir et Rémi voulait visiter le jardin.

— Peu importe… il aura tout le temps quand il sera chez toi… Alain, j'insiste ! Tu me dois une explication.

L'harmonie entre les trois hommes s'était évanouie. Rémi semblait avoir touché un point sensible chez son frère. Frédéric prenait tout à coup conscience qu'Alain, son ami, cet homme qu'il croyait bien connaître ne lui avait jamais dévoilé ses convictions profondes, alors que Rémi, lui, avait eu droit dès leur première rencontre à une confidence. C'était pour lui une blessure d'amour-propre. Cette différence de traitement ne pouvait pas rester en l'état, il fallait qu'Alain s'explique.

— D'accord, d'accord, j'y viens, reprit Alain… le problème c'est que je ne sais pas par quel bout prendre les choses…

L'ambiance bon enfant avait entièrement disparu. Frédéric n'arrivait pas à cacher son amertume. Alain cherchait ses mots. Le visage fermé de Frédéric l'attristait et le mettait mal à l'aise. Il se disait qu'il devait tout faire pour rendre à son ami sa bonne humeur quitte à infléchir sa position, position qu'à vrai dire il n'avait jamais mise à plat, faute d'y avoir suffisamment réfléchi.

— Bon, pour faire court, je suis médecin, j'ai reçu une formation scientifique, et je ne conteste pas la valeur théorique et pratique des méthodes scientifiques… elles ont amplement fait leurs preuves… Pour autant, je ne crois pas que l'on puisse tout expliquer et tout comprendre. Ce que je veux dire, c'est qu'il se produit dans la nature des phénomènes dont on ne peut pas rendre compte et qu'on ne peut pas anticiper. En biologie, par exemple, le phénomène des mutations… La rationalité scientifique postule que A produit généralement un dérivé de A, mais cela n'est vrai que relativement, parce que si on observe bien la réalité, ce que l'on constate c'est que souvent A produit X, et que dans ce X, il y a de l'inconnu, un inconnu qui équivaut pour nous à une rupture de la chaîne causale.

Frédéric ne semblait pas satisfait de ce début d'explication, il fit une moue de déception et de rejet.

— Alain, sérieusement, tu comptes t'en tirer comme ça… Ce que tu oublies de dire, c'est que si X nous semble étrange, c'est simplement parce que provisoirement on ignore encore les processus qui conduisent de A à X. Dès lors que l'on disposera des connaissances nécessaires, X ne nous apparaîtra plus surgir comme par miracle ! Mais revenons à ce pouvoir de s'absenter, comment tu l'expliques ?

— Écoute Frédéric, à brûle-pourpoint comme ça, je ne sais pas… Il faudrait d'abord préciser de quoi on parle exactement…

néanmoins le verbe s'absenter donne déjà une indication… au lieu d'avoir du plein, on a du vide, ou du moins quelque chose de manquant… donc de l'insaisissable… d'où une rupture de la chaîne causale…

— Alain ! Ce n'est pas une réponse digne de toi… vraiment, là, je ne te reconnais pas… et la rigueur scientifique dans tout ça, où est-elle passée ?

Tout en fixant le professeur avec une mine désabusée, Frédéric serra nerveusement ses mains l'une dans l'autre avant de s'en couvrir le visage. « C'est pas possible ! C'est pas possible ! C'est une blague, tu te moques de moi », grommela-t-il.

— Je peux faire une remarque ? demanda Rémi en levant le doigt timidement et en souriant comme pour détendre l'atmosphère.

— Oh, toi, je sais ce que tu vas dire, répondit Frédéric.

— Non, non, Frédéric, sérieusement, tu viens de toucher un point fondamental, tu as dit à Alain que sa « réponse n'était pas digne de lui » !

— Et alors ?

— Et alors tu ne pouvais pas viser plus juste… c'est cela l'Esprit ! C'est cela l'incommensurable écart entre le cerveau et l'esprit… Pour le cerveau tout se vaut, tout est égal, ou plutôt tout se mesure et donc tout est physique… Par exemple quand tu achètes une cervelle de mouton chez ton boucher, elle est là devant toi bien visible dans une barquette, ton boucher pèse et il te dit le prix… tu vois ce que tu achètes, c'est du concret, mais *une réponse digne de soi*, cela ne se trouve ni chez un boucher ni dans un traité de physique… elle dépend de toi et de là où tu places la barre…

— Et alors ?

— Eh bien, pense à ceux qui ont mis la barre très haut, là où il n'y a que de la valeur et donc de l'intangible…

— Tu penses à qui par exemple ?

— Je pense parmi d'autres à un type que tu admires, un normalien dont tu m'as souvent parlé, le mathématicien Jean Cavaillès… C'est sans doute grâce à son cerveau qu'il a été un mathématicien génial, mais pour ce qui est de son activité de résistant pendant la Seconde Guerre mondiale, permets-moi de penser que c'est plutôt à l'aide de son esprit qu'il a combattu. On ne meurt pas pour la liberté seulement parce qu'on a des neurones qui fonctionnent bien. Alors certes, tout ça, c'est déjà loin de nous, pour autant, il me semble que c'est toujours d'actualité.

Le professeur Rivière s'était tourné vers Rémi et avait cherché à l'interrompre en répétant plusieurs fois le nom évoqué.

— Cavaillès, le mathématicien ? C'est bien de lui que vous parlez ?

— Oui, pourquoi ? répondit Rémi.

— Parce que, si c'est bien de la même personne dont on parle, Jean Cavaillès était un ami de mon grand-père… Il a connu cette maison, il venait s'y réfugier quand il était traqué par la Gestapo et qu'il ne savait pas où se cacher.

Les trois hommes se regardèrent comme intimidés par la révélation du professeur Rivière. Son intervention donnait une chair à la polémique et la rendait presque palpable. Elle s'incarnait. Jean Cavaillès avait été une des grandes figures de la Résistance. Apprendre qu'il avait séjourné ici, qu'il avait foulé les dalles de cette pièce, que les murs de cette maison avaient été témoins de certains secrets de l'époque, les obligeait tous les trois à faire preuve d'humilité. Jean Cavaillès avait été torturé et fusillé. On ne pouvait que s'incliner devant des hommes comme lui. Le plus embarrassé était Frédéric. Il avait commis une maladresse et Rémi en avait profité pour s'engouffrer dans la brèche. Qu'est-ce qu'il lui avait pris de parler « d'une réponse digne de soi » ? En science cela ne voulait rien dire, une réponse était plus ou moins pertinente et les bonnes réponses n'étaient pas à mettre en rapport avec la grandeur morale des personnes. Un lâche pouvait avoir raison. Mais maintenant que Rémi avait entraîné la discussion sur le versant des valeurs, Frédéric se sentait démuni. On n'était plus sur le plan des phénomènes observables en laboratoire. Il y avait toujours eu des hommes capables de mettre leur vie en jeu pour ce qui leur semblait valoir plus que leur vie. Il en était parfaitement conscient. Néanmoins Frédéric refusait de se laisser séduire par les actes qui forçaient l'admiration et qui donnaient à penser qu'il y avait en l'homme, à la différence des autres vivants, quelque chose de sublime comme une puissance surnaturelle. Il avait rayé la métaphysique de son carnet d'adresses. Alors, oui, il admirait Jean Cavaillès, oui, il reconnaissait son exceptionnel courage, mais cela ne changeait rien à sa conception des choses. Un jour, il en était convaincu, l'exploration du cerveau permettrait de démystifier tous ces actes exceptionnels que d'autres voulaient absolument rattacher aux fibres insaisissables de l'âme humaine.

En attendant, il y avait du recueillement dans l'air. Frédéric sentit qu'il ne devait pas insister s'il ne voulait pas passer pour un vil iconoclaste sans scrupule. Rémi et le professeur Rivière n'étaient déjà plus sur le même terrain que lui. Alors qu'il méditait sur l'impasse dans laquelle il s'était fourvoyé, ses interlocuteurs en avaient profité pour changer de sujet. Alain parlait de l'attachement qu'il éprouvait pour cette maison héritée de ses parents et que sa famille possédait depuis plusieurs générations. Il aurait été mal venu de relancer la polémique alors qu'elle s'était dissipée.

21

La nuit était tombée. Une nuit de décembre, fraîche mais encore imprégnée des odeurs de l'automne. Rémi avait évoqué la possibilité de quitter la maison par le jardin. À défaut de l'avoir visité, il en aurait eu un avant-goût, il l'aurait au moins traversé une fois. Le professeur Rivière n'avait pas voulu lui refuser ce plaisir, il était allé chercher un trousseau de clés et une lampe torche et les avaient invités à le suivre. Dehors, l'éclairage de la véranda se perdait progressivement, laissant apparaître des formes et des contrastes propres à la pénombre. Ils descendirent les deux marches donnant sur la terrasse, puis empruntèrent le petit chemin de terre sombre et étroit qui contournait la pelouse. À ce moment il fut de nouveau question de Jean Cavaillès. Tel était le grand avantage de cette maison, avait fait remarquer le professeur, on pouvait y accéder par une rue et en sortir par une autre, configuration idéale pour ceux que l'on pourchasse et qui doivent toujours se préparer à fuir.

Ils étaient passés près de la petite bâtisse en briques, puis avaient longé un mur surmonté par une masse compacte de lierre, avant de se retrouver devant une porte assez étroite en métal à peine visible dans l'obscurité. La porte résista et grinça, et c'est alors qu'il se produisit un phénomène curieux. Comme s'il avait pris subitement conscience d'un danger, le professeur Rivière serra les mains de ses deux amis avec un vif empressement. Ils ne devaient pas stationner longtemps entre le jardin et la rue. Cette porte n'était pas une porte ordinaire, à une autre époque elle avait permis à Jean Cavaillès de s'échapper, elle en avait gardé le statut de porte confidentielle que l'on devait juste entrouvrir et refermer le plus rapidement possible derrière ceux qu'on exfiltrait. Le professeur poussa gentiment ses amis à l'extérieur. Dans l'ombre il leur adressa un dernier sourire, referma le battant et disparut. Les deux frères se retrouvèrent sur le trottoir du boulevard Saint-Jacques, quelque peu interloqués et désemparés.

Ils se regardèrent aussi décontenancés l'un que l'autre. Ils sortaient d'un havre de paix et de silence, et ce qu'il y avait maintenant autour d'eux n'avait plus aucun rapport. C'était Paris avec son effervescence d'un soir de semaine. Non loin d'eux, un flot de voitures, phares allumés, roulait au ralenti vers la place Denfert-Rochereau, tandis qu'un peu plus loin, au centre du boulevard et le surplombant, des rames de métro bondées illuminaient la nuit avec un bruit d'aspirateur géant avant de s'éloigner et de disparaître. Ils n'étaient pas préparés à tout cela, il leur fallut un temps d'adaptation. Rémi proposa d'aller à pied jusqu'à la place d'Italie, Frédéric acquiesça. Ils tournèrent sur eux-mêmes comme s'ils hésitaient sur la direction à suivre, puis d'un commun accord s'engagèrent sur la gauche.

Un silence pesant s'installa entre eux. Rémi connaissait suffisamment Frédéric pour détecter chez lui le moindre accès de mauvaise humeur. Or Frédéric marchait d'un pas ferme et rapide. Cet empressement signifiait un mécontentement. Rémi se résigna, il valait mieux ne pas essayer le sortir de son mutisme. C'est alors que la fraîcheur de l'air ressuscita dans son esprit l'image des manchots regroupés en cercle sur la banquise. De nouveau il ne put s'empêcher de s'identifier à l'un de ceux dont le dos et la nuque étaient recouverts d'une couche de neige et de glace. Il eut un serrement au cœur. Il y avait quelque chose de stupide et d'absurde dans ce surgissement d'images qu'il ne contrôlait pas. Après l'opération, une fois la puce électronique installée, peut-être qu'il ne serait plus assailli de cette façon, peut-être que son esprit cesserait de lui jouer des tours, qu'il n'aurait plus qu'un seul genre de pensées, des pensées droites et nettes, orientées vers les seules abstractions mathématiques. Il y gagnerait une paix relative. Il ne serait plus dérangé, il ne serait plus troublé comme il l'avait toujours été, il n'aurait plus à s'inquiéter de ce qu'il aurait à faire. Dès le réveil, toutes ses pensées seraient canalisées et couleraient dans le même sens, plus aucune ne viendrait s'interposer et semer la pagaille au milieu des autres, l'ordre régnerait dans son cerveau, un ordre mathématique qui irait des principes aux conséquences et fonctionnerait uniquement de cette façon. Pas de saute d'humeur, pas de fantaisie, pas de dysfonctionnement, plus de surgissements intempestifs de manchots sur une terre balayée par une tempête de neige en plein hiver austral. Mais alors, comment ferait-il pour s'évader, pour s'échapper et flâner ?

Et qu'en serait-il la nuit ? De quoi rêverait-il ? Est-ce que ses rêves eux-mêmes seraient vidés de leur contenu hétéroclite et soumis à une censure mathématique ?

Rémi ruminait les mêmes interrogations. Il s'efforçait d'imaginer sa nouvelle vie, il se demandait comment il réagirait avec son nouveau cerveau à la vue et à l'écoute de tout ce qui l'entourait. Sa perception du monde serait-elle radicalement modifiée ? Serait-il encore attiré par Charlotte ou par Lola de la même façon ? Jusqu'où irait l'emprise des mathématiques sur sa vie psychique ? Il aurait souhaité pouvoir soumettre ces questions à Frédéric et en parler avec lui calmement et longuement. Mais c'était trop tard, le compte à rebours avait commencé, il avait donné son consentement, plusieurs fois il avait répété qu'il ne reculerait pas et qu'il ne reviendrait pas en arrière ; il avait eu d'ailleurs bien le temps de changer d'avis. Ce n'était pas maintenant, alors que tout s'accélérait et que tout se mettait en place, qu'il devait manifester son inquiétude et faire planer un doute sur sa participation.

Au croisement avec la rue de la Santé, ils furent contraints de s'arrêter à cause du feu qui venait de passer au vert. C'est alors que Frédéric rompit le silence.

— On a oublié une chose.

— Laquelle ?

— Lui signer une décharge…

Rémi jeta un coup d'œil étonné vers son frère. Il s'attendait à ce que celui-ci développe son propos, mais le feu était de nouveau passé au rouge et Frédéric avait aussitôt repris sa marche rapide à grandes enjambées.

Ils étaient maintenant sur le boulevard Auguste Blanqui. Rémi essayait de se rassurer, il leur restait un bon kilomètre et plusieurs rues à traverser avant d'atteindre la place d'Italie. D'autres occasions de rompre le silence allaient se présenter. En attendant, il n'avait qu'à redonner vie à l'émotion qu'il avait éprouvée à la vue du jardin du professeur Rivière.

22

Enfermé dans un tunnel d'ombres et de lumières, Rémi cherchait une sortie. De tous les côtés il faisait l'objet d'une attention fébrile ; on l'agrippait, on le soulevait, on le transportait, on l'allongeait, on le calait avec des oreillers, on lui prenait la main. Au-dessus de lui, des visages surgissaient et s'évanouissaient presque aussitôt. Des voix lui parvenaient lointaines ou très proches. On s'entretenait à voix basse ou, au contraire, on parlait fort en s'adressant des reproches. Les mots prononcés lui échappaient. C'était un défilé continu qui le fatiguait et dont il ne comprenait pas les raisons.

Enfin on le laissait tranquille. Il s'assoupissait. Il était seul et il pensait qu'il lui suffirait d'un geste pour se lever et retrouver son autonomie. Geste qu'il ne souhaitait pas accomplir.

Il appréciait son état présent et le balancement auquel il était soumis. Allongé sur le dos, il oscillait. Par intermittence son corps basculait vers la gauche comme si quelqu'un sous son lit s'amusait à le soulever et s'efforçait de le renverser. Il glissait de quelques centimètres, son épaule venait buter mollement contre une paroi qui résistait et l'empêchait de basculer dans le vide. La pente se stabilisait, puis l'inclinaison diminuait ou s'annulait, son corps se décalait alors du côté droit, mais pour peu de temps car presque aussitôt le balancement reprenait. De nouveau il roulait sur son côté gauche jusqu'à la paroi. Il lui semblait se souvenir d'un temps où il avait déjà été bercé de cette manière. Cette danse ne lui était pas inconnue. D'autant qu'une autre perception venait se mêler à celle de l'inclinaison et du balancement. Derrière la paroi, un ruissellement se faisait entendre, un écoulement long et sinueux avec parfois de gros bouillonnements. Un fluide le long de son lit léchait la paroi. C'était plus puissant, plus continu, plus mélodieux que le martèlement de la pluie sur le toit en zinc de sa chambre à Paris. L'écoulement ralentissait ou s'accélérait, parfois il semblait même s'interrompre ou s'éloigner, mais c'était pour mieux s'accoler à la paroi l'instant d'après.

Il n'y avait rien d'inquiétant dans ce balancement et dans cet écoulement. Une voix intérieure lui disait qu'il ne devait pas chercher à savoir à quoi tout cela rimait, qu'il avait encore beaucoup de temps devant lui, et qu'il pouvait continuer de paresser.

Mais lorsqu'il s'abandonnait, de nouvelles images surgissaient. De nouveau on venait à son chevet et on s'affairait autour de lui. Cette fois il était sur un lit en hauteur et il avait un bandage sur la tête. Des jeunes femmes habillées en blanc l'arrachaient de son lit ; il était léger comme une plume, il avait maigri ; impossible de leur résister, il ne s'appartenait pas, il n'en concevait même pas l'idée tellement il était jeune ; il leur cédait, les femmes en blanc faisaient de lui ce qu'elles voulaient. Pendant qu'elles s'affairaient, son regard se concentrait du côté de la fenêtre, c'était de ce côté qu'arriverait sa mère si elle venait le reprendre. Il n'était plus que ce regard fixe et chargé d'une attente infinie, il avait renié tout le reste.

Tout à coup l'inclinaison de son lit sembla vouloir s'inverser. Il était moins retenu du côté droit. Il ne fallait pas qu'il glisse et qu'il tombe. S'il heurtait le sol avec sa tête, cela pourrait aggraver son mal. Mais il s'inquiétait pour rien. Des deux côtés il était enserré et sa tête était bien calée avec un oreiller. Et d'ailleurs, qui parlait d'une blessure à la tête ? Il n'en avait plus. Sa tête était redevenue une tête normale. Il était guéri depuis longtemps.

Un martèlement de pas précipités se fit entendre au-dessus de lui couvrant momentanément le bruit de l'écoulement le long de la paroi. Quelqu'un marchait et s'affairait à l'étage supérieur. D'autres bruits accompagnaient le martèlement des pas, des draps claquaient furieusement dans le vent comme des drapeaux.

Il avait quitté le lit en hauteur de sa chambre d'hôpital, il se trouvait maintenant au sommet d'une dune qui surplombait la mer. De ses deux mains, il tentait de manœuvrer un cerf-volant géant. Au-dessus de lui les pas allaient et venaient. Mais autant ces pas semblaient vissés au sol, autant les siens manquaient d'assurance et ne faisaient qu'effleurer la dune. Le cerf-volant était trop puissant, le filin qui le reliait au cerf-volant s'était enroulé autour de ses poignets et il n'était pas en mesure de faire contrepoids. Il allait être emporté. Le vent soufflait en direction de la mer. Des voix criaient : lâche le fil, lâche le fil ! Mais il n'avait plus de pouvoir sur ses mains. Inexorablement le cerf-volant l'entraînait vers la mer. Il commençait à s'élever dans les airs quand il sentit qu'on le rattrapait par les jambes. Deux jeunes femmes aux visages reconnaissables s'agrippaient à lui et pesaient de tout leur poids pour le ramener à terre. Elles riaient et se moquaient de lui. Il se mit à rire à son tour. Il l'avait échappé belle. Elles l'avaient sauvé de justesse. À ce moment-là les draps au-dessus de sa tête cessèrent de battre dans le vent. L'inclinaison et l'écoulement reprirent. Son corps roula d'un coup du côté gauche. Il crut tomber de son lit et se réveilla en sursaut.

— Alors Rémi ! On ne fait pas son quart ! Je suis descendu plusieurs fois au cours de la nuit, mais tu dormais si bien que je suis retourné à mon poste.

Seule la tête de Rémi émergeait de la toile antiroulis. Frédéric venait d'apparaître dans son champ de vision. Un Frédéric en chair et en os ou en image ? Il ne savait pas encore. Il avait un goût aigre dans la gorge et un pincement à l'estomac, il fallait qu'il avale quelque chose. Oui, maintenant cela lui apparaissait nettement, c'était bien son frère, c'était bien Frédéric qui venait de lui adresser la parole. Il n'était pas sur une dune accroché à un cerf-volant. La veille, en début d'après-midi, Frédéric et lui avaient quitté Brest pour les Açores. Un peu plus tard, dans la nuit, alors qu'ils naviguaient au beau milieu du golfe de Gascogne, le vent s'était levé, la mer s'était formée et, comme toujours dans les premiers moments d'une traversée, il avait été rattrapé par un mal de mer impitoyable. Affaibli, il était descendu s'allonger et s'était aussitôt calé dans la couchette sous le vent, la moins sensible aux mouvements du bateau. Il avait soigneusement tendu la toile antiroulis et avait fermé les yeux en attendant que son corps et sa tête se réconcilient avec la mer.

— Je suis désolé, Frédo. Je vais te remplacer.

— C'est pas de refus, la nuit a été rude, on s'est pris des rafales à plus de trente nœuds… mais c'est en train de se calmer, le vent mollit, je viens de lâcher un ris, on est vent de travers… je vais nous préparer quelque chose de chaud… tu veux une soupe ?

— Oui, bonne idée, j'ai très soif.

La gîte et les mouvements du bateau ne permettaient pas de garder les mains libres très longtemps. Rémi titubait. Il fallait nécessairement prendre appui quelque part. S'il tardait à sortir, le mal de mer risquait de nouveau de le gagner et de l'abattre. Il enfila tant bien que mal son ciré et ses bottes, enfonça son bonnet de laine sur sa tête, tira à lui le capot de la descente et escalada les trois marches qui le séparaient du cockpit. Dehors, il poussa un soupir de soulagement. Le jour se levait, le ciel était dégagé, une lumière rasante rose et jaune envahissait lentement tout l'espace. Des myriades de gouttelettes fourmillaient sur le pont et le rendaient aussi luisant que s'il avait été recouvert d'une fine couche de glace.

Rémi se cramponnait aux mains courantes qui longeaient le capot de la descente. Son regard ne savait pas à quoi s'accrocher et cherchait en vain des points fixes. Il n'était pas assez amariné ni assez sûr de lui pour jouir sereinement du spectacle. D'autant que le jour n'avait pas encore vaincu l'ombre. Entre les sommets des vagues, bien visibles, stagnaient des amas sombres. Tapie au fond de ces creux qui accusaient une hauteur de deux ou trois mètres, la nuit persévérait. Délogée de place en place, elle jouait avec la lumière naissante et s'échappait vers l'horizon. Il se détourna des vagues et jeta un coup d'œil sur le cadran de l'anémomètre, il y avait encore entre quinze à vingt nœuds de vent, suffisamment pour stabiliser le bateau et l'appuyer fortement sur son flanc bâbord.

Il n'en revenait pas de se retrouver là, dans un air aussi vif, avec cette lumière rasante, en plein océan, par un matin de juin, sur un voilier caracolant sur les vagues avec autant de fougue et d'adresse. Il réapprenait des mouvements qu'il n'avait pas pratiqués depuis plusieurs années. Tous ses sens s'enivraient en même temps. Avec un peu de patience et de bonne volonté, le mal de mer allait s'estomper ; encore fallait-il qu'il cesse de se comporter en terrien bougon et inquiet, et qu'il consente au jeu des vagues. On ne pouvait pas naviguer avec plaisir si on ne passait pas un pacte avec la mer, si on ne s'inclinait pas devant sa puissance et si on ne commençait pas par lui faire allégeance.

Le bateau filait sous pilote automatique. Un timonier invisible corrigeait la trajectoire. Si on ne comptait pas ce timonier artificiel, Frédéric et Rémi formaient à eux deux tout l'équipage. Leur départ de Brest faisait suite à un concours de circonstances. Un ami de Frédéric souhaitait pouvoir naviguer aux Antilles avec son voilier sans avoir à traverser lui-même l'Atlantique. Avant de s'adresser à des convoyeurs professionnels, il en avait parlé aux frères Follenfan que l'idée avait aussitôt séduits. Aller sur la mer serait une bonne manière d'oublier le fiasco apparent qu'avait été la tentative de faire de Rémi un cyborg.

Cinq mois auparavant, comme prévu, l'intervention avait eu lieu, un dimanche matin, juste après les fêtes de fin d'année. Lola, le professeur Rivière et sa femme avaient procédé avec soin et en respectant les règles de l'art ; la pose de la puce s'était déroulée dans les meilleures conditions. Il n'y avait rien à redire concernant cette première étape. Le surlendemain, chez le professeur Rivière où Rémi s'était installé pour une semaine, ils s'étaient retrouvés tous les cinq et avaient fêté l'événement. Semblables à des ingénieurs qui auraient travaillé longuement au lancement d'une fusée et qui auraient réussi l'envoi d'un engin vers une planète éloignée, ils avaient levé leur verre en attendant d'en savoir plus. Cependant la satisfaction du lancement réussi n'avait pas duré. Dans le domaine de la conquête spatiale, on parle de succès quand l'engin continue d'émettre et que l'on garde le contact avec lui. Avec la puce électronique implantée dans le cerveau de Rémi, c'était un peu comme si le vaisseau spatial s'était perdu ou n'avait pas pris la bonne direction, on était dans l'attente d'un message.

Un mois après l'intervention, Frédéric avait proposé à Rémi de se soumettre à une première batterie de tests. Il s'agissait de résoudre en un temps limité quelques problèmes de mathématiques, problèmes plutôt simples mais dont les solutions exigeaient néanmoins de faire appel à des notions spécifiques qui débordaient la culture mathématique très moyenne dont Rémi était censé disposer avant la greffe de la puce. Une réussite totale à ces tests aurait valeur de preuve. Cela prouverait que l'importation de connaissances dans un cerveau par la médiation d'une mémoire artificielle était bel et bien une chose réalisable et qu'il était possible par ce biais de modifier l'esprit d'un homme.

Seul Rémi savait ce qui s'était réellement passé au cours des trois séances de tests qui avaient suivi son opération. Celles-ci se déroulaient sous l'œil d'une caméra dans une salle de cours de l'École normale, elles se prolongeaient par un débriefing pointilleux et méticuleux.

La première séance s'était soldée par un échec. Bien que disposant d'une heure trente pour traiter quatre exercices qu'un professeur de mathématiques ordinaire aurait résolus en moins de quinze minutes, Rémi n'en avait réussi aucun. Au terme de la séance, il avait rendu copie blanche. Cependant il n'y avait là rien d'alarmant. Frédéric n'était pas inquiet. Il fallait attendre que les connexions se fassent et se développent, on ne pouvait prétendre obtenir des résultats probants si tôt après l'insertion de la puce dans le cerveau. L'artificiel ne pouvait pas entrer en communion avec l'organique en quelques jours. Une synthèse allait s'opérer, ce n'était qu'une question de temps.

Trois semaines après, la seconde séance n'avait pas enregistré le moindre progrès. Et il avait fallu attendre trois semaines de plus après ce nouvel échec pour qu'un phénomène nouveau apparaisse. Lors de cette troisième mise à l'épreuve, comme les fois précédentes, Rémi avait été confronté à une série d'exercices. Cette fois encore il avait rendu copie blanche. Et néanmoins ce qui s'était produit au cours de cette séance n'avait rien de comparable. Les copies blanches ne signifiaient pas toutes le même embarras. La troisième ne contenait de blanc que ce que Rémi avait intentionnellement caché. D'une séance à l'autre, au premier abord, rien n'avait changé. Cependant, à sa grande surprise, et alors que les nouveaux exercices lui avaient paru aussi hermétiques que ceux avec lesquels il avait bataillé en vain les deux fois précédentes, une sorte de connivence avait commencé à naître. Leur étrangeté avait fondu à mesure qu'il se concentrait sur eux. Il n'était plus tenu en lisière. Les solutions ne lui apparaissaient plus hors de portée ; il disposait des clés, il fallait seulement qu'il s'en saisisse et qu'il apprenne à les manier.

Quelques minutes avant la fin de la séance, il avait senti poindre dans son esprit des éléments de langage en rapport avec l'exercice numéro quatre. Un accès de joie et de terreur l'avait alors submergé. Sous son front et au bout de sa main, les lignes d'un raisonnement pertinent étaient venues se mettre en place. Ces lignes étaient là, devant lui, sur sa feuille de brouillon avec la solution de l'exercice. Il venait de perdre son pari. Frédéric avait raison : il était possible d'importer des données dans le cerveau d'un homme, cette réalité était incontestable, et c'était lui, Rémi Follenfan, qui était le premier dans le monde à en être informé et à en faire l'expérience. Sur la feuille de brouillon qui lui faisait face, les lignes de raisonnement et le résultat encadré étaient bien le produit de son entendement. Or, s'il était sûr d'une chose, c'est qu'il ne devait pas ce succès uniquement à son obstination. Une autre main était venue au secours de la sienne, une main guidée par un cerveau plus puissant que le sien, mais un cerveau qui désormais ne se différenciait plus du sien.

Tout s'apaisait autour de lui. Le vent avait encore baissé d'un cran et la houle s'amenuisait. Confortablement assis au vent contre le balcon arrière, tout près de la barre à roue, il reprenait des forces. Il avait réussi à avaler sa soupe sans trop de difficulté, ce qui signifiait que le mal de mer se dissipait. Il se sentait renaître. Sous la grand-voile, le disque du soleil avait grimpé dans le ciel, la mer commençait à bleuir et à miroiter, l'air se réchauffait doucement.

Rémi laissait sa pensée s'éprendre de ce qu'il percevait autour de lui et qui venait comme en surimpression sur un fond d'images encore récentes et dont certaines le peinaient et l'empêchaient de profiter en toute innocence du spectacle qui s'offrait à lui. S'ils étaient là, son frère et lui, au beau milieu de l'océan et en route vers les Açores, c'était en partie parce qu'il avait menti et qu'il avait réussi à escamoter son succès à l'œil implacable de la caméra. Lors de la troisième séance de tests, sans que l'on sache pourquoi, ladite caméra n'avait pas voulu fonctionner. L'épreuve ayant déjà commencé, Frédéric, confiant, avait laissé filer. Seul dans la salle, Rémi n'avait eu que quelques minutes pour se décider. Ses progrès anormaux et fulgurants en mathématiques le terrorisaient, il y avait quelque chose de monstrueux dans ce phénomène. Il avait attrapé la feuille de brouillon qui risquait de le confondre, l'avait soigneusement pliée en quatre et l'avait glissée dans la poche droite de son pantalon.

Maintenant il contemplait la mer. Frédéric avait pris sa place dans la couchette sous le vent. Sur le bateau ils n'étaient que tous les deux, et c'était un peu comme si son frère et lui avaient changé d'époque, comme s'ils étaient revenus en arrière, au temps de leur première traversée du golfe de Gascogne ou, plus anciennement encore, à celui de leurs lectures répétées du *Voyage de Magellan* alors qu'ils n'avaient qu'une dizaine d'années. La mer avait le pouvoir d'imposer son refrain immuable et d'y soumettre toutes choses. Elle avait une constance qu'on ne rencontrait nulle part ailleurs avec autant de rigueur. Ce qui changeait n'importait pas, la taille du navire, un équipement plus sophistiqué, l'âge des hommes, le contenu de leurs rêves. Une fois au large, tout cela apparaissait dérisoire. La mer commandait et c'était avec elle qu'il fallait composer.

Pour autant la feuille de brouillon qu'il avait gardée dans sa poche tout un après-midi continuait de le hanter. Son geste se rappelait à lui comme une moquerie intérieure qu'il ne parvenait pas à faire taire. Il se souvenait de ce qui avait suivi la séance. Après l'épreuve, Lola et Frédéric l'avaient interrogé, il avait réussi à cacher son malaise et avait mimé l'incompétence : s'il avait rendu copie blanche, ce n'était pas par mauvaise volonté mais, une fois de plus, faute de disposer des connaissances nécessaires. Le soir même cependant, il avait ressenti le besoin de se confier. Il avait téléphoné à Lola et lui avait tout raconté dans le détail. Elle lui avait dit qu'elle regrettait d'avoir participé à cette entreprise, qu'elle la condamnait et qu'elle en tirerait les conséquences pour elle-même le moment venu, mais qu'en attendant elle ne pouvait pas se mettre à sa place et que c'était à lui de savoir ce qu'il voulait faire maintenant qu'il avait ce corps étranger dans son cerveau. Elle lui avait parlé avec une certaine froideur et sur un ton qui signifiait qu'elle se désolidarisait de lui et qu'il ne pouvait s'en prendre qu'à lui-même. Dépité et anxieux, il s'était couché et avait essayé de dormir. Mais son malaise n'avait fait que s'accroître. Alors il s'était relevé, s'était installé à son bureau, avait repris les données des exercices sur lesquels il avait planché au cours des trois séances de tests et s'était aussitôt mis au travail. Malgré la fatigue et l'anxiété, aucun des exercices ne lui avait résisté, il lui avait suffi d'un moment de concentration pour venir à bout de chacun d'eux. Désormais il était renseigné, il n'y avait plus de doute : les lignes de raisonnement conduisant aux solutions coulaient trop facilement de son cerveau pour qu'il puisse s'en adjuger la paternité ; une puissance étrangère œuvrait en lui à son insu et lui inspirait des connaissances qu'il ne possédait pas de lui-même. Il fallait bien qu'il en convienne, il était envahi de l'intérieur. Or, dans la mesure où l'ennemi se mêlait à ses propres forces, c'était comme s'il n'avait pas d'ennemi. Un processus d'imprégnation avait commencé. Il allait devenir un autre, insensiblement, sans même s'en apercevoir. Quoi qu'il fasse, il serait victorieux et jamais perdant. Il n'aurait ni à se battre ni à se défendre. Il glisserait lentement. Il ne s'apercevrait de rien. Cette révélation l'avait miné. C'en était trop. Plus possible pour lui de se recoucher. Il avait attrapé son écharpe, avait enfilé sa lourde veste en velours noir et était sorti marcher. Ne sachant pas où aller, il avait erré le long du cours de Vincennes jusqu'à la place de la Nation, puis, après avoir fait une fois le tour de la place, il s'était engagé sur le trottoir du boulevard Voltaire et avait fini par s'affaler sur la banquette de la première brasserie ouverte au petit matin place de la République. Sa décision était prise. Le dimanche suivant, sans en avertir son frère et dans le plus grand secret, il s'était rendu à la Salpêtrière où le professeur Rivière et sa femme l'attendaient. Ils avaient procédé à l'extraction de la puce et l'avaient ramené chez eux pour quelques jours.

23

Le soleil était presque au zénith lorsque Frédéric avait émergé dans l'embrasure de la descente, les cheveux en bataille, les yeux encore embués de sommeil et un sourire enfantin aux lèvres.

— Tout va bien ? Rien à signaler ?

— Non, c'est magnifique... temps idéal... on avance bien, mais le vent mollit.

— J'ai une faim de loup... pas toi ? Des œufs au bacon, ça te dit ?

— Très bonne idée.

— Et ton mal de mer ?

— Envolé !

Rémi allait en effet beaucoup mieux. Pendant près de deux heures, assis contre le balcon arrière, il avait attendu que ses tiraillements d'estomac s'estompent. La mer s'était assagie, les mouvements du bateau s'étaient faits plus lents et moins heurtés. Rémi en avait profité, il était descendu à l'intérieur et s'était installé quelques instants à la table à cartes. Sur l'écran de l'ordinateur de bord, on pouvait suivre leur voilier à la trace, celui-ci était symbolisé par une pointe de flèche rouge qui se déplaçait sur un fond bleu pâle dans un repère orthonormé de trente centimètres de long sur vingt de large. Dans un coin de l'écran s'affichaient les coordonnées de leur position. Ils ne naviguaient pas incognito, leur voilier était sous l'œil d'un satellite. À cette idée d'un œil plus haut placé que le sien et capable de les viser et de les suivre pas à pas, Rémi avait ressenti une gêne et une déception, cet œil faisait écho à celui de la caméra lors des séances de tests. Il avait noté sur le livre de bord les coordonnées avec l'heure précise et avait coupé l'ordinateur.

— Rémi ! C'est prêt. Tu viens ?

Un coup d'œil sous le vent pour s'assurer qu'il n'y avait pas d'autres navires sur leur route et Rémi rejoignit son frère. Leur voilier naviguait plus tranquillement, il allait moins vite et commençait à manquer de puissance. « On est sous-toilé », avait déclaré Rémi en descendant les marches. Frédéric avait haussé les épaules.

— Rien ne presse, on s'occupera des voiles après, viens t'asseoir.

Dans le carré flottait une odeur de café, de pain grillé et d'œufs au plat, mêlée à celles plus fortes de bacon et de graisse fondue. Les assiettes se déplaçaient lentement et venaient buter contre les retenues qui bordaient la table.

— Cela ne bouge pas trop, on devrait y arriver.

— Disons que l'on a intérêt à tenir notre assiette, avait répondu Rémi en s'asseyant sur la banquette qui longeait une couchette surélevée, celle-là même où il avait passé la nuit à somnoler et à rêver.

Rémi et Frédéric échangèrent un regard complice. Tous les deux se mirent à rire. Un rire tout simple, un rire de joie. Tous les deux étaient de bonne humeur comme on peut l'être quand on a pris ses distances avec le monde habité et que l'on se sait hors d'atteinte de tout ce qui vient troubler et assombrir une vie de terrien. D'un coup ils avaient rajeuni, d'un coup leur escapade prenait l'allure de grandes vacances. Ils s'étonnaient de se retrouver face à face dans ces circonstances inespérées. La lumière vive qui passait par le panneau de pont au-dessus d'eux et qui ondulait sur la table en fonction de l'inclinaison du mât et de la pente de la grand-voile ajoutait à leur ivresse une note de légèreté et de pure gaieté.

— C'est fou ce qui nous arrive, c'est fou de nous retrouver là, je n'en reviens pas… Tu ne pouvais pas trouver meilleure idée que celle-là, Frédo… nous éloigner tous les deux sur la mer comme au bon vieux temps !

— Je te devais bien cela, tu t'es prêté à une expérience un peu folle… je t'ai fait courir un risque… et puis, somme toute, j'ai perdu mon pari… j'avais une dette envers toi… Quand Albert m'a parlé de cette traversée à réaliser avec son bateau… je me suis dit qu'une occasion pareille n'allait peut-être pas se représenter de sitôt…

Un moment ils restèrent silencieux absorbés par la dégustation des œufs au plat qu'ils ne voulaient pas laisser refroidir. Sur le pont, la poulie de renvoi d'écoute de foc commençait à se manifester, elle venait frapper le rail lorsque l'écoute se détendait. C'était le signe que le vent continuait de faiblir et que la grand-voile déventait le foc. Rémi amorça un geste comme s'il se préparait à sortir, mais Frédéric le retint.

— Non, Rémi… on est tranquille, laisse… on s'occupera des voiles après.

Rémi se rassit. Frédéric se tournant alors vers son frère avec un air moins détaché reprit :

— Pour en revenir à ce qui nous a conduits ici, il faut quand même que tu saches que cela me reste un peu en travers de la gorge…

— Quoi ?

— Eh bien que tu n'aies rien éprouvé et que la puce n'ait produit sur toi aucun effet…

— C'est l'âme, mon vieux, c'est l'âme chez moi qui résiste… ton procédé donne des résultats sur les rats, mais, désolé… je ne suis pas…

— Un rat ! Oui, je sais.

Les deux frères s'adressèrent un sourire amical, puis Rémi qui ne souhaitait pas s'étendre sur le sujet lança à son frère un regard évasif et sceptique comme pour signaler la présence d'un mystère. Après un instant de silence, Frédéric revint cependant à la charge.

— Oui, mais maintenant je suis bien embarrassé, j'ai échoué, je n'ai plus de cobaye et Lola a démissionné…

— Tu n'as pas tout perdu… cela nous a rapprochés… et puis… on n'est pas bien, là ?

— Oui, tu as raison, mais à notre retour, et puisque cette puce est inutile, il faudra demander au professeur Rivière de te l'enlever, tu n'as aucune raison de la garder.

— Bien sûr.

Frédéric ferma les yeux et passa ses mains derrière sa nuque. Le voilier s'inclina un peu plus brutalement et les assiettes se tamponnèrent.

— Au fait, j'ai oublié de te dire une chose, lança Rémi. Tout à l'heure, pendant que tu dormais, je me suis permis d'éteindre l'ordinateur de bord. Cela te dirait que l'on fasse le point au sextant ? J'ai vu qu'il y en avait un à bord.

— Comment cela ?

Surpris, Frédéric fronça les sourcils et jeta sur son frère un regard étonné. Il le dévisagea avec attention comme s'il cherchait à détecter sous les traits familiers les prémices d'une métamorphose.

— Rémi ! Qu'est-ce qui t'arrive ? Tu sais que c'est plein de mathématiques cette affaire-là !

— Et alors ?

— Et alors ? C'est toi qui me dis ça ? Eh bien, je ne sais pas moi… mais venant de toi, cet intérêt soudain pour le point au sextant… permets-moi de trouver cela un peu curieux… mais, pourquoi pas, je n'ai rien contre.

Une lueur soudaine et rapide fit irruption dans les yeux de Frédéric.

— C’est d’accord, Rémi. On s’y met dès ce soir si le ciel reste dégagé. En attendant, il faut renvoyer de la toile… On y va ?

Du même auteur

Devenir soi-même, Introduction à une philosophie de l'aventure, HDiffusion, 2016

Imprimé en France - R_47666 - 14110 Condé-sur-Noireau
RapidBook, une marque du Groupe Corlet Imprimeur